U0135348

细品红楼小人物

小人物

田崇雪 —— 著

增订版

中国出版集团　东方出版中心

图书在版编目（CIP）数据

细品红楼小人物 / 田崇雪著. —增订版. —上海：
东方出版中心, 2023.11
　ISBN 978-7-5473-2281-9

Ⅰ.①细… Ⅱ.①田… Ⅲ.①《红楼梦》人物-人物
研究　Ⅳ.①I207.411

中国国家版本馆 CIP 数据核字(2023)第 202380 号

细品红楼小人物（增订版）

著　　者　田崇雪
策划编辑　潘灵剑
责任编辑　张淑媛　刘玉伟
封面设计　钟　颖

出 版 人　陈义望
出版发行　东方出版中心
地　　址　上海市仙霞路 345 号
邮政编码　200336
电　　话　021-62417400
印 刷 者　上海盛通时代印刷有限公司

开　　本　710mm×1000mm　1/16
印　　张　17.25
字　　数　228 千字
版　　次　2023 年 11 月第 1 版
印　　次　2023 年 11 月第 1 次印刷
定　　价　79.00 元

新 版 序

我在《细品红楼小人物》原序最后写下一段话："正是这样一部教案式的讲稿，却蕴含着我的一些小小的学术奢望：其一，还红学以诗学；其二，还配角以追光；其三，还传统以现代。"上一版因为篇幅关系没有更详细地展开，借此机会，想再多说两句。

先说"还红学以诗学"。

"红学"，不言而喻，是研究《红楼梦》的学问，更学术化的表达则是关于《红楼梦》的学术研究。真要谈起来，这"红学"非常吓人，非常堂皇卓越，足以让很多年轻学子望而生畏，望而却步。按时间分，有新旧红学；按空间分，有中外红学；按权位分，有主流红学和民间红学；按方法、流派分，更是多如牛毛、异彩纷呈，什么评论派、考证派、索隐派、创作派，什么曹学、脂学，版本学、本事学、探佚学，什么这主义、那方法……以致有"红学与甲骨学、敦煌学并称二十世纪三大显学"的说法。

一方面，这的确能够说明《红楼梦》的经典、不朽和伟大；另一方面，也的确让后生晚辈在面对《红楼梦》及其层峦叠嶂般的学术研究时不知从何入手，师从哪家。更何况，由于各种各样的原因，很多学术文章既背离了《红楼梦》，也背离了文学研究。

因此，作为一介红迷，带着我的学生们推开那一道厚重的"大红门"，进而登堂入室，便成了一个教书匠无法推卸的责任和使命。

任何一种研究,都是要人解、要人懂、要人通、要人透,而不是相反。文学研究就是让人更亲近文学,更喜欢文学,而不是相反。《红楼梦》研究亦如是。

曾经,我们传统文学研究是非常能够让昏昏者昭昭的。从《诗·大序》《文心雕龙》《二十四诗品》,到后世各种诗话、词话;从"兴观群怨""发愤著书""诗言志""诗缘情",到"隐秀说""滋味说""韵味说""童心说""性灵说""意境论"等,无不洋溢着诗性的光辉与审美的趣味,其感性的直觉,理性的思辨,独到的见解,一点都不逊色于西方各种体系庞杂的思想。其实,即便是被我们所膜拜的那些西方理论家们,也并不都是"灰色"的,如被称为原典的亚里士多德的《诗学》,何尝需要多少"注释"? 马克思、恩格斯的文艺理论,何尝需要多少"注释"? 维柯则干脆使用"诗性智慧"来解读整个人类文明。人类的懵懂时代就像一个人的童年时代,虽然"无智",但其强烈的感受力、生动的想象力和创造力,却是后来"高智"人类所望尘莫及的。人类一切的文化、科学都源于此。至于那些原本就是诗人的哲学家,就更不消说了。

由此看来,诗性,不但是诗学的根之根、基之基,更是整个人类文明的根之根、基之基。既然如此,我们的文学研究还有什么理由不返璞于诗性、归真于诗学呢? 作为经典之经典的《红楼梦》,其研究又有什么理由走向玄而又玄的歧途呢?

是时候走出理论过剩、术语过多、语言晦涩、学术八股的时髦与风尚了,只有拿起美学的尺度,发挥敏锐的艺术感悟力、细腻的文学表现力,担任起"诗意的裁判",才能重新唤起读者对文本的审美感受,唤回文学批评的公信力。

再说"还配角以追光"。

长期以来,红学研究是比较"势利"的,占据舞台中心的主角光环极其耀眼,贾宝玉、林黛玉、薛宝钗、王熙凤这些重中之重的角色自不必说,各种"论",各种"说";小到"赞",中到"篇",大到"著",可谓汗牛充栋。如王朝闻《论凤姐》，用长达五十万言的篇幅来论述一人，堪称典型。可是，那些退居舞台边缘的沉默的大多数往往被人为湮没，虽然也偶尔被谈起，多半也是浅尝辄止。大规模的研究当推蒋勋《微尘众：红楼梦小人物》，用三部长卷对《红楼梦》一百多个人物进行研究。蒋氏用佛心来看待《红楼梦》，自然多了一份悲悯，虽是其长处，但也是其短处——导致视觉过于单一，常识性错讹甚多，理性分析尚欠火候。著名红学家周思源先生也曾经在《百家讲坛》上讲过《红楼梦》中一系列小人物，可能是考虑到受众的关系，周先生的解读相对比较浅显。窃以为，《红楼梦》中数以百计的边缘人物或小人物值得继续解读的空间还相当广阔，因此，发覆其价值，便有了"考古"般的意义。"小人物、大立意"的观念在原著中是站得住脚的，"红楼无闲笔"与"红楼无闲人"都是成立的。整部《红楼梦》是百科全书，芸芸众生、莽苍丛林，参天大树与无名小草共处，甚至各种动物、微生物，一样都不能少；"风起青蘋""蝴蝶效应"和"一言兴邦""一言丧邦"，在这个庞大的"生态圈"中更是时有发生。因此，将"追光"投注于那些边缘人物、小人物是非常必要的。

后说"还传统以现代"。

《红楼梦》是传统文学中少有的拥有现代意识、现代精神的文学经典。以往虽然也有很多篇什对这一主题立意作过不少探讨，但是仍然不够。越是站在今天反思我们的文学和历史的角度，就越是觉得《红楼梦》超前、卓越和伟大。

文人相轻，自古皆然。既然要"相轻"，就得拿出点"相轻"的"资本"来，否则你凭什么"轻"，又"轻"什么呢？而这"资本"就是思想的深刻度。作家们比来比去，最终的、最重的一个权重就是思想，而思想的标准在于独创性、超越性。生活在二十一世纪的中国作家，脑后拖着一根长辫子的大有人在；而生活在十八世纪的曹雪芹，虽然脑后拖着一根长辫子，但其思想却早已穿越至今。如果一个生活在二十一世纪的中国作家还不能明白一个生活在十八世纪的曹雪芹有多么伟大，那就是双重的可悲。

譬如爱情的现代性问题(曹雪芹全新的爱情观),权利和权力的现代性问题(曹雪芹全新的自由平等观)等,都是值得今天的中国作家再思考、再学习的。从如何对待弱者,如何看待爱情,如何分别权利和权力等各方面看,《红楼梦》的作者曹雪芹都堪称最现代的古典作家。

著名诗人、散文家,被周恩来称为"二十世纪最大的自由主义者"的聂绀弩先生,曾经有组诗论及《红楼梦》中人,其中有"一角红楼千片瓦,压低历史老人头"句,最为切题,甚合吾意,故而拈来一用,归结全篇。

田崇雪

《细品红楼小人物》原序

　　说《红楼梦》是中国人的"圣经",有着启示录般的意味,也许有些夸张;但是,说《红楼梦》是中国文学的"圣经",有着永恒的魅力,是一种规范和高不可及的范本,应该是大致不差的。十八世纪之前的中国文学已经有的东西,它都有了;十八世纪之后中国文学应该有的东西,它也有了。整个历史都在里面,整个现实都在里面,整个未来都在里面,整个世界都在里面,整个人生都在里面。中国文学史上,没有哪一部作品能像《红楼梦》那样,如此全面、丰富,而又深刻地叙述着中国人的日常经验和思想情感。譬如日月,终古常见,光景常新。

　　正因如此,自十八世纪末年,便有了带有戏谑、幽默性质的"少三曲"之学①为标志的所谓"旧红学",直到二十世纪初年,以胡适《红楼梦考证》为标志的所谓"新红学",一直到二十一世纪的今天,"红学"已经走过了二百余年的漫长岁月,早已成为中国人文社会科学的显学,成为衡量人文学者学养的重要标准,既有专门的学术期刊和学术专栏,又有庞大的专业团队和业余后备军。如此气象,蔚为壮观,学界罕见。"开卷不谈《红楼梦》,读尽诗书也枉然。""一角红楼千片瓦,压低历史老人

---

　　① 均耀《慈竹居零墨》所记:"华亭朱子美先生昌鼎,喜读小说。自言生平所见说部有八百余种,而尤以《红楼梦》最为笃嗜。精理名言,所谭极有心得。时风尚好讲经学,为欺饰世俗计。或问:'先生现治何经?'先生曰:'吾之经学,系少三曲者。'或不解所谓,先生曰:'无他。吾所专攻者,盖红学也。'"见《文艺杂志》1914年第8期。

头。"的确，中国文人有着善于夸张、炫耀的传统，常常把自己所学所好当成学术的全部，然而，于《红楼梦》而言，这些夸张，它都担得起、配得上。

正因如此，《红楼梦》几乎成了一个硕大的"竞技场"：文学家们频繁上场亮相，写出《红楼梦补》《红楼梦续》《新红楼梦》《红楼新梦》等续书，甚至连《林黛玉日记》《贾宝玉日记》这样的日记体文学、现今与《红楼梦》的文体极为相近的各种网络文本（譬如《甄嬛传》《芈月传》）也悉数登场，都试图与原著一争高下、一决雌雄。弄斧到班门，字画售圣人，这些所谓的"恨红楼未完"之续补，从创作心理上完全可以理解。然而，沧海桑田，时代、语境、心理都发生了巨大变化，亦步亦趋地追随终归是刻舟求剑、胶柱鼓瑟，很难超越《红楼梦》。文学艺术，技巧、技法的模仿也许并不难，难的是思想、精神、气象、格局和境界的超越，最难的是美学品位的超越。当然，更有文学家自身千载难逢的历史机遇和独一无二的个体经验作为要件。蒙昧于此，谈任何超越都是奢望和虚妄。

其实，竞技场上不只是文学家，评论家也不遑多让。因为研究的对象直接决定着研究的价值，题目的选择直接决定着研究的意义。面对《红楼梦》这样层峦叠嶂般的文化"高原"，你敢于攀登，本身已经说明了很多问题；如果你再能攀登到一定的高度，就更能说明问题；如果还能另辟蹊径、登上峰顶，那就真的可以"一览众山小"了。因此，自从作者发出"都云作者痴，谁解其中味"的旷古浩叹之后，便激起了无数的研究家们跑马圈地、登陆抢滩，试图成为"解其中味"者，让世界上最富有智慧、才情的大脑为其皓首穷经，一朝入梦，终生难醒。

既然如此，作为后学，面对《红楼梦》这样一部云雾山岚、气象万千的文学高峰之作，该从何处攀登？前人搭建好的台阶固然好走，然而，摩肩接踵，喧哗骚动，新鲜别致的风光、风景很难入眼，必须开辟新的路径。

沉下去，钻进去，静下来，这便是我给自己的内心发出的指令。

于是，从跨入大学的那一年起，我便给自己定下了一个不算宏大的阅读计划和目标：曹雪芹和鲁迅，一个是古代文学的集大成者，一个是现代文学的肩闸门者。要通读，要读通。拿下这两座"高峰"，既有了稳固的根据地，也树立起一个非常高的审美标准。由此铺展开来，上溯下浚，左冲右突，由点而面，便可建立起属十自己的系统而稳定的阅读经验和学术坐标，就再也不会轻易地为各种风吹草动的时髦阅读所左右。

在通读三遍《红楼梦》原著的基础上，我把图书馆所能找到的，自清代以来的所有的红学文献一网打尽。逢山开路，遇水造桥，风餐露宿，马不停蹄，终于，在觉得可以暂别《红楼梦》一段时光的时候，内心似乎有了些许底气，走路似乎不再轻飘。

对鲁迅的阅读也是循着这一方法和逻辑，读了十六卷本的《鲁迅全集》加上自 1905 年以来的全部关于鲁迅的文献，我如饥似渴。

读《红楼梦》容易伤时、伤世、伤逝，读鲁迅容易悲悯、上火、愤激，其共同之处就是让人"意难平"。然而，这符合我的气味和秉性，所以才始终觉得酣畅淋漓，充实、踏实，"沉醉不知归路"，似乎有一种脱胎换骨、革面易容的再生感。每每回望来路，总是忍不住感念那四年美好的阅读时光，竟然可以如此肆无忌惮，那种探骊得珠的欣喜很难与人分享。

阅红读鲁的结晶，便是我的那篇一气呵成的万字论文：《他们身后永不分离——曹雪芹与鲁迅》，后来，该文刊布在文学期刊《雨花》上面。

一旦一个人的阅读史与成长史、精神史交融，阅读史就会成为成长史的有机部分，人会时不时地冒出重温的冲动，就像童年的某种情结一样，不择时择地而出。这种冲动随着年龄的增长愈发强烈，终于，机会来了。

三年前，作为志愿者，我在徐州二十四小时城市书房，面向市民开办了《文学与二十四节气》的讲座，引来不少人围观。在讲座的过程中，我经常会引用《红楼梦》的原著作为论据分析，这引起了听众强烈的好奇，常常是讲座结束之后，还要回答他们的红楼之问。在一整年的《文学与二十四节气》讲座结束之后,听众却依依不舍,要我继续为他们开讲《红楼梦》,理由是我的分析与别人不同,即便是同一人物、同一场景,竟也能别开生面,有时候竟然很有震撼之效。听众的真诚让我感动,市民的饥渴让我无法平静,就像舞台上的演员,面对台下此起彼伏的"再来一曲"的热切呼唤,如何忍心转身就走,只留下背影呢?于是,我便坚持下来,尽管身体已经是疲惫不堪、筋疲力尽,甚至大病了一场。

　　那么,属于我自己的那一块红学领地该如何开辟?"眼前有景道不得,崔颢题诗在上头",两百年来,读红研红的成果已是汗牛充栋,少我不少,多我不多。贾宝玉、林黛玉、薛宝钗等这些红楼大厦的顶梁柱们炙手可热,已经被精研了千遍万遍,想要翻新,实在很难,不如避开,去看看那些边边角角,去看看一砖一瓦一椽一窗,也许会有别样的风景。那些底层的、边缘的、如蝼蚁的、如尘埃的芸芸众生最容易被忽略,虽然我不是第一个关注他们的。将目光投注给那些边缘人物,符合我一贯的人生信条:远离中心,自我放逐,做个边缘人。而且,从整部《红楼梦》的结撰来看,这些边缘人物对整部书的结构意义与中心人物一样,举足轻重,必不可少,同样重要,其结构意义、意蕴构成甚至与中心人物不相上下。即便是那些论及边缘人物的先行者,比如台湾的蒋勋先生,仔细阅读他的作品,你会发现,也多半将他们"小"看了、看"小"了。小与不小,中心还是边缘,那只是角度不同、立场不同所导致的错觉,甚至是一种盲点。对于任何一个成熟的、健全的、自足的个体而言,无所谓大还是小,更无所谓中心还是边缘。司马牛曾经就君子的话题问道于孔子。"子曰:'君子不忧不惧。'曰:'不忧不惧,斯谓之君子已乎?'子曰:'内省不疚,夫何忧何惧?'"(《论语·颜渊篇第十二》)的确,智者不惑,仁者不忧,勇者不惧,行者无疆,勇者无畏,仁者无敌。更何况,庙堂与江湖、小与大、中心与边缘这种二元思维本身就成问题。

　　如果说"《红楼梦》没有闲笔"是成立的,那么说"《红楼梦》没有闲人"也应该是成立的,数以百计的小人物、边缘人物的意义自然也就有了重新探索、挖掘的必要。

就这样，陆陆续续，便有了眼下这册《细品红楼小人物》的问世。正是这样一部教案式的讲稿，却蕴含着我的一些小小的学术奢望：

其一，还红学以诗学。长期以来，红学研究的歧途在于将原本诗意盎然的原著肢解得面目全非，这是我所不喜欢的。因此，还红学以诗学便成了我的一个小小的学术奢望，尽可能地通过这些小人物的分析，还原整部书的诗性气质。

其二，还配角以追光。长期以来，红学研究是比较"势利"的，占据舞台中心的主角光环越发耀眼，退居舞台边缘的沉默的大多数往往被人为湮没。因此，发覆其价值，便有了"考古"般的意义。"小人物、大立意"的观念在原著中是站得住脚的，这本小册子试图努力走进原著者的心灵深处，充当一个解味的知音。

其三，还传统以现代。《红楼梦》是古典文学中少有的拥有现代意识、现代精神的文学，站在现代立场上回望传统，关注、解读那些被忽视的边缘人物，我想，倘若作者真的有在天之灵，他应该会感到欣慰吧？

是为序。

田崇雪

2022 年 5 月 25 日

徐州

目录

香菱：身世浮沉雨打萍

　　她是《红楼梦》中第一个登场的女性，也是《红楼梦》中最后一个收场的女性。贯穿全书，自始至终，既是线索人物，又具典型意义。我们的开篇，就从她讲起。

　　香菱，一个美不自知、苦不自怜、拙不自弃的珍珠般的女孩。

　　香菱，原名甄英莲，生于天堂姑苏，长于名门望族。其父甄士隐，其母封氏。三岁那年，元宵佳节，仆人霍启抱着甄英莲看社火花灯，由于中间霍启去了一趟厕所小解，再出来时，发现甄英莲已经被人贩子拐去。大约长到十二三岁光景，人贩子开始将甄英莲标价出售。先是卖给小乡绅冯渊，这冯渊也是智商不在线，给了钱却不急着要人，非要等到他认为的三日之后的好日子才来取人，这就给贪婪的人贩子留下了空档期，随即又把甄英莲卖给了金陵一霸，江湖上有着"呆霸王"名号的薛蟠。结果，冯薛两家都不相让，最后大打出手。人贩子被打个半死；小乡绅冯渊被打个稀烂，拖到家中，三天就死了；恶少薛蟠在贾雨村和门子的策划之下逃脱了法律制裁，带着甄英莲进京了。

　　这甄英莲被买进薛家之后，先是做了薛姨妈的丫鬟，后被薛蟠死缠硬磨了整整一年，才征得薛姨妈同意，纳为姜室。在薛蟠出门经商的时候，这甄英莲又被薛宝钗带进了大观园，并取名香菱，得以和群芳为伍，这才有了投到黛玉门下认真学诗的情节。再后来，薛蟠迎娶夏金桂为妻，香菱迎来她更悲凉的噩运。原来这夏金桂貌美心毒，是个标准的悍妇、妒妇兼毒妇，不但嫉妒香菱的美貌、才情和人缘，甚至连香菱的名字都嫉妒，勒令其改名为秋菱，并设下圈套，挑唆薛蟠殴打香菱，直至作法自毙，误饮了原本用来毒死香菱的毒药，一命呜呼。直至最后，通行版的《红楼梦》第一百二十回交代，从甄士隐口中得知，女儿英莲难产而死。

这就是香菱悲剧的一生。

在整部《红楼梦》中，香菱的故事虽然篇幅短、容量小，人物出场少，但却万万不可小觑。

如果说甄家的一场小荣辱是贾家的一场大兴衰的预演，那么我们也可以说，香菱个人一生的遭际是大观园中少女群体共同悲剧命运的缩影。非但如此，香菱还被作者赋予了另一项重大的使命：结构全书，自始至终。

下面，我将从三个层面来分析香菱。

美不自知

香菱这个女孩的容貌不是一般美，而是非常美。

香菱之美，作者是通过多重视角告诉给我们的。

第一重视角，父亲的视角。孩提时代，"年方三岁"的香菱还不叫香菱，而是叫英莲。在父亲甄士隐眼中，那是"女儿越发生得粉妆玉琢，乖觉可喜，便伸手接来，抱在怀中，逗他玩耍一回"（第一回）；"粉妆玉琢"说的是肤色白皙，"乖觉可喜"说的是机警灵敏、惹人喜爱。美丽而且可爱，这是童年的香菱。当然，这是父亲的视觉，而且是一个"年过半百，膝下无儿"，视女儿为"掌上明珠"的父亲的视觉，免不了有偏爱的成分。

第二重视角，门子的视角。这是在英莲被拐之后、被卖之前。门子原本就是甄士隐家隔壁葫芦庙里的小沙弥，只是后来葫芦庙大火之后，变身为门子。香菱之所以为门子一眼认出，一是因为彼此是邻居，二是因为香菱的美丽有着鲜明的面部特征："眉心中原有米粒大小的一点胭脂痣，从胎里带来的。"（第四回）传统相术认为，这是标准的美人痣。白皙的面门上长了一颗红色的美人痣，而且是胎里带来的。雪白之中一点朱红，表明什么呢？表明香菱之美是一种天然之美、自然之美，同时，还表明"不可改变"。对一个人来说，"不可改变"的是什么呢？除了美貌，就是命运。

第三重视角，薛蟠的视角。这时的香菱已经是十二三岁年纪，豆蔻年华，真真应了那句俗话："女大十八变，越变越好看。"在胸无点墨的"呆霸王"口中，却给出了"生的不俗"的评价。没有具体容貌描写，只此四字，便把香菱的内在气质和盘托出："不俗"。说一个女孩"不俗"，应该说，这是一种非常高的评价。因为绝大部分人都很难"免俗"，一旦"不俗"，那就算是"出众"了。"不俗"到什么地步？两个买家不惜为她豁出去了，冯渊为她改了"酷爱男风"的性情，丢了性命；薛蟠为她大打出手，背负了人命官司。

第四重视角，周瑞家的视角。周瑞家的何许人也？王夫人的陪房，冷子兴的岳母，场面中人，也算是阅人无数。这时的香菱已经被薛家带到贾府，从身似浮萍到终有归宿："倒好个模样儿！竟有些像咱们东府里蓉大奶奶的品格儿。"（第七回）蓉大奶奶是谁？秦可卿啊！秦可卿有多美？兼具了林黛玉、薛宝钗双重的美丽，作者无以名之，所以叫"兼美"。秦可卿可谓是作者的理想之美和美之理想。小小年纪就遭遇不测之祸的香菱竟然有蓉大奶奶的品格，既坐实了前面薛蟠"不俗"的评价，又预示了这种美而悲的结局。我们知道，香菱是《红楼梦》中第一个登场的女性，秦可卿则是《红楼梦》中第一个死亡的女性。

第五重视角，贾琏的视角。香菱被薛蟠正式纳妾之后，贾琏与香菱的一次偶遇，令贾琏感叹香菱之美，一种吃着碗里看着锅里、羡慕嫉妒恨的复杂情绪溢于言表。从贾琏的视觉看来，香菱的"标致"之美算得上是一种典型之美或者美之典型。

香菱那么美，家人知道，外人知道，上上下下都知道，那么她知道吗？

种种迹象表明，香菱之美，她自己竟然浑然不知。所以，我今天要给出的香菱的第一个性格特征就是：美不自知。

为什么要强调"美不自知"呢？

当一个女孩容貌特别漂亮，可是她却不知道自己漂亮的时候，往往也是她最可爱的时候。为什么？因为一个漂亮的女孩一旦知道了自己漂亮，几乎没有谁能做到不去利用自己的漂亮。当漂亮成为获利的工具的时候，漂亮自然降格为功利。这个时候的女孩固然漂亮，但已经不那么可爱了，甚至有些可怕了。

美不自知，这是一种非常了不起的天然格调、自然风流，特别值得我们所有人珍视。

俄国作家列夫·托尔斯泰说："人不是因为美丽才可爱，而是因为可爱才美丽。"香菱可谓是既美丽又可爱的典型。

所有这一切，作为当事人的香菱竟然懵懂无知，一派纯然的天真未凿。香菱之美，该是美到何种地步？香菱可爱，该是可爱到何等程度？实在词穷，只能套用贾宝玉惊叹薛宝琴、邢岫烟等一干美女时那句著名的感叹了："老天！老天！你有多少精华灵秀，生出这些人上之人来！"

苦不自怜

香菱这个女孩运气不是一般差，而是非常差，以至于一提到香菱，就会让人马上想到"命苦""苦命"，她几乎成了"苦命"的象征。

香菱运气之差，作者同样是从多个角度给我们描述的。

首先，是宿命的角度，这来自癞头和尚的谶语。《红楼梦》开卷第一回，甄士隐一场大梦醒来，看到奶妈抱着女儿英莲出来，便接过来逗她玩耍，这时，梦中一僧一道走来，"看见士隐抱着英莲，那僧便大哭起来，又向士隐道：'施主，你把这有命无运、累及爹娘之物抱在怀内作甚？'""舍我罢，舍我罢！"（第一回）我们看到，作为方外之人的癞头和尚给香菱下的断语是"有命无运"四个字，神秘而真实，真实而神秘。

这里我想就此谈谈"命运"。所谓"命运"并非迷信，其实是一个人的定数和变数，先天和后天。"命"是定数，是先天，指的是一个人的家庭出身、禀性天赋，这个几乎无法选择，不可改变，往往决定了一个人一生的层次和方向；"运"是变数，是后天，指的是一个人的人生路径、机遇权变，条件具备的时候可以选择，而且往往变革着一个人一生的层次和方向。二者之关系往往是：命决定着运，运反作用于命。

其次，说香菱"有命无运"，虽然是谶语，但是又真实得可怕。

所谓"有命"，含义有二：一指的是香菱生在苏州。苏州是什么地方？上有天堂下有苏杭，"红尘中一二等富贵风流之地"。这是香菱的好命，生在了一个好地方。二指的是香菱生在甄家。"虽不甚富贵，然本地也推他为望族了"，既然是望族，那也就是说不是一般的家庭，而是有着一定名望和地位的家庭。这同样决定了香菱的好命，生在了一个好人家。"苏州"是好地方，"甄家"是好人家，这四个字构成了香菱的"命"，还真不能说不好，也就是癞头和尚所说的"有命"。

所谓"无运"，含义多重：一指的是"童年的被拐"，这是香菱"无运"的起点，由不得她自主。二指的是"少年的被卖"，这是香菱"无运"的延续，由不得她自主。三指的是"成年的被辱"，这是香菱"无运"的巅峰，应该由她的性情负责。嫁给薛蟠做妾，她可以选择反抗或承受，但她选择了承受；遭受悍妇夏金桂的凌辱和蹂躏，她可以选择反抗或承受，但她选择了承受。四指的是她的名字，一生之中，三易其名，"运气"之坏，无以复加。这一点很多红学家都会谈起，这里不妨一说。

生于姑苏甄家，原本是书香世家。三四岁时，名唤英莲，这应该是乳名。传统中国几乎每个人都会有一个乳名，通常是由父母或者祖父母来命名。"英莲"时期的"香菱"被父母视若掌上明珠，应该是其一生中最幸福的时光，父疼母爱，尽享天伦。可惜的是过于短暂，昙花一现，对她来说似有若无，模模糊糊；更可惜的是这种在成年人看来的幸福，因为当事人年幼懵懂，没有知觉，对当事人来说也就无所谓幸福或不幸福。更兼被拐之后，她被人贩子无数次殴打、恐吓，即便有一些朦胧的记忆也不敢回忆，差不多全部遗忘。因此，对香菱来说，童年的幸福，记着不如忘了。被卖给薛家之后，因为忘了姓名，被薛宝钗命名为香菱。还好，名叫香菱的这一段时光，应该说是她一生当中最华彩的岁月，最闪亮的日子，她似乎找到了归宿、寄托和希望，诗成了她的救赎。可惜的是好景不长，自从薛蟠娶了正妻夏金桂，更悲凉的岁月在等着她。夏金桂不但嫉妒她的美貌，而且连她的名字也一并嫉妒，勒令她改名为秋菱。"秋菱"时期的"香菱"，便开启了她地狱般的生存模式，从最初的被指桑骂槐到后来的被侮辱凌辱，最后竟然差一点被毒死。好在这姑娘的确"有命"，而且命硬。夏金桂作法自毙，夏死之后，她才从"秋菱"重新回到"香菱"。香菱的故事还没有完。

后四十回，确切地说是最后　回，许多年后，已经出家的甄士隐和已经官复原职的贾雨村再次相会于急流津觉迷渡，谈起当年的掌上明珠，如今却因难产而死，老泪纵横的甄士隐直接以"英莲"呼之。自此，"香菱"的名字重新又回到了乳名"英莲"，同时也算是完结了她"有命无运"的人生旅程。

身世浮沉，雨打飘萍。一个连自己的名字都忘却、都不能自主的女孩，一个被拐来卖去、百般凌辱的女孩，一个幸福的时光总是昙花一现而苦难的岁月总是漫长无比的女孩，却一直懵里懵懂，一点都没有觉察到命运对其是如此不公，多少人为她洒下同情之泪！

为什么要强调"苦不自怜"呢？

这是因为，当一个女孩命运特别悲苦，可是她却不知道自己苦命的时候，往往是她最可怜的时候。为什么？因为一个苦命的人儿一旦意识到了自己的命苦，几乎没有谁能做到不自怨自艾，到处诉说，以博同情。鲁迅笔下的祥林嫂就是这样一个典型。当苦命沦为博得同情之资本的时候，悲苦的分量自然减轻，悲情的故事成为街头巷尾的谈资，无价变成了廉价，悲剧变成了笑话。此时的苦命人虽然依旧命苦，但是已经很难再获得更多的同情和怜悯，甚至还会走向反面，特招人嫌，因为苦主已经开始自轻自贱了。

苦不自怜，同样是一种非常了不起的品格，尤其值得我们所有人重视。

拙不自弃

香菱这个女孩看起来不是一般笨，而是非常笨。

作者几次三番地告诉我们香菱这个女孩给人的感觉就是"呆""懵""痴""憨""笨""一根筋"，甚至连回目上都标明了"呆香菱"这样的定性。但是列位看官千万不要被作者瞒过，这是作者正话反说，正如那两首写贾宝玉的《西江月》，不过是借一种世俗的眼光来评判一个不易被人觉察的女孩的绣口慧心。

能证明这一观点的就是《红楼梦》中的经典段落：香菱学诗。

"香菱学诗"成了她"有命无运"的一生中唯一的亮色，成就了她一生当中除童年遥远的幸福时光之外的又一段幸福时光，同时也越发衬托出其更加悲凉的"无运"人生，算是作者"以哀景写乐，以倍增其哀乐"叙事艺术的妙用。

对香菱本人来说，"学诗"绝不是附庸风雅，而是生命的再造、灵魂的救赎。因为有了诗，香菱的人生才开启了华彩的乐章。她堪称是个苦学派，刻苦、努力、执着。从最初的旁若无人的沉思冥想，被人讥笑为"呆子"，到后来醒里梦里都在写诗，被人讥笑为"魔怔"，直至最后写出了令大观园中所有的才子才女为之叫好的诗篇，从而被刮目相看为"仙人"。是诗，拯救了她；是诗，唤醒了她；是诗，让她重返童年，找到了真正的归宿，重回精神的故乡。

有那么一节，足以证明香菱原本的慧根和悟性。《红楼梦》第四十八回，在林黛玉这个优秀诗人的指导下，香菱把王维的诗集几乎读了个通宵，之后向林黛玉汇报阅读心得：

> 据我看来，诗的好处，有口里说不出来的意思，想去却是逼真的。有似乎无理的，想去竟是有理有情的。（第四十八回）

当贾宝玉听到此处，不免感叹："'会心处不在多'，听你说了这两句，可知三昧你已得了。"我想，不止宝玉，任何一个读者读到此处都会感叹：香菱这姑娘悟性真好！

如此之聪慧，那么为什么作者却偏偏将其书写成笨拙呢？

这正说明作者对人情世故体察细微：香菱原本是很有天赋的，不过是因为"一重未了一重添"的人生遭际，使其变得看似木讷、貌似呆憨了。

"呆子"—"魔怔"—"仙人"，香菱学诗"三部曲"这一经典段落之所以被选入中学语文教材，不仅是因为励志，不仅是因为苦功，而且是因为激发，通过学诗、诵诗、写诗，香菱天赋中的诗性被激活、被唤醒，虽然迟了些、慢了些，但毕竟慧根还在。更是因为对比，没有这一段执着的学诗岁月来映衬，香菱的"呆""懵""痴""憨""笨""一根筋"就真的被坐实了；没有这一段执着的学诗岁月映衬，那些无尽的屈辱和坎坷，哪里能激发起读者更广泛而深刻的同情？一个天才的诗人就这样生生地被埋没了！这一段执着的学诗岁月恰恰证明：一旦确立了自己的奋斗目标，懂得了人生的价值追求，就会绽放出惊人的才华。

一个人天赋的聪明当然是值得骄傲的，可怕的是聪明反被聪明误，这世间大半聪明人都难逃"聪明误"的下场。香菱的可贵在于一直认为自己并不聪明，所以才要加倍努力，不抛弃、不放弃、不自弃。

当一个女孩神情木讷，状似呆憨，而她又特别上进、特别执着的时候，也往往是最值得为她"点赞"的时候。

当一个女孩非常美又非常苦，如果再没有点卓越的情怀和人生的寄托，是非常容易自甘堕落或者被社会所吞噬的。还好，香菱遇到了她一生中的贵人、恩师林黛玉，领着她走向了诗意的人生，使她焕发出惊人的魅力。美丽之外，再加魅力。任何时候，人得先自救，自个儿成全自个儿。拙不自弃，同样是一种非常宝贵的人生品格。

其实，香菱的这种所谓"呆""懵""痴""憨""笨""一根筋"，在我这里，更愿意将其看成一种天真未凿。在心机重重的成人世界里，作者为我们塑造这么一个天真未凿的女孩，其用意是不言而喻的。

这种天真未凿，在童年时代，表现为"乖觉可爱"，是一种天性的自然流露；在少年被拐岁月里，则表现为一种"痴""憨""木讷"，未尝不是一种本能的自我保护；在成年之后，依然保持着这种天真未凿，则是一种超然的单纯：虽然历经磨难，但是赤子心性未减。"世界以痛吻我，我却报之以歌"，这怎么不是一种非常宝贵的人生品质呢？

美不自知，苦不自怜，拙不自弃，这便是香菱这一小人物身上最突出的性格、品格。

作者塑造香菱这么一个小人物，其以一当十、以少总多的象征意义，更加值得强调。

她是《红楼梦》最早登场的女性，她是《红楼梦》最后离场的女性。作为甄家的千金小姐，从丢失的那一刻起，甄家就迅速地走向败落。甄家的悲剧，堪称后来贾家悲剧的预演。进入贾府，她还亲历了贾家的盛极而衰。作为薛蟠的小妾，她当然见证了薛家的败亡。曹雪芹之所以借周瑞家的口，说她像极了东府里的蓉大奶奶，也绝非闲笔，而是一种更为深刻的暗示：与钗黛合一的秦可卿相比，相同的是美丽；与选入宫中做皇妃的大小姐元春相比，相同的是身份，皇妃虽贵，但与妾同；与遇人不淑的二小姐迎春相比，相同的是遭际，二人都遭受着同样的家庭暴力；与远嫁番邦的三小姐探春相比，相同的是都远离了故乡，无根飘零。当然，香菱还与很多丫鬟命运相同，从香菱身上，我们还能看到袭人、晴雯、平儿等一干美丽少女的影子，这正好印证了《红楼梦》的深刻主题："千红一哭（窟），万艳同悲（杯）。"

但是，与群芳相比，香菱自有其独特的魅力，用香菱自己的话来说就是："不独菱花香，就连荷叶、莲蓬，都是有一股清香的。但他那原不是花香可比，若静日静夜或清早半夜细领略了去，那一股清香比是花儿都好闻呢。就连菱角、鸡头、苇叶、芦根得了风露，那一股清香，就令人心神爽快的。"（第八十回）作者借夏金桂刁难香菱之机，借香菱之口，为菱香辩护，为自己辩护，堪称是其判词"根并荷花一茎香"的最好阐释。

面对即将到来的危险浑然不知、全然不顾，还在一味地发挥着其审美的天性，陶醉在无花不香的清新高远的境界里，香菱"呆萌"到让人心疼的地步。

自然的单纯人人都曾有，超然的单纯则极为罕见。所谓"超然的单纯"，就是哪怕历经沧桑，依然赤子心性。一个饱经忧患的人，是非常容易堕入颓唐的；一个度尽劫波的人，是非常容易消极放任的。不是孤高冷僻，就是人情练达、世故圆滑，而作者笔下的香菱，依然保持着一派天然。

身世浮沉，雨打飘萍。有命无运，结构全书。端的是"一角红楼千片瓦，压低历史老人头"。

赖嬷嬷：奴才二字如何写

她是贾府最资深的奴才，贾母面前也得看座；

她是贾府最有钱的奴才，竟然拥有独立产业；

她是贾府最有远见的奴才，身处底层却始终仰望星空；

她用一生的心血，换来子孙后辈从奴才到主子的华丽转身。

你说的是赖嬷嬷？是的，赖嬷嬷。从这位资深老奴身上，曹雪芹让我们品味出"奴才"二字的况味。

奴才之国

在一个宗法专制社会里，没有谁不是奴才，即便是称孤道寡的九五至尊，在登大宝之前依然是奴才，至少是他爹妈的奴才。一朝荣登大位，满朝朱紫，悉数为奴。苍苍蒸民，尽皆非人！然而，在一个宗法专制社会里，奴才们最大的理想不是如何努力让自己变成人，也让别人变成人，而是绞尽脑汁、费尽心机，头悬梁、锥刺股，让自己变成更高的奴才。所谓"朝为田舍郎，暮登天子堂"，所谓"有头有脸有功名"，所谓"光耀门楣"，所谓"人上人"，不过是更高品级的奴才而已，依然逃脱不了侍奉主子的命运。

历史的古代、近代和现代的断代划分，听起来似乎很复杂，其实很简单，就是"人"与"奴"的划分，就是"人"与"非人"的分野。"人"应该是自由的、平等的，"奴"却是依附的、卑微的；"人"是有人格的、有尊严的，"奴"却是无人格、无尊严的。

这也是那些再也不想做奴才的人们，宁愿肝脑涂地也要争取自由、进行革命的原因。古今中外，一代一代，人类历史终于走出主奴二元结构的丛林社会，迎来了人人平等、个个自由的人的社会。

《红楼梦》的伟大正在于此：借助于一些边缘小人物，痛彻心扉地道出了"奴才"的血泪和愤懑，"革命"的合理与合法，"理想"的幻灭与再生。别看曹公拖着条辫子，骨子里却比那些西装革履、油头粉面、天天想着升官发财的人现代多了。

是的，正如鲁迅先生所云，做奴才虽然不幸，但并不可怕，因为知道挣扎，毕竟还有挣脱的希望；"如果从奴隶生活中寻出'美'来，赞叹、抚摩、陶醉，那可简直是万劫不复的奴才了！"（《漫与》）

曹雪芹的深刻也正在于此：为我们塑造了一大批"知道挣扎"的奴才，懂得"再有面子的奴才毕竟还是奴才"的奴才。

奴才之邦

我们今天就来说说贾府第一女奴赖嬷嬷。

她的第一次出场是在《红楼梦》第四十三回，至尊贾母为凤姐庆生搞众筹，赖嬷嬷作为体面的高等奴仆，被邀请来商议如何众筹。这显示了其贾府第一女奴的地位和尊荣，竟然得到了被贾母亲自"看座"的超高待遇，与同样堪称"第一"男奴、被塞了一嘴马粪的焦大相比，简直判若云泥。然而，最华彩的段落并非其享有可以安坐的"小杌子"、列席众筹大会、协商多少份额的尊崇，而是其孙子赖尚荣在主子们的提携之下买了个县官，她准备回请主人，答谢主人的照拂，当着王熙凤和李纨的面痛说奴隶逆袭成主子的奋斗家史：

　　……前儿在家里给我磕头，我没好话。我说："哥哥儿，别说你是官儿了，横行霸道的。你今年活了三十岁，虽然是人家的奴才，一落娘胎胞，主子恩典，放你出来，上托着主子的洪福，下托着你老子娘，也是公子哥儿似的读书写字，也是丫头、老婆、奶子捧凤凰似的，长了这么大，你那里知道那'奴才'两字是怎么写的？只知道享福，也不知你爷爷和你老子受的那苦恼，熬了两三辈子，好容易挣出你这么个东西来。从小儿三灾八难，花的银子也照样打出你这么个银人儿来了。到二十岁上，又蒙主子的恩典，许你捐前程在身上。你看那正根正苗的忍饥挨饿的要多少？你一个奴才秧子，仔细折了福。如今乐了十年，不知怎么弄神弄鬼的，求了主子，又选了出来。州县官儿虽小，事情却大，为那一州的州官，就是那一方的父母。你不安分守己，尽忠报国，孝敬主子，只怕天也不容你。"（第四十五回）

这一通文白夹杂、雅俗掺和的箴言真是晴天霹雳，信息量极大，似乎是积攒了很久，压抑了很久，酝酿了很久，终于可以脱口而出、一泻千里、一吐为快了。

这里边有矫情，有卖乖，有骄傲，有委屈，有自勉自诫，有感恩戴德，有气度格局，实在是一段滴水不漏、面面俱到、慷慨激昂、振聋发聩的奴才宣言，非一般奴才所能。特别是那一句"你那里知道那'奴才'两字是怎么写的？"似有千钧之力，声振屋瓦，饱含血泪。

我想，这一通慷慨激昂的陈词，首先不能不让那些熟悉曹雪芹家世的读者浮想联翩、低回沉思：

是啊，您曹家不就是这样的奴才世家吗？！不过是男为太子伴读、女为太子乳母的高级一些的奴才罢了。想你们曹家，在康熙朝何其显赫荣耀，在雍正朝又何其惶惶不可终日，在乾隆朝又何其人亡家散、繁华归空！

如果不是亲历见证，如果没有深刻反思，那么曹雪芹断然不会如此悲怆地借一家奴之口说出如此血泪相和的警句箴言。

是的，《红楼梦》之所以异军突起，曹雪芹之所以堪称伟大，就在于他的觉醒。觉醒在富贵无常、繁华转空的人生跌宕里，觉醒在美被毁灭、尊严无存、没有谁配有好命的历史旋涡里，觉醒在"天尽头，何处有香丘"这一天问般的困惑里。于是，滴泪为墨、研血成字，不惜挑开自家脓疮，鲜血淋漓地展示给读者一个没有尊严、没有公道、没有天良的族群和体制。

也许，你认为对一个家奴的一时言语如此解读，是不是有些牵强附会、小题大做、过度诠释了？非也，说曹觉醒，绝非虚言。《红楼梦》第七十三回中，大观园抓赌，牵出三大头家，其中之一便是迎春的乳母。黛玉、宝钗因怕迎春没了脸面，合众为其说情，哪知贾母断不肯轻饶，朗声说道："你们不知。大约这些奶子们，一个个仗着奶过哥儿、姐儿，原比别人有些体面，他们就生事，比别人更可恶……"这哪里是在训诫家奴，简直是痛揭家丑，一如鲁迅先生所言："敢于直面惨淡的人生，敢于正视淋漓的鲜血！"

如此看来，这曹公分明是再不避讳伤口撒盐了。自己的祖母就是康熙的奶妈，自己的祖父就是康熙的伴读。曹家之所以鲜花着锦、烈火烹油、红得发紫，靠的就是包衣世家啊！

还没有完，如果你依然不相信曹公对现存秩序的反叛有多彻底，反思有多深刻，那么请再看《红楼梦》第六十回的赵姨娘和芳官吵嘴。作为沦落在社会最底层的戏子身份的芳官毫不避讳自己的低贱，伶牙俐齿地说了这样一番话："……姨奶奶犯不着来骂我，我又不是姨奶奶家买的。'梅香拜把子，都是奴才'罢咧，这是何苦来呢！"

好一个"梅香拜把子"！中国的歇后语就是厉害，关键在于后半句："都是奴才"罢咧！是的，这一句詈骂虽然针对的是赵姨娘，但由不得人不去联想，阖府上下，谁又不是奴才？更由不得读者不去联想：专制之下，悉数为奴。莫说芳官，莫说赵姨娘，就说至尊贾母，你看她见了贵为皇妃的孙女元春，不是一样不顾年高体迈、双膝跪下了吗?!贾妃省亲，贾母带领阖家大小乌压压一齐跪倒，彻底暴露出家国一体的专制制度及其礼教秩序的自相矛盾和逆情悖理。

的确，赵姨娘的身份原本也是个奴才，只因傍上了贾政，才捞得半个主子的地位。为什么探春不愿认她这个亲娘？仅仅是因为探春势利吗？显然不是，而是"奴才加庶出"成了她的原罪，成了她一生的隐痛，所以她"才自精明志自高"，才表现出那样的痛苦和悲情，但她想摆脱而不得。

以上还只是点上的叙述，还有面上的铺展。整部《红楼梦》，有多少主子朝不保夕，有多少奴才忍辱含垢，有多少无常勾魂摄魄，直至白茫茫一片大地真干净。

这些点点面面，不能不让我们再次想起作者对他所赖以存在的整个社会体制的全方位的怀疑,釜底抽薪式的批判——对整个专制体制阶级秩序的彻底否定、深刻质疑。这世界能不能没有主子和奴才?能不能换一种活法?除了"四书""五经"、仕途经济,成为可以肆意欺负、践踏他人的人上人,还有没有一种更为理想的生活和生活的理想?

奴性之病

也许,曹雪芹想破脑袋也想不出"太阳城""乌托邦""理想国"这些高大上的名词,但他一定能想起"大同""小康""桃花源",于是他构建了一个"大观园"。更何况,已经有先驱者的火炬在前。黄宗羲、顾炎武和王夫之,哪一个都堪称启蒙的大纛、思想的巨擘。只可惜,狂飙般的关外寒潮过于凛冽,将这些"火炬"全都吹灭。

当我们为赖嬷嬷的隐忍苟活、高瞻远瞩、成功逆袭等这些所谓的生存策略、超高情商纷纷"点赞",试图将其代入职场、也能学个左右逢源、飞黄腾达的时候,我们是否也该思考一下:何为真正的尊严?

"现代化"不是一个学术名词,而是一种全新的生活方式。现代化的前提是现代人,没有人的现代化,其他的现代化再彻底也不会长久,迟早都会崩塌。现代人的前提就是不再有主人、奴仆,大小、尊卑等这些等级森严的概念,而代之以民主、自由、平等这些深入人心的观念。

"奴才二字如何写?"《红楼梦》伟大的现代性,就表现在对这些表征着等级概念的深刻怀疑而不是津津乐道上。这是其前代、其同代,甚至其后百年中国文学所罕见的。

焦大：老兵不死慢凋零

同样是贾府中最为资深的奴才,赖嬷嬷和焦大有着截然不同的命运。一个隐忍苟活、委曲求全、目光深远,为的是子子孙孙永远脱离奴籍;一个忠心耿耿、不改初衷、视主家为自家,自觉地将自己与主人捆绑在一起,结局却是被塞了一嘴马粪。

焦大作为奴才的独特性在于:他首先是个军人,然后才是个仆人;他首先是个真人,然后才是个证人。这种职业的、性格的独特便决定了他除为主人尽忠之外,一生不可能有第二种选择。

军　人

说焦大是个"老兵",这没有错,而且还不是一个一般的老兵,他是个英雄,是个真正的军人。更重要的是,他始终保有一个军人应有的、罕见的品格——不爱财、不惜命、特忠诚。

特别是其忠诚,忠诚到让人感动,尽管近乎愚忠。

他的"不爱财",从他晚年依然孑然一身可以得到明证。生在那样的时代和环境里,有着那样的传奇经历,但凡眼皮稍微活络一些,用现在的话来说,情商稍微高那么一点点,断然不至于混到如此地步。看看同为有头有脸的家奴的赖家,可真正是一个天上、一个地下。与那些"坐山观虎斗""借刀杀人""引风吹火""站干岸儿""推倒油瓶不扶"的一干奴才比起来,他偏偏选择了清贫自守、干净为人。

他的"特忠诚",已经从尤氏口中不经意地曝出:"你难道不知这焦大的?连老爷都不理他的,你珍大哥哥也不理他。只因他从小儿跟着太爷们出过三四回兵,从死人堆里把太爷背了出来,得了命;自己挨着饿,却偷了东西来给主子吃;两日没得水,得了半碗水给主子喝,他自己喝马溺。不过仗着这些功劳情分,有祖宗时都另眼相待,如今谁肯难为他去。他自己又老了,又不顾体面,一味吃酒,吃醉了无人不骂。我常说给管事的,不要派他差事,全当一个死的就完了。今儿又派了他。"(第七回)

这一段漫不经心的讲古,信息量同样巨大:一来说明贾家的江山来之不易,是打出来的、拼出来的,是刀山火海、九死一生中挣来的,而且相当一部分是焦大的功劳;二来说明焦大在与主子一块打江山的过程中完全做到了不惜命、特忠诚,值得生死相托;三来说明随着贾家官一代退场、官二代登场,与官一代生死与共的焦大和官二代之间,只剩下了一点可怜的情面勉强维持,已经从受人尊敬沦落到碍人眼、惹人烦,所以,他常喝闷酒,日渐颓唐。长期的冷锅、冷灶、冷眼、冷板凳,使得焦大心中淤积了太多的愤懑和不平,只待他日找时机发泄出来。

仆　人

机会来了。秦可卿的弟弟秦钟在宁府与宝玉玩到很晚,需要有人送回,宁府的管家赖二把这个苦差事派给了自顾不暇的焦大。终于,火山爆发:

先骂大总管赖二,说他不公道,欺软怕硬,"有了好差事就派别人,像这等黑更半夜送人的事,就派我。没良心的王八羔子!瞎充管家。你也不想想焦大太爷跷跷脚,比你的头还高呢。二十年头里的焦大太爷眼里有谁?别说你们这一起杂种王八羔子们!"(第七回)

这还只是火山爆发的前奏,暴风骤雨来临之前的轻雷。因为焦大骂的是和他同为家仆的赖二。赖二就是上文说的赖嬷嬷家的老二,现为宁府的大总管。从这一段前奏来看，焦大与赖二的梁子结了肯定已不止一日。一个是奴一代，一个是奴二代，奴二代凭着手中大总管的权力借机报复修理奴一代，甚至可以判定这就是一个局，一个将奴一代焦大驱逐出围的局。

然而，事情还没有完，更大的阵仗还在后面："蓉哥儿，你别在焦大跟前使主子性儿！别说你这样儿的，就是你爹、你爷爷，也不敢和焦大挺腰子。不是焦大一个人，你们就做官儿，享荣华受富贵！你祖宗九死一生挣下这家业，到如今了，不报我的恩，反和我充起主子来了。不和我说别的还可，若再说别的，咱们'白刀子进去，红刀子出来！'"（第七回）（甲戌本作"红刀子进去，白刀子出来"以显示其醉语。）

从骂仆人开始转向了骂主人。虽然超越了礼法，却句句属实；虽然有些倚老卖老、居功自傲，却事出有因。如果不是贾蓉不知深浅，到底年轻，经不住阵仗，忍不住便骂了几句，叫人"捆起来等明日酒醒了，问他还寻死不寻死了！"焦大断然不会调转矛头冲着他来。这也许正中赖二下怀。

从焦大"红刀子进去，白刀子出来"的颠三倒四的言语里，也可看出这老英雄依然有点不服老，军人本色跃然纸上。此时焦大的叫嚣当然超越了其奴才身份：我可以自谦为奴，但你不能就把我当奴；倘若你真把我当奴，别说你这乳臭未干的贾蓉，就是你爹、你爷爷、你祖爷爷也未必一定是我的对手。

更大的暴风雨还在后头。

证　人

"我要往祠堂里哭太爷去，那里承望到如今生下这些畜生来，每日家偷狗戏鸡，爬灰的爬灰，养小叔子的养小叔子，我什么不知道？咱们'胳膊折了往袖子里藏'！"（第七回）真个是天雷滚滚，电闪雷鸣。由骂贾蓉一人直接升级到了骂整个贾氏家族，采用的是"祠堂哭太爷"这种威胁恐吓的形式，既是痛哭，也是祷告，还是数落和讨伐。但是此时的焦大依然自觉自愿地把自己与这个日渐没落的家族捆绑在一起，说出了最痛心疾首的话"咱们胳膊折了往袖子里藏"，打掉门牙和泪吞，家丑不可外扬。

至此，"焦大醉骂"一波三折，一浪高过一浪，浪浪惊心，终于达到了顶点和高潮。这充分证明了焦大绝非一般的奴仆——这是一个始终把自己看成整个家族一分子的奴仆；这是一个始终保有军人本色的奴仆，这是一个恨铁不成钢、眼里容不得沙子的奴仆。他是真正地爱贾家，爱曾经渗透了他的鲜血和生命的贾家，不忍眼睁睁地看着它败亡。比起那些专拣主子们爱听的说，专往主子们心坎里做事，把"爱贾家当成生意"的赖家等一干奴才来，焦大赤胆忠心，日月可鉴。

的确，焦大是这个家族的证人：见证着老主人创业的艰难，见证着少主人败家的胡作非为，见证着人情冷暖、世态炎凉。

这一通层次分明、由浅入深、由轻到重，事理清楚，有力、有理、有节的醉骂，再次证明着焦大的忠诚：对主人的忠诚，对信念的忠诚，对已经倾尽自己一腔热血的事业的忠诚。这种忠诚，特别能让人想起历史上托孤救孤的老程婴。

这一通醉骂，使我们无法忘怀站在暗处设局得逞的赖二，终于成功地替主子、替自己拔除了眼中钉。这种暗毒不能不让人感慨：奴才欺负起奴才来，真的比主子还可怕！无底线的整治起有底线的来，真的毫无生还的可能！

这一通醉骂，还让我们领略了很多世相：所谓的"正能量"和"负能量"，谁是真的爱贾家，谁是真的拿贾家作垫脚、作生意，谁又是"瞎充管家"的"王八羔子"。

真　人

也许，做不做仆人由不得选择，但做不做奴才依然可以选择！

也许，出身贵贱由不得选择，但做不做真人依然可以选择！

焦大是《红楼梦》的边缘人物，从头到尾只出现过两次：一次是第七回的这场醉骂，一次就是一百零五回的出场做证，证明了他作为一个预言家的精准预测。这昙花一现的出场，就足够让人难以忘怀的了。在一个谎言的世界里，真诚，只有真诚才是无往而不胜的利器。焦大的醉骂，将这个所谓的"诗礼簪缨"世家剥了个体无完肤。

这是一个单纯的人，一个纵然经历过太多的生死、侮辱、不公，依然保持着"初衷"的人，我们叫作"超然的单纯"，所谓"赤子之心"。

这是一个精神明亮的人，一个纵然清贫到死也不愿乞求怜悯和施舍，无论做什么、在什么位置都保有底线的人，所谓有原则、讲是非。

曹雪芹用"先声夺人"的法子，"力透纸背"的如椽巨笔，为我们塑造了这么一个倔强、到死不妥协、讲真话的犟老头。历史派给他的角色就是专门给贾家王朝敲警钟的，可惜的是几乎没有人能听得懂。他的醒醉人生当然是一场悲剧，但悲剧的根源并不在其本人，而在于这样一个容不得真言、真相和真理的宗法体制。

是奴才不假，但并非所有人都甘愿做奴才，也并非所有人都死心塌地甘当奴才，总有个主动和被动的选择问题。

焦大那非常富有穿透力的声音，如暮鼓晨钟，破空而来，穿越了两个多世纪，依然如黄钟大吕，铿锵有力，这使得我们再次想起老麦克阿瑟的那句名言："老兵不死，只是慢慢凋零！"

军人讲服从，仆人讲忠贞，证人讲真诚，真人讲信奉，共同之处就是都要讲一个忠字，不同之处在于忠的是什么：是忠于一家一姓还是忠于万民兆姓，是忠于某个具体对象还是忠于某种理想信念，这是忠诚境界的高低之分。对焦大而言，毫无疑问，他是个忠直之士，然而，他的忠诚中显然还没有多少超越的成分。他的出身、身份、习惯和生活方式，决定着他的确无法理解除他的主人之外还应该有更高的忠诚。但是，通过让其醉骂，对其所忠诚的对象表示一下怀疑，已经算是不小的超越了。

龄官：野百合也有春天

《红楼梦》的伟大在于在中国文学史上破天荒地浓墨重彩地叙写了真正的爱情；

《红楼梦》的经典在于写了林林总总的爱情，堪称是爱情的百科全书。

如果将爱情看成是两性的生物本能，那么它当然很古老，古老到与人类同庚；

如果将爱情看成是两性的精神资源，那么它当然非常年轻，年轻到只有到了真正的现代人们才有资格谈爱情。

主要人物的爱情作为主旋律，可谓是缠缠绵绵、生生死死、惊心动魄、荡气回肠；边缘人物的爱情作为小插曲，可谓是涂涂抹抹、点点染染、波澜不惊、春风拂面。

爱的阙如

"我是一个可怜的中国人。爱情！我不知道你是什么。"这是现代启蒙先驱鲁迅先生在看到一首爱情诗之后的哀叹，每每读来，都觉鼻酸。

的确，爱情，这世间最惊心动魄、最缠绵悱恻、最美好、最销魂的人类感情，对绝大部分人来说都是奢侈品，是最为匮乏的精神资源。

这不是夸张，这是基于爱情的苛刻条件而得出的经得起推敲的结论。

爱情条件的苛刻首在"自由"，即男女双方都必须是"自由"的，或者说有"自由意识"的。这里的"自由"和"自由意识"当然不是为所欲为，也不是阿Q

式的"我要什么就是什么，我喜欢谁就是谁"，而是子君式的"我是我自己的，他们谁也没有干涉我的权利"，这是爱情最基础、最首要、最不可或缺的前提之一。对一个没有自由观念、自由意识，无法独立自主的人来说，爱情无从谈起。

不要说自由资源原本就匮乏的古代，即便是现代，又有多少人拥有"自由"的意识，懂得"自由"的真谛呢？当男女双方连选择自己的终身伴侣都拿不定主意、无法自主自决的时候，谈爱情不是奢侈吗？

爱情条件的苛刻次在"平等"，即男女双方都必须是"平等"的，或者说有"平等意识"的。这里的"平等"和"平等意识"当然不单单是门当户对，也并非涓生大彻大悟式的"人必生活着，爱才有所附丽"，而是舒婷式的"我必须是你近旁的一株木棉，作为树的形象和你站在一起"，这同样是爱情最首要、最基础、最不可或缺的前提之一。一个没有平等观念、平等意识，总觉得嫁谁都是下嫁、娶谁都是恩赐的人，何谈爱情？

不要说平等资源原本就匮乏的等级森严的古代，即便是现代，又有多少人理解和懂得"平等意识"的可贵呢？当男女双方，只要有一方残存"高攀"或者"下嫁"的心理，爱情就无从谈起。即便是由于各种各样的原因走在一起，这原因很可能是同情，是恩情，是患难与共、相濡以沫的亲情，等等，唯独不是爱情。

"自由"与"平等"，这是"尊严"的前提！之于"爱情"，无分轩轾，没有谁比谁更重要，而是同等重要。

在男女双方两大意识都具备了之后，依然不够。还有一个要件，那就是爱情的第三个苛刻条件——相遇！男女双方必须"相遇"，才能谈爱情。

那么问题来了，怎样的"相遇"才是爱情？萍水相逢？一见钟情？一见如故？

在此我很可能要打碎很多朋友的好梦而必须实话实说：是一见如故！那些才子佳人小说里的一见钟情，那些宫怨、闺怨诗词里的相思之苦，统统都算不上是爱情。

那么，不是爱情又是什么？

是本能，是欲望，是本能的欲望，是欲望的本能，不只人有，连动物都有。

在"自由"全无、"平等"匮乏、"相见时难"，特别是对女性规范更为严酷的古代，爱情真的如鲁迅所说，"我不知道你是什么"。我们必须向鲁迅的真诚致敬，因为绝大部分人都不愿承认这一点。他们误读了爱情，也误读了自己，特别是误把一见钟情当成爱情。

大家设身处地、推己及人地揣想：在古代，一个女性的生活半径到底有多大？她能见到异性的概率有多高？在只有父兄作为异性可以相见的前提之下，在只有"绣楼""后花园""庵""观""寺""院"这些有限的空间可以活动的前提之下，在只有"踏青""降香""观灯"这些有限的时间可以活动的前提之下，一个女性，如果有那么一个机缘，突然见到一个男性，不"爱"上还正常吗？但"爱"上了就一定是爱情吗？显然不是，因为这种禁锢之下的"一见钟情"，无法区别于动物的本能。

如果硬要说古代也有真正的爱情，那么条件依然苛刻。这个古代在时间上必须限定在"上古"，在空间上必须限定在"青楼楚馆"。前者礼法尚未成教，后者超越礼法，尤其是女性的生存空间，较之深宅大院，业已相对宽松和自由。

那么，为什么"一见如故"就是真正的爱情呢？

因为"一见如故"非同寻常，貌似神秘，其实可讲。那是男女双方在价值观上的深刻共鸣，即便是双方从未谋面，只要价值观上一致，就会有一种"似曾相识燕归来"的精神愉悦感，就会觉得对方特别"可亲"，有一种"故友重逢"的快意。

一见钟情是本能，动物也会；一见如故是爱情，只有人能。

"自由""平等""一见如故"，这是爱情的三个要件。无论哪一条都足够苛刻，都非常难得，说它千载难逢也不为过。

《红楼梦》的伟大正在于，在中国文学史上，第一次写到了真正的爱情！第一次写到了基于"自由""平等""一见如故"这三个苛刻条件之上的爱情！第一次写到了意识到此三个苛刻条件不具备而偏偏相爱的痛苦和悲鸣！

有此三因，我们就明白了《红楼梦》的伟大、《红楼梦》所叙爱情的深刻，因为前无古人，后也鲜有来者。

宝、黛之间自不必说，即便是那些小人物之间，《红楼梦》写的也是真正的爱情。司棋与潘又安，小红与贾芸，龄官与贾蔷，等等，也都有别于传统的才子佳人。

今天，我们就来说说龄官与贾蔷的爱情。

爱的启蒙

龄官，原本是贾家从苏州买来的扮小旦的演员。人长得特别漂亮，用《红楼梦》上的原话来说就是："眉蹙春山，眼颦秋水，面薄腰纤，袅袅婷婷。"不但人长得漂亮，戏也唱得极好，职业道德也高。元妃省亲，她的演唱得到了"最高领导人"贾元春的高度"点赞"和丰厚犒赏。

贾蔷，原本是宁国府的正派玄孙，父母早亡，从小跟着贾珍过活，比贾珍的儿子贾蓉还生得风流俊俏。虽然每日应名去上学，亦不过虚掩眼目而已。在只有门前"那两个石头狮子干净罢了"的东府里，所有纨绔子弟的恶习他全都学会了，斗鸡走狗，赏花阅柳。在贾珍的一力促成下，捞得了去苏州采办戏子的美差，而且顺理成章地坐上了梨香院总管的位置。

按照"爱的阙如"部分所提出的爱情的三个苛刻条件，对龄、蔷来说，前两个条件貌似都不具备：一个是沦入梨园的薄命优伶，一个是高门大户的纨绔子弟，既不可能"平等"，也不可能"自由"，然而，他们还是相爱了。那么，这岂不是很矛盾吗？不，一点都不矛盾，我在提出"平等"和"自由"的同时，还提出了"平等意识"和"自由意识"作为并列。相较于"事实上"的"不平等""不自由"，"观念上"的"平等"和"自由"更为重要。高不俯瞰，低不仰视，高不自高，低不自低，完全能够平视人生的万千风景，这就叫"平等意识"。能打破世俗的藩篱，敢于相爱，这本身就是"自由意识"和"平等意识"的充分体现，同时也是真正的爱情的明证。

《红楼梦》没有写到龄、蔷最初的相见，只写到了"贾蔷放雀""龄官画蔷"，但是我们可以"脑补"——作为采办的贾蔷在见到作为采办对象的龄官的那一瞬间，一定也不亚于贾宝玉、林黛玉最初的相见吧？！不然，后来的那些故事将无从解释。

那么，既然一个是纨绔子弟，一个是下九流，又有什么证据证明龄、蔷之间不是玩弄与被玩弄，而是真正的爱情呢？

证据很多，且听详解。

那大概是一个盛暑的午后，日长人倦，倦极无聊的贾宝玉背着手到处闲逛，在王夫人那里撩拨金钏，导致金钏挨了王夫人一巴掌；没趣至极，又游荡到蔷薇架下：赤日当天，树阴匝地，满耳蝉声，静无人语：

> ……那蔷薇正是花叶茂盛之时，宝玉便悄悄的隔着篱笆洞儿一看，只见一个女孩子蹲在花下，手里拿着根绾头的簪子在地下抠土，一面悄悄的流泪……只见他虽然用金簪画地，并不是掘土埋花，竟是向土上画字。宝玉拿眼随着簪子的起落，一直、一画、一点、一勾的看了去，数一数，十八笔……原来就是个蔷薇花的"蔷"字……画来画去，还是个"蔷"字。再看，还是个"蔷"字。里面的原是早已痴了，画完一个又画一个，已经画了有几千个"蔷"……（第三十回）

"龄官画蔷"是《红楼梦》中最精彩的段落之一，也是中国爱情叙事史上最惊心动魄的细节之一。它表明的是爱之极、痛之极、苦之极，无处言说，只有画给大地看，画给风雨听，画给一切懂爱的人。我们常常说，不能说的痛苦是双重的痛苦。对于所有陷入爱恋的人来说，爱本身就是痛苦；对于一个小小的优伶来说，爱上一个不该爱的人就更是苦上加苦。她虽然能歌善舞，却无法唱出；她虽然伶牙俐齿，却无法说出，于是，只好将一个"蔷"字交付苍天大地、风声雨声。

也许你认为，这只是单相思呢？那么，我们再看下一个细节分解：

> 一日，宝玉因各处游的腻烦，便想起《牡丹亭》曲来，自己看了两遍，犹不惬怀，因闻得梨香院的十二个女孩子中，有个小旦龄官，最是唱的好……宝玉忙至他房内，只见龄官独自倒在枕上，见他进来，文风不动。宝玉因素习与别的女孩子玩惯了的，只当龄官也和别人一样，因近前来身旁坐下，又陪笑央他起来唱"袅晴丝"一套。不想龄官见他坐下，忙抬身起

来躲避，正色说道："嗓子哑了，前儿娘娘传进我们去，我还没有唱呢。"（第三十六回）

好一个厉害的龄官，大观园中的丫头小子，谁敢驳宝二爷的面子？想听你唱的曲儿，那是瞧得起你。可是这龄官偏偏"不识抬举"，而且还抬出了"娘娘"当挡箭牌。那意思是，别说你宝二爷，就是娘娘我都没唱，言外之意：你算什么？

一个优伶，哪里来的底气，敢于抗拒来自权势的"盛情"和"垂青"？无他，唯爱而已。真正的恋爱中的人是无所畏惧的，因为"我的眼里只有你"，爱的确能使人无畏！

且慢，爱的启蒙还远未完结。

从未有过被人厌弃经历的宝玉只好讪讪的，红了脸，知难而退。药官、宝官安慰他说："只略等一等，蔷二爷来了叫他唱，是必唱的。"宝玉听了，心下纳闷，难道贾蔷比"娘娘"的面子还大？少站片时，果见贾蔷从外头来了，手里提着个雀儿笼子，上面扎着小戏台，并一个雀儿，兴兴头头往里走来。见了宝玉，只得站住。一面勉强应付，让宝玉坐，一面径直往龄官屋里来：

……只见贾蔷进去笑道："你起来，瞧这个玩意儿。"龄官起身问："是什么？"贾蔷道："买了雀儿你玩，省得天天闷闷的无个开心。我先玩个你看。"说着，便拿些谷子哄的那个雀儿在戏台上乱串，衔鬼脸旗帜。众女孩子都笑道"有趣"，独龄官冷笑了两声，赌气仍睡去了。

贾蔷还只管陪笑问他："好不好？"龄官道："你们家把好好的人弄了来，关在这牢坑里学这个劳什子还不算，你这会子又弄个雀儿来，也偏生干这个。你分明是弄了他来打趣形容我们，还问我'好不好'。"贾蔷听了，不觉慌起来，连忙赌身立誓，又道："今儿我那里的香脂油蒙了心，费一二两银子买他来，原说解闷，就没有想到这上头。罢，罢，放了生，免免你的灾病。"说着，果然将雀儿放了，一顿把将笼子拆了。龄官还说："那雀儿虽不如人，他也有个老雀儿在窝里，你拿了他来弄这个劳什子也忍得？今儿我咳嗽出两口血来,太太叫大夫来瞧,不说替我细问问,你且弄这个来取笑。偏生我这没人管没人理的,又偏病。"……贾蔷忙道:"昨儿晚上我问了大夫,他说不相干。他说吃两剂药,后儿再瞧。谁知今儿又吐了。这会子请他去。"说着,便要请去。龄官又叫:"站住,这会子大毒日头地下,你赌气去请了来我也不瞧。"贾蔷听如此说,只得又站住。(第三十六回)

看了此段,你还认为龄官是单相思吗?你看此时的贾蔷,何曾有一丁点公子哥儿的高傲脾性?此时的龄官,何曾有一丁点戏子优伶的奴颜婢膝?

知道心爱的女孩病了,想着法子给她送去消愁解闷的礼物,这不是真爱吗?

知道心爱的男孩为逗自己开心,费尽心机买来礼物还要当场演示给自己,却触动了自己更加敏感的神经,在众伶都笑的时候她却怒气大发:那笼中雀儿多像失去"自由"的自己,那鸟笼多像牢笼!如果不是有着超常的敏感和自尊,龄官怎么可能不领下这份情谊?结果,爱变成了怨。

知道好心办了坏事,贾蔷立马改过,把雀儿放了,把笼子拆了。

看到飞去的雀儿,龄官自然而然地想起了自己的身世,身世之悲加病体之痛,这悲凉何人能解?

看着心爱的女孩多愁多病,贾蔷立马表示去请大夫,而此时的龄官对自己心爱的人表现出了无限的温柔和爱怜——阻止贾蔷去请大夫,理由是日头太毒,却以生气的形式表达。

看到此处,是不是觉得似曾相识?是的,贾宝玉、林黛玉之间又何尝不是如此呢?三日好了,两日恼了。真正的爱恋,大半如此。一次次的试探,一次次的埋怨,一次次的折磨。后悔,折磨;折磨,后悔……周而复始,直到情定,苦尽甘来。

从"龄官画蔷"到"贾蔷放生",《红楼梦》的深刻不仅仅在于写到了真正的爱情,更重要的是写到了爱的启蒙。是的,真爱终究是美丽的,总有一种天然的启蒙之功。

启蒙之一,在真正的爱情面前,男女双方都剥除了一切后天的身份、地位,回归到赤子心性。我的眼里只有你，你之外的一切都与我无关；你的眼里只有我，我之外的一切你都不关心。

启蒙之二，在真正的爱情面前，男女双方都变得特别强大，哪怕原来胆小怕事之极，唯唯诺诺之极，一旦有了爱的滋养，立马变得无所畏惧。因为爱本身就是最强大的力量，爱本身就是一个自足、充实、完整的世界。

启蒙之三，在真正的爱情面前，双方真正实现了"自由""平等"。龄官自不必说，其优伶的特殊身份，原本就没有多少礼法的包袱，使其相对于一般人家的女儿，更多了一份自由自在、任性狂放。贾蔷的变化也是巨大的。按理说，他虽然是东府里贾珍的亲侄子，但毕竟是晚辈，毕竟是父母双亡，靠他人过活，根基尽失，他能得到梨香院总管的差事并非易事，是贾珍央求来的，贾蓉帮衬来的，更可能是他牺牲了多少自尊换来的。也就是说，贾蔷原本是纨绔子弟、世俗中人。可是你看恋爱中的贾蔷，却像变了个人似的，并没有像一般旁支子弟见到宝玉那样过分热情、巴结逢迎，只是打个招呼，就直奔龄官房间。而对着一个在贾府上下看来不过是个戏子的龄官的撒娇、苛求甚至刁难，却百般地讨好，一点都没有上司对待下属的骄矜、严肃，反而一味体贴、自责，用张爱玲的话来说，"低到尘埃里"，像极了宝玉对待黛玉的态度。

龄、蔷之爱还有一个更大的意外收获，就是使得贾宝玉突然醒悟了——"昨夜说你们的眼泪单葬我，这就错了。我竟不能全得了。从此后只是各人各得眼泪罢了。"他似乎瞬间明白了《牡丹亭》上的箴言："情不知所起，一往而深，生者可以死，死可以生。生而不可与死，死而不可复生者，皆非情之至也。"爱情真的是一所好的学校，它能够使贪者廉、懦者威、俗者雅，净化人的灵魂，提升人的境界。

在真正的爱情面前，龄官长大了，贾蔷成人了，宝玉顿悟了。特别是能够让贾宝玉既看清了自己，也看清了别人，让他能够换一个角度重新审视自己与黛玉之间的这种烦恼之极、纠缠不休的关系。龄官对待贾蔷之外男子的漠视，贾蔷对待自己和龄官的截然不同的态度，使他突然明白了爱情关系中男女之间应该是平等的、对等的，而不是一人独占多人或是可以分享，也就是说，真正的爱是排他的。

爱的排他性于今人来说已是常识，于两百年前的古人来说，该有多现代、多前卫、多先锋。龄、蔷之爱让宝玉发现了爱的同道：他和黛玉并不孤独。

爱的救赎

如果没有这场龄、蔷之爱，我们看二人会有怎样的结局。

"鱼找鱼，虾找虾，老鳖最懂老王八。""跟着啥人学啥人，跟着巫婆跳大神。"这些民谚说的都是一个道理：环境对一个人的成长有多么重要。从小跟着贾珍长大的贾蔷，就像跟着西门庆长大的孩子一样，虽然不能说绝对成不了好人，但能活成个人样的概率一定不会太高，贾蓉就是个例子。

贾蔷到底是不是贾珍的"私生子""娈童"，他和秦可卿之间到底有没有暧昧，书中都没有明写，都是暗语，但从他联合贾蓉整治贾瑞，成为凤姐的帮凶这一点来看，他已经长歪了，他的最终结局一定会是贾珍第二或者贾蓉第三。

是爱情拯救了他，让他明白人世间的真情比起那些偷鸡摸狗来，有多么重要。

龄官的未来是一眼就能看到底的。按照她的脾性，她只能回到底层，回到民间，继续她的卖艺生涯，直到唱不动了、演不了了，随便找个人嫁了。事实也正是如此：贾府遣散优伶，十二人中有不愿离去留下来为奴者，但其中没有龄官。脱离贾府的龄官能去哪？《红楼梦》没有交代，无论前八十回还是后四十回，龄、蔷二人都没有再出场。但是我们可以根据前面的铺垫，作一些符合性格逻辑和生活逻辑的推想：除宝、黛之外，《红楼梦》中还写了很多爱情，唯有龄、蔷之爱最酷肖林黛玉和贾宝玉之爱。宝、黛的爱情已经注定是悲剧，那么面对龄、蔷之爱，曹公会不会发发慈悲呢？毕竟，曹公不是为悲剧而悲剧，而是为理想而悲剧。也许，曹公会让他们远走高飞，像当年的西施和范蠡一样，江湖漂泊，四海为家。而且，从龄、蔷二人的身份、性格和这一场爱情的洗礼来看，这是非常有可能的。

对龄官这样一个有个性、视自由若生命的人，除非没有机会，一旦有了机会，必不肯仰人鼻息而活的。

　　因此，爱情同样拯救了龄官，没有爱情的龄官就只能等待死亡，她是绝不苟活的。

　　贾蔷虽然曾经斑斑劣迹，但经此一爱，再加上作者早早安排他搬出了东府，已经暗示着了他未来的去向，那么这一对妙人的结局就不会太悲观。

　　爱情的拯救证明着爱情的伟大！伟大的爱情引人上升！

　　我们常常说爱情叙事是衡量一个作家，尤其是一个男性作家的重要标准。为什么呢？因为那里面有他几乎全部的观念：女性观、爱情观、世界观、价值观、人生观，等等。写好爱情的前提是爱情观，而不是什么诗情画意的所谓才华。有多少现代作家写了那么多的爱情小说，却做着公子落难、小姐送扇、凤冠霞帔、夫唱妇随的一见钟情之梦！生长在十八世纪中国的曹雪芹却早已打碎了这种团圆之梦，而代之以三观契合的一见如故之理想。在没有信仰的国土上，也许爱与美是最好的救赎和启蒙。

柳湘莲：真是银样镶枪头

他是《红楼梦》中被读者严重高估了的男性形象，尤其是被女性读者严重高估了的男性形象。他的出身被高估了，其实没有那么高；他的性情被高估了，其实没有那么酷；他的才能被高估了，其实没有那么专业；最重要的是，他对待人生的那种游侠态度也被高估了，其实没有那么严肃、认真和成熟。

他其实不过是个经常活在自己为自己设定的角色里不能自拔，连自己都被自己骗了的英俊少年。

扮酷少年

《红楼梦》中的男人多半龌龊，柳湘莲却翩若惊鸿。他虽出场不多，却如电光石火般，被我们永远记住了。这当然有赖于曹雪芹的笔力，但更有赖于柳湘莲本人复杂而独特的个性魅力。

柳湘莲貌似走错了小说空间，他应该是活在金庸武侠小说中的人物。你看他容颜的俊秀，神情的冷漠，腰系长剑的洒脱，衣袂飘飘，江湖浪迹，萍踪侠影，更兼快意恩仇，仗义疏财，随兴随性……有个特别现代的词非常适合他："高冷"。对，就是"高冷"。

他的身上，有着太多令少女少男着迷的光环和气质。生活中的登场恐怕亦如他在舞台上的客串亮相，一个闪身就会博得满堂彩吧？

我们且看曹公如何描绘他：

　　那柳湘莲原系世家子弟，读书不成，父母早丧，素性爽侠，不拘细事，酷好耍枪舞剑，赌博吃酒，以至眠花卧柳，吹笛弹筝，无所不为。（第四十七回）

这是原著中作者的介绍。

　　一贫如洗，家里是没的积聚；纵有几个钱来，又随手就光的。（第四十七回）

这是柳湘莲的自我标榜。

　　天天萍踪浪迹，没个一定的去处。（第四十七回）

这是青春好友贾宝玉的介绍。

大匠运斤，就这么三斧子，曹公就在形象、做派、风格上为我们"砍"出来这么一个"奇男子"形象。虽然着墨不多，但亦足够惊艳了。

然而，很多事情，换一个角度去看，就大相径庭了。尤其是经典的阅读，一大忌讳就是轻率和草率。必须细读、精读，甚至不仅要读文本之内还要读文本之外。因为曹公毕竟是"披阅十载，增删五次"，其春秋笔法比比皆是，其草蛇灰线伏笔千里，横云断山丘壑满布，不写而写互文见义……几乎中国文学史上所有的写作手法都被他用了个遍，而且是非常娴熟，几近出神入化之境，因此，一不小心就会被其瞒过。

是的，我少读红楼，就被他这样瞒过。

暴打薛蟠，我以为是柳湘莲的精神洁癖；施救薛蟠，我以为是他的肝胆侠义；非"绝色"不娶，我以为是他的风流高格；诺婚赠剑，我以为是他的君子一言；遁入空门，我以为他是跟贾宝玉一样，把红尘看破；甚至他的赖婚食言，我也能找到理由为他开脱。现在看来，少读红楼，匆忙下结论，也正如这柳湘莲本人，处处显出轻率和草率来。

腹内草莽

再读红楼，便越发觉得，这是一个既有些不太靠谱，又有些复杂难言的人物。我们试着再作分析。

对友情，他很轻率，但似乎又精致利己。

他暴打薛蟠，如果说是出于精神洁癖；他施救薛蟠，如果说是出于侠肝义胆，那么，救了薛蟠之后立马与他结为生死兄弟，就有些匪夷所思了。从最初的厌恶痛打到后来的施救、结拜，虽说是不打不相识，但这画风转得有点太快。从已有的描绘来看，柳、薛终归不是一路人。这种结拜，如果不是出于过于天真的轻率，就是出于过于精致的利己。毕竟，从前文的三段介绍来看，他不但是一个败落了的已无恒产的世家子弟，还是一个花钱如流水的浪子，又惯于结交各路豪杰兄弟。现实的问题是，钱从何来？除"做强梁"之外，无非就是靠朋友施舍。那么，像薛蟠这样的未曾败落的皇商子弟，应该是很好的"金主"。如此看来，在为人上，这柳湘莲越发连薛蟠也不如了。薛蟠的确不堪，但他不装，是真流氓。但这柳二呢？想想都有些恐惧。

对婚姻，他很草率：既草率允婚，又草率赖婚。

有观点认为，看一个男人，就看他如何谈论女人；看一个女人，就看她如何谈论政治。也就是说，一个男人，他的女性观对评价他本人来说，是个非常关键的尺度和标准；一个女人，她的政治观对评价她本人来说，同样是个非常关键的尺度与标准。曹雪芹之所以伟大，就在于他的女性观是超越了他的同辈作家和前辈作家的，既是超越流俗的，也是非常现代的。在中国文学史上，第一次把女人当人去写、去看、去爱，这是前无古人的，是非常了不起的。即便是在今天，抛开芸芸众生不说，就是那些行走中西如履平地、满口洋词风流自认的所谓学者，坚持着前现代的女性观的仍然大有人在。

我们来看看柳湘莲的女性观。

《红楼梦》第六十六回，肩负着尤氏姐妹的重托，出差外地的贾琏准备与柳湘莲说媒提亲，恰在平安州巧遇结拜后的柳湘莲和薛蟠。当贾琏将亲事提起之后，柳湘莲道：

> "我本有愿，定要一个绝色的女子。如今既是贵昆仲高谊，顾不得许多了，任凭裁夺，我无不从命。"贾琏笑道："如今口说无凭，等柳兄一见，便知我这内娣的品貌，是古今有一无二的了。"湘莲听了大喜，说："既如此说，等弟探过姑娘，不过月中就进京的，那时再定，如何？"贾琏笑道："你我一言为定。只是我信不过柳兄。你乃是萍踪浪迹，倘然淹滞不归岂不误了人家？须得留一定礼。"湘莲道："大丈夫岂有失信之礼？小弟素系寒贫，况且客中，何能有定礼？"薛蟠道："我这里现成，就备一分，二哥带去。"贾琏笑道："也不用金帛之礼，须是柳兄亲身自有之物，不论物之贵贱，不过我带去取信耳。"湘莲道："既如此说，弟无别物……囊中尚有一把'鸳鸯剑'，乃吾家传代之宝，弟也不敢擅用，只随身收藏而已，贾兄请拿去为定。弟纵系水流花落之性，然亦断不舍此剑者。"说毕……大家又饮了几杯，方各自上马，作别起程。（第六十六回）

从这一段柳湘莲允婚可以看出，其对终身大事是多么草率，其对女性的认识是何等肤浅，其对自己的守信又是何等的标榜。

草率表现在其根本就没见过尤三姐，仅凭贾琏的一面之词，就答应了婚事。

肤浅表现在其脱口而出的"绝色"之论。没有见面，更无交往，只要漂亮。

标榜表现在其自我夸口说："大丈夫岂有失信之礼？"

也许，要求一个人格尚未真正走向成熟的少男不草率的确不易；要求那个时代的世家子弟洁身自好，连杯花酒都不喝，或许也太苛刻。但是一个自命清高、萍踪浪迹的男人，在对待感情上至少应该有超越流俗的见识，想不到竟也是"以色论人""以貌取人"，这和一般浮浪子弟有何区别？

也许，男人重色尚可理解，但在如此重大的诺言上失信于人，就不可原谅了。不管是旧道德还是新道德，轻诺寡信几乎都是致命伤，可恰恰在这一道德底线上，柳湘莲没有守住。

尤三姐的贞洁与否是一回事，柳湘莲如何对待尤三姐的贞洁与不贞又是一回事。从他对尤三姐的殉情的表现可以看出，尤三姐差不多等于白死了。因为从其悔意上，并没有看出他对尤三姐的认识有多少深化、有多少升华：仅仅"刚烈"二字的评价，就对得起尤三姐的殉情了吗？仅仅"流泪"二字的举动，就对得起尤三姐的殉情了吗？可以说，尤三姐的殉情彻底烛照出柳湘莲凡夫俗子的本色，原来那一切所谓的"高冷"都不过是伪装。这一"伪装"，使我突然想起了他的高级票友的身份。也许是长期的客串使其彻底混淆了艺术与生活的界限，由于长期扮演戏文中的那些高富帅的公子哥儿、浪子弟儿，就以为自己也就真的成了高冷的公子、浪子，有点像入戏太深的程蝶衣了。

尤三姐爱柳湘莲是真实的，也是真诚的。因为毕竟她认识他，而且他是她的偶像，她是他的粉丝：那是在舞台上，他衣袂飘飘的身影让她着迷，他慷慨激昂的唱腔让她陶醉，他的一抬手、一顿足都可能让她茶饭不思。于是，她爱上了他，而且这一爱就是好多年，深深地隐藏在心底。虽然她知道希望非常渺茫，然而梦还是要做的，万一实现了呢？

轻诺寡信

柳湘莲爱尤三姐是虚妄的，也是肤浅的。因为毕竟他不认识她，她只不过是他万千粉丝中的一员，只是听别人说她很漂亮而已。于是他就轻信了，也轻诺了，一旦听到些风声之后又犹豫了，依然是连面也没见，又后悔了。

在婚姻上，这个所谓的"冷二郎"未免有点过于贪心了：既要"绝色"，又要"贞洁"。问题是能拿得起、放得下也行，却又偏偏拿不起、放不下。原来那么酷，那么俊，那么冷，那么风度翩翩的一个来无影去无踪的绝尘少年，竟也是个"银样镴枪头"，无论如何也没能走出他所生存的那个男权社会的藩篱。要求柳湘莲对待尤三姐能超越一点是不过分的，毕竟有榜样在：想想范蠡与西施，想想司马相如与卓文君，想想李靖与红拂，想想钱谦益与柳如是，想想吴三桂与陈圆圆……

冷面、冷心的"冷二郎"，如果真是那么超凡脱俗的绝尘少年，好像没有理由再要求尤三姐"贞洁"吧？当然，两全更好，但是"绝色"与"贞洁"不能两全的时候呢？"肉体的贞洁"与"灵魂的贞洁"要是相抵牾呢？现在我们看到了，"冷二郎"毫不犹豫地选择了前者。可见他不过是在"扮酷""装冷"，关键的时候却证明他亦是个肉眼凡胎。这让人想起贝多芬对拿破仑的感叹："不过一凡夫俗子罢了！"

草率、肤浅，轻诺、寡信，哪还有一点江湖游侠的气质可言？

对未来，他还是草率的。

一次婚姻失败，就让他"如寒冰侵骨"，于是"掣出那股雄剑，将万根烦恼丝，一挥而尽，便随那道士，不知往那里去了"。

你相信这样一个没有定性的人，真能在青灯黄卷中度过一生吗？

那么，到底是什么原因让他如此轻率呢？

一方面是其天性，一方面不能不让人再次回眸他那中落的家道：

> 那柳湘莲原系世家子弟，读书不成，父母早丧，素性爽侠，不拘细事，酷好耍枪舞剑，赌博吃酒，以至眠花卧柳，吹笛弹筝，无所不为。（第四十七回）

真正的酷不是浓墨重彩装扮的，而是源自深沉的思想的冷峻和深刻；真正的爱更不是听风就是雨的盲从盲信，而是源自一种对灵魂契合的精神伴侣的长期而艰苦的寻觅；真正的君子更不会轻诺寡信、反复无常，而是一诺千金、至死不渝；真正的看破也并不是以出家、不出家为标准的，而是看其到底有没有一种超越的情怀和达观的心态。

柳湘莲这一人物形象的塑造，给我们提供了一个一戳就破的虚幻的偶像派的典型。

刘老老：礼失而求之于野

每次读《红楼梦》，最挥之不去的就是刘老老这个角色。她是那么真实、可信、可亲、接地气；她是那么能说会道、能编会造、富有人性的光辉；她是那么屈辱，又是那么自尊；她是那么粗鄙，又是那么有雅量。她穿针引线、腾挪跌宕、长袖善舞、活灵活现；她懂是非、知善恶、晓恩义。纵然是合上书很久，那些生动鲜活的语言、栩栩如生的音容依然回荡、浮现在眼前；闭上眼很久，她仿佛触手可及，想上去跟她打个招呼。你不忍心装作不认识，她不就是村头的张家奶奶、李家姥姥、刘家太太吗？那可是你的邻居，你的亲戚，甚至就是你的祖母啊！小时候，她给你喂过饭，你帮她烧过锅；她给你讲过古，你给她读过诗；她牵过你的手，你扯过她的衣。每一个有过中国乡村生活经验的人，大概心中都曾经住过这么一个刘老老吧？

一进荣国府：座中泣下谁最多

塑造刘老老这个边缘角色，曹雪芹的确不是出于一时的心血来潮，而是有大谋略、大格局的。从形式上来说，是线索，是证人，是可出可入、可亲可疏、可放可收；从内容上来说，是对比，是揭示，是人情冷暖、世态炎凉、命运无常。

曹公让冷子兴演说荣国府，就像旅游公司的广告商一样，先从一个大面上概括介绍荣国府，勾起读者想一睹荣国府各大景点的欲望，再安排一个具体的导游，带着读者到每个景点逛一逛。那么谁来做这个导游合适呢？"千里之外，芥豆之微"的一户人家的一个老太太正带着外孙板儿遥遥地走来，准备去贾家投亲。就她了，不二人选。

这老太太就是刘老老。"千里之外，芥豆之微"八字，既极形象，又极沉重。

"千里之外"自然是远。其实，从后来的叙述来看，这刘老老的女婿王家距离贾家并不远，不过一个在市中心，一个在郊区罢了。那么为什么如此夸张呢？为了用夸张的遥远的空间距离来书写真实而冷漠的人情距离。民间有句俗话叫"驴尾巴吊棒槌"，用来形容一种捕风捉影的攀亲行为。门前拴着高头马，不是亲来也是亲。一旦白马红缨去，亲者如同陌路人。这就是人间的世态炎凉。由此足见，刘老老的这趟攀附之旅有多可怜、多卑微。

"芥豆之微"自然是小。其实，刘老老的女婿王家曾经也是阔过的，不过是像后来的贾家一样，从鼎盛到没落，成了乞食者。从刘老老口中得知，女婿王家和金陵王家是连了宗、认了亲、续了家谱的，而今却是一在平地一在天堂。"人情似纸张张薄，世事如棋局局新。"没有办法，"八竿子打不着"也得打一打，为了过活，为了一家老小能安度过这么一个残酷的寒冬，不得不舍却这张老脸。"穷居闹市无人问，富在深山有远亲"，再次冷酷地证明着刘老老的这趟攀附之旅有多艰难、多酸楚。

赖嬷嬷曾经教训儿孙："你那里知道那'奴才'两字是怎么写的？"这里也可以模仿赖嬷嬷替刘老老教训婿孙："你那里知道那'贫穷'两字是怎么写的？"

是的，卑微的生命如何扛起生活的沉重？穷人如何护住自己的尊严？这的确是一个社会学的大命题。没有穷过的人，无论如何也想象不出贫穷曾经击垮过多少人的尊严，夺走过多少人的生命。"昨怜破袄寒，今嫌紫蟒长"，个中滋味，怎一个苦字了得！

立冬将近，一天冷似一天。莫说年关，这漫长的冬天对穷人家就是一个巨大的考验。女婿窝囊，只会牢骚满腹、借酒浇愁，脸皮薄；女儿是年轻媳妇，更舍不得其抛头露面，只好自己给自己打气，再怎么难也得亲自去荣国府走一遭，尽管她非常清楚"侯门深似海"。于是，才有了这"刘老老一进荣国府"的尴尬、凄惶和辛酸：

到了荣府大门前石狮子旁边，只见满门口的轿马。刘老老不敢过去，掸掸衣服，又教了板儿几句话，然后溜到角门前，只见几个挺胸叠肚、指手画脚的人坐在大门上，说东谈西的。刘老老只得蹭上来问："太爷们纳福。"众人打量了一会，便问："是那里来的？"刘老老陪笑道："我找太太的陪房周大爷的，烦那位太爷替我请他出来。"那些人听了，都不理他，半日方说道："你远远的在那墙畸角儿等着，一会子他们家里就有人出来。"内中有个年老的说道："何苦误他的事呢。"因向刘老老道："周大爷往南边去了。他在后一带住着，他们奶奶儿倒在家呢。你打这边绕到后街门上找就是了。"（第六回）

"掸掸衣服""溜到角门""蹭上来问""陪笑道""都不理他""墙畸角儿等着""绕到后街"……这是一幅多么真切生动的市井小民进衙门、爬公堂、见老爷的现实写照啊！历久弥新，至今犹存。

这还只是张嘴求人之前的小小前奏，远未到最尴尬、最难堪处。曹雪芹真的堪称心灵大师，单单一个"求人难"，就被他写得一波三折、细致入微、入木三分。

先是找到中间人周瑞家的引路；次是找到大丫鬟平儿，被刘老老误会为"真佛"，纳头便拜；再是偏房坐等王熙凤用膳，膳后才是正式引见。"手内拿着小铜火箸儿拨手炉内的灰""凤姐也不接茶，也不抬头，只管拨那灰"……一个小小的"拨灰"动作，把王熙凤作为当家少奶奶、贵妇人接见浑身土气的乡下老太太的高傲姿态叙写得淋漓尽致。才要说到正题，偏巧东府里贾蓉求见，再次打断这场艰难的求告。贾蓉退出，凤姐唤回。刘老老欲言又止，一番"打亲骂爱"的表演之后，断的求告方才续上。设身处地、推己及人，此时的刘老老一定是度日如年，汗湿衣背。你不得不佩服曹公对人情世故把握拿捏的火候和分寸，那叫一个精深至极。进门难，登堂难，入室难，见真佛难，见了真佛张嘴难，张了嘴说话难，才开口，又被岔开。那种熬煎，熬煎到甚至让人怀疑曹公存心的残酷，甚至让人都想上去替刘老老求情：求您看在她上了年纪的份上，别再折磨她了，您就饶了她吧！又一想，曹公可以慈悲，然而生活本身会慈悲吗？

刘老老会意，未语先红了脸。待要不说，今日所为何来？只得勉强说道：

"论今日初次见，原不该说的，只是人远的奔了你老这里来，少不得说了……"
（第六回）

相信所有曾经求告无门的人，如果读至此处，都会潸然泪下的。登天难，求人更难；黄连苦，没钱更苦；春冰薄，人情更薄。求人如吞三尺剑，那些发下宏愿再不求人的人，大概多少都是领略过这些"难""苦""薄"的人！

每读一进荣国府，总能使人想起白居易浔阳江头夜听琵琶之后的泪湿青衫："座中泣下谁最多？江州司马青衫湿！"

二进荣国府：乡野轻风扑面来

相信《红楼梦》的作者绝对不懂什么"陌生化"理论，也一定没有读过什么亚里士多德和什克洛夫斯基，但他一定懂得生活的辩证法，懂得如何"平中见奇"，如何"给平常的事物赋予一种不平常的气氛"。这才有了他让刘老老二进荣国府的动机——给饫甘餍肥的贾府生活平添一点乡野之味。所谓荤素搭配，就像刘老老"大老远扛来"的那些自家地里种的瓜果蔬菜一样："这是野意儿，不过吃个新鲜。"

一进荣国府毕竟是小范围的，空间小、见人少、舞台小、观众少，使得刘老老这一形象太过单薄、扁平，不就一穷人攀亲戚嘛！无法立体地展现刘老老的完整形象。二进荣国府就大为不同了，不仅空间拓展到了整个大观园，见的人也多了，几乎阖府上下悉数到场。正是这样广阔的舞台，庞大的观众群，使得刘老老把她最突出的语言天赋、表演天赋发挥到了极致，以至于赢得了满堂彩，同时也得到了丰厚的犒赏，盆满钵满，满载而归。

二进荣国府，刘老老的戏份很重，精彩处很多，高潮也不止一处，无法面面俱到、一一分析，这里只举贾母和刘老老两位老太太的"最高会晤"。因为旗鼓相当，真有点老戏骨飙戏的感觉，看起来也特别过瘾，真可谓是棋逢对手、将遇良才、高手过招，招招叹为观止。

首先，正是贾母的一闪念"我正想个积古的老人家说话儿，请了来我见见"，刘老老才留了下来。其次，两位老太太的见面对白堪称经典，值得所有小说家、编剧家们学习：一个是养尊处优的老贵族，一个是风吹日晒的老村妪，地位悬殊、生活环境迥异，但是从一来一往的言谈之间，却可见出两位老人丰富的阅历，通达的智慧，无上的慈悲。为了突出，我将原文的对话分行列出：

> ……刘老老进去，只见满屋里珠围翠绕、花枝招展的，并不知都系何人。只见一张榻上，独歪着一位老婆婆，身后坐着一个纱罗裹的美人一般的个丫鬟在那里捶腿，凤姐儿站着正说笑。刘老老便知是贾母了，忙上来，陪着笑，拜了几拜，口里说："请老寿星安！"
>
> 贾母也忙欠身问好，又命周瑞家的端过椅子来坐着。那板儿仍是怯人，不知问候。
>
> 贾母道："老亲家，你今年多大年纪了？"
>
> 刘老老忙起身答道："我今年七十五了。"
>
> 贾母向众人道："这么大年纪了，还这么硬朗。比我大好几岁呢。我要到这个年纪，还不知怎么动不得呢。"
>
> 刘老老笑道："我们生来是受苦的人，老太太生来是享福的。我们要也这么着，那些庄家活也没人做了。"
>
> 贾母道："眼睛牙齿还好？"
>
> 刘老老道："还都好，就是今年左边的槽牙活了。"
>
> 贾母道："我老了，都不中用了，眼也花，耳也聋，记性也没了。你们这些老亲戚，我都不记得了。亲戚们来了，我怕人笑话，我都不会。不过嚼的动的吃两口，睡一觉，闷了时和这些孙子、孙女儿玩笑会子就完了。"
>
> 刘老老笑道："这正是老太太的福了。我们想这么着也不能。"
>
> 贾母道："什么福，不过是老废物罢咧。"说的大家都笑了。
>
> 贾母又笑道："我才听见凤哥儿说，你带了好些瓜菜来，我叫他快收拾去了。我正想个地里现结的瓜儿菜儿吃，外头买的不像你们地里的好吃。"
>
> 刘老老笑道："这是野意儿，不过吃个新鲜。依我们倒想鱼肉吃，只是吃不起。"

　　贾母又道："今日既认着了亲，别空空的就去，不嫌我这里，就住一两天再去。我们也有个园子，园子里头也有果子。你明日也尝尝，带些家去，也算是看亲戚一趟。"

　　凤姐儿见贾母喜欢，也忙留道："我们这里虽不比你们的场院大，空屋子还有两间，你住两天，把你们那里的新闻故事儿，说些给我们老太太听听。"（第三十九回）

　　单单从开场白的寒暄称呼上，就可见出两位老人的品位的确非凡。刘老老的一声"请老寿星安"，虽属奉承，但特别自然、得体，一点都不肉麻。贾母回的更见高格："老亲家，你今年多大年纪了？"见面问庚，特别家常。特别是称呼，刘老老的一声"老寿星"，彰显出其虽出身寒微，但并非没有见识和修养；贾母的一声"老亲家"，二人之间的鸿沟瞬间被抹平，越发见出贾母的气度、格局、教养。她知道，面前这位乡村老妪和自己有着十万八千里的距离，但见面一定要消弭这一遥远的距离，这天才能聊下去。一声"老亲家"，亲切、自然、大方。用所谓"平易近人"来形容都显小了，因为"平易近人"本身依然暗含着距离。

　　上年纪的人最关心什么？健康长寿，长寿健康。紧接着，贾母继续围绕着这一话题展开、延伸。一个问"多大年纪了"，一个答"七十五了"；一个羡慕另一个"硬朗"，一个羡慕另一个"享福"，彼此都寻找对方的优点和长处来对比自身的缺点和短处，这才是初相逢还想着再见面的聊天者最应该做到的。

　　最巧妙的是作为主导谈话一方的贾母特别会带话，会转移话题。每当刘老老想拉大她们之间距离的时候，贾母就转移了话题。当刘老老在"受苦"与"享福"之间徘徊、熬煎的时候，贾母适时地转换了话题："眼睛牙齿还好？"将聊天的主题再次转移到对方的身体健康"硬朗"上来。而且当听到刘老老说到自己的槽牙松动了的时候，贾母立马将话题转到己不如人上来："我老了，都不中用了，眼也花，耳也聋，记性也没了。你们这些老亲戚，我都不记得了。亲戚们来了，我怕人笑话，我都不会。不过嚼的动的吃两口，睡一觉，闷了时和这些孙子、孙女儿玩笑会子就完了。"虽然短短一句，但是信息量丰富：一、论身子骨，我不如你，差远了，你没有必要自卑；二、由于老来多健忘，所以记不起老亲，既为自己照顾不周作了辩护，也化解了对方攀亲的尴尬；三、不单不见您，其他亲戚我也是能不见就不见的，绝不是瞧不起您；四、人老了，啥也干不了，只好坐吃等死了。特别是接下来的那一句自嘲为"老废物"的话，把此次会晤推向了高潮。这一番话下来，那叫一个滴水不漏，潜台词丰富得很啊！

这里不得不重点说说一个词：自嘲。这是习惯了吹牛的族群非常稀缺的一种个人修为。什么人敢自嘲？当然是内心特别强大和自信的人才敢自嘲！玻璃心，面子心重，动辄把自己的一己之耻上升到民族之耻高度的族群，最需要这种强大的心理建设。贾母敢于自嘲，表明她是真正的贵族，也就是具备贵族精神的人。真正的贵族是非常具有超越情怀的人，也就是把等级门第身份看穿了的人，是超脱达观的人。她知道眼前的这些所谓的荣华富贵并不足恃，所以才通脱潇洒，能够自嘲，敢于自嘲。刘老老也是敢于自嘲的人。出身寒微的人最容易走向自卑、自怜、自怨、自艾，进而走向愤世嫉俗，甚而至于心态失衡、报复社会。作为一个老寡妇的刘老老，长期生活在底层，应该说备尝艰辛，但可贵的是她没有被生活压垮，而是懂得用自嘲、不避低贱的方式来平衡心理。这并非人人都能做到，至少她的女婿王狗儿就没有做到。

再回到对话分析。主导着对话的贾母再次把聊天的主题转移到重点上来——你看，你这么大年纪，光来一趟都不容易，还带来那么多我们所喜欢的瓜果蔬菜。贾母的"感激"一点都不矫情，特别真诚。刘老老也答得好，不过是些"野意儿"，是些"新鲜"，再次强调了自己的卑微：大鱼大肉我们倒想吃，但是吃不起，再次对高高在上的贾母表示了恭维。贾母一看情感的距离拉大，赶紧再一次拉回："今日既认着了亲，别空空的就去，不嫌我这里，就住一两天再去。我们也有个园子，园子里头也有果子。你明日也尝尝，带些家去，也算是看亲戚一趟。"

短短两句，刘老老拉大的距离被贾母完全地、彻底地、深刻地弥合了，不但没有了距离，而且亲情的分量在加深——别空空的就回去，多住一两天，而且绝不是客套。你看，我们这里也有个园子，园子里也有果子，你明日尝尝，而且还带些回家去。真诚、亲切、自然到无以复加，雍容、优雅、高贵到需要仰视。真正的贵族风范绝对不显摆、不炫富、不歧视、不骄傲，而是怜悯、宽容、包容、平视、慈悲。贾母，当得起"真正的贵族"这一称号。就这么一段精彩的简短的对话，刘老老给贾府带来了一股乡野的轻风，贾母则给一些"暴发贵族"们上了一堂生动的待人接物的礼仪课。所谓"人情练达即文章"，我一点都不想将其理解为"世故圆滑""精致利己"，我更愿意将其理解为一个人对人生的彻悟，对命运的达观，以及彻悟、达观之后的平常、随缘。

三进荣国府：仗义每从屠狗辈

"仗义半从屠狗辈，负心多是读书人。"

这是明代诗人曹学佺的著名对联，意思是说，讲义气的多半是从事卑贱职业的普通民众，而有知识的人却往往做出违背良心、背弃情义的事情。这种论断当然不是绝对真理，但也绝非故意抬高一方，压低另一方，实在是太多的现实生活鲜活个案的总结。

说到刘老老三进荣国府，便自然而然地想到了这副对联的上联，也就自然而然地想到了下联：贾雨村。对比一下刘老老和贾雨村，是不是这副对联的最鲜活的写照呢？

如果说一进荣国府是"求告"，二进荣国府是"感谢"，那么三进荣国府就是"报恩"。在一般读者心目中，如果《红楼梦》选"俗"，刘老老绝对夺冠：出身低贱、低俗，行动猥琐、恶俗，语言俚俗、粗俗，然而，可靠的事实未必能得出可靠的结论，还需要认真分析，仔细研判。窃以为，刘老老是"俗"之"不俗"。

首先，其不俗在"识见"。贫寒未必就是错，贫而无知才是错。富有富的见识，穷也应该有穷的阅历。这个积年的老寡妇的确见识非凡。你看她说"守多大碗儿吃多大饭"，你看她说"谋事在人成事在天"，你看她说"侯门深似海"……这岂是一般农妇能说出的话？至于"拉硬屎""拔根寒毛比咱们的腰还粗"，实在是粗俗得可以，但却是话粗理不粗，话俗理不俗。比起刘老老来，有多少像她女婿王狗儿似的所谓大男人，颓废、窝囊、短见，分不清"面子"和"尊严"？

其次，其不俗在"尊严"，尤其懂得权衡"活命"和"尊严"的分量。贫寒未必就是"打嘴现世",主动地放弃尊严才是真正的"打嘴现世",刘备还卖过草鞋呢！穷人如何保住自己的尊严？这的确是一个问题,于生活在最底层的刘老老来说就更是一个问题。刘老老第一次进贾府的时候,的确付出了失去尊严的代价,让贾府那些"看人头"的人对她十分看不起。然而,这于刘老老来说只是暂时的。对于一个懂得尊严的人来说,他终究是要挽回他人生的败局的。刘老老二进荣国府,则在一定程度上挽回了尊严,她带着一大堆土特产上门,哄着老太太开心,成了众人欢迎的主角。虽然也"丑",却"丑"而不"恶",竟能使得王熙凤对她也改变了看法,主动请她为自己的女儿起名字,把她当成知心人。其实,二进荣国府,刘老老只不过是被"导演"(譬如鸳鸯)安排扮演了一回喜剧角色而已。

再次,其不俗在"重情"。三进荣国府,这种"重情"得到了淋漓尽致的体现。贾府形势急转直下、大变迭起、大祸临头。墙倒众人推,破鼓众人捶。平常那些像蚂蟥一样吸附在贾府身上的所谓亲戚、邻居、相公、清客,哪一个不是落井下石？独有刘老老,迎难而上,做了一回真正的"逆行者",凭着其"知恩图报"的朴素感情,彻底挽回了被人认为是丢失了的"尊严"。

刘老老以一村妇之识见、阅历,在贾家一败涂地之时,主动迎上去,走平安州,涉瓜洲渡,把一个即将被狼舅奸兄卖往异域的豪门娇女从水深火热中救了出来,这需要何等的勇敢、坚强、见识、魄力！对比一下同样是受了甄、贾两家恩惠的贾雨村的行事,就可了然刘老老是何等超凡脱俗！同样是千金小姐的巧姐,之所以没沦落成第二个香菱,全因为她的母亲并非完全是出于善良的一次偶然的救济;而甄士隐恭敬地襄赞过的书生,却冷漠地看着恩人珍爱的女儿落入火坑,成为可怜的香菱,非但不施援手,反而落井下石。

坚强、豁达、智慧、侠义,善于进取,能抓住机遇,用最朴素的语言表达着最真挚的感情,想方设法用实际行动改变自己的命运,不怕挫折,不怕被人轻视和自尊心受到伤害。面对刘老老这样的"俗",谁有资格嘲笑她呢？

刘老老其实不止三进荣国府,她其实有过五进荣国府的光荣履历。

一进荣国府,刘老老心情格外沉重,因为这是为求告而来。不过也算心想事成，不但开了眼界，而且还得了二十两银子，外加一串钱。赶上的是贾家的上升期。

二进荣国府，刘老老心情格外轻松，因为这是为还报而来。扛着一袋子瓜果蔬菜酬谢贾府，充分证明着那一句有名的格言："给，永远比拿愉快。"二进荣国府差不多是整部书的亮点，她唱了一回主角，自然也赚得盆满钵满。赶上的是贾家的鼎盛期。

三进荣国府，刘老老心情特别悲怆，因为这是为哭丧而来。贾母亡故，刘老老放下地里正在收割的豆子不管，特地来荣国府奔丧。就是在这一次，她碰上了王熙凤百病缠身，被冤魂索命，王熙凤便将女儿巧姐托孤认亲。赶上的是贾府日见颓势、噩耗频传、大厦将倾的时节。

四进荣国府，刘老老心情越发痛苦，因为这是为拯救而来。在狼舅奸兄的配合下，在祖母邢夫人的撺掇下，巧姐即将被卖于番邦。刘老老及时赶来，在众人都手足无措的时候，刘老老显示出其大智大勇，巧设计谋，把巧姐和平儿藏匿在乡下，使得巧姐躲过一劫。赶上的是贾府树倒猢狲散的时节。

五进荣国府，刘老老心情转好，因为这是为成人之美而来。在贾家一败涂地之时，刘老老以干娘的身份，做主把巧姐许配给了同村的财主周家为妻。此时的贾家，贾兰中举，宝玉失踪，贾府虽然呈现出一点回光返照般的中兴气象，但终归是"白茫茫一片大地真干净"。

因此，塑造刘老老这个边缘角色，曹雪芹的确不是出于一时的心血来潮，而是有大谋略、大格局的。从形式上来说，是线索，是证人，是可出可入、可亲可疏、可放可收；从内容上来说，是对比，是揭示，是人情冷暖、世态炎凉、命运无常。由刘老老一人足可以判定：《红楼梦》的作者一定是一个曾经栽了跟头又挺过来的人，有过如贾宝玉的天堂般的美好时光，也一定有过刘老老的地狱般的贫寒熬煎。人生的两极，他都体验到了。不然，仅凭向壁虚构，一个锦衣纨绔、饫甘餍肥的人，无论如何也写不出底层的艰辛；一个含着金钥匙出生的人，倘非遭逢巨大的人生变故，无论如何也体会不到什么叫生的艰难，什么叫死的挣扎！

尤三姐：非常美且非常罪

红楼女儿多半矜持，尤三姐却是个例外，而且还稍稍带有今天的"女权主义"色彩。同样是出场不多，但那一篇"女权主义"宣言式的"讨琏檄文"，那一派以"放浪形骸"的方式维护尊严的言语行事风格，那一种一旦心有所属就选择坚守和等待的静默，那一次如长空裂帛般的自戕方式，终于让我们看清了红楼女儿的另一面——刚烈如火。这种刚烈如火的性格，显得非常美且非常罪。

非 常 美

毫无疑问，尤三姐是美丽的。美到不可方物，美到连一向对女孩尊敬有加的贾宝玉也忍不住有些轻薄地用上了"尤物""绝色"这样的暧昧字眼来形容她。

那么，尤三姐究竟有多美？不妨让我们来欣赏一下。

首先，当然是外在体态的美。

"模样儿风流标致，他又偏爱打扮的出色，另式另样，做出许多万人不及的风情体态来。""揉碎桃花红满地，玉山倾倒再难扶。"这是曹雪芹眼中的尤三姐，生死都美。

"果然是个古今绝色。"这是男一号贾宝玉口中的尤三姐，有点轻薄，有点艳羡，似乎也略微有那么一丝儿垂涎。

"若论模样儿行为，倒是一对儿好人。"这是贾琏的小厮兴儿眼中的尤三姐。忠实的仆人见到世界上最美的人物，自然首先想到其应该归属于他的主家。

寥寥数语即可看出,尤三姐的美是　种"风流之美"。"风流"这个词在今天似乎有些变异了,也贬义化了,一如被蹂躏的"小姐"一词。然而,倘若知道这个词的来历,断然不会再作"下流"之想。它其实是一个极"上流"的词汇,不是谁都能担得起的。想想"魏晋风流",想想"风流高格",想想"风流自赏",你还敢随便地消费它吗? 面对"风流倜傥""文采风流""王谢风流",谁还能作"下流"之想呢? 在古代,至少在曹公所处的时代,"风流"绝对是一个上上品级的词汇。因为曹雪芹也曾毫不吝啬地将其用在了他所着力塑造的女一号林黛玉的身上:"众人见黛玉年纪虽小,其举止言谈不俗,身体面貌虽弱不胜衣,却有一段风流态度。"还用在了林黛玉的"影子"晴雯的身上:"风流灵巧招人怨。"如此说来,是不是曹公词穷了呢? 左一个"风流",右一个"风流",非也,这恰恰证明着曹公的卓越:他要在一样的"风流"中写出不一样的"风流",这在学术上叫作"犯而不避"。

林黛玉的美叫"风流袅娜",晴雯的美叫"风流灵巧",尤三姐的美叫"风流标致"。"风流之美"的共性在于叛逆、高傲、刚烈、尖刻、火爆、心直、口快,"风流之美"的个性在于"袅娜""灵巧""标致"。

显然,这里的"风流"已经不局限于外在体态,它是内在精神气质的外化。自然而然,我们也应该由对其外在体态容貌的欣赏转入对其内在心灵思想的剖析。

即便是在内在的心灵上,尤三姐也是担得起"风流"二字的,尽管这种"风流"已经混合了为俗世所不容的"放荡""浪荡"甚或"淫荡"。

尤三姐内在的风流之美,首先表现在其不凡的见识。对,是不凡的见识。这也是曹雪芹的伟大之处:不厌其烦地书写着十八世纪中国女性——林黛玉、秦可卿、王熙凤、贾探春、紫鹃、晴雯、鸳鸯、尤三姐的不凡见识。中国古代文学史上,在一个"头发长见识短"早已深入骨髓的男权主义族群里,能够如此大规模地专注于女性内在灵魂的描摹,如曹公者,有几人欤?

当尤二姐不要名分,委身于贾琏,误把花枝巷当成温柔乡的时候,尤三姐对她这个不争气的二姐敲响了严厉的警钟:"姐姐糊涂! 咱们金玉一般的人,白叫这两个现世宝沾污了去,也算无能。而且他家现放着个极利害的女人,如今瞒着，自然是好的，倘或一日他知道了，岂肯干休？势必有一场大闹。你二人不知谁生谁死，这如何便当作安身乐业的去处？"（第六十五回）

仅此一端，足可看出尤三姐的异常清醒和远见卓识。自比"金玉"，说明她并没有自轻自贱；以"现世宝"名之，说明她看透了贾氏族群的龌龊；"极利害的女人"，说明她了解王熙凤是怎样的对手，并且对危机重重的未来充满担忧，这岂是一般肌肤滥淫之女子所能为也？

尤三姐的内在风流之美，更深刻地表现在其超然的爱情观上。对，是超然的爱情观。在一个"爱情！我不知道你是什么"（鲁迅语）的时代，想拥有"爱情"，本身就是犯罪，不等外在的力量来打压，单单自己就把自己吓死了、折磨死了。（譬如林黛玉，何尝不是被自己的小心思折磨死的呢？）更何况，尤三姐不但拥有自己的爱情观，而且还宣示；不但宣示，而且还付诸实践。

在谈尤三姐的爱情观的超越性之前，我们有必要先来谈谈"爱情"。

倘你熟悉古代历史，你就不得不承认，虽然它曾经拥有那么多的"爱情文学""爱情佳话"，但是爱情作为一种灵魂资源、精神产品，之于古人严重阙如。因为，真正的爱情不是无条件的，而是有条件的，而且这条件还相当苛刻。这条件无他，即自由和自由意识，平等和平等观念。没有"自由和自由意识"，不要奢谈爱情；没有"平等和平等观念"，不要奢谈爱情。那么，对照一下这两样，古代有吗？什么时候有过？所以，不比不知道，一比你才知道曹雪芹的伟大和《红楼梦》的深刻。《红楼梦》写的是基于"自由和平等"基础之上的真正的爱情，绝无仅有的爱情，石破天惊的爱情。

如此，再让我们来看看尤三姐的爱情观，看看它有多超前：

> ……但终身大事，一生至一死，非同儿戏……这如今要办正事，不是我女孩儿家没羞耻，必得我拣个素日可心如意的人，才跟他。要凭你们拣择，虽是有钱有势的，我心里进不去，白过了这一世了。（第六十五回）

莫说十八世纪的古代女子，二十一世纪的现代青年，有多少敢于如此开诚布公，能够如此坦诚，宣言式地亮明自己的爱情观念？"我得让朋友给掌掌眼"

"我得征求征求俺爸爸妈妈的意见""我得找个人参谋参谋",一个连"爱谁"都得掂量掂量、算计算计、参谋参谋,无法自主自决的人,爱情对他来说不是奢侈品吗?

我们可以把尤三姐的爱情宣言简单地作个现代翻译,看其爱情观念到底有多高的水准:

"终身大事,一生至一死,非同儿戏"——爱情是严肃的、庄重的,不是闹着玩的!

"不是我女孩儿家没羞耻"——爱情并非羞耻!

"必得我拣个素日可心如意的人,才跟他"——爱情一定要经过"我"的"自由选择",而且还必须是"我爱的人"!

"要凭你们拣择"——爱情不是别人的"代为选择"!

"虽是有钱有势的,我心里进不去"——爱情与金钱、权力无关!

"白过了这一世了"——没有爱情的人生不值得过!

这些观念无一不彰显着尤三姐的自由意识、平等观念。现代不现代? 先锋不先锋? 前卫不前卫?

欣赏一个人的模样、体态之美是容易的,只要他不眼盲;欣赏一个人的心灵、思想之美是非常难的,这需要三观契合,精神共鸣,灵魂高标。

非　常　罪

在一个正常的时代里,美,绝对是一种精神资源,是一种灵魂高度;可是在一个变态的时代里,美却成了一种罪孽,甚至是一种原罪。

我们过去的时代,是有着"视美为罪"的悠久传统的。

海伦之美,引发了斯巴达和特洛伊旷日持久的战争。然而,当士兵们目睹了海伦的美貌之后大为惊呼:上帝啊,即便再为她打上十年,也值得啊!

妲己之美,虽然也引发了一场覆国的战争,然而,其结局却大为不同:妲己成了祸国殃民的代名词,所谓"红颜祸水"便是这么来的。

直到曹雪芹和他的《红楼梦》的出现,这一论调才被彻底瓦解。立志要为女性"脱罪"、信奉"辩冤白谤是第一天理"的曹公，不知道比那些至今还在消费着女性身体的所谓现代作家高出多少个品级！

如此，有必要梳理一下"罪"与"原罪"。

根据《圣经》的说法，人类始祖亚当受到蛇的诱惑，违背了上帝的禁令，偷吃了伊甸园里的智慧果，因而犯了罪，于是代代相传，成为人类一切罪恶和灾难的根源，故称"原罪"。由此引申，生而有罪，人性本恶，人生就是一个赎罪的过程。显然，这里的"罪"便是一种对神的呼召、吩咐所采取的一种非理性的消极对抗，甚至玩弄、抵抗神的精神意志。其根源在于人的骄傲，与神为敌，进而引申为人在行动、习惯、态度、观点、倾向、动机与生存方式上的不服从。一言以蔽之，我们不是因为犯了罪才成为罪人，乃是因为我们是罪人才会犯罪，生来就有为罪所奴役的性情。

十八世纪的中国，虽有传教士到了东土，但我相信，离"原罪"意识尚有不小的距离，因此，人们对所谓"上帝"这一概念恐怕还很陌生。聊可自慰的是，我们同样有着"人之初，性本善""性本恶"的千古争讼。虽然有争讼，但是"性本善"似乎占了上风。虽然"性本善"占了上风，但是在对待"美"上，却走向了"性本善"的反面。不得不承认，在"真善美"三维之争上，代表着伦理的"善恶"几乎包揽了一切，而我们既忽略了"真"（科学不发达），更放逐了"美"（艺术为小道）。

引入原罪并非牵强附会，而是一种非常恰切的类比。如果把"原罪"观念中的"上帝"置换成封建专制者一整套的"宗法伦理"，尤三姐的爱情观对专制者的冒犯可谓是空前的。

如果说香菱不知道自己有多么漂亮，所以，她有懵懂的一面，懵懂得可爱、可怜；那么，尤三姐则相反，她绝对知道自己有多么漂亮，而且也利用了自己的漂亮。既利用漂亮作为工具，为自己赢得生存之基；又利用漂亮作为武器，绝杀自己所痛恨的，甚而至于颠倒乾坤。

的确，不管是十八世纪还是二十一世纪，尤三姐都是在犯罪，既是肉体犯罪，也是思想犯罪。

美本身已经成罪！（尤三姐的确很美，"谁让你是天生尤物呢?"）

美而不服从，就是罪上加罪！（尤三姐的确不服从，有她的爱情观为证。）

美而不服从，而且还敢于挑战现存的一切，就更是罪大恶极！（尤三姐的确不是被嫖，而是她嫖了别人。）

是的，即便是今天，不是依然有人将尤三姐视为夜店渣女、淫妇荡妇吗？不是依然有人在为"尤三姐到底是不是清白之身"而斤斤计较、几挥老拳吗？

其实，说到贞洁，我倒是想为尤三姐再辩护几句。

关于出身，贾家的三小姐探春曾经发出过这样的浩叹："我说倒不如小户人家，虽然寒素些，倒是天天娘儿们欢天喜地，大家快乐。我们这样人家，人都看着我们不知千金万金，何等快乐，殊不知这里说不出来的烦难，更利害。"（第七十一回）

我想，假设尤三姐听到贾三姐这番宏论，一定是不以为然的吧？因为她就是出身于这样的"小门小户"的人家，跟着一个糊涂的老娘，不知嫁了多少人家，遭受过多少屈辱。只是因了东府里的贾敬殡天，丧礼繁难，没有人看家才被请进贾府，其实与尤氏根本没有任何血缘关系。在一个有着"聚麀"传统的东府里，有没有血缘关系已经不重要了，重要的是一个无依无靠的寒门女孩，该如何应对那样一个"除了那两个石头狮子干净罢了"的龌龊家庭而保全自己的贞洁呢？尤三姐有选择吗？要么像尤二姐那样从了，要么就是自我了断。尤三姐一没有选择从了，二没有选择自我了断，在还没有情感归宿的时候，她选择以一种惊世骇俗的方式——放浪形骸，来反抗她所无法选择的世界，这究竟有多大的罪过呢？处子之身何如处子之心？一座贞节牌坊又何如冰雪之魂？即便是遁入空门的冷二郎，恐怕也无法回避此番灵魂拷问吧？

倘若看到这些后世的不肖子孙竟然如此误读他的心血之作，曹公的棺材板恐怕会被他拍烂吧？人与人的差别，有时候真的比类人猿和猿人的差别还大！

如果尤三姐真的是处子之身，那么她和柳湘莲的爱情悲剧就是一场误会，误会通过解释就可以消除。虽然依然改变不了悲剧的结局，悲剧的力量却瞬间削弱了。

如果尤三姐真的非处子之身，那么她和柳湘莲的爱情悲剧就是一场必然，无论如何都在劫难逃。这是一个死结,谁都解不开。无论是性格、社会还是命运,其悲剧的力量只能越发激越和深沉。

如此看来,在曹雪芹的伟大和深刻面前,那些试图把尤三姐修改成"贞洁无瑕"的后续者,那些专注于尤三姐是不是处女的后续者,显得多么冬烘、渺小和肤浅!

第 三 棒

那么,曹雪芹为什么要插叙尤三姐这个角色呢? 是不是可有可无呢?

这的确是个问题。有很多戏剧、电影等将尤三姐单独切割出来加以改编,既不影响《红楼梦》的完整,也不影响《尤三姐》的精彩。貌似尤三姐的故事看起来可有可无,与《红楼梦》也并非那么统一。其实,这是一种误解。尤三姐虽然是边缘人物,却依然不能像阑尾一样随便切除。其书写的意义在于让曹雪芹的爱情观念走向完整、系统。

对曹雪芹来说,让林黛玉这个主角去爱、去恨、去怨、去纠缠,这已经是伟大的跨越了,但显然,单单一个林黛玉还不够,她还有所保守。虽然她可以爱,可以表达爱,但她还无法走得更远,她连自己都说服不了。也就是说,面对真正的爱情,她自己都认为自己是在犯罪。所以,曹雪芹找到了晴雯这个配角,让晴雯代替林黛玉再往前走一步,去表白,所谓不担"虚名"。显然,这样的爱情依然不够明朗。于是,曹雪芹再一次找到了尤三姐这个边角,让尤三姐代替林黛玉和晴雯继续大胆地往前走,更进一步地去挑战现存的伦理道德规范,并昭告天下:我就是爱了,怎么样呢? 是不是差一点就"女权主义"了? 其实,从"嫖与被嫖"论上就可以看出,尤三姐还真有那么一点当代女权主义的色彩。至少,比那些屏幕上的"超级女声"更像"超级女声"。

从薛宝钗有着专制制度的"贤淑之美",到林黛玉、晴雯和尤三姐有着市民新声的"风流之美",于中国文学史而言是一次伟大的跨越,当然也可以说是一次复归,对曾经失去的人的觉醒的"魏晋风度"的复归。

从林黛玉的爱的渴望和罪感,到晴雯的爱的剖白和行动,再到尤三姐的爱的宣言和献身，曹雪芹完整地、有机地完成了他的爱情观念及其践行，这才是曹公插叙尤三姐的深意所在。

曹雪芹用工笔细描的手法，为我们书写了爱情接力赛中的第一棒——林黛玉；用点染速写的手法，为我们书写了爱情接力赛中的第二棒——晴雯；用大写意的泼墨手法，为我们塑造了爱情接力赛中的第三棒——尤三姐。至此，曹公跑完了他的爱情接力赛。

这使我们再次想起《新鸳鸯蝴蝶梦》的唱词："爱情两个字好辛苦。"

在审美成为痼疾顽症的时代里，美真的成了罪孽；在爱情成为稀缺的精神资源的时代里，爱情和淫奔是没有区别的。《红楼梦》是一幅巨大的美的画卷，更是一场盛大的爱情接力赛，参赛选手自然是大观园中的那些少男少女，观众席上自然是那些嬉笑怒骂的看客，至于是否看懂了，那就只有天知道了。

妙玉：禅房花木深几许

妙玉，差不多算是《红楼梦》中最为矛盾和复杂的女孩了，矛盾和复杂到让作者几乎穷尽了世间所有的冲突堆在她身上。她差不多是被误解最多、最深的女孩，以至于到对其评价各执一端、互不相让、判若云泥。

原著之中，作者对其着墨其实并不多，正面出场仅有两次，全部提及也不超过五回，然而作者却又将其列为金陵十二钗第六，那么，她到底是重要还是不重要呢？

名为礼聘，实属采办，与戏子、尼姑和道士们同至贾府，无论如何，终归是客。然而，栊翠庵中，杯盘交错，她与贾母禅茶机锋，俨然主人。那么，她到底是客还是主呢？

庵观寺院，修行之所。名山大川，远离尘嚣。然而，栊翠庵却被置于大观园中，纵然偏于一隅，依然红尘滚滚。那么，作者到底是愿其禅寂，还是想其喧嚣？

青青翠竹，尽是真如；郁郁黄花，无非般若。栊翠庵再小也是佛门，原应遍载松竹，覆被菊莲，然而，这里却是琉璃世界，白雪红梅，那么，这到底是欲望还是空灵？

红与白、色与空，冷与热、死与生，俗与雅、灵与肉，差与等、淡与浓……围困其左右，缠绕其身心，几乎集所有的矛盾于一身，什么样的女孩能承受得了？妙玉矛盾，作者又何尝轻松？你从他欲言又止、欲说还休、欲盖弥彰的叙事策略，便可推测："此卿身上，大有文章！"

于是想起唐人常建的诗句："曲径通幽处，禅房花木深。"是的，"禅房花木深"。如果对大观园中的那些美丽的女孩来说,是"庭院深深深几许";那么这小小的栊翠庵对妙玉一人来说,又何尝不是"禅房花木深几许"呢?

身世之深

"禅房花木深",一深深在妙玉之身。

如果曹雪芹用一种"烟云模糊"的手法,试图告诉我们"秦可卿出身未必寒微",那么曹雪芹就用一种"欲盖弥彰"的策略,试图告诉我们"千万不要小看了这个槛外人"。

为了能真正走进这个女孩的内心世界,我们一起来看原文:

> ……此时王夫人那边热闹非常……又有林之孝来回:"采访聘买得十二个小尼姑、小道姑,都到了。连新做的二十分道袍也有了。外又有一个带发修行的,本是苏州人氏,祖上也是读书仕宦之家,因自幼多病,买了许多替身,皆不中用,到底这姑娘入了空门,方才好了,所以带发修行。今年十八岁,取名妙玉。如今父母俱已亡故,身边只有两个老嬷嬷、一个小丫头伏侍,文墨也极通,经典也极熟,模样又极好。因听说长安都中有观音遗迹并贝叶遗文,去年随了师父上来,现在西门外牟尼院住着。他师父精演先天神数,于去冬圆寂了。遗言说他:'不宜回乡,在此静候,自有结果。'所以未曾扶灵回去。"
>
> 王夫人便道:"这样,我们何不接了他来?"
>
> 林之孝家的回道:"若请他,他说:'侯门公府,必以贵势压人,我再不去的。'"
>
> 王夫人道:"他既是宦家小姐,自然要性傲些。就下个请帖,请他何妨。"
>
> 林之孝家的答应着出去,叫书启相公写个请帖去请妙玉。(第十七回)

这是《红楼梦》第十七回《大观园试才题对额,荣国府归省庆元宵》中妙玉第一次被侧面提及。虽属于侧面描写,信息量却极大,埋下了多少伏笔,藏匿了多少玄机,需要细读方能觉察。

表面上看,妙玉是贾府为了迎接元妃省亲而和采办的小戏子、尼姑、道士们一起进门的,不过是因其"清高"而被高看了一眼,下"帖"请来的。虽属"仕宦之家",然而"自幼多病""父母俱已亡故""师父圆寂""在此静候"……天可怜见!一种走投无路、投靠无门的孤独无依、孤苦无告,让人油然而生怜悯。然而,如果因此认为妙玉真的不过就是先前曾经阔过的"孤女",没什么值得多费笔墨的,那就唐突了作者一片苦心。

"仕宦之家",不错,怎样的"仕宦之家"? 能买得起"许多替身",已非一般"仕宦之家";虽是孤女,依然有"两个老嬷嬷、一个小丫头伏侍",更非一般"仕宦之家";"师父精演先天神数",能预测未来,推演祸福,未卜先知,可见师父亦非一般的"师父";师父圆寂之前,留下遗言,"自有结果"。于妙玉父母而言,对此非凡之"师父",堪称临终"托孤",再次证明妙玉之家,绝非一般"仕宦之家"。还有一点,不容疏忽。在一个等级森严的体制里,只有对上位,至少也得是平位,方能用得上"请"字。贾家已经是皇亲国戚、公府之家,那么,什么样的门楣能够让贾家这样屈尊去"请"呢? 虽然这是一个号称"诗礼簪缨"的大家族,但也不至于使其屈尊伏小到去请一个名不见经传的小尼姑吧。因为这样一来,等于破了规矩,非"礼贤下士"之行,而是"失礼"之举。

那么,妙玉之家,到底"仕宦"到何等地步呢?

《红楼梦》第四十一回《贾宝玉品茶栊翠庵,刘老老醉卧怡红院》是妙玉的正面出场,也是书中妙玉作为主角最华彩的篇章。终于,妙玉从侧面走向了正面,从背景走向了前台,从"传说"走向了"现身":

> ……宝玉留神看他是怎么行事,只见妙玉亲自捧了一个海棠花式雕漆填金"云龙献寿"的小茶盘,里面放一个成窑五彩小盖钟,捧与贾母。
>
> 贾母道:"我不吃六安茶。"
>
> 妙玉笑说:"知道。这是'老君眉'。"
>
> 贾母接了,又问:"是什么水?"

妙玉道："是旧年蠲的雨水。"

贾母便吃了半盏，笑着递与刘老老，说："你尝尝这个茶。"

刘老老便一口吃尽，笑道："好是好，就是淡些，再熬浓些更好了。"

贾母众人都笑起来。然后众人都是一色官窑脱胎填白盖碗。

那妙玉便把宝钗、黛玉的衣襟一拉，二人随他出去。宝玉悄悄的随后跟了来。

只见妙玉让他二人在耳房内，宝钗便坐在榻上，黛玉便坐在妙玉的蒲团上。妙玉自向风炉上煽滚了水，另泡了一壶茶。宝玉便轻轻走进来，笑道："你们吃体己茶呢。"

二人都笑道："你又赶了来撮茶吃，这里并没你吃的。"

妙玉刚要去取杯，只见道婆收了上面茶盏来，妙玉忙命："将那成窑的茶杯别收了，搁在外头去罢。"（第四十一回）

这一番品茶，真真是应了那一句几乎被书法家们写烂了的成语——"茶禅一味"。羚羊挂角，无迹可求。于峰峦叠嶂中暗藏机锋。

先来看茶具。

给贾母用的茶具是海棠花式雕漆填金"云龙献寿"的小茶盘，里面放一个成窑五彩小盖钟。中国古代，规制森严。文献有征，龙纹是帝王的特权，无人敢逾，即使作为太子储君，也只能穿着使用四爪的蟒纹。因此，妙玉所谓"仕宦之家"的底色几乎昭然若揭、呼之欲出："非皇即王。"至于"成窑五彩小盖钟"这种几乎只有王公贵族之家才能用得上的名贵瓷器，就更是不在话下了。其他人的茶具，其名、其历，虽然有故弄玄虚之嫌，但一色的名贵罕有，却是毋庸置疑的。

如果说秦可卿非同寻常的见识出卖了她的身世，超越规制的丧礼昭告了她的身世，那么妙玉则是顺手拈来的让人瞠目结舌的器皿出卖了她的身世。

再来看言行。

贾母一句"我不吃六安茶"，自然说明贾母是懂茶道的（六安茶是一种未曾发酵的绿茶，劲大，减肥，助消化。皇室特贡，名贵异常，常被王室用作赏赐，以示宠幸），而且一进栊翠庵，贾母就声明了他们一行是刚吃过酒肉的。考虑到茶性、贾母的年龄与未及消化的酒肉，六安茶的确不宜。

妙玉一句"知道，这是'老君眉'"，不只能说明妙玉"懂贾母、会来事"这么简单（老君眉茶，满布白毫，外形如老人的长眉，故名曰老君眉，系性情温和的红茶之一种。既有增寿之意，又合贾母之好），还能说明妙玉在茶道上不让贾母，更能说明身世非常的妙玉并非如上文侧面描述的那样与贾家没有任何瓜葛，而是有着相当深的交往，深到连贾母的饮茶习性都了如指掌。

贾母接了，又问："是什么水？"妙玉道："是旧年蠲的雨水。"这一句则纯粹是斗机锋了。一方面说明贾母更懂茶道，一方面说明妙玉不让分毫。"水为茶之母"，饮茶问水，自然之理。明代张大复在《梅花草堂笔谈》中有云："茶性必发于水。八分之茶，遇水十分，茶亦十分矣；八分之水，试茶十分，茶只八分耳。"而且明代文人特别讲究用"天水"，对春夏秋冬四季天泉有不同的评价：秋天的雨水烹茶最好，其次是梅雨季节的雨水，再次是春雨，而夏季暴雨，水质最差，不宜烹茶。收集雨水时必须用干净的白布，在天井中央收。至于从房檐流下的雨水，不能用。如此看来，这简单的一问一答，表面上和谐如风，暗地里却运斥如风。

接下来越发精彩，机锋趋于刀光剑影了。

贾母便吃了半盏，笑着递与刘老老，说："你尝尝这个茶。"刘老老便一口吃尽，笑道："好是好，就是淡些，再熬浓些更好了。"贾母把吃剩下的半盏茶递与刘老老，看似非常自然，不露痕迹，实则暗含"将军"。不错，刘老老是个乡下人，是个来打秋风的清客：土、穷、丑、怪、粗、俗，没尊严，肯定入不了妙玉的法眼。但此时此刻，刘老老是贾母的客人啊！妙玉周旋了一圈奉茶献礼，可曾有刘老老的份？显然没有。漠视了客人，也就等于漠视了主人。妙玉对刘老老的蔑视，的确是丝毫没有遮掩。那么，针对蔑视，聪明的人、涵养深的人如何发作？分与半盏。贾母这一招可谓是一箭双雕、一举多得，四两拨千斤，"百炼钢"化成了"绕指柔"。

那么，被动牵涉进"贾母、妙玉之争"的刘老老又是如何应对的呢？"好是好，就是淡些，再熬浓些更好了。"刘老老这一答，恐怕是彻底激得妙玉起身离席的直接原因。其一，刘老老"品茶觉淡"是写实，符合刘氏贫寒之家，由于饮食只为果腹而口味偏重的客观事实。其二，对一个连一日三餐都难以为继的穷人来说，品茶当然是种奢侈。此次进贾府的刘老老虽然是报恩而来，比第一次进贾府有了些底气，但品茶论道之于她，还是高远了些。可此时的刘老老的浓淡之论，不管如何为她辩解开脱，她都有点"不懂装懂、无知卖弄"的嫌疑，让人想起"漫山遍野的菱角"之典故来，因此，妙玉对于刘老老，恶感益增："土、穷、丑、怪、粗、俗以及没尊严"之上，又多了一个"假"。

接下来妙玉的行事就有些近乎不近人情了：不动声色，扯起钗、黛就走，生生把贾母一行人晾在了那里。这还不算，不但晾了贾母，而且在贾母还没告辞的时候，就毫不避讳地把自己给贾母献上的"雨水茶"大大贬低了一番。当黛玉问她"这也是旧年的雨水？"的时候，她却冷笑道："你这么个人，竟是大俗人，连水也尝不出来。这是五年前我在玄墓蟠香寺住着，收的梅花上的雪，统共得了那一鬼脸青的花瓮一瓮，总舍不得吃，埋在地下，今年夏天才开了。我只吃过一回，这是第二回了。你怎么尝不出来？隔年蠲的雨水，哪有这样清淳。如何吃得？"人还没离席，扭脸就说自己刚刚给贾母吃的是"隔年蠲的雨水""哪有这样清淳，如何吃得？"如果说在贾母"分与半盏"给刘老老之前，妙玉对贾母争斗之中尚有敬意，那么此时此刻，妙玉对贾母的敬意则荡然无存，甚至像对待刘老老一样，多了一层"蔑视"。

再看妙玉的最后一个动作："贾母已经出来要回去。妙玉亦不甚留，送出山门，回身便将门闭了。不在话下。"

孤女、客居、斗法、晾人、闭门……所有这一切都表明：此"玉"大有来头。

那么，问题来了，缘何如此呢？贾母可是贾府的至尊啊！妙玉为何敢如此造次？谁借给她的胆？是妙玉不懂人情世故吗？非也！是妙玉乖张孤僻吗？非也！是妙玉的出家身份限制吗？非也！唯一的解释就是妙玉的身世：只能高于贾家，至少不会低于贾家。要知道，贾家已经是皇亲国戚、公府之家了！

思想之深

"禅房花木深"，二深深在妙玉之思。

中国历史，男权至上，一句"头发长见识短"扼杀了多少有思想的女性！虽然女政治家、女文学家、女科学家、女发明家代不乏人、史不绝书，然而，男人们总是视而不见，男人们掌控的历史总是装聋作哑，仿佛承认了这些就会有失男性尊严似的。更兼一句"女子无才便是德"，彻底抹杀了女人对才智的探求权利和欲望。于是一部中国古代史，便只见男人争权夺利的折腾，难见女性正面宣言自由言说的光耀。我有时候甚至觉得，男人恐惧女人有思想，更甚于奴隶主恐惧奴隶造反。

《红楼梦》的作者偏不信这个邪，用一部《红楼梦》格式化了整部历史，至少刷新了嗜权如命、嗜杀成性的男权史。你看他写王熙凤是多么具有宰相治国的风范，你看他写秦可卿是多么具有战略家的远见，你看他写林黛玉是多么具有擎起开一代诗风旌幡的雅才……那么，他写妙玉呢？思想之深，不让须眉。

其一，"侯门公府，必以贵势压人，我再不去的"。

也许是自己就出身于"侯门公府"，深知个中滋味的缘故，也许是因为看多了、看惯了各种各样的政治倾轧导致的落败失势，让她从小就体会到了所谓"鲜花着锦、烈火烹油"的权势熏天的背后是彻骨的冰凉，让她明白了再大的权势都不足恃，才有了如此深刻的洞见。要知道，那可是十八世纪的中国！要知道，即便是在今天，"嫁入豪门"不依然是很多女孩梦寐以求的吗？"终身有靠"不是很多女性的择婿婚嫁的终极目标吗？"嫁汉嫁汉，穿衣吃饭"不是依然很有市场吗？"宁愿坐在宝马里哭，不愿坐在自行车上笑"不是依然被宣之于口吗？对比今天这些女性的三观，妙玉的"侯门公府"论不是既先锋又前卫吗？

其二，"古人中，自汉晋五代唐宋以来，皆无好诗，只有两句好，说道：'纵有千年铁门槛，终须一个土馒头。'所以他自称'槛外之人'。又常赞：'文是庄子的好。'故又或称为'畸人'。"

虽然是邢岫烟的转述，却的确是妙玉的声口。其口气何其大！其感慨何其深！其识见何其卓！

结合其非同寻常的"仕宦之家"，我们可以大胆推断，这一定是一个饱读诗书的人。张口就是"古人中，自汉晋五代唐宋以来"，而且"皆无好诗"，可谓是"睥睨千古""傲视群雄""横扫千军"。没有满腹诗书垫底，哪里能有如此的豪气、狂气、傲气！

　　结合其非同寻常的"人生遭际"，我们可以大胆推断，这一定是一个栽过跟头的人。"纵有千年铁门槛，终须一个土馒头。"语出宋人范成大的《重九日行营寿藏之地》："家山随处可行楸，荷锸携壶似醉刘。纵有千年铁门限，终须一个土馒头。三轮世界犹灰劫，四大形骸强首丘。蝼蚁乌鸢何厚薄，临风拊掌菊花秋。"范成大之诗又典出隋唐诗僧王梵志的《城外土馒头》："城外土馒头，馅草在城里。一人吃一个，莫嫌没滋味。"和《世无百年人》："世无百年人，强作千年调。打铁作门限，鬼见拍手笑。"王梵志的"打铁作门限"又典出晋人王羲之后人智永。智永善书，名噪一时。为避免求书者将门槛踏破，就把门槛造得高高的，而且还用铁皮包裹，使之经久耐磨。于是，"铁门槛"便成了富贵人家的代称。可是，铁门槛修得再高、再牢，能把死亡挡在外面吗？鬼见了都会拍手笑话吧！死期一到，再高再结实的门槛也没用。名再大、利再多、权再重，能逃过人生大限吗？到头来还不是一样一个"土馒头"打发了。刘禹锡云："旧时王谢堂前燕，飞入寻常百姓家。"黄庭坚云："贤愚千载谁知是，满眼蓬蒿共一丘。"也是此意。这的确是有些"虚无主义"，但也的确是对人生至理的勘破。从晋到宋，从智永到王梵志、刘禹锡、黄庭坚、范成大，都可谓是富贵场中摸爬滚打过来的人，而且都是男人。名利场中，杀伐果断，立功、立德、立言，总想着不朽，好像成了男人的专利，然而，《红楼梦》却让一个正当青春妙龄的女孩发出如此浩叹，不得不说，有点反常。不过想想也并不惊讶，正如贾宝玉看到了很多死亡一样，虽然出家，但依然为"权势所不容"的妙玉，恐怕比宝玉更早地看到了很多死亡。

　　如果说"槛外人"串起的是自晋至宋的人生哲学，那么"畸人"串起的则是自先秦至晋的生命之思。与儒家哲学分庭抗礼的道家哲学，对中国士子来说真正是一种大拯救，不只是"穷达""进退""互补"这么简单。想想看吧，在一个万家墨面、万马齐暗，是非颠倒、无地自由，魑魅魍魉占据了舞台中心的世界中，正直的人除自我放逐、甘为"畸人"之外，还能做什么？这种"自嘲"，甚至是"自贬"式的愤激，之于追腥逐臭的污浊时世，不是清流是什么？如此看来，妙玉之言，实在高蹈。不消问，虽然是出家人，妙玉枕边，一定是《南华经》而非《心经》。暮鼓晨钟、阿弥陀佛无法安妥她的灵魂，当暗夜袭来孤苦无告时，能够充其最佳利器的一定是庄子而非佛陀。放眼整个大观园，谁懂庄子，谁就会成为妙玉的真正知己。

情感之深

"禅房花木深"，三深深在妙玉之情。

既然把妙玉之思追溯到了庄子，那么，对这个女孩的一些所谓的"不近人情""乖张孤僻"，还有什么不能容忍、不能接受、不能理解的呢？

首先，妙玉最遭人诟病的就是她对刘老老"无缘无故的恨"，简直是视若仇雠，不共戴天。不要说出家人慈悲为怀，甚至一个普通人的道德底线都跌破了。那么，这是为什么呢？

妙玉是嫌刘老老穷吗？非也，曾经与其一墙之隔的邢岫烟也是穷人，但妙玉没有嫌弃她；非但没有嫌弃，而且还收她为徒，教她认字，而且让她感慨的是，"贫贱之交……旧情竟未易"。因此，说妙玉是因为势利而嫌弃刘老老，则有些不太说得通。

其实，细细想来，妙玉之于刘老老的"苛毒"，并非不可理喻。相对于贾府来说，妙玉与刘老老没有什么本质的不同：都是外来者，都是寄居者，都是投靠者，甚至都是人家的道具和点缀。正因如此，唯恐人家拿她与刘老老相提并论或者产生类似联想，所以才主动站出来与其划清界限，用嘲笑、打击"同类"的方式维护自己的尊严，来证明自己不同寻常。再想想看，大观园中，还有谁对刘老老如此"苛毒"？林黛玉？对，就是林黛玉。"母蝗虫"就是她给刘老老起的诨号。虽属玩笑，但这玩笑似乎开得有些过头。那么，林黛玉为什么对刘老老也如此"苛毒"呢？无他，其理一也。因此，弗洛伊德的"情结理论""潜意识理论"，特别能够解释这一现象。

因此，说到底，与其说妙玉嫌弃刘老老"土、穷、丑、怪、脏"，倒不如说恐惧他人产生联想，更兼刘老老这样一个"同类"，是如此"粗俗""没有尊严"和"不懂装懂"。

一个喜欢庄子的人，一定不是一个无情之人，一定是一个深情之人。

其次，妙玉常常遭人谣诼的就是，既然做了出家人，就不该再动凡心。她绕着弯、此地无银三百两似的请宝玉吃的茶；她为宝玉挑选的那一枝傲雪的红梅以及欲盖弥彰慷慨相赠人手一枝；她差人送给宝玉的那一张粉红色的生日卡，"槛外人妙玉遥叩芳辰"；她在宝玉面前所绽放出的少女所独有的那一抹羞红……无不表征着她作为一个青春少女对爱无以言表的渴求。且不说这种情愫并非完全意义上的男女私情，纵然是又如何？青年男子哪个不钟情？妙龄少女谁个不怀春？这是人间的至真至纯！妙玉依然有爱的权利。纵观文学史，这种佛殿之上的爱情佳话比比皆是，从《玉簪记》到《齿痕记》，绵延不绝。

其实，与其将妙玉之情看作是一份男女私情，倒不如将其看成是一份跨越男女之私的友情，这份友情甚至将林黛玉也包括其中。

爱情是自私的、排他的，这是人类的共识，甚至也包括部分动物。然而，我们看妙玉、宝玉、黛玉之间，可曾有这种"因情生嫉"的表征？

吃体己茶的时候，宝钗选择的座位是"坐榻"，黛玉选择的座位是"蒲团"。不要小瞧了这一小小的区别，却分明见出各人的性情和与妙玉关系的亲疏。宝钗是一种大家闺秀的风范，始终端着，非礼勿视，非礼勿听，非礼勿言，非礼勿动，所以她规规矩矩地选择了坐榻；黛玉是至情至性的诗人风格，虽然也想端着，但总也拿捏不准分寸，一不留神就真情流露，所以她径直选择了妙玉的蒲团。能选择妙玉的蒲团，至少说明她没把妙玉当成外人。那么接下来妙玉对她的挖苦和嘲笑，并没有让一向尖酸刻薄的黛玉恼怒，给读者也没有多少唐突之感，就是因为二玉之间有这么一种"故友重逢"的感觉，同时也可以看出妙玉同样也没有把她当成外人。这与"妙玉和黛玉平时到底有多少交往、熟悉到什么程度"都没有必然联系。灵魂，有时候就是这样天然相通，哪怕相隔天涯海角从未谋面，都挡不住那种"一见如故"的心有灵犀。

踏雪寻梅的时候，宝玉因作诗落第，被李纨罚去栊翠庵乞红梅，而且"命人好好跟着"，此时的黛玉却忙拦说："不必，有了人反不得了。"由此一句足可见出，林黛玉对贾宝玉是放心的，对妙玉是了解的，而且不是一般的了解，何曾看出她有一丝出于男女私情的"嫉妒""担心"和"恐惧"？

由三玉之间的心无芥蒂可以看出，这三人之间的感情超越了男女私情，拓展到了"知音知己"的宽度。

能够证明三玉之情超越了男女私情的证据还有很多。上文说过,谁懂庄子,谁就会成为妙玉的真正知己,那么我们看大观园中谁懂庄子?

《红楼梦》第二十一回讲到贾宝玉"说不得横着心,只当他们死了,横竖自然也要过的。如此一想,却倒毫无牵挂,反能怡然自悦。因命四儿剪烛烹茶,自己看了一回《南华经》,至外篇《胠箧》一则",然后录下"绝圣弃智"那一段,并续写道:"焚花散麝,而闺阁始人含其劝矣;戕宝钗之仙姿,灰黛玉之灵窍,丧灭情意,而闺阁之美恶始相类矣。彼含其劝,则无参商之虞矣;戕其仙姿,无恋爱之心矣;灰其灵窍,无才思之情矣。彼钗、玉、花、麝者,皆张其罗而邃其穴,所以迷惑缠陷天下者也。"而当"宝玉往上房去后,谁知黛玉走来,见宝玉不在房中,因翻弄案上书看。可巧便翻出昨儿的《庄子》来,看见宝玉所续之处,不觉又气又笑,不禁也提笔续了一绝云:'无端弄笔是何人? 剿袭《南华》庄子文。不悔自家无见识,却将丑语诋他人。'"

从这一段宝、黛之"斗"的文字足可看出,贾宝玉是喜欢《庄子》的,经常从《庄子》那里寻解脱、找武器。林黛玉就更不消说了,提笔续诗,把宝玉大大地奚落了一番。《庄子》成了彼此相知的桥梁。这两位庄迷,如何能不理解妙玉这位庄子的铁杆同盟呢?因此,单单从男女两性关系上理解妙玉和宝玉,是不是有点窄了,有点俗了?为什么不能放宽视野,从同道知己惺惺相惜的角度去理解这一份世间非常难得的友情呢?曹雪芹就曾经借黛玉的丫头紫鹃之口发出过这样的感叹:"万两黄金容易得,知心一个也难求。"

最后,妙玉的深情,还表现在其常常不自觉地流露出来的"忘我"之态。《红楼梦》第七十六回,林黛玉和史湘云凹晶馆联诗,一直联到深夜,一直联到"冷月葬花魂"这一警句的出现,一直联到妙玉的出现。在对二人的联诗作了一番品评之后,妙玉邀请她们到栊翠庵吃茶,顺便将其过于凄清的诗风挽救回来。"妙玉道:'如今收结,到底还归到本来面目上去。若只管丢了真情真事,且去搜奇检怪,一则失了咱们的闺阁面目,二则也与题目无涉了。'林史二人皆道:'极是。'妙玉提笔微吟,一挥而就,递与他二人道:'休要见笑。依我不必如此,方翻转过来,虽前头有凄楚之句,亦无甚碍了。'"

　　这一回既是妙玉作为天才诗人的充分展露，也是作为深情之人的充分暴露。才与情从来都是难解难分、一体两面。从"一则失了咱们的闺阁面目"，足可见出妙玉在知己面前，在才情挥洒的时候，是何等忘我，作为一个出家人，竟然脱口而出"咱们的闺阁面目"，这说明妙玉骨子里从来都没有把自己当成一个出家人，从来都没有失却一个闺阁少女的本分和天性，但是现实的一切无时无刻不在限制着她作为一个闺阁少女的真情流露。这种"闺阁面目"的自觉认同、自我认同，让那些以"出家人"的身份来要求她并对其苛责的批评瞬间被抽空了，失去了意义：人家从来都没有把自己当成过"出家人"，哪里还有"应该怎样、不应该怎样"之说呢？

　　现在重新回头看一看，妙玉的所有言行都是那么合情合理，至情至性，炽热真诚。

　　原来，这是一个初看犹怜，再看讨厌，最后让人喜欢的女孩。"高冷"的外表之下裹着的是一颗敏感、自尊、脆弱的琉璃之心。说其"势利""虚伪""矫情""做作"，是真真误解了她；说其对刘老老"苛毒"，是无法了解她的人生遭际和艰难处境所致；说其对宝玉有私情，是既不懂得爱情也不懂得友情。虽然自小出家，却依然热爱生活：园艺、茶道、诗情、庄禅，无一不精。

　　认清了生活的真相之后还依然热爱生活！懂得了一切世故之后却选择了不世故！芸芸众生，有几人欤？

鸳鸯：生而为奴当如何

在大观园青春王国里，有一个女孩总能让人不思量，自难忘。我总觉得应该有人为她立块碑，碑的正面应该刻上十八世纪美国人帕特里克·亨利的那句名言："Give me liberty or give me death."翻译成汉语就是："不自由，毋宁死。"碑的背面应该刻上十九世纪匈牙利诗人裴多菲的那首著名的《自由与爱情》："生命诚可贵，爱情价更高。若为自由故，二者皆可抛。"

虽然出身卑微，但她却能担得起《红楼梦》之精神、魂灵、启蒙的伟大重任。

在《红楼梦》花团锦簇的女性世界里，她是为数不多的兑现了自己诺言的人，践行了"不自由，毋宁死"的人，集真、善、美于一身的人。在不知道"自由""平等"为何物的时代中，这的确不易。

她的一生，精彩处在于一个"守"字：对上司，守职于忠；对自己，守身如玉；对朋友，守口如瓶。守来守去，守出了一个奴才的高贵，守出了一个人的尊严和价值。在没有自由的时代里，她只想做一回自己的主人；在遍地奴才的世界里，她却是唯一一个虽然生而为奴但却没有丁点儿奴才意识、奴才人格的人。

你说的是鸳鸯？对，就是鸳鸯！

守职于忠

《红楼梦》中的丫鬟、奴婢有两个来源：一是外买，一是家生。所谓"家生子儿"，就是专指那种"奴一代""奴二代""奴三代"以至无穷，也就是通常所说的"世代为奴"，专侍一姓之主。这种"家生了儿"，老一辈的代表就是赖嬷嬷及其子孙；小一辈的代表就是鸳鸯及其父母、哥嫂。"家生子儿"能否脱籍不做奴才，全靠主子的恩典。只有脱籍之后，才有资格去追求世俗的功名利禄。赖大家的孙子就是先"脱籍"后"捐官"的，蒙主子贾家的照拂，做了县令，被赖嬷嬷边讨好、边卖乖、边炫耀地好一顿数落。

作为"家生子儿"的鸳鸯原本是有姓氏的，第四十六回，王熙凤向自己的婆婆邢夫人介绍她的时候，顺便带出鸳鸯的身世："他爹的名字叫金彩，两口子都在南京看房子，不大上来。他哥哥文翔，现在是老太太的买办。他嫂子也是老太太那边浆洗上的头儿。"可谓是"一家子都是奴才"。因此，"生而为奴"成了鸳鸯"履历"表上"出身"栏中永远也抹不去的烙印。

"奴才"，既是一种"阶级""出身""籍册"，也是一种侍奉主子的"职业"。我想，无论什么时代、何种国度，除非天绝人路，除非有巨大的利益诱惑，但凡精神正常的人，但凡有所选择的人，都不会选择这一行当，因为，但凡思维正常的人都知道：伺候人的活儿不好干啊！谁愿意整日里战战兢兢、如临深渊、如履薄冰，被他人呼来喝去？除非患上了严重的"斯德哥尔摩综合征"。

生而为奴的鸳鸯自然没得选，只能侍奉主子。既然别无选择，那就多努力、少抱怨，索性把活干好，不一定追求谁的赏识，只求自己心安理得。幸运的是，鸳鸯侍奉的不是一般的主子，而是主子的主子——贾母；幸福的是，贾母也的确不是一般的主子，而是一个颇具"贵族风范"的主子，这就非同寻常了。在一个"宰相门前七品官"的体制里，"地位"比"出身"更重要，"跟对人"比"地位"更重要。中国漫长的王朝史上出现了那么多的"宦官专权"，出现了那么多的因"站错队"而抄家灭祖的恐怖案例就是明证。

鸳鸯就处在这样一个显赫的位置："一人之下，众人之上。"贾母就是这么一个安富尊荣的人：富而好礼，怜老惜贫。好在鸳鸯既不是宦官，也没有专权，这便是鸳鸯作为"首席大丫鬟"最迷人、最有魅力之处。要知道，自古及今，处在她那样的位置而没有迷失自己是很难的。

鸳鸯竟把个"贾府第一秘书"干得风生水起：

……有鸳鸯那孩子还心细些，我的事情，他还想着一点子。该要的，他就要了来；该添什么，他就趁空儿告诉他们添了。鸳鸯再不这么着，娘儿两个，里头外头，大的小的，那里不忽略一件半件？我如今反倒自己操心去不成？还是天天盘算和他们要东要西去？我这屋里有的没有的，剩了他一个，年纪也大些，我凡做事的脾气性格儿，他还知道些。他二则也还投主子的缘法，他也并不指着我和那位太太要衣裳去，又和那位奶奶要银子去。所以这几年，一应事情，他说什么，从你小婶和你媳妇起，至家下大大小小，没有不信的。所以不单我得靠，连你小婶、媳妇也都省心。（第四十七回）

这是鸳鸯侍奉的主人、顶头上司、贾府最高统治者贾母对她的评价。仆人干得如何，主人当然有发言权。能这样避开当事人评价自己的下属，足可见出鸳鸯作为"贾府第一秘书"的优秀：细心、周全、体贴，能遮能拦，独当一面。

李纨道："大小都有个天理。比如老太太屋里，要没鸳鸯姑娘，如何使得？从太太起，那一个敢驳老太太的回？他现敢驳回，偏老太太只听他一个人的话。老太太的那些穿带的，别人不记得，他都记得。要不是他经管着，不知叫人诓骗了多少去呢。况且他心也公道，虽然这样，倒常替人上好话儿，还倒不倚势欺人的。"（第三十九回）

这是贾府长孙媳妇李纨对鸳鸯的评价。如果说贾母的评价还可能是出于偏爱、护犊子、不客观，那么李纨的评价则比较理性、客观了，尤为难得的是"公道""替人上好话儿""不倚势欺人"。要知道，贾府是个什么样的地儿？"本也难站""煽风点火""站干岸""乌眼鸡"……在这样的地方，能赢得主人和旁观者如此高的评价，早就超越了职业考核，直接上升到了道德旌表。

法国启蒙主义思想家孟德斯鸠说："一切有权力的人都容易滥用权力，这是万古不易的一条经验。"鸳鸯虽然是奴婢，却位高权重，就连当家管事的王熙凤、贾琏两口子都得"姐姐"长、"姐姐"短地叫着，就连最为得势的王夫人也得让着三分。可是我们从鸳鸯身上，却看不到一丁点权力的傲慢和对权力的耍弄，拉大旗、扯虎皮、假传圣旨的事，她似乎是不屑于干的。

作为老太太的生活秘书，其首要的任务就是让老太太高兴。第四十回《史太君两宴大观园，金鸳鸯三宣牙牌令》是其职场才华最集中的展示：既大气磅礴，又心细如发；既游刃有余，又温厚善良。

"三宣牙牌令"开场之前，是鸳鸯与凤姐联合导演的一场精彩绝伦的楔子，也可以说是鸳鸯和刘老老合演的一场双簧小品：内容是让刘老老用特大号的象牙筷子去夹鸽子蛋，配以俚俗的乡村语言，辅以憨实的笨拙动作，引来阖府观众千姿百态的笑场，可谓是效果奇佳，赢得满堂彩。

在连读者都被深深地感染和代入，加入这场嘉年华般的双簧小品的时候，很少有人注意到众声喧哗中鸳鸯的那一句道歉：

> 鸳鸯也进来笑道："老老别恼，我给你老人家赔个不是儿罢。"
>
> 刘老老忙笑道："姑娘说那里的话？咱们哄着老太太开个心儿，有什么恼的！你先嘱咐我，我就明白了，不过大家取笑儿。我要恼，也就不说了。"
>
> 鸳鸯便骂人："为什么不倒茶给老老吃。"
>
> 刘老老忙道："才刚那个嫂子倒了茶来，我吃过了，姑娘也该用饭了。"
>
> （第四十回）

还真有很多人将此一关目看成了对刘老老的"捉弄"，甚至上升到了"富人对穷人的侮辱"这样严重的阶级论高度。而我却不以为然。如果事前没有商量，事后没有赔礼，这的确是一场不小的捉弄，拿穷人寻开心。关键是事前有商量：这只是一场游戏，请您配合一下，跟平常小品演员从观众席上随便找个搭档没什么两样。更何况作为"导演"的鸳鸯照顾到了主要"演员"刘老老的情绪，事后专门道歉，这就没必要上纲上线到如此吓人的高度了。

道歉，千万不要小看了这一细节，为人处世，非常重要，尤其是在那样一个只有高低、上下、君臣、父子、强弱、胜败等级森严的体制里，尤为重要。你见过上级给下级道歉吗？你见过父母给子女道歉吗？你见过富人给穷人道歉吗？那么多皇帝干过那么多的蠢事，你见过有几个下"罪己诏"的？道歉，当然是真正的道歉，而不是虚与委蛇，起码是真诚、善良、体谅。由于"道歉""忏悔"之类精神资源的严重匮乏，以至于在那个素来标榜"文明礼仪"的时代，却鲜有人懂得"相互尊重"为何物。把正常的"道歉"当成了非常的"示弱""认输"，甚至"巴结"。"一人之下，众人之上"的鸳鸯能在大众狂欢之后想到向一个扮演清客相公的穷婆子道歉，难道不该点赞吗？

楔子演完，正本开场。"三宣牙牌令"，鸳鸯从"导演"变成了"主演"，成了令官。

先看这令官的气势：

> 鸳鸯也半推半就，谢了坐，便坐下，也吃了一钟酒，笑道："酒令大如军令。不论尊卑，惟我是主，违了我的话，是要受罚的。"
> 王夫人等都笑道："一定如此，快些说。"
> 鸳鸯未开口，刘老老便下席，摆手道："别这样捉弄人，我家去了。"
> 众人都笑道："这却使不得。"
> 鸳鸯喝令小丫头子们："拉上席去！"
> 小丫头子们也笑着，果然拉入席中。刘老老只叫："饶了我罢！"
> 鸳鸯道："再多言的罚一壶。"刘老老方住了。
> 鸳鸯道："如今我说骨牌副儿，从老太太起，顺领下去，至刘老老止。比如我说一副儿，将这三张牌拆开，先说头一张，再说第二张，说完了，合成这一副儿的名字，无论诗词歌赋，成语俗话，比上一句，都要合韵。错了的罚一杯。"（第四十回）

好一个"酒令大如军令"，虽然是游戏，却威严，容不得半点儿戏。

好一个"不论尊卑，惟我是主"，虽然是游戏，却执法如山，千条线，一根针，法令面前，人人平等。这何尝不是鸳鸯豪气干云的法治精神的深刻体现呢？

再看看这令官的做派：

刘姥姥见状想临阵脱逃，只见鸳鸯喝令小丫头子们："拉上席去!""再多言的罚一壶。"

好一个"拉上席去""再多言的罚一壶"，平时那么温柔可人的一个女孩儿家，一旦披挂上阵，竟能做到如此铁面无私。惊堂木一拍，瞬间即可进入角色，立马由丫鬟变成了将军、判官，而且真的就做到了令行禁止，执法如山。胸中没有大格局、大气魄，平时没有杀伐果断，此时焉有如此的冷峻和威严?!

这一番游戏，雅俗共赏。老太太的确忘乎所以，乐在其中。作为上司，摊上鸳鸯这么一个聪明伶俐、无微不至、杀伐果断的下属，不是一种福气吗?

再次，特别有必要辨析的是，很多人都把鸳鸯的忠诚看成是忠诚于"老太太"，甚至把后四十回贾母殡天、鸳鸯悬梁作为"忠诚到可以殉葬"的证据。我仍然不以为然。综合鸳鸯的整体素质来看，与其说鸳鸯忠于哪一个具体的主人，倒不如说她"忠于职守"更为恰切。

的确，忠于职守还是忠于某个具体的人的确难解难分，很多人也常常为此争论得面红耳赤、恶言相向直至分道扬镳。尤其是一家一姓之王朝，"爱国"更需要通过"忠君"来体现，就更难把"忠君"与"爱国"分开。在这样的王朝里，你几乎很难找到一个"只爱国""不忠君"的忠臣良将。因为，故意模糊"君"与"国"的界限，让天下人都接受"不忠君"就是"不爱国"，是千年不易的愚民之策。

其实，分清一个人是"忠于职守"还是"忠于个人"是非常容易的。首先，看他是否能够分得清"位"与"人"；其次，看他是否敢忤"上"。只"忠诚于主人"的人要么是"真傻"，分不清"位"与"人"；要么是"装傻"，为了一己的私利，故意迎合愚民之策，有意混淆"位"与"人"。不管是"真傻"还是"装傻"，都不可能有胆量质疑上司，否定主人；只有忠于职守的人才会认死理，批龙鳞，逆圣听，敢犯上。

从李纨对鸳鸯的评价中我们就可以看出，鸳鸯是贾府中唯一敢于驳回老太太的命令的人。有此一点，也就够了。更何况，在鸳鸯眼里，服侍贾母不过只是一份工作罢了，她完全没有把它当成一种可以变现的权力。因此，也就压根没有"有权不用，过期作废"的念想，忠于职守的人满脑子想的都是恪尽职守，干好工作，岂有他哉？

十八世纪中国大家族的一个丫头，之于权力是如此的认知和做派，这是多么了不起的现代性，堪称伟大！

守身如玉

"鸳鸯抗婚"无疑是《红楼梦》中最华彩的章回。然而，以往的读者至多就将其解读为"刚烈"而已。这样解读，于鸳鸯而言似乎"小"了，也"浅"了。因为一部漫长的中国女性史，从来都不缺少贞妇烈女，一部《列女传》就是明证。《红楼梦》中的鸳鸯，毕竟有着一般贞妇烈女所无可比拟的别样光芒：她的詈骂，是那样的雅俗兼备、痛快淋漓、声震屋瓦，而且早已超越了一事一人，锋芒所指，是整个封建专制的伦理道德婚姻制度，这就非同寻常了：

> 鸳鸯道："这个娼妇，专管是个'六国贩骆驼'的，听了这话，他有个不奉承去的。"说话之间，已来到跟前。
>
> 他嫂子笑道："那里没有找到，姑娘跑了这里来。你跟了我来，我和你说话。"平儿、袭人都忙让坐。
>
> 他嫂子只说："姑娘们请坐，找我们姑娘说句话。"
>
> 袭人、平儿都装不知道，笑说："什么话，这么忙？我们这里猜谜儿呢，等猜了再去罢。"
>
> 鸳鸯道："什么话？你说罢。"
>
> 他嫂子笑道："你跟我来，到那里告诉你，横竖有好话儿。"
>
> 鸳鸯道："可是太太和你说的那话？"
>
> 他嫂子笑道："姑娘既知道，还奈何我！快来，我细细的告诉你，可是天大的喜事！"
>
> 鸳鸯听说，立起身来，照他嫂子脸上下死劲啐了一口，指着骂道："你快夹着你那毯嘴，离了这里，好多着呢！什么'好话'？宋徽宗的鹰，赵子昂的马，都是好画儿。又是什么'喜事'？状元痘儿灌的浆，又满是喜事。

怪道成日家羡慕人家的丫头做了小老婆，一家子都仗着他横行霸道的，一家子都成了小老婆了！看的眼热了，也把我送在火坑里去。我若得脸呢，你们外头横行霸道，自己封就了自己是舅爷；我要不得脸败了时，你们把忘八脖子一缩，生死由我去。"一面骂，一面哭。平儿、袭人拦着劝他。

他嫂子脸上下不来，因说道："愿意不愿意，你也好说，犯不着拉三扯四的。俗语说的好：'当着矮人，别说矮话。'姑娘骂我，我不敢还言。这二位姑娘并没惹着你，'小老婆'长，'小老婆'短，人家脸上怎么过的去？"

袭人、平儿忙道："你倒别说这话，他也并不是说我们，你倒别拉三扯四的。你听见那位太太、太爷们封了我们做小老婆？况且，我们两个，也没有爹娘、哥哥、兄弟在这门子里仗着我们横行霸道的。他骂的人，自由他骂去，我们犯不着多心。"

鸳鸯道："他见我骂了他，他臊了，没的盖脸，又拿话调唆你们两个。幸亏你们两个明白。原是我急了，也没分别出来，他就挑出这个空儿来。"

（第四十六回）

中国姑嫂一如婆媳，原本就是一对永恒的矛盾，关系真正融洽的极少。然而，像鸳鸯与其嫂子这样，骂架斗嘴到如此高的水准的，恐怕罕有。

"娼妇""毡嘴""小老婆""眼热""臊""横行霸道""忘八脖子"……这是荤的、俗的、低级的，人人皆懂。

"六国贩骆驼""宋徽宗的鹰""赵子昂的马""状元痘儿灌的浆"……这是素的、雅的、高级的，歇后语、双关语、隐喻、博喻，令人眼花缭乱，没有一定的知识储备，恐怕断难明白鸳鸯这种"骂人的艺术"臻于何等境界。

骂人容易，骂到不吐脏字也不难，但骂到需要翻字典才能明白人家骂的含义，就不是那么容易了。更为重要的是，这一场詈骂可谓是横扫千军，骂尽了整个世道人心，骂尽了整个封建制度秩序。特别是那一句"怪道成日家羡慕人家的丫头做了小老婆"不得不让人心惊肉跳，为鸳鸯捏把汗。

要知道，在妻妾成群的旧体制里，"小老婆"是一种合法的婚姻制度。从皇帝的三宫六院，到显贵的三妻四妾，到一般人家的不以"娶小"为耻、"做小"为辱，鸳鸯的这一句话，岂不是骂尽了整个封建婚姻制度?!

　　要知道，在今天这样一个"一夫一妻"被写进婚姻法的制度下，不仍然有男人炫耀包"二奶""三奶"吗？不依然有女人以被包养为荣吗？更何况，贾家得以坐享荣华富贵的原因，除了世袭的爵位，不就是仗着贾家大小姐贾元春进宫为妃吗？"妃"的本质不就是"小老婆"吗？身份再"尊贵"，也是"小老婆"啊！

　　鸳鸯的抗婚，是那样不留后路、勇敢决绝、石破天惊！其对抗的意义同样超越了一人一事，锋芒所向，同样是整个的封建专制的伦理道德、婚姻制度。

　　先是邢夫人亲自出马，为老公找小老婆，磨破嘴皮。我们看鸳鸯的反应："不觉红了脸，低了头，不发一言""红了脸，夺手不行""只低头，不动身""只管低头，仍是不语""仍不语"。

　　次是贾赦要儿子贾琏即刻去南京通知鸳鸯的父亲亲自出马。贾琏以鸳鸯父亲病危、鸳鸯母亲耳聋作了推脱。

　　再次是鸳鸯的兄长上阵说项，依然是大败而归。

　　最后是贾赦恼羞成怒，放出了有失身份和体面的恐吓之言：

　　　　我说给你，叫你女人和他说去。就说我的话："自古嫦娥爱少年"，他必定嫌我老了。大约他恋着少爷们，多半是看上了宝玉，只怕也有贾琏。若有此心，叫他早早歇了。我要他不来，以后谁敢收他？这是一件。第二件，想着老太太疼他，将来外边聘个正头夫妻去。叫他细想，凭他嫁到了谁家，也难出我的手心！除非他死了，或是终身不嫁男人，我就伏了他！要不然时，叫他趁早回心转意，有多少好处。（第四十六回）

　　这一番车轮战，不要说女孩，即便须眉恐也难以招架。这让人想起《辕门斩子》中杨元帅的"压力山大"；让人想起《铡美案》中包公的"压力如山"。决绝的鸳鸯终于没有了退路，袖上剪刀，拉起嫂子，跪在贾母面前，边哭、边诉、边铰头发，上演了一场绝地反击：

　　　　因为不依，方才大老爷越发说我"恋着宝玉"，不然，要等着往外聘，凭我到天上，这一辈子也跳不出他的手心去，终久要报仇。我是横了心的，当着众人在这里，我这一辈子，别说是宝玉，就是宝金、宝银、宝天王、宝皇帝，横竖不嫁人就完了！就是老太太逼着我，一刀子抹死了，也不能从命！伏侍老太太归了西，我也不跟着我老子娘、哥哥去，或是寻死，或是剪了头发当姑子去！要说我不是真心，暂且拿话支吾，这不是天地鬼神、日头月亮照着，嗓子里头长疔！（第四十六回）

一边只是一个势单力薄的黄毛丫头，一边却是权势熏天的贾家长房以及为其说项的整个权势集团。这是实力的对比。

一边只是一个并不以做妾为荣、只想主宰自己命运的个体，一边却是以"攀龙附凤""鸡上高枝变凤凰"为最高理想的整个社会观念。这是三观的对比。

一边只是一个环顾左右并无靠山（贾母其实并不足恃）可以遮风挡雨的小丫鬟，一边却是为虎作伥、爪牙遍布的大豪强。这是社会关系的对比。

无论从哪个角度对比，鸳鸯都如一枚易碎的鸡蛋，而对方却如一片无边的巨石阵。在劫难逃，她死定了！的确，除离开这个世界之外，她没有任何活路。

她选择了玉碎！

我想，古往今来的任何一个读者，面对这样一个丫头如此决绝的反抗，只要良知尚存，都不能不因这种为了自由而抛弃生命的悲壮反抗而荡气回肠，而反思生命的尊严和价值！

她的忧患，是那样一眼看到底的悲观绝望，就像一个人刚刚踏上人生旅程，就看到了自己命运的脚本，却依然选择了反抗虚无、反抗命运、向死而生。这种忧患，这种反抗命运的悲剧精神，纵的追溯，可以追溯到先秦，在《山海经》时代曾经昙花一现。在"女娲补天""精卫填海""夸父逐日"之外，曹雪芹又为我们创造了"木石前盟"和"鸳鸯抗婚"，与其并列、媲美；这种忧患，这种反抗绝望的荒诞精神，横的链接，可以链接起后现代的加缪的荒谬哲学，西西弗斯推石上山的荒谬和悲壮，与鸳鸯抗婚、抗命息息相通。由此也可以看出，《红楼梦》作为一部小说的伟大之处：既延续着华夏民族悠久的传统，又同构着人类共通的现代精神。

　　平儿道:"你既不愿意,我教你个法儿。"

　　鸳鸯道:"什么法儿?"

　　平儿笑道:"你只和老太太说,就说已经给了琏二爷了,大老爷就不好要了。"

　　鸳鸯啐道:"什么东西! 你还说呢。前儿你主子不是这么混说? 谁知应到今儿了。"

　　袭人笑道:"他两个都不愿意,依我说,就和老太太说,叫老太太就说把你已经许了宝二爷了,大老爷也就死了心了。"

　　鸳鸯又是气,又是臊,又是急,骂道:"两个坏蹄子,再不得好死的! 人家有为难的事,拿着你们当做正经人,告诉你们与我排解排解,饶不管,你们倒替换着取笑儿。你们自以为都有了结果了,将来都是做姨娘的。据我看来,天底下的事,未必都那么遂心如意的。你们且收着些儿罢,别忒乐过了头儿!"

　　……

　　鸳鸯冷笑道:"老太太在一日,我一日不离这里。若是老太太归西去了,他横竖还有三年的孝呢,没个娘才死了,他先弄小老婆的! 等过了三年,知道又是怎么个光景儿呢? 那时再说。纵到了至急为难,我剪了头发做姑子去;不然,还有一死。一辈子不嫁男人,又怎么样? 乐得干净呢!"

　　……

　　鸳鸯道:"家生女儿怎么样? '牛不喝水强按头'吗? 我不愿意,难道杀我的老子娘不成?"(第四十六回)

　　从这一段闺蜜间的对话,足可以看出人与人之间的差距,真的不可以道里计。

　　特别是鸳鸯针对袭人和平儿打趣时的那句警告,简直如哲人的箴言,如预言家的预言。由此也可以看出,这是一个头脑极为清醒的女孩! 其坚守是那样的孤独，是那种"独上高楼，望断天涯路"的孤独，即便一些所谓的好闺蜜也无法理解的孤独，是那种因为看得太过遥远、太过深邃、太过通透的孤独。

奇哉！鸳鸯！壮哉！鸳鸯！

当然，伟大的曹雪芹不可能为写"鸳鸯抗婚"而写"鸳鸯抗婚"，其真正的命意在于，于暗夜沉沉的天幕上置一道霹雳闪电：启蒙着同类者的幡然猛醒，照彻着异类者的龌龊不堪。

守口如瓶

这是一个忠于职守的女孩！

这是一个敢于反抗强权的女孩！

这是一个头脑极为清醒的女孩！

鸳鸯之美还不仅仅如此，这还是一个骨子里极为善良的女孩！

第七十一回《嫌隙人有心生嫌隙，鸳鸯女无意遇鸳鸯》，一次偶然，鸳鸯撞破了司棋与潘又安的约会。匆忙的惊吓，匆忙的解释，匆忙的分别，再加上男主潘又安的临阵脱逃，这让女主司棋患上了恐惧症而一病不起。善良的鸳鸯虽然还没有品尝过爱与被爱的甜蜜和苦涩，却能够设身处地、推己及人地觉悟到，自己的一次无心的相撞，却可能让一对无辜者搭上性命。不但鸳鸯自己守口如瓶，而且还要让同命相怜的司棋知道自己在为她守口如瓶，让她放心。于是鸳鸯前来安慰司棋，并对天起誓为朋友保密，这让司棋终于卸下了沉重的心理包袱。

在这个立场大于是非的地方，能不墙倒众人推，落井下石，不告密，不揭发，就已经是做人的高标了；能设身处地、推己及人、换位思考，于患难之中拉一把，就更是罕有的了。

惯于弄权的凤姐一定是树敌无数的了。可是鸳鸯能体会到凤姐当家的难处，在凤姐被婆婆邢夫人奚落得落泪的时候，她却能替凤姐鸣不平。

东府里的尤氏既出身寒门，又是填房，得不到丈夫的尊重，自然也不会得到他人的尊重，甚至连丫鬟都看不起她。当其来到荣国府，赶上饭点的时候，奴才们却拿自己吃的残羹冷炙给她吃。鸳鸯发现了，立即叫人去三姑娘那里取了给主子吃的饭过来给尤氏。尤氏还要客气，说够了，鸳鸯故意抢白她，说你够了我还没够呢！

她给刘老老的道歉，她送别刘老老的时候的安抚，无不透出其善良的单纯和单纯的善良。

骨子里的善良，单纯的善良，智慧的善良，一定伴着多情！然而，于鸳鸯而言，这"多情"却是以"无情"的面目示人：她执法如山，显得"无情"；她导演小品，显得无情；她詈骂哥嫂，显得"无情"；她抗拒婚姻，显得"无情"；她孑然一身，更是"无情"……然而，这些都是世俗的目光，俗人无法理解鸳鸯的真情、多情甚至痴情。就以婚恋而论，倘若这个世界上没有她瞧得上的男人，宁愿孤独终老，她也不会放弃坚守原则。更何况，从秦可卿、金钏、晴雯到司棋，那么多的青春的夭亡，她都亲眼看到了。鲁迅先生说，"悲凉之雾，遍被华林，然呼吸领会之者，独宝玉而已"。显然，我不能同意。至少，鸳鸯以其孑然一身的选择表明，她也"呼吸领会"到了。

蔑视权钱，却偏偏姓金；

一生无偶，却名为鸳鸯。

生前被视"无情"，身后却掌"痴情司"。

生在"悉数为奴"的时代，却偏要选择做一个独立的"人"。

这就是鸳鸯，矛盾的鸳鸯，复杂的鸳鸯，深刻的鸳鸯。

这也是生活的辩证法，更是曹公作为一个小说家的伟大的发现和洞察。

"奴在身者，其人可怜；奴在心者，其人可鄙。"这是中国第一代翻译家林琴南先生翻译的《十字军英雄记》中的名言，为巴金先生所共鸣，让他深深地反思自己曾经做了十年的"精神奴隶"。其实，曾经给鲁迅先生抬棺的巴金先生何必舍近求远，他更应该共鸣于鲁迅先生的奴隶、奴才之论。做奴才虽然不幸，但并不可怕，因为知道挣扎，毕竟还有挣脱的希望；"如果从奴隶生活中寻出'美'来，赞叹、抚摩、陶醉，那可简直是万劫不复的奴才了！"

也许，"生而为奴"是一种出身，再也无法选择，但做不做奴才却是可以选择的。十八世纪的中国，奴才鸳鸯虽然"生而为奴"，却选择了"不做奴才"；虽是丫鬟，却并无丁点"丫鬟人格"；虽是"秘书"，却并无丁点"秘书人格"，这是一种多么了不起的精神高格！

我知道，鸳鸯伟大人格的背后是曹公的伟大人格！

赵姨娘：可恨之人亦可怜

赵姨娘是幸运的：从奴婢到小妾是幸运的，脱颖而出，淘汰了一大批对手；从小妾到得宠的小妾是幸运的，淘汰了争宠的对手甚至正室；从得宠的小妾到有儿有女的小妾是幸运的，淘汰了无儿无女的小妾，在"母以子贵"的时代占得高枝。

赵姨娘是不幸的：从奴婢到小妾是不幸的，树敌无数；从小妾到得宠的小妾是不幸的，众矢之的；从得宠的小妾到有儿有女的小妾是不幸的，异军突起，引来正室的忌惮，招来重重的迫害，导致层层的打压，以至造成人性的扭曲，从被害者变成害人者，最终导致悲剧的降临，把原本互爱的人间变成一个互害的丛林。

无论是幸与不幸，赵姨娘都难逃"熬油生涯"："我这屋里熬油似的熬了这么大年纪，又有你兄弟，这会子连袭人都不如了，我还有什么脸？"一个"熬"字出口，多少辛酸泪水。

无论幸与不幸，赵姨娘的遭际都反映着嫡与庶、妻与妾、正与侧等一整套婚姻伦理制度的严重扭曲，尤其是"姨娘文化"这种源远流长的非人制度的设置对人性的戕害。

赵姨娘的悲剧晓喻千秋万代的读者一个真理：并非所有的文化都能沉淀成文明。

然而，古往今来的读者在面对赵姨娘这一角色的时候，几乎都被作者不加掩饰的倾向性瞒过了，跟着作者连同他笔下的众生，对其百口嘲谤、万目睚眦，几乎众口一词地将其票选为"《红楼梦》中最讨厌的人物"。

然而，可靠的事实未必能得出可靠的结论，更遑论日常生活中我们常常犯的一个错误就是倒果为因：把赵姨娘的一切不堪、受辱、着三不着两、搬起石头砸自己的脚，统统看成是其愚蠢、阴损、活该、恶有恶报、咎由自取。

爱憎分明固然是人类最真诚、最朴素的感情，然而，这种感情倘若没有了理性的引导，最容易被煽动和利用，很多人性的悲剧多半源于理性的缺失而非情感的淡漠。因此，对经典名著的品读和欣赏，我们不得不引入一个非常容易被忽略的观念——"同情的理解"。"同情的理解"最初是由英国哲学家罗素提出的，他提倡对哲学家应抱有"同情的理解"，后来，著名史学家陈寅恪先生借此发挥，提出："凡著中国古代哲学史者，其对于古人之学说，应具了解之同情，方可下笔。"无论是"同情的理解"抑或是"了解之同情"，都是教我们一种看待前人或别人的相对正确的态度和方法：不能简单地以己度人，以今律古，以当代人的是非观念去评判古人的是非功过，而应当深入到当时的历史情境之中，以一种"同情的理解"的态度去体味。所谓设身处地、推己及人，倘若换了我，是不是比古人或别人做得更好？

我们通常说，"可怜之人必有可恨之处"，可是，我们何曾反过来想，"可恨之人必有可怜之处"？赤子婴儿，有多少天生就是可恨、可鄙、可贱的奸恶之徒？

更何况，文学不是教人恨的，而是教人爱的。即便是那些以"暴力""战争"为主题的文学，也不是教我们如何痛恨施暴者和敌人的，而是教我们反思人性的限度，反思人性何以如此，怎样的人生才是理想的人生的。

教恨容易教爱难！不妨，让我们从分析和理解赵姨娘开始。

妾身未分明

分析和理解赵姨娘，当然得先从分析和理解其身份开始。

遗憾的是，原著传递给我们的信息是非常有限的。我们只知道她是贾政之妾、贾环、贾探春之母；还知道，她有一个兄弟叫赵国基，别的就一片模糊了。虽然其语言、动作、性格都是鲜活的，但其出身是模糊的，年龄是模糊的，面影是模糊的。首先，她出身于一个怎样的家庭？是不是奴才？如果是奴才，那么她是服侍过谁的奴才？是"家生子儿"还是外买的？是怎样从奴熬成妾的？是父母给物色的，还是贾政自己"生米煮成熟饭"不得已而为之的？其次，她的那些不堪的品行、品性（如粗俗、愚鲁、自私、狭隘，好搬弄是非而自恼，常兴风作浪而自掩，而且从不接受教训等）是先天的还是后天的？如果是后天的，又是经历了怎样非凡的人生跌宕才至于此的？再次，开宗明义就声明反对"好人完全是好，坏人完全是坏"写法的作者，缘何在赵姨娘身上失手了呢？作者为什么违背自己的创作原则，创作出这么一个角色，把赵姨娘脸谱化、扁平化地写成一个纯粹的"坏人"了呢？这一切原著都没有交代。身份扑朔迷离，妾路迷雾重重。如此看来，在《红楼梦》中，赵姨娘这样一个边缘人物、配角身上所凝结的矛盾还是非常复杂的。

表面上没有写不等于真的没有写。《红楼梦》继承了传统史家一个非常了不起的写法，就是欲盖弥彰的"不写之写"，就是皮里阳秋的"春秋笔法"，也可以叫"互文见义"。问题是，这些"不写之写""春秋笔法"和"互文见义"必须分析才能明白，这又产生了"见仁见智"之多元答案说法。既然无法起原作者于地下，这些文学之谜似乎也就没有了标准答案。我想，即便可以起原作者于地下，其答案也未必就是标准且唯一。为什么呢？因为"形象永远大于思想"。一个成熟的艺术形象一旦诞生，就是一个立体的、多面的、复杂的、深刻的灵魂，连作者自身也无法掌控了，连作者阐释也作不得数了。这既是文学原理的一个基本常识，也是文学作为一门古老艺术的无穷魅力所在。

因此，关于赵姨娘的身份，只能根据文本所提供的有限信息，进行一种尽可能合情合理的推测和阐释。

根据第五十五回《辱亲女愚妾争闲气，欺幼主刁奴蓄险心》所载，在探春根据贾府旧例给已经故去的赵国基发放了二十两抚恤金之后，赵姨娘大为光火，兴师问罪于探春，此时的探春尚能压得住火气：

　　探春笑道："原来为这个，我说我并不敢犯法违礼。"一面便坐了，拿账翻给赵姨娘瞧，又念给他听，又说道："这是祖宗手里旧规矩，人人都依着，

偏我改了不成？这也不但袭人，将来，环儿收了外头的，自然也是和袭人
一样。这原不是什么争大争小的事，讲不到有脸没脸的话上。他是太太
的奴才，我是按着旧规矩办。说办的好，领祖宗的恩典、太太的恩典；若说
办的不公，那是他糊涂不知福，也只好凭他抱怨去。太太连房子赏了人，
我有什么有脸的地方儿？一文不赏，我也没什么没脸的。依我说，太太
不在家，姨娘安静些，养神罢，何苦只要操心？太太满心疼我，因姨娘每
每生事，几次寒心。我但凡是个男人，可以出得去，我早走了，立出一番
事业来，那时自有一番道理；偏我是女孩儿家，一句多话也没我乱说的。
太太满心里都知道，如今因看重我，才叫我管家务，还没有做一件好事，
姨娘倒先来作践我。倘或太太知道了，怕我为难，不叫我管，那才正经没
脸呢。连姨娘真也没脸了！"一面说，一面抽抽搭搭的哭起来。（第五十
五回）

　　很多读者，包括很多著名的红学专家都是根据这一回当中赵国基的抚恤
金是二十两、探春把旧年的账本念给赵姨娘听的时候顺口说出的"他是太太的
奴才"这两点，判定赵姨娘跟赵国基一样也是奴才，而且是贾家的"家生子儿"、
王夫人的"陪嫁丫头"等诸多说法。我们认为这些说法依然有商榷之处：一是
赵国基毕竟不能完全等同于赵姨娘；二是赵国基是王夫人的奴才不等于赵姨
娘也是王夫人的陪嫁丫头；三是即便是"家生子儿"，也只能说赵氏兄妹是王家
的"家生子儿"，而非贾家的"家生子儿"。虽然赵姨娘是奴才这一点已是无疑
的了，但是赵姨娘是怎样成为奴才的？是谁的奴才？书中均无交代。遗传固
然重要，但环境对人的影响一点也不比遗传少。家族家风影响很大，主仆之间
的相互影响同样不可小觑。

　　之所以较真于赵姨娘的身份，是因为这很重要，直接影响着赵姨娘性格的
养成。

　　从赵姨娘通篇不说人话、不懂人事、不像人样，常常出口成脏，粗俗不堪到
让人瞠目结舌地步的言行来看，其的确不像是一个世代书香的大家族中成长
起来的丫头。虽然贾府里也有些丫头甚至小姐说出过一些脏话，但那多半是

在一些特殊场景下的情急之语。譬如鸳鸯、林黛玉,能雅也能俗。像赵姨娘这样在出场不多的时间里,如此大规模、高频度的粗鄙言语、不堪作为,在诗礼簪缨的书香之家中是非常罕见的。而且从赵姨娘的言行来看,污言秽语已经成为赵姨娘的一种话语方式,着三不着两已经成为她的生存方式,深入骨髓,融入血液,再也无法体面文雅起来了。因此我们说,赵姨娘的言行与整个"诗礼簪缨"的贾府是不相称的,虽然这"诗礼簪缨"的背后也埋藏了一些肮脏不堪,但面子终归还是有的,还是要的。而赵姨娘的言语行事做派已经全然不顾任何体面了,全然一副市井小民的泼妇嘴脸。大家想想看,纵然是来自最底层的刘老老都能做到能俗能雅,雅俗共赏,也正因此,其进贾府之后的插科打诨并没有让我们觉得画风违和。但日日生活在贾府里的这个赵姨娘,却总让我们觉得违和得厉害。

虽然可以根据赵国基的丧葬抚恤金推测赵国基是"家生子儿",进而推出赵姨娘也是"家生子儿",问题是赵姨娘这个"家生子儿"的素养太非同寻常了,到让人生疑的地步。再联想到贾政曾经夫子自道般说起自己年轻时候也曾经是一个"诗酒放诞"之人,那么,这种"诗酒放诞"之人的生活方式,无非是诗词歌赋、眠花卧柳、游荡优伶。由此我们可以试着推测:从奴才到小妾的赵姨娘,很可能是一个有着非同寻常阅历的"家生子儿",而且一定是一个长相非常出众的"家生子儿"。因为倘非"长相出众",那么赵姨娘就更一无是处了。一个一无是处的"家生子儿",怎么可能脱颖而出,由奴而妾,由妾而宠,由宠而生儿育女呢?

其实,原著中还是给我们提供了一些蛛丝马迹的,据此我们可以推测赵姨娘的过往。

如第二十五回《魇魔法叔嫂逢五鬼,通灵玉蒙蔽遇双真》所载:

> ……至第四日早,宝玉忽睁开眼向贾母说道:"从今以后,我可不在你家了,快打发我走罢。"贾母听见这话,如同摘了心肝一般。赵姨娘在旁劝道:"老太太也不必过于悲痛。哥儿已是不中用了,不如把哥儿的衣服穿好,让他早些回去,也省他受些苦。只管舍不得他,这口气不断,他在那

里，也受罪不安。"这些话没说完，被贾母照脸啐了一口唾沫，骂道："烂了舌头的混账老婆！怎么见得不中用了？你愿意他死了，有什么好处？你别作梦！他死了，我只合你们要命！都是你们素日调唆着，逼他念书写字，把胆子唬破了，见了他老子就像个避猫鼠儿一样。都不是你们这起小妇调唆的？这会子逼死了他，你们就随了心了。我饶那一个？"一面哭，一面骂。贾政在傍听见这些话，心里越发着急，忙喝退了赵姨娘，委宛劝解了一番。忽有人来回："两口棺木都做齐了。"贾母闻之，如刀刺心，一发哭着大骂，问："是谁叫做的棺材？快把做棺材的人拿来打死！"闹了个天翻地覆。（第二十五回）

情急骂人可以理解。骂骂"混账老婆"也就算了，但脱口而出"小妇"对贾母这个一向待人随和又慈祥的老贵族来说，却显得有些反应过度了，过度到几乎让所有的读者都忽略了其失态背后所隐含的信息。当着贾政、王夫人、赵姨娘的面直接骂赵姨娘是"小妇"，这样的骂词首先与贾母的身份不符，其次与宝玉的生死原因也不搭，就好像贾母要借题发挥一样，把多年的积怨一股脑儿地喷薄而出。"小妇"这个骂词如果不是另有所指，实在有点过于严重了，而且骂得是如此自然、顺口，一点都不觉得站在旁边已经做了爷爷的儿子会为此感到尴尬。

由此我们是否可以大胆推测，年轻时候的赵姨娘和同样年轻时候"诗酒放诞"的贾政，大概有过那么一段不合礼法的过往吧？说不定三小姐探春就是某一次的珠胎暗结，导致贾政不得不"奉女纳妾"。如此说来，赵姨娘的奴才身份就变得更加扑朔迷离。因为在贾府，主子玩弄奴才，玩弄出结果来是非常正常的事情，虽然不合礼法，但依然被允许，不至于让一向"开明"的贾母耿耿于怀若此啊！譬如贾琏与鲍二家的，就被贾母认为是谁家狗儿猫儿不吃腥，再正常不过了。

我们不妨再猜想一下：如果宝玉遂了贾政的心愿，走了所谓孝子贤孙的"正道"，许多年后，公然又是一个贾政，那么，他的那些丫鬟婢女们呢？哪一个最有可能发展成为未来的赵姨娘呢？

嫡庶都是痛

上文说道，赵姨娘身上凝聚着太多的矛盾，至少有三组比较明显的矛盾：妻妾矛盾、嫡庶矛盾、长次矛盾。三组矛盾之中，又以嫡庶矛盾为核心，属于矛盾之矛盾。

我们先来看妻妾矛盾。

在分析赵姨娘身上的妻妾矛盾之前，我们有必要了解一下古代的妻妾之制。

在妻妾成群的时代，一个男子的第一任老婆，也叫原配，是正妻，拥有着相当大的权力。正妻之外，如果再明媒正娶，依然是妻，不过不能叫正妻，只能叫平妻。如果原配正妻去世，男子要续弦，续弦依然叫妻。平妻多见于商贾之家，世家大族难见平妻。

妻和妾最大的不同就是走进男方家门的方式，所谓"娶妻纳妾"，就是本质区别。

妻为何是"娶"而妾为何是"纳"呢？因为男人之妻须按门当户对、父母之命、媒妁之言等一整套礼仪规程来进行，男方要向女方送彩礼，女方要向男方陪嫁妆，这便是"明媒正娶"。而妾的准入一般有二：要么是用钱买来的，多半是战俘或者供品；要么是由丫鬟、奴婢晋升的。不管哪一种途径，都无须繁文缛节，所以称为"纳"，暗含"笑纳"之意。《唐律疏议》就说得很明确，"妾乃贱流""妾通买卖"，一句话，"妾"非人类，等同于物，可买可赠。妻之于妾，拥有绝对的权力。

因此，在一般情况下，妻与妾相安无事，构不成平等对手的矛盾双方，即便双方各自有所不满，也只能是暗中腹诽，不太可能拿到台面上来理论。能与正妻构成矛盾的只能是其他妻室。但在特殊情况下，妾便有了与妻构成矛盾的资本与凭借：一是当妾特别受宠时，二是当妾生儿育女后。

王夫人就是这样的特殊情况下的妻，赵姨娘就是这样的特殊情况下的妾。

无疑，在书中所提到的贾政的一妻二妾当中，赵姨娘是唯一受宠的妾。这对周姨娘来说也许无所谓,但对王夫人来说却构成了一种巨大的压力。赵姨娘的受宠,从书中看似不经意间的叙述当中露出了端底:书中唯一的一次描写贾政的床笫生活,是在赵姨娘房中而非王夫人房中。第七十二回《王熙凤恃强羞说病,来旺妇倚势霸成亲》中,来旺媳妇凭借着凤姐、贾琏的势力,硬要彩霞嫁给自己酗酒赌博、容颜丑陋且一技不知的儿子,"赵姨娘素日深与彩霞好,巴不得要了贾环,方有个膀臂","是晚得空,便先求了贾政"。然而贾政却大不以为然,"且忙什么……再等一二年再题",直至"打发贾政安歇"(第七十三回)。从"是晚得空""打发贾政安歇"这样的"史笔"之中,足可见出贾政与赵姨娘的夫妻情分,自然亦可见出赵姨娘的受宠程度。

赵姨娘在贾政那里有多受宠,在王夫人这里就有多招恨。

情感上的落空也许还可以忍受,利益上的受损,尤其是未来的渺茫不可预期,带给王夫人的就不只是情感上的压力所能比拟的了。

赵姨娘生了一个"才自精明志自高"的探春也就罢了,长大之后,自会出嫁,构不成任何威胁。更何况,王夫人还可以名正言顺地将探春据为己有、抱来教养。生不如养,探春的所有言行已经证明了这一点。

关键是赵姨娘又生了一个贾环,这就非同寻常了。虽然这贾环气质猥琐,举止荒疏,远不如宝玉玉树临风,然而,他毕竟是个男孩,直接威胁着宝玉的未来。虽然嫡长子继承制决定了贾环不可能捞到更多,但那是在嫡长子正常的情况下。一旦嫡长子不正常了呢?作为嫡长子的贾珠已经亡故,作为嫡次子的宝玉,从其日常行事来看,在诸位正统看官眼里,这个"二爷"何曾"正常"过?更何况,作为长房的贾赦曾经当着贾家所有当权者的面,借品评贾环的诗之机,不怀好意、借题发挥地点拨过"将来这世袭的前程定跑不了你袭呢"这样的话。

身边放着一个贾环这样一个随时可能燃爆的"定时炸弹",这让王夫人如何睡得好觉?虽然,王夫人身份、修养、品位、见识不可能让她公开地打压赵姨娘,但是通过营造一种压抑的生存氛围,让赵姨娘时时出丑犯错,然后借机收拾、打压,对王夫人和王熙凤这对实权派来说,也还是小菜一碟的。

譬如,在经济上对其克扣,断其物质基础,就是一计狠招。

　　我们从原著中可以看到，赵姨娘一直是很"穷"的，尽管也有"哭穷"的成分，但与其同类相比，甚至连体面的丫鬟的待遇都不如。赵姨娘一直是一个寒酸的角色，她对马道婆哭穷，说连个"鞋面子"都拿不出，跟女儿探春闹翻也是为了二十两的抚恤金，为王熙凤凑份子过生日也是勉为其难，还被尤氏可怜暗中退回。这种拮据艰窘的日子，无疑与执掌财政大权的王氏姑侄的克扣有关。

　　两个主子的生母，地位、权益竟比不上有脸面的丫头，其"心术"怎么"正"得了？

　　譬如，在舆论上对她造势，不断地敲打，让其始终得意不起来。

　　成为贾府中的"万人嫌"，固然有赵姨娘自身不自尊自重的原因，然而，与凤姐、探春、芳官等人曾不止一次地点明其"奴婢"身份，不断地敲打、羞辱也不无关系。除非内心特别强大的人，一般人都扛不住几次三番的打击羞辱，最终走向破罐子破摔，沦为泼妇一个。

　　最可怕的是情感上的折磨，所谓软刀子杀人比明火执仗更加厉害。探春不认生母固然有赵姨娘为母不尊的原因，但也无法排除专制礼法从小就割断了这种母女脐带，使其从小就与亲生母亲划清界限的原因。更何况，凤姐曾经几次三番地公开离间赵姨娘和贾环的母子关系，使赵姨娘动辄得咎。

　　第二十回《王熙凤正言弹妒意，林黛玉俏语谑娇音》，也是赵姨娘正式亮相出场的一回。赵姨娘一出场就挨骂。正月里贾环和莺儿等赶围棋作耍，输了钱要赖，被宝玉数落了一通，哭着回家。赵姨娘指桑骂槐："谁叫你上高台盘了？下流没脸的东西！那里玩不得？谁叫你跑了去讨这没意思？"按说，赵姨娘家中训子，就算是被王熙凤听见，如果不是多事，也大可装作没听见，无关宏旨，息事宁人，有什么不好的吗？可是，强势惯了的王熙凤却借题发挥，狠狠地教训了赵姨娘一通："凭他怎么着，还有老爷、太太管他呢，就大口啐他？他现是主子，不好，横竖有教导他的人，与你什么相干？"明言作为母亲的赵姨娘，没有教训儿子贾环的权力。可是后来在贾环推倒蜡烛烫伤宝玉之后，王夫人痛骂贾环，王熙凤却又添油加醋、火上浇油地提醒道："赵姨娘平时也该教导教导他。"那么，在王熙凤的两面三刀面前，赵姨娘只有"不敢则声""忍气吞声"，其动辄得咎的屈辱，难道不值得同情吗？

还有更阴损的一招。按照礼法,妾只有做生育工具的份,没有教养的权利,所以,探春才在王夫人身边长大。既然作为女孩的探春,王夫人可以根据礼法抱来自己教养,那么作为男孩的贾环,为什么却不抱来教养呢? 大家可以仔细品品。

赵姨娘有多"得意",王夫人就有多"恐惧";王夫人有多"恐惧",赵姨娘就有多"倒霉";赵姨娘有多"倒霉",就会带来一种恶性循环,就会导致她有多"愚蠢",多着三不着两,多丢人现眼。这似乎是一个构成了闭环的因果链,给读者的印象却是赵姨娘的咎由自取。其实,赵姨娘除自身素质差、修养低之外,倒也并未见其有多大的奸或恶,仅有的几次反抗也多半是出于自保式的反抗,而且多半都是冤有头债有主式的反抗,对第三方并未构成多大的伤害。如果较真,把赵姨娘恶作剧式的报复和反抗与二王身上的命案相比,赵姨娘身上的那点摆明了的缺点又算得了什么? 何至于万目睚眦若此?

细细想来,归根结底,无非是赵姨娘得了宠,养了个儿子。虽然真正的当事人贾宝玉并不在意,但在王夫人看来,这毕竟是个隐患,必欲惩治而痛快,但其大家闺秀的身份,又使其不至于过于明目张胆,因此,只能暗中合谋。

如果说邢夫人为了丈夫纳妾,亲自出马劝说鸳鸯养个儿子,就和她平起平坐了,那么赵姨娘就有理由为自己的正当权益去争取或抗争。

如果说凤姐迫害、谋杀尤二姐(表面上是出于争风吃醋,实际上何尝不是因为自己只生了个女儿)是正当的,那么,与尤二姐同样位置的赵姨娘的反抗也应得到起码的同情。

探春埋怨母亲常常让自己难堪,劝她学学周姨娘,还说大家为什么都不讨厌周姨娘而偏偏讨厌她呢? 聪敏的探春却忘记了,与世无争的周姨娘固然值得称道,然而,周姨娘为什么与世无争,她却没考虑到。周姨娘没有生育她看不到吗? 为母则刚! 有了儿女的赵姨娘,如何学得来无儿无女的周姨娘的与世无争?

赵姨娘"每每生事",到底是"人人踩她"的原因还是结果? 不值得分析分析吗?

如此看来,赵姨娘这个角色依然不是扁平的、简单的,作者对其塑造并未违背开宗明义的创作宗旨。作者对其最厉害的评价，也只是"愚"而已。虽然作者借别人之口，对其添加了很多不堪之词，甚至让亲生女儿嫌弃她，然而，作者却把所有为其开脱的理由都埋在了语词的"密林"中，所谓"春秋笔法""互文见义"是也。

每一个人的存在、性格都有其合理的理由，都有其不得已的苦衷，这既是生活本来的样子，也是艺术最难把握和掌控的地方。

如果说赵姨娘有罪，咎由自取，那么王夫人、王熙凤岂不罪大恶极？岂不更是咎由自取？

如果说王夫人、王熙凤可以因为其出身、地位、美貌、才干得到豁免，那么赵姨娘就更可以因为其艰难的生存处境得到宽容和原谅。

那么最终，谁之过？不合理的婚姻制度、嫡庶制度之过。探春因为庶出而痛苦，嫡出的宝玉又何尝快乐？作为妾的赵姨娘在挣扎、抗争，走向乖戾和扭曲；作为妻的王夫人又何尝心安理得、心如止水？贾赦在通过讲偏心眼的段子旁敲侧击，贾政则通过讲怕老婆的段子倾泻私愤。

女性主义的先驱、法国思想家西蒙娜·德·波伏娃曾说："一个人之为女人，与其说是'天生'的，不如说是'形成'的。"作为女性的赵姨娘自然也不例外，其并非天生如此，只能是后天养成。一个赵姨娘，看似配角，却扛起嫡庶之争、妻妾之斗、长次之倾的复杂矛盾，她别无选择，只能在这些旋涡中挣扎、抗争，尽管毫无意义，尽管其"德薄而位尊，智小而谋大，力小而任重，鲜不及矣"。唯其如此，赵姨娘才越发值得同情。

风起于青蘋

通观赵姨娘的所有行事，她就像那起于青蘋之末的微风，经过不断酝酿、发酵，最终酿成了铺天盖地的风暴，卷起滔天的巨浪，推波助澜，推动着整个故事情节的发展。这便是赵姨娘这一角色存在的又一意义。

第二十回《王熙凤正言弹妒意，林黛玉俏语谑娇音》中，按说，孩子们在一块玩，时而好了，时而恼了，非常正常。如果作为家长的大人不去掺和，孩子们的那点小矛盾自会消解，一旦成人介入，矛盾就会变得复杂起来。

　　大正月里，诸人皆闲，吃喝玩乐自是正常。贾环与莺儿赶围棋作耍，用小钱作些赌注也是正常；为几个小钱，贾环输不起赖账同样是正常；莺儿嘲讽，贾环恼了，宝钗袒护贾环，宝玉以兄长之尊劝解贾环都属正常。可是，赵姨娘偏听偏信贾环一面之词而指桑骂槐就不正常了，就把矛盾导向了复杂；王熙凤听见之后，大可息事宁人，装作没听见，任由赵姨娘发发牢骚，风波也不会再扩大，怨恨也不会再加深。可是凤姐偏偏逞强，不依不饶，对虽是奴婢出身却是长辈的赵姨娘大加挞伐和肆意攻击，而且还当着贾环的面。这就不是解决问题，而是火上浇油，激化矛盾，加深仇恨，使原本就有的"疙瘩"变得更大，为更大的风暴来临继续酝酿和铺垫。

　　果然，到了第二十五回《魇魔法叔嫂逢五鬼，通灵玉蒙蔽遇双真》，风已成势。贾环放学，王夫人命其抄写《金刚经》，这很正常。贾环作为贾家三少爷得了个正事，装腔作势，吆三喝四，摆谱拿大，依然属于孩童心性，虽然不大招人喜欢，但毕竟还有彩霞谈得来。谈得来的彩霞劝其收敛些，少做作，招来贾环的借题发挥，依然属于孩子们之间的小恩小怨、小是小非。宝玉的到来、得宠，宝玉对彩霞的调笑、戏耍，终于惹恼了原本就有些不忿的贾环，燃起了其久积于胸的嫉妒之火，至此，即便怒泼蜡油于宝玉脸上将其烫伤，依然是孩子间的恩怨，依然属于情理之中。接下来王熙凤、王夫人等成人的介入，就使得矛盾再次复杂、深化，赵姨娘再一次地被唤来兴师问罪，使得矛盾进一步加剧、恶化，尤其是王夫人那一句"养出这样黑心种子来，也不教训教训！几番几次我都不理论，你们一发得了意了，一发上来了！"暴露出了更多的信息。如此看来，嫡庶、妻妾之间已是"积怨"。火借风势，风助火威，终于酿成了嫡庶、妻妾之间的第一场大风暴——赵姨娘借刀杀人，欲用一种最古老的魔咒方式置对方于死地，掀起了让整个贾府陷入混乱的滔天巨浪，赵姨娘再一次地遭到了来自"最高领导人"贾母的当面痛骂，结果却被一僧一道起死回生。

　　一波未平一波又起。第三十三回《手足眈眈小动唇舌，不肖种种大承笞挞》"宝玉挨打"一节，写得急管繁弦密不透风。金钏跳井，宝玉感伤，郁郁寡欢，碰见贾政。贾政喝令站住，宝玉手足无措。忠顺王府来人索人，贾政大动肝火。送客之际，又遇贾环乱窜。贾政喝令站住，盘问缘由。贾环添油加醋，把自赵姨娘处听来的金钏死因明白告诉了贾政。贾政怒火中烧，这才有了贾政对宝玉的一顿胖揍，再次招来阖府上下鸡犬不宁。

且看书中如何交代这一场暴风骤雨：从"原本无气的"到"这一来倒生了三分气"；从"又惊又气"到"气得目瞪口歪"；从"把个贾政气得面如金纸"到"贾政喘吁吁直挺挺的坐在椅子上，满面泪痕，一叠连声：'拿宝玉来！拿大棍，拿绳来！把门都关上。有人传信到里头去，立刻打死！'"从"眼都红了"到"贾政还嫌打的轻，一脚踢开掌板的，自己夺过板子来，狠命的又打了十几下"。

贾政这一路"气"下来，最关键处就在于贾环的"告密"，而贾环的"告密"来源于赵姨娘的挑唆。归根结底，风起青蘋，暗中鼓动的赵姨娘被贾环卖了个干净。

针对赵姨娘的戏份，因骂贾环被王熙凤弹压是起点；魔法奏效，王熙凤、贾宝玉昏迷，赵姨娘亲自上阵卖乖，遭贾母痛骂是高潮；宝玉挨打，赵姨娘退居幕后、暗中挑唆是落潮；因一包茉莉粉替去蔷薇硝，赵姨娘自觉受辱，因而再次挺身而出与戏子们厮打，再次掀起一场小高潮。纵观赵姨娘的这些行径，无一不是因儿子贾环所起。也就是说，如果赵姨娘能够顾大局、识大体，孩子们的事情孩子们自己解决，断然不会闹得如此鸡飞狗跳，让自己越发失去体面。

其实，这里边还有一处高潮须单独列出来分析，就是赵姨娘与探春的母女矛盾。这一矛盾原本也是可以不发生的，只是因为赵姨娘的鄙陋之见、浅薄之举、自私之想，使得原本不该发生的却偏偏发生了。这一场母女冲突的戏，似乎是特意为以赵姨娘的庸俗衬托贾探春的脱俗而写。

沧海横流，方显英雄本色。对探春来说，理家是一次难得的证明自己的绝佳机遇，不可不慎。她要证明给贾府上上下下所有的人看，她是一个怎样的独特的"这一个"。新官上任，头三脚难踢，她必须立威，她必须让人信服。可是万没想到，这"第一脚"就踢向了自己的亲生母亲。

赵姨娘的兄弟、王夫人的奴才、贾环的跟班赵国基死了，按照惯例，贾府必须抚恤。贾府规矩，如果是"家生子儿"，抚恤金是二十两；如果是外买的，抚恤金是四十两。探春让吴新登家的搬来旧账，依规拨付二十两抚恤金给赵国基，一下子惹恼了赵姨娘。她恼的原因有二：一是探春是自己的亲闺女，赵国基是探春的亲舅舅，于情于理，探春都应该多一分眷顾，人怎么可能做到一点都不徇私呢？二是袭人的母亲去世，贾府的抚恤金是四十两。服侍过王夫人，照看过贾环，又是她赵姨娘的同胞兄弟，待遇怎么可能连尚未为妾的袭人都不如呢？便有了那一场"辱亲女愚妾争闲气"的戏码。

在今天的读者看来，赵姨娘固然可恶，但"才自精明志自高"的探春似乎也忒过绝情了。不徇私情也就罢了，难道连舅舅也不认了吗？不认舅舅也就罢了，难道连亲生母亲都不认了吗？

在今天看来，探春不认亲娘的确不近人情到让人难以接受，但在古代，这却完全合理合规合制。亲生儿女重嫡母、轻生母，完全符合封建宗法社会的那套礼制。

明代艺术家徐渭一生下来便被嫡母教养，徐渭称嫡母苗氏为母亲，生母为姨；少年英雄夏完淳同样只能称呼嫡母盛氏为母亲，在他著名的《狱中上母书》中交代后事，总是嫡母在先、生母在后。但无论称呼不称呼生母为母亲，正常人对生母的感情还是有的，不至于如探春之于赵姨娘，冷漠到如此互相伤害的地步。

其实，仔细想想也不难理解。探春和赵姨娘的矛盾实际上是价值观的冲突。

一个抱着一种正统的伦理观念，想在任上有一番作为，至少不能授人以柄，把个人的价值和尊严看得高于一切；一个抱着一种狭隘自私庸俗的价值观念，要求当家的女儿偏袒、徇私、"拉扯"一把，把一己的私利看得高于一切，至于吃相是否好看一点，根本就不在她的考虑范围之内。

价值观的天差地别，造成了母女的隔膜无法得到根本消除。

的确，赵姨娘与探春之间，唯一剩下的也就只有那一根生理上的脐带了。

其实，赵姨娘的"妇人之见"任何人都能懂，探春自然也能懂；那根脐带带给探春的隐衷、隐痛，一般人不明白，赵姨娘更是无论如何都不会明白的。"庶出"二字之于探春，如山岳般沉重，一如黛玉的无家可归、寄人篱下，所以才养成了她独特的"敏"；"妾""庶"之于赵姨娘，似乎业已麻木、麻痹到无所谓的地步。赵姨娘但凡能懂女儿一点，体谅女儿的当家之难一点，替女儿着想那么一点，都不至于闹到如此地步。

再说，探春又何曾真的"无情"呢？

"何苦来，谁不知道我是姨娘养的，必要过两三个月寻出由头来，彻底来翻腾一阵，怕人不知道，故意表白表白。也不知是谁给谁没脸……"

"一声何满子，双泪落君前。"一声"何苦来"，娘可知儿哀？这种近乎儿女在亲娘面前抱怨似的撒娇，撒娇似的抱怨，包含着探春多少无处可诉的苦衷。"庶出"之于探春一如心灵之痂，好不容易呵护到差不多快要忘掉的地步，赵姨娘就来一次新的创伤。对探春来说，这是一种无法选择、无可逃遁的屈辱；对赵姨娘来说，这好像是一种无上的荣耀。一个拼命地想忘掉，一个却时不时地挑起。更何况，赵姨娘又是这样一个自私、短见、粗鄙、着三不着两的主儿，不但不能给自己长脸，反而在屈辱之上又添了一层屈辱。也许是1987年版《红楼梦》电视剧的编导们真正读懂了这一点，才在探春远嫁的时候，让探春一步三回头地回望娘亲，让赵姨娘满含泪水地送别探春。

看赵姨娘、探春母女冲突，自然想起一句现代新诗："你若懂我，该有多好！"

总而言之，由赵姨娘引发的每一场冲突似乎都没有什么大不了的，绝大部分都是因为贾环，因为一些鸡毛蒜皮的琐屑之事，结果，风起青蘋、蝴蝶效应，却引发一场又一场的地动山摇。

正如每一个被压抑的女性都可能变成"阁楼上的疯女人"一样，每一个被迫害的女性也都可能成为《红楼梦》中的赵姨娘。赵姨娘这类角色虽然的确可恶，却也并非不值得理解和同情。母子矛盾、兄弟矛盾、嫡庶矛盾、妻妾矛盾、妯娌矛盾、主奴矛盾，经济矛盾、政治矛盾、价值矛盾，等等，赵姨娘集如此多的矛盾于一身，还指望她能心理健康，这着实有些强人所难了。诸多矛盾，又以嫡庶矛盾为核心、为根本。由赵姨娘这一角色，不能不引发我们回望那一脉源远流长地影响着整个社会关系的文化现象——姨娘文化。

细读《红楼梦》我们会发现，《红楼梦》实在是写尽了姨娘文化，称其为一部

"姨娘文化史"也不为过。不要说标明了已经是姨娘的,诸如赵姨娘、周姨娘、迎春之母、尤二姐,等等,还有准姨娘如袭人,更有庞大的如众丫鬟婢女的姨娘"后备军"。单单被作者一再褒扬的"红楼四春",有几个不是姨娘生的,或者在做姨娘的? 贾元春,正室嫡出,做了姨娘,结果暴卒;贾迎春,"乃赦老之妾所出",嫁于"中山狼",得到的是无休止的家暴,不得善终;贾探春,"乃政老爹之庶出",远嫁,书中虽然没有明说嫁于何处何人,但通过种种曲笔暗示,其最有可能的结局就是朝廷"安南"的一枚棋子,远嫁和亲,番邦妃子,安定南方;贾惜春,"乃宁府珍爷之胞妹",宁生荣养,最终的结局是青灯古佛。红楼四春,明确交代要么是姨娘所生,要么自己做了姨娘。更不要说还有一个庞大的姨娘"后备军",数百名丫鬟、婢女,随时准备着做姨娘。与其说赵姨娘是整个贾府没落、堕落的隐喻,倒不如说"姨娘文化"是整个贾府乃至普天下女性悲苦命运的整体隐喻!

　　"姨娘文化"是整个专制主义秩序的重要构成,是男权主义的重要标配,是对真正基于自由和平等之上的爱情的放逐,是对真正基于契约关系的婚姻的破坏,是理想的社会关系的大敌,是一切社会矛盾的总根源。也许,这虽不是《红楼梦》及其作者的自觉,却是文本的客观显现。

一僧一道：梦醒之后家何处

开辟鸿蒙，谁为情种？

女娲补天，有用无用？

天地玄黄，故乡异乡？

宇宙洪荒，何去何从？

人生如梦，谁来唤醒？

大梦先觉，觉又如何？

……

"人生最苦痛的是梦醒了无路可以走。"伟大的灵魂总是息息相通，鲁迅先生此一句感慨，高度凝练，概括、提纯了《红楼梦》的深刻主题。

《红楼梦》的伟大不仅在于为后世创造出一个丰富复杂、栩栩如生的艺术世界，更在于面对这样一个世界所表现出的整体意识、终极之问和存在之思。

《红楼梦》的卓越不仅在于没有像其他小说那样在作品中由作者站出来抒发一些迂腐之感和浅薄之论，而是在于虚构出这么一对"非典型"方外之人代己立言，承担起终极之问和存在之思。

你说的是一僧一道？对，就是一僧一道！

看过《红楼梦》的朋友，任谁都不会忘记那两位神神秘秘、唠唠叨叨、若隐若现、亦仙亦凡，既如经典曲目的背景音乐，又似一只看不见的手，推动着作品起承转合的人物——一僧一道，书中名为"茫茫大士"和"渺渺真人"。作者实在是命名的高手，"茫茫""渺渺"，真的就像作为主旋律的"背景音乐"，时有时无，时高时低，时而急管繁弦，时而无声胜有声，自始至终，将实、名，事、理高度和谐统一。我以为,这应该是作者关乎人生和世界最集中、最庞大、最根本的困惑,我称之为"人生的渺茫"。"渺渺"与"茫茫",的确是一个关乎存在的最为整体性、普遍性、规律性和根本性的问题,是一个关乎人生哲学的终极问题。

纵览中国文学史,像《红楼梦》的作者这样拥有整体意识、终极之问、存在之思的作家或者诗人,还是比较鲜见的。先秦有个屈原,问天问地,执着探寻;中古有几个名士和一组诗歌《古诗十九首》,忧心烈烈,五内汤沸;在唐有陈子昂、张若虚,天地悠悠,人生宇宙;在宋有苏轼,雪泥鸿爪,月白风清;在清则有个曹雪芹,大荒无稽,渺茫人生。

《红楼梦》当然是叙事的,抒情的,诗意盎然的,追求传统情结的,但更是哲理的,普遍的,元气淋漓的,勘探现代存在的。其借助于一僧一道,提出了很多迄今为止都不算过时的哲学命题:关于命运与因果,关于规律与必然,关于无常与偶然,关于真假与异化,关于有无与色空,关于自我与他者,关于存在之轻与责任之重,关于故乡与异乡,等等。倘若一一细考究去,《红楼梦》的确如王国维所说,是"哲学的也"。

关于一僧一道的叙事功能、结构功能甚至哲理功能,已经有很多学者说了很多,实在是"眼前有景道不得",我只想从几个微小的不易为人所觉察的角度提出几个小小的问题,尝试分析,分享与同好。

绝处逢生

在儒、道、释三分天下的时代,作者为什么选择"一僧一道"呢?

先看一僧一道的来历和形象:

> ……因见众石俱得补天,独自己无才不得入选,遂自怨自愧,日夜悲哀。一日,正当嗟悼之际,俄见一僧一道远远而来,生得骨格不凡,丰神迥异,来到这青埂峰下,席地坐谈。(第一回)

"一僧一道远远而来","远远"有多远? 没有答案,时间上貌似"很久很久以前……"，空间好像"从前，有一座山……"总而言之，来自遥远，来自鸿蒙。当然，文后有交代，一僧一道来自太虚幻境，乃警幻仙子的特使，貌似无目的闲逛，实是衔命而来——诱惑灵石下凡，护其凡尘历劫，度其荣登彼岸。总而言之，"远远而来"一词，便将《红楼梦》的缘起上溯到一个没有时间、空间，也可以说是超越了时间、空间的宇宙深处，起处非凡。

"骨格不凡，丰神迥异。"本非凡人，形容自当不凡，应了时下的一句流行语："主要看气质。"真正的僧、道，与袈裟无关，与黄冠无关，那是精神上的脱俗，灵魂上的超凡，信仰上的高标，立得牢，把得住，站得高，看得远，可通天地，可越仙凡。

再看一僧一道的言语和识见：

> 二仙师听毕，齐憨笑道："善哉，善哉！那红尘中有却有些乐事，但不能永远依恃，况又有'美中不足，好事多魔'八个字紧相连属，瞬息间则又乐极悲生，人非物换，究竟是到头一梦，万境归空。倒不如不去的好。"这石凡心已炽，那里听得进这话去，乃复苦求再四。二仙知不可强制，乃叹道："此亦静极思动，无中生有之数也。既如此，我们便携你去受享受享，只是到不得意时，切莫后悔。"石道："自然，自然。"那僧又道："若说你性灵，却又如此质蠢，并更无奇贵之处，如此也只好踮脚而已。也罢，我如今大施佛法助你助，待劫终之日，复还本质，以了此案。你道好否？"石头听了，感谢不尽。那僧便念咒书符，大展幻术，将一块大石登时变成一块鲜明莹洁的美玉，且又缩成扇坠大小的可佩可拿。那僧托于掌上，笑道："形体倒也是个宝物了！还只没有实在的好处，须得再镌上几个字，使人人见了便知你是个奇物。然后携你到那昌明隆盛之邦，诗礼簪缨之族，花柳繁华地，温柔富贵乡那里去走一遭。"石头听了，大喜，因问："不知可镌何字？携何方？望乞明示。"那僧笑道："你且莫问，日后自然明白的。"说毕，便袖了，同那道人飘然而去，竟不知投向何方何舍。（第一回）

从这一段《红楼梦》之"元叙事"（关于叙事的叙事）中，我们知道一僧一道的确是高人远见：首先是红尘乐事，并不足恃。于作为"过来人"的一僧一道而言，这是经验、洞见；于凡心正炽、急于下凡的通灵之石而言，则是警告、预言。滚滚红尘，欲望满满，感官享乐，来疾去速，对一个追求精神充实、灵魂丰盈、信仰如磐的人来说，并不值得依赖和仰仗，倘若将其作为追求目标和对象，不是舍本逐末吗？这实际上是关于人之生死、生命短暂的存在哲学。其次是"美中不足，好事多魔"。此八字，描述的是人生的"不足"状态、奋斗的"多磨"过程。这应是生活常态，事物本质，平常之理，也许算不得深刻，却最容易被忽视。"世间好物不坚牢，彩云易散琉璃脆"，追求完美是人之天性，而美好的人、事本身总是伴随着不足，令人无可奈何。"好事多魔"与"美中不足"互为注脚。人之追求完美与圆满，几乎总是不得，几乎总是伴随着多重魔障，一旦到手，又很快失去。虽然人人皆知，并非人人皆识，倘若人人皆识，就不会有那么多的为了"满"与"足"而执着一念，直至万劫不复的人间悲剧了。再次是"乐极悲生，人非物换"。"乐极悲生"是朴素的辩证法，"人非物换"是平常的发展观。是讲人生"好事"之后接续的悲哀状态、悲剧结局，其中包蕴着对人命由生到死、渐老而殒的悲叹，实际上道出了人之命运的悲剧本质。最后是"到头一梦，万境归空"。这是总结，人生是一个从无到有再归于无的过程，它来自生前万古冥寂的无，终又以死的形式归结于万古冥寂的无中去，跟梦幻的性质一样，梦前扎根于空无虚渺而醒来又归之于空无虚渺之中。"梦"是对"现实"的不满、超越，更是对"现实"的否定，绝大多数人都活在当下，鲜有人能超越当下。"空"是对"实在"的洞察，更是对"有"的否定，这就更是非常人所能及也。"倒不如不去的好"，既是一僧一道对其所总结的现实世界的彻底否定，又将石头胃口的高高吊起。《脂砚斋重评石头记》甲戌本侧批："四句乃一部之总纲。"

从此一番言语和识见足可以看出一僧一道见解非凡，是世事洞明的真"僧、道"，担得起启蒙和救赎之功。作者之所以选择一僧一道宣言整部《红楼梦》之"总纲"，而且赋予其"总导演"之职责，是大有深意的，直接牵涉到作者的"三观"——儒观、释观、道观。

首先，来看作者的"儒观"：在"反儒非儒"与"崇儒尊儒"之间。

一部《红楼梦》，持"反儒非儒"立场者，能找出海量的证据来证明《红楼梦》

及其作者是"反儒非儒"的。譬如主旨上的"大旨谈情",就是从根本上对"天理人欲"的反动;譬如明确标举"为情而死优于沽名而死",就是对"文死谏,武死战"的批判;譬如痛斥读书上进之人皆是"禄蠹",以谈不谈"仕途经济"划界敌友,就是对"仕途经济"的彻底否定……

一部《红楼梦》,持"崇儒尊儒"立场者,同样也能找到海量证据证明《红楼梦》及其作者是"尊儒崇儒"的。譬如第三回,林黛玉进贾府,宝玉笑道:"除'四书'外,杜撰的太多。"第十九回,借袭人之口转述宝玉之言,除"明明德"外无书,都是前人自己不能解圣人之书,便另出己意,混编纂出来的。第二十回,说孔子是亘古第一人。第三十六回,宝玉将除"四书"外所有的书一焚而尽……

那么,作者到底是"反儒非儒"还是"尊儒崇儒"呢?

我们认为这种非此即彼的思维本身就是值得商榷的,因为人事是复杂的,岂可一概而论?儒学本身就是一个相当大的概念,在其内部,支派繁多,相互对立,相互抵牾,从来就没有过铁桶一般、铁板一块的儒学。不必说儒学的经典创始人孔孟,即便程朱理学、陆王心学都无法统一,甚至在儒学历史上反叛最厉害、走得最远的李贽都不能笼而统之地说他"反儒非儒"。至于《红楼梦》及其作者对儒学的态度,就更应该具体问题具体分析。

任何一个人的成长都只能是一个过程:诞生、发展、变化、叛逆、反思、僵化、老去……思想观念就更是如此。从正反两个方面的例证来看,我们认为,《红楼梦》及其作者虽有魏晋遗风,但尚有尊孔之心,还做不到像"正邪两赋之人"的嵇康那样"非汤武而薄周孔"。作者借贾宝玉之口所痛恨的只是后人妄解圣人,而非彻底否定孔孟,是对后人误读孔孟的痛惜和感叹。与其说是"反儒非儒",倒不如说是对于现实中儒道横行的世界上种种阴暗现实的一种愤世嫉俗。

其次,来看作者的"释道观":在"毁僧谤道"与"崇僧尊道"之间。

同样,有不少红学家从原著中找出大量证据来证明作者是"毁僧谤道"的,譬如张道士、马道婆、老尼姑净虚等,或贪财,或害命。然而,这些红学家们恰恰忘记了整部书的"总导演"也是一僧一道。倘若说作者"毁僧谤道",那么作者缘何将如此重大的使命委任于自己所反对的对象呢?

其实，一言以蔽之，与其说作者"反儒""毁僧""谤道"，倒不如说作者反的是"假儒"，毁的是"假僧"，谤的是"假道"，对真正的"儒释道"，作者是顶礼膜拜、尊崇有加的。

你看男一号贾宝玉，私塾里学的专业是儒家，课外书看的是道家，最后悟道成了和尚。这足以说明，作者对儒道释三家并无偏见，更无成见，他所深恶痛绝的无非是"伪""假"：借"儒道释"之名，行伤天害理之实。

之所以于"儒道释"中选择了"僧、道"，实在是因为作为男一号的贾宝玉已经占据了一儒。贾宝玉虽然杂学旁收，苦闷彷徨至极，但在现实生活中还算作一个"儒"生，他是那种激烈反对被"阉割"了的"儒"、强烈推崇"原教旨主义"之"儒"的儒生。这一儒生在成长的过程中遇到了人生最大的困惑："忠孝节义"如此虚伪，"三纲五常"实在荒谬，"修齐治平"非常可疑……贾宝玉的成长环境，使他觉悟到他所生存的世界正如布鲁斯《罗马书》所云："没有义人，连一个也没有！"

梦醒了，却无路可走。

那么，相比而言，教人"积极入世"的儒家是如此让人疲惫至极，教人"放下"的外来释家、教人"出尘"的本土道家又如何呢？如果说教人"如何安身立命"的儒家遇到了死结，既安不了身也立不了命，那么"如何循道生活"的道家却还留有一丝儿缝隙供人苟延残喘，"如何达到觉悟"的佛家则更又带来巨大的诱惑和迷幻的彼岸的承诺，虽然现实生活中有如此多的枉披袈裟、假借黄冠的伪和尚、假道士，但毕竟还没有像儒家那样无孔不入地将自己所有的通道统统堵死。在儒家的绝处，作者"逢生"了，好像抓住了救命稻草一般，他发现了"骨格不凡，丰神迥异"的僧、道，于是便委以"总导演"之职：多半躲在幕后，偶尔出场"说戏"。一切尽在掌握，紧要处在间离。

天机难掩

我们知道，一僧一道的形象，在仙界是"骨格不凡，丰神迥异"，在梦中是"仙形道体，定非凡品，必有补天济世之材，利物济人之德"，可是在凡间却完全变成了"那僧则癞头跣足,那道则跛足蓬头,疯疯癫癫,挥霍谈笑而至",变成了"破衲芒鞋无住迹,腌臜更有一头疮""一足高来一足低,浑身带水又拖泥"。于是,凡尘中的一僧一道,也就成了特别容易被我们记住的"癞头和尚"和"跛足道人"。

那么问题来了,作者为什么如此设计,让一僧一道仙凡形象判若云泥?

如此设计的本身,既有继承,又有批判,同时肩负着一种伟大的使命。继承的是释、道的皮相观,批判的是世俗的颠倒看,肩负着一种泄露天机的伟大使命。

一部《庄子》,寓言十九,汪洋恣肆,洋洋洒洒。在众多丰富生动的人物形象中,众多的残疾人形象,触目惊心,令人瞠目结舌,以至于成为中国文学史上一道奇特的风景。这些残疾人形象系列堪称是一部"警示录":警示着人们常人眼中的"无用"可能有绝大的好处,只是凡人不识;警示着社会的无知、傲慢和偏见;警示着人们应该透过"丑陋"的皮囊,只取内在心灵的本真和崇高。这些外貌奇丑、身有残疾的人有共同点:大都身怀大德,独真、独善、独美、独立,烛照出社会现实的虚伪、恶劣、攀附等一系列真正的"丑陋"。庄子之所以塑造了那么多的残疾人形象,一定是其本人于现实生活中遭遇到了太多心灵的痛楚,有人甚至怀疑庄子本人就是这些残疾人之一,反映着庄子貌似通达的人生态度的背后的迷茫。但其积极意义也是显而易见的:"德有所长,形有所忘。"晓喻我们的是如何把握生命本质,不管形体是否健全。这破除了俗世中人们对外形的肤浅观念,强调重视人的内在德性,焕发道德生命的光辉。

与道家相类的是,释家对人的外形也持有一种"臭皮囊"之说。佛法讲"观身不净""修不净观",就是告诉我们观身体,身体都是不长久的,都是要坏掉的,都是不干净的,没有什么值得可爱和贪恋的。认识到身体的短暂、脆弱、肮脏,但不等于说就不管它,就可以虐待它,更不能轻生。

当然,佛家也讲"人是可以貌相的",《无常经》里就有"世事无相,相由心生",但这与"臭皮囊"并不矛盾。

无论是道家还是佛家,对于形而下的人之外貌、形体都表示了相当程度的藐视,对形而上的人之精神、灵魂、思想都表示了相当程度的尊重。

《红楼梦》之作者让一僧一道以美相出世、以丑相入世,便是对释、道二家皮相观念的继承,藐视外在的表象,重视内在的本质。试图以直观的形式,使世人领悟到肉体的不足道,乃至由此而延伸到对世俗生活的依恋之情的根除。

《红楼梦》之作者对一僧一道的塑造,更是对世俗人生真假、善恶、美丑观念颠倒的警示和愤激。在这个世俗的世界上,有多少俗人不是以貌取人,视假若真、视恶若善、视丑若美、视空若色、视欲若情、视肉若灵?有多少所谓上流社会正人君子不是"金玉其外,败絮其中"?正是深恶痛绝于这些俗人、俗事、俗见,作者才让一僧一道变脸,在对芸芸众生施以援手的同时给以严峻的考验。佛讲空,道讲真,空和真才是俗世背后的"真相"。看重皮囊的俗人,自然是五色迷眼,看不清真相。所以,以残缺恶俗之态示人,于作者而言就是尺度和标准,烛照出世人的雅俗,衡量出世人的智商。

一僧一道穿梭于仙凡,肩负着使命,传达着天机,但天机不可泄露,只好以天残地缺的形象掩盖着为俗世、俗人所不容的天机。

如果说一僧一道在形象上是一种"伪丑",那么在智力上则是一种"装疯"。"疯癫"形象于俗世,天然地具有一种"悲剧"气质。一切高贵的情感都羞于表白,一切深刻的体验都拙于言辞。真正的大悲者通常会以笑谑嘲弄命运,以欢容掩饰哀伤;最高的严肃往往貌似玩世不恭,却幽默到苦涩。在一个信仰崩溃的时代,那些"傻子""憨子""疯子",也许是真正严肃地对待其信仰的最后的一拨人。所以,愤世嫉俗的作者才设计出这么一对真正的世外高人、真人来对抗日益堕落的俗世,来警醒执迷不悟的俗人,来拯救为欲望所苦的灵心慧根。

"疯癫"的视野,或许更逼近哲学的本质。

"疯癫"的思维,或者更接近现象的本原。

身心遭受过重创的作者,一如其笔下的一僧一道,风刀霜剑锻造其强大的灵魂,使其忍受得住尘俗的极致折磨,岁月的极致蹉跎,逍遥处世,远看千载,笑看天机。

殊途同归

我们知道,一僧一道的使命有二:一是携带顽石并一干人等造劫历世,二是对这一干人等，主要是几个重要人物，进行点化、警戒、启蒙和救赎。那么问题来了：为什么一僧一道默契若此？为什么道度男、僧度女？为什么度男之道成功率高于度女之僧？

我们知道，不同的宗教往往矛盾重重，甚至水火不容。所谓大路朝天，各走一边。然而，在《红楼梦》中，这一僧一道却能有合有分，有商有量，和谐相处，谈笑风生，没有像一般小说中那样见面就掐。这种让僧道默契、亲如一家的场面着实新鲜，既反映着真正的僧、道在面对沉沦的众生时所呈现出的成见消弭、悲悯共通，也反映着作者超然的僧、道观念，完全没有那种世俗的"即便下油锅也得占高沿"的争强好胜的狭隘和偏见。

我们知道，佛教讲究的是普度众生、慈悲为怀、六根清净、四大皆空，道教追求天长地久、长生不老、白日飞升；佛家乐死，"我不入地狱谁入地狱"，道教乐生，追求永恒的幸福快乐；佛家讲究的是断情绝欲，道家追求自在逍遥。从大方向看，道教的宗旨是性命双修，以修仙为宗旨；佛教则更侧重于往生净土，然后普度众生，其共同点都是认识到现实的虚妄，现世的悲苦，无论是西方的极乐还是东方的逍遥，都是对现实的否定和对现世的超越。还有一点也是至关重要的，那就是真正的出家人，不问世事，不图俗物，他们突然现世，救人度人，无分别心，不因贫富地位的差别而选择救与不救。在拯救男一号贾宝玉之前，他们已经尝试过对贾瑞的施救，结果失败。道的"齐物"和佛的"无分别心"均是一种博爱和悲天悯人，都是一种"爱天下""医天下""度天下"。在真正的修行者看来，殊途同归；在作者看来，让僧、道携手，共同去救苦救难也未尝不可。

那么为什么又要有分工，道度男、僧度女呢？

分工明确于僧、道本身而言，很可能源于一种心理学的无意识"情结"——男性的尼姑情结，女性的和尚情结。譬如传统中国女性大半拥有一种和尚情结——对和尚这一身份的天然迷恋。这种情结从古至今从未间断过，上至皇后公主、下至农妇妖精，她们与和尚的艳谈，在文学、影视作品中经久不衰，为人所津津乐道，于传统戏曲、小说中更是屡见不鲜。很多著名的爱情故事大半都发生在著名的庵、观、寺、院，而且大半是在"在家"与"出家"之间，即便是同为"在家"的故事，也往往安排在"出家"的场所，譬如《西厢记》《桃花庵》《玉簪记》等。佛门净地，却偏偏盛产恩恩怨怨的爱情故事，于文学艺术而言便是一种具有巨大诱惑的题材。

那么，这种情结的浅层原因，无非是这样几点：首先，是出家人的"博学"和"有闲"。佛家对弟子们的要求是非常高的，要博闻强记、熟读经书。历史上那些特别著名的高僧大德，如寒山、拾得、辩机等，他们除了是出家人外，还都可以著书立说，青史留名。其次，是出家人的"高度自律"和"精力无限"。由于佛门的清规戒律特别严苛，轻则体罚，重则逐出山门，因此，能够坚守本身就是一种毅力、一种魅力，更兼和尚在寺庙常常打坐冥想，其实就是变相地休息，可以养精蓄锐。最后一点可能更为重要，就是"有机会"。艳遇和机会总是给予那些有准备的人。我以前讲过一个观点，中国古代爱情资源的匮乏，其原因之一就是时间的有限和空间的逼仄。传统中国女性去寺庙烧香拜佛，是她们难得的抛头露面的机会，因此，深闺少女与出家僧侣擦出火花是再正常不过的人性必然。

这种情结的深层次原因，则是人性的禁锢与自由的天然抵牾。说神秘其实并不神秘，无非是禁忌与反禁忌，规训与惩罚。越是压抑欲望，欲望就会更加强烈，禁忌之爱总是充满魅力；越是难度系数大的爱情，就越容易激发人的斗志，人就越有成就感。禁果的诱惑大于一切，所以伊甸园的故事才生生不息。两性之间的互相欣赏很大程度上都来源于此：自律和自由之间的临界点上最为性感，无论是在红尘内还是红尘外！

因此，如果分工明确于僧、道本身而言，很可能源于一种心理学的无意识"情结"的话，那么于《红楼梦》的作者而言，这种情结同样也有，不过，作者更深层的用意也许在于：在赋予僧、道重大使命的同时，这一使命在执行过程中也必将伴随着巨大的考验，即一种信仰的持守，信念的考验。让和尚去接近少女，于双方来说无疑都是一种巨大的诱惑和反诱惑，坚守与放弃。任何伟大使命的完成都并非容易，这同样是一个哲学命题。

那么，在这种伟大的使命和巨大的诱惑之间，一僧一道的度脱成果如何？

茫茫大士度脱甄氏英莲，结果失败；度化林黛玉，结果失败；救治薛宝钗，开药方,结果也是成效欠佳。

渺渺真人度化甄士隐,结果成功;度化贾瑞,结果失败;度化柳湘莲,结果成功。

联袂救治贾宝玉、王熙凤,结果成功;最终度脱贾宝玉,结果成功,归结全书。

比较而言,茫茫大士的成绩低于渺渺真人的成绩。

为什么跛足道人的成功率高于癞头和尚的成功率呢?其实这里边并无褒贬,更无深意,只要仔细分析即可明白:跛足道人之所以成功率高,是因为他所度脱的男人都是已经历过极大的身心重创之后,当其心灰意冷之时才去点化的,成功率自然高。癞头和尚有些过于心急了,其去点化的时候,女孩们年纪尚小,最大也不过是豆蔻妙龄,还未曾经历人世的悲欢离合,怎么可能懂得和尚在说什么?至于作为监护人的父母双亲,他们宁愿以命相抵,也不愿孩子遭受任何挫折、灾难,哪里听得进和尚的没头没脑的胡言乱语?那么,作为和尚的茫茫大士之所以显得比渺渺真人性急,度人要趁早,实在是因为其懂得:较之男人,女人更重感情,一旦红尘日久,情窦绽放,七情正炽,六欲正旺,再难回头。茫茫大士实在不忍心看到女孩子们亲历那些悲剧,心存慈悲,防患于未然,于悲剧尚未发生之前就阻止悲剧发生,这恰恰是释家慈悲为怀的明证。可是该来的还是要来,罪孽谁都无法替谁去承担。

"人生的渺茫"于《红楼梦》而言,是一个相当现代性的问题,因为它超越了传统章回小说的那种生死轮回、因果报应、积德行善的伦理说教、宿命色彩,开启了关乎人生存在的终极追问。

文学之于哲学而言,是血肉、脉络;哲学之于文学而言,是筋骨、元气。文思合一,血脉贯通,元气淋漓。

文学之思于接受者而言,非哲思,非逻辑,非智力,非强制,非探索,而是启发,是意会,是神交,是顿悟,是心有所感、不必言语,没有为难,更无烦恼,因为文学之思实是一种审美的引领、自由的徜徉。这就要求我们在阅读之时,最好的选择是沉湎于体悟与玄想之中。

　　文学之思于创造者而言，则要艰难得多，它是对世界、人生的内在意蕴的整体性勘探和深度性开掘。有困惑，但是一种整体性困惑；有情感，但是一种整体性情感。正如苏珊·朗格所言："艺术家表现的绝不是他自己的真实情感，而是他认识到的人类情感。"这种人类情感，即是一种普遍性的情感，哲理化的情感，情感化的哲理，是构成现代艺术的重要质素。它不仅仅表现为具体的某时某地某人的喜怒哀乐，更需要表现为一种超然的太息，一种俯视的悲悯，一种淡然、漠然而又宏大无比的情绪。于《红楼梦》而言，则不仅仅表现为对"千红"之"一窟（哭）"，对"万艳"之"同杯（悲）"，更表现为对整个"人生"的"渺渺"和"茫茫"。所以，作者才塑造了这么一对明明是"虚构"却偏偏名之为"双真"的人物，穿针引线、起起伏伏于语词的密林，承担起对整部《红楼梦》芸芸众生的点化、警戒、启蒙和救赎之功。

　　想想看，一部《红楼梦》，如果没有了一僧一道的点化、警戒、启蒙和救赎，《红楼梦》也就真的退居成了《金瓶梅》、"三言二拍"、流俗的滥情小说了。这就要求我们在阅读之时，对作者更要存一份设身处地、推己及人、感同身受的同情式理解。

　　要之，人生之所以渺茫归根结底在于无家可归。《红楼梦》之所以设置了这么一个"人生的渺茫"问题，也就在于作者对家园的探寻。对儒家，他业已绝望；对释家、道家，他还残存着一些幻想，所以才让主人公弃儒，由道入佛。

　　人类努力的最终目的都是在寻找家园。所有的爱恨情仇与抗争都是在叩问一个问题——乡关何处？故乡还是异乡？回归还是流放？

　　而作为读者，我们阅读的终极任务就是悟道还家。

贾雨村：一生真伪有谁知

他相貌堂堂，一表人才，其实金玉裹败絮；

他横溢才华，风雅自命，其实格调并不高；

他清高自许，洒脱不羁，其实功名心特重；

他自作多情，情场得意，其实是一场误会；

他官运亨通，仕途开挂，其实多投机钻营；

他高谈阔论，运劫正邪，其实都是空对空；

他宦海沉浮，全身而退，其实并未真觉醒。

……

你说的是贾雨村？对，就是他！一个玩转人生的高手，一个"假"之集大成的人，一个浑身上下自始至终没有一丝真味儿的人，一个所到之处寸草不生的人，一个虚伪到连自己都被自己骗了的人，一个永远叫不醒的装睡的人。

一百二十回本的《红楼梦》最后一回《甄士隐详说太虚情，贾雨村归结红楼梦》，大起大落、大开大合，转了一个大圈儿，终于一切清零又回到起点的贾雨村，经历不可谓不丰富，感受不可谓不深刻。按理说，在"学而优则仕"的时代，作为"儒林俊杰""知识精英"的贾雨村"今遇大赦"，侥幸得脱牢狱之灾，是该为自己的人生算算总账，是到总结、反思和反省的时候了，可是我们看到了什么？我们看到的是这位贾雨村先生依旧睡眼蒙眬，似睡非睡，似醒非醒。

急流津觉迷渡、茅草庵，这是他与恩公甄士隐一别之后的最后一次相见。一番机锋之后，甄士隐"拂袖而起"（他要去超度自己因难产而殒命的女儿英莲），他竟然"恍恍惚惚……睡着了"，直到空空道人再次将《石头记》抄录一遍之后，想"寻个世上清闲无事的人，托他传遍……直寻到急流津觉迷渡口草庵中……那知那人再叫不醒。空空道人复又使劲拉他，才慢慢的开眼坐起。便接来草草一看，仍旧掷下道：'……你须待某年某月某日某时，到一个悼红轩中，有个曹雪芹先生。只说贾雨村言，托他如此如此。'说毕，仍旧睡下了。"

"你永远叫不醒一个装睡的人！"

细细想来，时下流行的这句话用在贾雨村身上，何其真切也！

是的，这个人的一生都在伪，都在装，都在瞒，都在骗。伪到赢得了一系列贵人的信任，或慷慨解囊，或扶辕架梯，或扶上马再送一程，使其人生接连开挂；装到连自己都信以为真，使其人生跟头跟跄、枷锁加身；瞒过了《红楼梦》的铁杆粉丝脂砚斋，也骗过了众多后世红学家。

大伪似真，诚哉斯言。但毕竟，还是有人能够目光如炬、洞若观火，洞穿其麒麟皮下露出的马脚来的。譬如贾宝玉，譬如贾琏，譬如平儿，譬如贾府某个无名的仆役，等等。

在汲汲于功利的人生长途中，贾雨村曾经有三次"闻道觉悟"的关键时刻：第一次是第一次罢官，做西宾于林府，智通寺漫游，面对那副"身后有余忘缩手，眼前无路想回头"的对联，他若有所悟；面对那位齿脱发落正在煮粥的龙钟老僧，他避之唯恐不及，错过了开悟的最佳时机。第二次是急流津觉迷渡、茅草庵，他与恩公甄士隐二次相遇，在甄士隐的启蒙之下他本可以得道开悟，却急于渡河勘察田亩，再次错过了。第三次也是最后一回，同样是急流津觉迷渡、茅草庵，他与甄士隐第三次相见，却在甄士隐拂袖而去的当口呼呼睡去，空空道人将其唤醒，请其将《石头记》传奇问世，他却推给了曹雪芹，复又睡去，再次错过了被空空道人开悟的最佳时机。

纵观贾雨村在《红楼梦》中业已成年的一生，他一直都在装睡，睡眼惺忪间，做的不是"得道觉悟"的梦，而是"东山再起"的梦。是的，贾雨村的一生都在做着"重整基业"东山再起的梦，但凡有碍于此梦者，一律踏平，凡其过处，寸草不生。

贾雨村既是《红楼梦》中的实体人物，又是一个观念人物，有着极强的隐喻、符号和象征功能。其作为实体人物的一言一行，都说明着现实生活的丰富复杂——善与恶的伦理交织；其作为虚拟人物的隐喻、符号和象征，都说明着艺术哲学与人生哲理的相辅相成——真与假的哲理辩证。

才貌风度：开挂人生的通行证

《红楼梦》中，开卷头回，贾雨村甫一亮相，就赢得了满堂彩。在一般看官心目中，贾雨村绝对称得上是有理想、有抱负、有学问、有才华、有胆识、有美貌的"六有好青年"，唯一的遗憾就是穷了点，穷到卖文为生，穷到没有路费进京赶考。

看作者如何写他：

> 这士隐正在痴想，忽见隔壁葫芦庙内寄居的一个穷儒，姓贾名化、表字时飞、别号雨村的走来。这贾雨村原系湖州人氏，也是诗书仕宦之族。因他生于末世，父母祖宗根基已尽，人口衰丧，只剩得他一身一口。在家乡无益，因进京求取功名，再整基业。自前岁来此，又淹蹇住了，暂寄庙中安身，每日卖文作字为生，故士隐常与他交接。
>
> ……
>
> 这里雨村且翻弄书籍解闷，忽听得窗外有女子嗽声。雨村遂起身往外一看，原来是一个丫鬟在那里掐花儿，生的仪容不俗，眉目清秀，虽无十分姿色，却也有动人之处。雨村不觉看得呆了。那甄家丫鬟掐了花儿，方欲走时，猛抬头见窗内有人，敝巾旧服，虽是贫窘，然生得腰圆背厚，面阔口方，更兼剑眉星眼，直鼻方腮。这丫鬟忙转身回避，心下自想："这人生的这样雄壮，却又这样褴褛，我家并无这样贫窘亲友。想他定是主人常说的什么贾雨村了，怪道又说他必非久困之人，每每有意帮助周济他，只是没什么机会。"如此一想，不免又回头一两次。雨村见他回头，便以为这女子心中有意于他，遂狂喜不禁，自谓此女子必是个巨眼英豪、风尘中之知己。
>
> ……

　　一日，到了中秋佳节，士隐家宴已毕，又另具一席于书房，自己步月至庙中，来邀雨村。原来雨村自那日见了甄家丫鬟曾回顾他两次，自谓是个知己，便时刻放在心上。今又正值中秋，不免对月有怀，因而口占五言一律云：

> 未卜三生愿，频添一段愁。
>
> 闷来时敛额，行去几回头。
>
> 自顾风前影，谁堪月下俦。
>
> 蟾光如有意，先上玉人头。

雨村吟罢，因又思及平生抱负，苦未逢时，乃又搔首，对天长叹，复高吟一联云：

> 玉在椟中求善价，钗于奁内待时飞。

　　恰值士隐走来听见，笑道："雨村兄真抱负不凡也！"雨村忙笑道："不敢，不过偶吟前人之句，何敢过誉如此。"因问："老先生何兴至此？"士隐笑道："今夜中秋，俗谓团圆之节，想尊兄旅寄僧房，不无寂寥之感。故特具小酌，邀兄到敝斋一饮，不知可纳芹意否？"雨村听了，并不推辞，便笑道："既蒙谬爱，何敢拂此盛情。"说着，便同士隐复过这边书院中来了。

　　须臾茶毕，早已设下杯盘，那美酒佳肴自不必说。二人归坐，先是款酌慢饮，渐次谈至兴浓，不觉飞觥限斝起来。当时街坊上家家箫管，户户笙歌，当头一轮明月，飞彩凝辉。二人愈添豪兴，酒到杯干。雨村此时已有七八分酒意，狂兴不禁，乃对月寓怀，口占一绝云：

> 时逢三五便团圞，满把清光护玉栏。
>
> 天上一轮才捧出，人间万姓仰头看。

士隐听了大叫："妙极！弟每谓兄必非久居人下者，今所吟之句，飞腾之兆已见，不日可接履于云霄之上了。可贺，可贺。"乃亲斟一斗为贺。雨村饮干，忽叹道："非晚生酒后狂言，若论时尚之学，晚生也或可去充数挂名。只是如今行李路费，一概无措，神京路远，非赖卖字撰文即能到得。"士隐不待说完，便道："兄何不早言。弟已久有此意，但每遇兄时并未谈及，故未敢唐突。今既如此，弟虽不才，'义利'二字，却还识得；且喜明岁正当大比，兄宜作速入都，春闱一捷，方不负兄之所学。其盘费余事，弟自代为处置，亦不枉兄之谬识矣。"当下即命小童进去速封五十两白银，并两套冬衣，又云："十九日乃黄道之期，兄可即买舟西上。待雄飞高举，明冬再晤，岂非大快之事！"雨村收了银衣，不过略谢一语，并不介意，仍是吃酒谈笑。那天已交三鼓，二人方散。

　　士隐送雨村去后，回房一觉，直至红日三竿方醒。因思昨夜之事，意欲写荐书两封与雨村带至都中去，使雨村投谒个仕宦之家为寄身之地。因使人过去请时，那家人回来说："和尚说，贾爷今日五鼓已进京去了，也曾留下话与和尚转达老爷，说：'读书人不在黄道黑道，总以事理为要，不及面辞了。'"士隐听了，也只得罢了。（第一回）

　　开卷头回，作者就交代了贾雨村的籍贯、出身、履历、现状等，虽然没有具体年龄，但我们完全可以从名、字、号以及窘状等诸多信息得出贾雨村业已成年（旧时汉族传统，男子二十岁冠礼，取字），照此推算，贾雨村至少二十岁。强调这一点非常重要，因为，它意味着贾雨村的人格业已养成，三观业已定型。更兼出身于"诗书仕宦之族""生于末世""父母祖宗根基已尽，人口衰丧，只剩得他一身一口"等诸多信息均可表明，作为成年人的贾雨村家道中落的窘状，使其早已尝到了人情冷暖、世态炎凉，再次表明其人格业已养成和三观业已定型。为什么如此强调呢？因为遍览红学文献，我们发现绝大部分专家学者在评判贾雨村的时候，都会说到贾雨村之道德败坏并非"一开始"就坏，而是有一个"发展变化"的过程。强调其人格、三观的业已养成、定型是想说明，更是想反驳或者想澄清：《红楼梦》中的贾雨村之"坏"并非后来"变"坏的，而是从"一登场"就是坏的。如果真的是有一个"发展变化"的过程，那也只能是"没有最坏，只有更坏"的"发展变化"的过程，而不是一个从"一尘不染""赤子心性"到"腐败不堪""丧尽天良"的"发展变化"的过程。

　　紧接着，作者借助于甄府丫鬟娇杏的眼睛，交代了贾雨村"相貌""气度"；借助中秋节甄士隐盛情邀饮，贾雨村借酒逞才，交代了贾雨村的"才华""理想"和"抱负"。很多红学家，包括《红楼梦》中人，之所以认为贾雨村起初并不坏、甄士隐愿意慷慨相帮，多半也是凭其不俗的"相貌""气度"，出口成章的一律、一联、一绝所表现出的"才华""理想"和"抱负"。窃以为，这是一种严重的误判：以貌取人，以言代行。

我们知道，"以貌取人"有其一定的合理性，但不绝对；"以言代行""言为心声"也有一定的合理性，但与"以貌取人"相比就更不靠谱。道德、品格与相貌、谈锋非但没有绝对的对应关系，而且对那些惯常"以貌取人""以言辨人"的人来说，外表俊朗、能言善辩就更具有欺骗性。贾雨村后来之所以能够一路绿灯、官运亨通、扶摇直上，与爹妈给的那一副好皮囊、与自己练就的那一副好口才有着绝大的关系。美本身就是生产力，这的确是事实。如果单单从三观上看，淡泊名利、"神仙一流人品"的甄士隐是不可能与利欲熏心、"有奶便是娘"的贾雨村成为好朋友的。甄士隐中秋节之前之所以结交贾雨村，更多的是被其形象气质所蒙蔽；中秋节之夜之所以看好贾雨村，更多的是为其一律、一联、一绝所展现出的才华、抱负所蒙蔽。倘若甄士隐能够独具慧眼，洞穿贾雨村后来的龌龊行径，我想，不要说贾雨村能进士及第，即便是面南背北，照甄士隐的为人，他是断然不会与贾雨村结交的。贾政接纳贾雨村，除了看重妹夫林如海的面子、举荐，更是凭着贾雨村的形象气质和能言善辩，这在书中第三回交代得非常明白："见雨村相貌魁伟，言谈不俗，且这贾政最喜的是读书人，礼贤下士，拯溺救危，大有祖风，况又系妹丈致意，因此优待雨村，更又不同。"

那么，我们看贾雨村的一律、一联、一绝的水平到底如何呢？

在分析和欣赏《红楼梦》诗词歌赋的时候，我们得首先确立一个前提：《红楼梦》中的诗词歌赋虽然都是作者创作，但只是代拟，不能甩开膀子、逞才使气、尽情发挥，必须考虑到他笔下所塑造的人物自身的出身、教养、学识，等等，也就是说，我们不能把作者笔下所塑造的人物的艺术水平与作者本人的艺术水平画等号，他只是量体裁衣、按头制帽。当然，量身定做也见功夫。

有鉴于此，我们先看贾雨村的一律："未卜三生愿，频添一段愁。闷来时敛额，行去几回头。自顾风前影，谁堪月下俦。蟾光如有意，先上玉人头。"平心而论，此时的贾雨村是穷，但"穷且益坚，不坠青云之志"。也就是说，为前途而奋斗中的贾雨村还是比较励志的，虽然"穷"，尚未"酸"，更未"腐"。

在诗词歌赋乃才子文人本色当行的时代，总体而言，此诗用典平平，韵律平平，意境、格调更是平平，甚至格调有些低下（因为此诗吟于见甄士隐之前，明显有"试探""勾引""钓鱼"之嫌疑，像《西厢记》中的张生一样），却符合此时此地、此情此景贾雨村的心境和水平：对爱情的忧患，对前途的焦虑，对生不逢时、怀才不遇的自怨自艾，同时，在忧患、焦虑和自怨自艾中，还有着那么一些憧憬和期许，如此而已。

至于紧接着的一联："玉在椟中求善价，钗于奁内待时飞。"无非是说自己是块料儿，伺机而动，待价而沽，谁不识我，谁就是有眼无珠，如此而已。

至于那一首七绝："时逢三五便团圆，满把清光护玉栏。天上一轮才捧出，人间万姓仰头看。"就更是赤裸裸的自白、自供：我就是天上的那一轮明月，光耀苍穹；你们都是芸芸众生，只有仰视才能看见。诗贵含蓄，忌直白。此诗虽然是借月抒怀，但较之前人，并没有翻出多少新意。

总而言之，就诗而论，贾雨村的这一律、一联、一绝所表露出的抱负不浅、野心不小，格局不大、格调不高，但符合人物身份，恰如其分地反映出贾雨村为诸多红学家们所津津乐道的所谓"人品""才华"和"学问"。

同时，我们还不能局限于一隅，就诗论诗，还必须将这一律、一联、一绝放置在整部书中去看，方能领会作者为其笔下人物量身打造的良苦用心：一律、一联、一绝不单单是贾雨村自身心灵、人格的写照，他还是个线索人物，其一言一行在整部书中还承担着牵引人物、推动情节、伏笔预言甚至谶兆未来的任务，这就非同寻常了。

那么，从哪里看出贾雨村"一开始"就假、就坏、就虚伪不堪呢？不是言，而是行，是言行不一。

"雨村收了银衣，不过略谢一语，并不介意，仍是吃酒谈笑。"被很多红学家们解读为贾雨村的"诚实""不做作""不虚伪客套""英雄本色"，连甲戌本的脂砚斋评点都是"写雨村真是个英雄"。实则大谬不然。单单从这一句描述上，也许能得出作为穷途末路的落难英雄的贾雨村之少虚礼、不做作、真本色，然而，只要稍微放开眼光，你就会发现作者写人的妙处，你的结论立马就会走向反面。我们接着看作者接下来的叙述："那天已交三鼓，二人方散。"说明什么？

说明宾主"酒逢知己千杯少"。再接着往下看："士隐送雨村去后,回房一觉,直至红日三竿方醒。因思昨夜之事,意欲写荐书两封与雨村带至都中去,使雨村投谒个仕宦之家为寄身之地。因使人过去请时,那家人回来说:'和尚说,贾爷今日五鼓已进京去了,也曾留下话与和尚转达老爷,说:"读书人不在黄道黑道,总以事理为要,不及面辞了。"'士隐听了,也只得罢了。"三更散场,五更就启程了。说明什么?说明贾雨村兴奋、激动到一夜未眠;说明贾雨村兴奋异常、猴急猴急、急不可耐,连起码的辞谢都顾不得了;说明吃酒之时的"不过略谢一语""并不介意"都是装的,故作镇定,强作大气,他"介意"得很!如果真像他说的"读书人不在黄道黑道,总以事理为要,不及面辞了",他又何必在乎那几个时辰,难道晚了几个时辰,就耽误了大比之期不成?即便套用《鸿门宴》樊哙的名言"大行不顾细谨,大礼不辞小让",也无法为贾雨村貌似"洒脱不羁"实则"装得真像""无礼轻薄"而开脱,因为其进京赶考并非千钧一发、生死一线的"大行""大礼"。五十两银子、两套冬衣的馈赠,一来说明甄士隐是真的慷慨,这的确是一笔巨资!(到底有多巨?换算一下就知道了。1 石米 = 1 两白银,1两白银 = 人民币 200 元,贾府小姐每月月钱 = 2 两,清朝六品官员年俸 = 45 两白银 = 年薪 9000 元。)二来说明甄士隐想资助贾雨村是"蓄谋"已久:因为送人衣裳,必先量体裁衣,必先加工赶制,这都需要时间。三来也许还可以说明贾雨村"小人之心":面对这笔意外巨资,贾雨村最担心的是什么?甄士隐后悔啊!甄士隐中途后悔变卦索回怎么办?毕竟,那是酒酣耳热之际的慷慨,很可能酒醒之后反悔,倒不如一不做二不休三十六计走为上,溜之乎也,不给甄士隐后悔的机会。如此慷慨解囊,竟然换不来贾雨村的一句道别之语。我想,当甄士隐听到贾雨村不辞而别的那一刻,他应该若有所悟吧?作者写得云淡风轻:"士隐听了,也只得罢了。"读者读得异常沉重(至少我读得比较沉重):"人心怎么可以凉薄如此,险恶如斯?"

翻开浩瀚的诗文名篇,书写高山流水、知音难遇的篇什可谓是汗牛充栋。对一个重情重义的人来说,那一夜的开怀畅饮,那一夜的无话不谈,那一夜的雪中送炭,该是多么刻骨铭心!对贾雨村来说,来自甄士隐"红泥火炉"般的友情,一点都不逊色于来自娇杏"行去几回头"般的所谓"垂青"吧?

还有一点能够说明贾雨村的虚伪。第二回中，在与冷子兴相会畅饮的时候，冷子兴与贾雨村谈起贾家是贾雨村的"贵同宗"。且看贾雨村如何言语？"若论荣国一支，却是同谱。但他那等荣耀，我们不便去认他，故越发生疏了。"嘴上说的是"不便去认他"，实际上"认他"了没有呢？

装清高，装不在意，装视金钱如粪土，装不去"攀龙附凤"……贾雨村，这是一个冷酷到骨子里的伪君子。甚至连《红楼梦》资深评论家脂砚斋都被其瞒过，在此的眉批竟然是"写雨村真令人爽快"，说他"豁达""气象不俗"，等等。当然，脂砚斋也点到了他的"奸雄"本质，有"莽操遗容"，等等。但我们认为，那是作为《红楼梦》第一个读者的脂砚斋读完全书之后的评价，很可能是据后推前，并非预先的洞幽烛微。

"卑鄙是卑鄙者的通行证！"对贾雨村来说，堂堂的相貌，侃侃的话风，就是他的通行证！

情爱生涯：自作多情的大误会

"只是因为在人群中多看了你一眼，再也没能忘掉你容颜。"

这是流行歌曲《传奇》中的一句歌词，借来形容贾雨村的所谓"恋情"，既比较恰切，又比较反讽，正因反讽，愈加恰切。照歌词原意，用在女主娇杏身上可能比用在男主贾雨村身上更恰切，因为的确先是娇杏"多看了一眼"贾雨村，而非贾雨村"多看了一眼"娇杏，这是错位。但是，后半句则是更大的错位，"再也没能忘掉你容颜"指贾雨村可能比指娇杏更加合适，也更反讽。为什么呢？

因为这是一场艳遇，但这是一场单方面的艳遇；这是一场恋情，但这是一场单相思的恋情；这是一场婚姻，但这是一场纯误会的婚姻。很多红学家们用贾雨村的这场艳遇、恋情、婚姻来证明贾雨村"说到做到""信守承诺""有情有义"，并非完全"忘恩负义"，进而证明贾雨村的情爱生涯可圈可点，原本是个好人，至少在对待恋情上还比较认真专一。我们认为，这同样是一大误判，既误判了这场所谓"兑现"而且比较"美满幸福"的婚姻，同时也误判了作者曹雪芹的良苦用心。

　　且看原文：

　　　　……

　　这日，那甄家的大丫鬟在门前买线，忽听得街上喝道之声，众人都说："新太爷到任了！"丫鬟隐在门内看时，只见军牢快手一对一对过去，俄而，大轿内抬着一个乌帽猩袍的官府来了。那丫鬟倒发了个怔，自思："这官儿好面善，倒像在那里见过的。"于是进入房中，也就丢过不在心上。至晚间，正待歇息之时，忽听一片声打的门响，许多人乱嚷，说："本县太爷的差人来传人问话。"封肃听了，唬得目瞪口呆。（第一回）

　　　　……

　　至二更时分，封肃方回来，众人忙问端的。"原来新升太爷姓贾名化，本湖州人氏，曾与女婿旧交，因在我家门首看见娇杏丫头买线，只说女婿移住此间，所以来传。我将缘故回明，那太爷感伤叹息了一回；又问外孙女儿，我说看灯丢了。太爷说：'不妨，待我差人去，务必找寻回来。'说了一回话，临走又送我二两银子。"甄家娘子听了，不觉感伤。一夜无话。

　　次日，早有雨村遣人送了两封银子、四匹锦缎，答谢甄家娘子；又一封密书与封肃，托他向甄家娘子要那娇杏作二房。封肃喜得眉开眼笑，巴不得去奉承太爷，便在女儿前一力撺掇。当夜用一乘小轿，便把娇杏送进衙内去了。雨村欢喜自不必言，又封百金赠与封肃，又送甄家娘子许多礼物，令其且自过活，以待寻访女儿下落。

　　却说娇杏那丫头，便是当年回顾雨村的，因偶然一看，便弄出这段奇缘，也是意想不到之事。谁知他命运两济，不承望自到雨村身边，只一年便生了一子；又半载，雨村嫡配忽染疾下世，雨村便将他扶作正室夫人。（第二回）

这便是《红楼梦》中"最完满"的情爱与婚姻的全部叙述。

那么，该如何分析和认识贾雨村的情爱生涯呢？为什么说它是一场大误会呢？

　　先来看雨村眼中娇杏的容貌和雨村心中对娇杏心理的揣测："生的仪容不俗，眉目清秀，虽无十分姿色，却也有动人之处。雨村不觉看得呆了……雨村见他回头，便以为这女子心中有意于他，遂狂喜不禁，自谓此女子必是个巨眼英雄、风尘中之知己。"雨村眼中的娇杏用今天的话来说，长得虽然不很漂亮，但非常具有"女人味儿"。作者在此用了非常搞笑的描写："不觉看得呆了""狂喜不禁"。如果贾雨村在作者心中真的是个比较正派、比较崇敬的人物，他是断然不会如此描述的，这只能说明贾雨村在作者心目中与那些惯于窃玉偷香的浪荡公子在灵魂上没有本质区别，便将前面加在雨村身上的一切美好的形容词都稀释、消解。这还不是最重要的，最重要的是心理，雨村的心理和雨村所揣测的娇杏的心理才是关键："以为这女子心中有意于他，遂狂喜不禁，自谓此女子必是个巨眼英雄、风尘中之知己。"一切都是"以为"，一厢情愿、自作多情、单方面主观地认为人家喜欢他，而且据此将对方更加美化，将自己主观心造的幻影强加于对方，这是一种"自恋情结"的典型表征。

　　再来看娇杏眼中雨村的形象和娇杏在此形象基础上形成的心理："敝巾旧服，虽是贫窘，然生得腰圆背厚，面阔口方，更兼剑眉星眼，直鼻方腮。这丫鬟忙转身回避，心下自想：'这人生的这样雄壮，却又这样褴褛，我家并无这样贫窘亲友。想他定是主人常说的什么贾雨村了，怪道又说他必非久困之人，每每有意帮助周济他，只是没什么机会。'如此一想，不免又回头一两次。"单看娇杏眼中雨村的形象，的确是美好的，但也是客观的，既没有美化，也没有丑化。也就是说，娇杏眼中雨村的形象，并没有多少"两情相悦"的那种感情色彩。何以见得呢？一是娇杏接下来的心理："雄壮""褴褛"，前一个词不错，带有一定的感情色彩；后一个词虽然感情更强烈，然而对贾雨村来说却是负面的，是一种居高临下的同情和怜悯，并没有任何"相悦"的成分。"怪道又说他必非久困之人"倒是写出了娇杏对贾雨村形象和气质的肯定，但也只是用来证明其主人甄士隐平常对贾雨村的评价而已，何曾看得出丁点儿属于"两性间"的那种欣赏和肯定？再就是前文已经说过的，在贾政心目中贾雨村的形象也是如此，也就是说，贾雨村"高大魁梧"的形象并非仅仅是异性心目中，同性也是这样看他的。因此我们说，娇杏心目中贾雨村的形象是比较客观的，而非主观的。

这一切都说明：贾雨村对娇杏是"动心"了，而娇杏对贾雨村却"无动于衷"。最初的相见，只是一种"单向"的感情倾注，而非"双向"的情感交汇。

那么接下来的进展呢？已经是贾雨村金榜题名、旧地为官、夸官亮职的时候了。

毫无疑问，自从那一日的邂逅，男对女是种下了情种，但碍于主客观因素无从表白，只能将其压在心底，等到条件具备再作打算，其间应该有一段漫长时光。在这一段漫长的时光里，可以推测男女之间并没有书信的来往互动，也就是说两人感情依然只是单向度的。何以为证呢？当贾雨村的仪仗过处，娇杏对官轿中的贾雨村"发了个怔"，自思"好面善，倒像在那里见过的"，"丢过不在心上"可以为证。这说明娇杏早已把后花园中腰圆背厚的贾雨村丢到爪哇国去了，二次相见只是对旧日一面之缘的模糊回忆。

接下来呢？接下来就是贾雨村的不容分说、急不可耐；就是娇杏的莫名其妙、稀里糊涂地做了新娘。于娇杏来说，这"幸福"有点"太突然了"，没有任何心理准备。何以为证呢？

> 次日，早有雨村遣人送了两封银子、四匹锦缎，答谢甄家娘子；又一封密书与封肃，托他向甄家娘子要那娇杏作二房。封肃喜得眉开眼笑，巴不得去奉承太爷，便在女儿前一力撺掇。当夜用一乘小轿，便把娇杏送进衙内去了。（第二回）

有学者说贾雨村够"仗义"的了，甄士隐资助他的是五十两银子、两套冬衣，他回报甄家娘子的是两封银子、四匹锦缎，从量词上就可以看出了那是加倍的偿还，怎么还能说贾雨村"忘恩负义"呢？其实，贾雨村的那两封银子和四匹锦缎，哪里只是"报恩"，分明是"彩礼"。作者用笔的狡黠之处就在于此，不细读如何读出？紧接着就是"答谢甄家娘子"之后的是"一封密书"，转托封肃讨要娇杏作二房的求婚信。结果自然可想而知。婚嫁双方急不可耐到何等程度？"当夜""一乘小轿""送进衙内去了"。

自始至终,我们没有看到作为当事人之一的娇杏的情感心理如何,一切都是被动的、被安排的,而且是那样匆忙、急不可耐。

自始至终,我们看到的都是贾雨村的急切、急迫、急不可耐。是的,作为丫鬟的娇杏可能没有任何自主权来决定自己的终身大事,但这不是贾雨村可以如此草率地对待一个自己所"属意钟情"的女性的理由。尽管妻才可以娶,妾只能纳,但怎么也得有点仪式感吧?

作者对这场瓜熟蒂落的婚姻的叙述就更加意味深长:

> ……谁知他命运两济,不承望自到雨村身边,只一年便生了一子;又半载,雨村嫡配忽染疾下世,雨村便将他扶作正室夫人了。(第二回)

有人以此就断定贾雨村和娇杏这场婚姻是《红楼梦》中最为"美满"的一场婚姻,而且是唯一的一对有结果的婚姻——新生命的诞生。但是我看到的却是娇杏母凭子贵的背后——贾雨村嫡妻在娇杏为妾一年半之后的死亡。从来只有新人笑,有谁记得旧人哭?

的确,《红楼梦》是个大悲剧,从始至终,美好的生命就不断地死亡,而且几乎没有新生命的诞生,独有贾雨村和娇杏是个例外。那么,为什么作者偏偏让贾雨村这样一个形象"后继有人"呢?

此一问题我们暂且放下不表,还是让我们继续分析,为什么说贾雨村的情爱生涯是一场自作多情的大"误会",为什么说认为贾雨村在情爱生活上可圈可点是一种"误判"。这就要回顾一下作者曹雪芹之所以如此书写的良苦用心——用贾雨村和娇杏的情爱,来反讽他所深恶痛绝的"才子佳人"模式;用贾雨村和娇杏的这场"误会""虚假"的爱情,来对比贾宝玉林黛玉以及其他几对"深刻""真正"的爱情。

"误会""虚假"的爱情是如此荒诞不经:单向、隔膜、速成,而且还"生生不息";

"深刻""真正"的爱情却是那么长途漫漫:双向、共鸣、煎熬,而且还"空谷绝响"。

　　开宗明义,作者对传统的才子佳人小说是厌恶的、批判的,甚至是愤怒的。可是作为一个有着丰富的文学艺术修养的作家,不能只停留在厌恶、批判和愤怒上,他还必须用鲜活的实例告诉他的读者:传统的那一套才子佳人小说是多么荒谬,多么不近情理,多么不合人性、人伦、人道。于是,他为我们虚构了贾雨村和娇杏的爱情故事,虚构了这么一个"自作多情的大误会"的婚姻关系,来"反讽"千人一面、泛滥至极的才子佳人模式。贾雨村和娇杏的所谓"爱情"几乎具备了"才子佳人"小说模式的所有要素:公子落难、小姐见怜、相见花园、秋波频闪、洒泪而别、考中状元、回头迎娶、皆大团圆,诡异的是,才子佳人小说好歹还是双向的,而这里却是单向的。显然,这是作者的绝大讽刺:看看,这就是你们所欣赏的"才子佳人",多么虚妄,多么荒诞,甚至多么无耻!作为"才子"的男主贾雨村就是如此自以为是、自作多情、自怜自恋、自欺欺人,作为"佳人"的女主娇杏就是如此无动于衷、可有可无、听天由命。

　　有人说贾雨村情场得意,他得意了吗? 他娶回的不过是一个"误会""陌生""隔膜",虽然不耽误生儿育女。但动物也会啊! 如果一个男人如此自以为是、自作多情、自作聪明、自我陶醉、自我感觉良好地理解"爱情",也就注定了他对爱情的隔膜。

　　读不出作者的黑色幽默,看不出作者的绝大反讽,理解不了作者对爱情、人性的深刻悲悯,岂不是辜负了作者的良苦用心?

　　开篇用甄士隐一家的小荣辱、小兴亡来预写、隐喻着四大家族的大荣辱、大兴亡,这一点已经为学者所共识;然而,用贾雨村一家的伪爱情、假婚姻来预写、隐喻贾宝玉、林黛玉等诸多男女的真爱情、无结果、无来者这一点,却鲜有读者能够发现。

宦海沉浮：改换门庭的投名状

　　贾雨村从一介寒儒起家,在甄士隐、林如海、贾政、王子腾等诸多贵人的襄赞、提携之下,从大如州知府到应天府尹,再到大司马,协理军机,参赞朝政,一路飙升,可谓是平步青云、火箭提拔。中间虽然也有几次罢官,但总的趋势却如牛市的股票一样一路飘红,最后在"京兆府尹,兼管税务"任上,因贪婪索贿罢官,削职为民。

回顾贾雨村的宦海生涯,不得不感叹此君仕途的"牛市飘红",除了那一副好皮囊,除了惯于伪装,就是良心的彻底沦丧,把任何一个所能利用之人都当作其登天之梯的台阶,随时改换门庭,随时缴纳投名状,用完之后,立即毁掉,不但过河拆桥,而且落井下石。

甄士隐,贾雨村的第一个恩公,其平步青云的第一个台阶。其复职应天府尹之后接到的第一个案子就是香菱拐卖案。按理说香菱是恩公的女儿,自己又有寻人承诺在先,岂不是"得来全不费功夫"的报恩良机?可是权衡利弊之后,在并没有多少外在压力的逼迫之下,"葫芦僧乱判葫芦案",其毫无心肝地将恩公的女儿推进了火坑。然后,其给贾政和王子腾各自修书一封,攀附邀功,递上了第一封投名状,为其后来的继续升迁铺平道路。

这还不是最让人心寒的,最让人心寒的是第一百零三回,许多年后贾雨村与甄士隐相见于急流津觉迷渡、茅草庵,眼见得茅草庵失火,贾雨村却急着渡河,头也不回,只是委派了一个手下看看有没有烧死人就算完了,这种见死不救的行为甚至连其妻子都看不下去,对其进行了责备。

林如海,贾雨村的第二个恩公,其官运亨通的第二个台阶。其能在林府做馆是费了一些心机的,虽然原著当中轻描淡写,说是托人帮忙进的林府,但是第一次罢官之后,装作若无其事、担风袖月、游览天下名胜的贾雨村,内心里无时无刻不想着东山再起,这是毋庸置疑的,他怎么可能不做足了功课?他知道凭其现在的身份、地位,林如海会请他的;他也知道一旦进了林府,林如海也一定会帮他、能帮他。果然,目的达成。在接连遭逢子死、妻丧诸多变故之后的林如海,只得将唯一的爱女林黛玉托付给贾雨村,将林黛玉带到京城岳母家寄养。林如海为贾雨村的复职可谓是尽心尽力,既有大力引荐的亲笔信,又几乎包揽了其复职的所有费用。那么,这到底是为什么呢?仅仅是因为贾雨村与林黛玉的"师生之谊"吗?贾雨村又是如何报答林如海的呢?书中虽然没有明写,但却用了曲笔,暗写了林如海的遗产案与贾雨村脱不了干系。

这里就有必要补充分析、交代林如海为什么非得要把林黛玉托付于贾家寄养。虽然书中写得依然是云淡风轻,没有明写,然而,读者却断不能也云淡风轻地滑将过去。

我们认为,按照现有各种版本的《红楼梦》所叙述的情况,林如海把林黛玉送走、托付的理由其实并不充分。

林如海的出身家世自不必说,自己也是前科的探花,更重要的是在此基础上,林如海的官衔非常"显赫",这种显赫的意思是:并非品级一定有多高,但绝对都是要害和关键。在"翰林院编修""兰台寺""巡盐御史"三个头衔之中,最厉害的是"巡盐御史"。在清朝,盐运使一般是由内务府安排皇帝最亲信的人去干,其监督机构就是所谓的盐政院,盐政院的首脑就是巡盐御史,简称盐政使,清朝礼制为从三品。盐政院主要是监督盐官、盐商以及所有涉盐的管理机构,一旦发现弊端,直接上报皇帝本人,所以这个官职还有一个摆不上台面的作用:皇帝放在江南的耳目。书中提到林如海的江南职务,用了"盐课""盐政"和"巡盐御史"三个官职,其实就是三而一、一而三,而且特别点明了是主管"两淮"。这是多大的恩宠! 多大的信任! 多大的肥差! 熟悉曹家档案的读者,大概都能推测林如海的原型。

这么一个位置和差事,而且书中在不长的篇幅内就不经意间地交代了林家的家破人亡,按理说,纵然是子殇、妻亡,林如海也没有理由非得要把唯一的女儿送出去。(物质条件自不必说,子殇、妻亡就更需要家人的情感抚慰,哪里还有将骨肉外送的道理?)能解释林黛玉被送出去的唯一理由就是特殊情况发生了:大祸临头、危急关头、危在旦夕、危如累卵,子殇、妻亡只是林家悲剧的前奏。果然,不久,林如海也去世了,林家彻底走向了败亡。

林家是败亡了,可是林家的家财、遗产呢? 虽然可能被皇室抄没了一些,被族人贪占了一些,然而,任何一个正常的官僚都不会束手待毙,坐等家产悉数被抄、被抢,一定会作一些转移的打算。那么,林家被转移的那一部分家产都去了哪里呢?

书中虽然没有明写,却暗表了,只有细心的读者才能发现。

大家有没有注意到:贾雨村竟然有两次护送林黛玉进京的独特经历。一次是林黛玉第一次进京,贾雨村作为老师,尾随着林黛玉的船只,护送(实则依附)着林黛玉进京。贾雨村在被林如海大力举荐的同时,作为交换条件,也一定被林如海委以重任:照顾好我的女儿,看护好我的家财(部分),没你的亏吃。一次是林黛玉父丧之后,今非昔比,官衔够大的贾雨村竟然又一次随林黛玉一起进京。虽然这一次贾琏是主角,但是作为高官的贾雨村的配角身份也是非常可疑的。就这样,林家的遗产在贾雨村与林黛玉的两次进京里被悄悄地转移到了贾家。问题是,为什么一定要写到贾雨村如影随形呢?显然,在林家遗产的转移中,在林家做过四年家教、掌握了林家一定隐私的贾雨村已经无法撇清了,更何况贾雨村的官职越来越大。从贾雨村后来与贾府的频繁热络交往到成为座上宾,即可推测一二。作者没有明写,我们只能推测:贾雨村在林家遗产案上肯定是上下其手的,无论林如海是心甘情愿还是无可奈何。

因此,我们完全可以说,林家的部分遗产业已被贾雨村向贾家甚至王家纳了投名状。

门子,贾雨村的第三位帮忙者,虽然这忙帮得并不地道。但是作为事主的贾雨村就更不地道,因门子"知道得太多了"而寻了个理由将其发配了。虽然赶走门子无须向谁缴纳投名状,但这种过河拆桥的行为却为他最后被削职为民埋下了伏笔。1987 年版电视剧《红楼梦》让贾雨村披枷带锁,让门子坐在大轿之内,两人擦肩而过的镜头设置是颇堪玩味的。

最后就是贾政和王子腾,这是贾雨村更大的恩公。正是傍上了贾家和王家,贾雨村才得以坐上了应天府尹的位置。然而,我们看贾雨村是如何对待这两大家族的呢?

忽一日,包勇耐不过,吃了几杯酒,在荣府街上闲逛,见有两个人说话。那人说道:"你瞧,这么个大府,前儿抄了家,不知如今怎么样了?"那人道:"他家怎么能败?听见说,里头有位娘娘是他家的姑娘,虽是死了,到底有根基的。况且我常见他们来往的都是王公侯伯,那里没有照应?就是现在的府尹,前任的兵部,是他们的一家儿。难道有这些人还护庇不来么?"那人道:"你白住在这里……前儿御史虽参了,主子还叫府尹查明实迹再办。你说他怎么样?他本沾过两府的好处,怕人说他回护一家儿,他倒狠狠的踢了一脚，所以两府里才到底抄了。你说，如今的世情还了得吗？"

……包勇心下暗想："天下有这样人，但不知是我们老爷的什么人？我若见了他，便打他一个死，闹出事来，我承当去。"那包勇正在酒后胡思乱想，忽听那边喝道而来。包勇远远站着，只见那两人轻轻的说道："这来的就是那个贾大人了。"包勇听了，心里怀恨，趁着酒兴，便大声说道："没良心的男女！怎么忘了我们贾家的恩了？"雨村在轿内听得一个"贾"字，也留神观看，见是一个醉汉，也不理会，过去了。（第一百零七回）

作者借贾府奴仆包勇之口，写明了贾雨村对其仕途帮助最有力的所谓本家的落井下石。

那么，贾雨村对本家的落井下石，又是向谁提交的投名状呢？我们说，贾雨村能执掌应天府那是贾家帮忙，但是贾雨村能直接进入朝廷中枢权倾朝野，日渐颓势的贾家可能就帮不上什么忙了，能帮上忙的只能是比贾家更厉害的主儿。贾雨村落井下石的目的未必只是出于撇清，更大的动机在于攀爬，攀爬就需要投名状。

第一次投名状是恩公甄家女儿英莲的冤狱；

第二次投名状是恩公林家人亡家败的遗产；

第三次投名状是恩公贾家大厦将倾的猛踩。

列位看官可能会疑惑，贾雨村如此之假，难道就没有看透他的人吗？有啊，肯定有，看透贾雨村并不需要多高的智商，尽管他非常善于伪装。

第一个看透贾雨村的人是贾宝玉。贾宝玉最烦的就是去见贾雨村，这是基于三观的激烈冲撞。

第二个看透贾雨村的人是贾琏。贾琏提醒林之孝："他那官儿也未必保的长。只怕将来有事，咱们宁可疏远着他好……横竖不和他谋事，也不相干。"贾琏看透贾雨村与贾宝玉看透贾雨村的原因正好相反：两个贪婪之徒互相提防，只能说明分赃不均。想想看，林黛玉第二次进贾府的时候是谁陪同的？

第三个看透贾雨村的人是平儿。书中交代，在贾琏因为弄不来石呆子的扇子被他老爹嫌弃无能而扇了一顿大嘴巴之后，平儿心疼贾琏，咬牙骂道："都是那什么贾雨村，半路途中那里来的饿不死的野杂种！认了不到十年，生了多少事出来。"可见平儿看透贾雨村是出于感情的偏私。

其实，那些一路帮助、提携他的人也未必都是看不透，除了甄士隐可能是出于真心的欣赏、爱才、惜才外，其他人多半都是利欲熏心、利令智昏、互相利用罢了。

面对官场，世人多半知道官官相护，但贾雨村的投名状行径也让人看到了官官相踩，无论相护还是相踩，都是出于利害的考量。

偏偏就是这样一个头顶长疮、脚底流脓的坏种，作者却赋予其一大使命，当众发表一篇关于人性的理论或者宣言——《正邪二赋论》。搞笑不搞笑？讽刺不讽刺？

贾雨村与冷子兴在演说荣国府的时候，关于贾宝玉的评价，引出了贾雨村一套关于人性的理论：大奸大恶、应运应劫、治世乱世、正邪两赋，等等，并且还列举了很多例子，开列了一长串名单来佐证。有很多论者就此而认定贾雨村是个了不起的"思想家"，有属于自己的一套理论，而且还是真懂贾宝玉的人，是除林黛玉之外的第二个知音，等等。

平心而论，贾雨村的人性三分说，较之正统儒家的人性二分说还是有进步的，在"正邪""善恶""君子小人"的基础上，让我们看到了人性更为复杂的一面：非正非邪、亦正亦邪，而非非正即邪。《红楼梦》中的很多人物也是秉承着这一原则来塑造的，而且是非常成功的。

那么问题来了，贾雨村的"人性论"是不是作者的"人性论"呢？换句话说，作者在借贾雨村之口阐发人性论的时候，是认同呢还是反讽呢？是部分认同还是部分反讽呢？

很多权威的红学家在贾雨村的人性论上却基本达成了共识：作者是认同的，也就是说，贾雨村的人性论就是作者的人性论，证据就是作者借助于这一理论成功地塑造了一大批栩栩如生的人物形象。那么新的问题来了，如果是认同的，按照这一理论，贾雨村属于哪一类人呢？前文业已论述，这可是一个彻头彻尾的大反派啊！

如果仔细研究我们就会发现，贾雨村在阐发这一套人性论的时候，我们读起来总有一种高谈阔论、夸夸其谈、削足适履、言过其实的感觉，缺乏实实在在的生命体验，缺少内化于心灵的深刻反省，缺少知行合一的伦理实践，所以，总给人以大而无当、虚浮空泛的感觉。

大概作者也不想把贾雨村写得那么"坏"，所以才让贾雨村现身说法，为自己的"坏"预先准备了一套说辞：看，我是迫不得已，我的坏是有理论根据的，是有人性论作支撑的。殊不知，这样一来，贾雨村的形象更是坏上加坏：早已为干坏事准备好了一套理论，这正应了当下比较流行的一句话：流氓不可怕，就怕流氓有文化。

一为文人，便不足观。在文官合一的体制之下，一为官人，便更不足观。贾雨村就是这种文官合一的伪君子、真流氓。

聪明是一种天赋，善良是一种选择。

浓眉大眼，道貌岸然，高谈阔论，人格分裂，精致利己，实践上非常能干，品质上非常卑劣，理论上的器识却又与真理隔着三层。这就是贾雨村，一个任谁都叫不醒的装睡的人！贾雨村的堕落，反映的是整个精英群体的堕落！

蒋玉菡：梨园弟子白发新

你是梨园弟子，出身的贫寒、职业的低贱，注定了你一生的卑微；

你是一线明星，天赋的才华、艰辛的付出，成就了你色艺的双绝；

你是自由之鸟，王孙的包养、公子的追捧，于你不过是黄金牢笼。

你绝不恋栈，由旦而生、华丽转身，衣袂飘然，退出舞台的中心。

你洗尽铅华，绚烂至极、归于平淡，寻常巷陌，结鸾俦抱团取暖。

你说的是蒋玉菡？是的，蒋玉菡，一个戏子，一个伶人，一个青年艺术家；一个暖男，一个豪侠，一个青春好友，一个偶生于薄祚寒门的名倡奇优。在其身上，有着一种"超然的单纯"，虽然职业低贱，出身卑微，却懂得追求，行侠仗义，以志趣为友，向往自由，急流勇退，在大厦倾颓之后，能够随遇而安，散发弄扁舟。

蒋玉菡是《红楼梦》中难得的"好命"之人，仅有的"有福"之辈，虽然篇幅不长，着墨不多，但其如流星一样划过暗夜长空的光芒却显得那么耀眼，照彻黑暗的王国。

情之所钟，正在我辈

少读红楼，最难忘怀的倒不是宝、黛之间的"三日好了，两日恼了""共读西厢"，挖肝剖心般的卿卿我我，而是那一首浓得化不开的《红豆曲》的荡气回肠。阅读文字本身就已经足够缠绵华丽、唇齿留香、满口芬芳了，却不料，正赶上彼时1987年版《红楼梦》电视剧的播放，王立平的配曲简直让这篇文字再生翅膀，凌空翱翔，越发具有了神谕般的空灵力量，让普天下多少多情的少男少女为其迷醉、为其呆傻、为其痴狂。

还是让我们先还原一下场景吧。

时令：春末夏初，东风无力，百花凋零。

地点：神武将军冯唐之子冯紫英的豪门。

人物：东道主冯紫英，主客贾宝玉、薛蟠，陪客蒋玉菡、云儿以及小厮若干，左右不过是几个官二代、富贵闲人。

事件：吹拉弹唱，寻欢作乐。

这是大清王朝贵族公子哥儿的一场典型家宴，一班青春好友的娱乐方式：不是打牌，不是飙车，而是量贩式 KTV 的饮酒唱曲。古往今来，任何一场聚会都不可能是齐刷刷的清一色，由于各自的出身、教养、修为、习惯不同而带来的言行上的云泥霄壤是再自然不过的。薛蟠是什么人？皇商出身，胸无点墨，撒泼耍赖，吃喝嫖赌。甫一开场，他就让妓女云儿唱了一曲当下最流行的歌曲，格调低下，险些涉黄。不能眼睁睁地看着这一场欢聚的品位随着这一对活宝的打情骂俏而每况愈下，这是贾宝玉这样的公子哥所绝不允许的，尽管他也是秦楼楚馆的常客。

> 宝玉笑道："听我说罢，这么滥饮，易醉而无味。我先喝一大海，发一个新令，有不遵者，连罚十大海，逐出席外，给人斟酒。"冯紫英、蒋玉菡等都道："有理，有理。"宝玉拿起海来，一气饮尽，说道："如今要说'悲''愁''喜''乐'四个字，却要说出'女儿'来，还要注明这四个字的原故。说完了，喝门杯，酒面要唱一个新鲜曲子，酒底要席上生风一样东西，或古诗、旧对、'四书''五经'成语。"薛蟠不等说完，先站起来拦道："我不来，别算我。这竟是玩我呢。"云儿也站起来，推他坐下，笑道："怕什么？这还亏你天天喝酒呢，难道连我也不及？我回来还说呢。说是了，罢；不是了，不过罚上几杯，那里就醉死了你？如今一乱令，倒喝十大海，下去斟酒不成？"众人都拍手道："妙！"薛蟠听说无法，只得坐了。（第二十八回）

　　一场宴饮得有主题，更重要的是得有格调和品位，有了格调和品位，方称得上是"雅集"，书文俱老的《兰亭集序》，不就是一场雅集的"副产品"吗？那么，如何才算有格调和品位呢？李义山云："隔座送钩春酒暖，分曹射覆蜡灯红。"如此看来，"射覆""酒令"应该是最常见的，也是最起码的。作为主客的贾宝玉选择的是"酒令"，围绕着"女儿"的"悲""愁""喜""乐"，吟诗、唱曲、作赋，于贾宝玉而言可谓是本色当行。

　　许多年之后，关于那一场雅集的一切，也许所有的亲历者都已模糊，但我相信，贾宝玉的那一首《红豆曲》一定会历历在目、声犹在耳，因为直到今天，仍然保有其震撼人心的艺术力量。就像《兰亭集序》是兰亭雅集的"副产品"一样，《红豆曲》也成了那一场家宴的"副产品"，高迈而绝妙，一曲而压卷：

　　　　滴不尽相思血泪抛红豆，开不完春柳春花满画楼。睡不稳纱窗风雨黄昏后，忘不了新愁与旧愁。咽不下玉粒金波噎满喉，照不见菱花镜里形容瘦。展不开的眉头，捱不明的更漏。呀！恰便似遮不住的青山隐隐，流不断的绿水悠悠。（第二十八回）

　　毫无疑问，此曲是情，是女儿情，是待字闺中的少女无法言喻的思春之情。在女性几乎成为"哑巴一族"的中国古代，文人墨客有"代女儿立言"的传统，虽然绝大部分格调并不高，但毕竟聊胜于无。从传统文化中脱胎而来的贾宝玉自然也不例外，借一场欢宴，为女儿立言，唱出了一个闺中少女最深沉、最幽怨、最渺茫的心声：因为爱的求而不得和命运的难以把握所导致的"青山隐隐、绿水悠悠"般的惆怅，唤醒了沉睡千年的强烈的女性集体无意识心理，也必然会引起几乎所有女性甚至也包括部分男性的深沉共鸣。

　　然而，正如《琵琶行》中的琵琶女所演奏的那一曲琵琶一样，虽然可能赢得满堂掌声，但是真正能从心灵深处引以为知音者绝无仅有，所以，白居易的那一句"座中泣下谁最多，江州司马青衫湿"才显得尤为动人。

　　这首《红豆曲》也一样。这场聚会，如果薛蟠的淫词艳曲是俗到极致，那么贾宝玉的《红豆曲》可谓是雅到顶峰，雅到几乎没有谁能听得懂，除了蒋玉菡。

虽然大家齐声叫好。

是的，除了蒋玉菡。

何以见得？宴会的后半场，蒋、贾二人相见恨晚、慌不择路、饥不择食地互赠表记可以见证。

为什么是蒋？因为蒋、贾二人，一体两面，本质相通。除出身迥异之外，蒋、贾二人都是秉承正邪二气所生之人，天然具有一种质的同构性。天赋、才情、三观，蒋、贾二人息息相通，有着高度、广度、深度的共鸣，所以才有了他们不待宴会散场就几乎不避嫌疑、忘乎所以的动作行为。

言为心声，曲为魂鸣。

不就是"好基友，一辈子"那一套嘛，有什么值得夸张诠释的？如果把这场因为一首曲子引发的友情的理解仅止于此，就辜负作者了。如此说，列位看官可能不服，那么，我们就试着由这场因为一首曲子引发的友情上溯到让曹雪芹梦萦魂牵的魏晋时期。刘义庆《世说新语·伤逝》中记载了一则故事，说的是晋朝王戎的儿子死了，他悲不自胜。好朋友山简去看他，说何必如此？节哀顺变吧！他回答说："圣人忘情，最下不及情。情之所钟，正在我辈。"山简瞬间懂了，而且佩服之至，更加为之悲痛。"忘情"不是无情，而是有情，不过是不为情牵、不为情困，把情处理得豁达洒脱罢了。这种境界，谁能做到？只有那些大贤圣哲才能做到。

"不及情"不是不谈情、不涉情，而是"谈不起"情，"不足语"情。因为"情"在我国古代，从来都是一种稀缺的资源，本身很珍罕、很高贵、很严肃：于土里刨食的底层芸芸众生来说，"情"是奢侈品，不是必需品。谓予不信，请看天下朋友，多少是因为"情"而结拜的？"有酒有肉真兄弟，急难何曾见一人"能够进入《增广贤文》，足见传统友谊的浓度和纯度。再看天下夫妻，多少是因为"情"而结缡的？"嫁汉嫁汉，穿衣吃饭"能够成为俗谚，足见古代百姓的婚姻质量。所谓"八拜之交""琴瑟和鸣"之所以成为"美谈"，正是因为稀罕，而不是因为丰富。

既不是"圣贤大哲"也不是"黔首百姓"的"我辈"，才是情之所钟的对象，才可以谈谈情，说说爱，如此珍稀，怎不珍惜、怎不重情、怎不深情呢？！

伯牙与子期、嵇康与阮籍、李白与汪伦、李白与杜甫、李白与孟浩然……可以抵足同眠，可以携手同行，可以连床夜话，可以互赠表记，可以诗词唱和，这样的感情岂是"好基友"所能概括的？能够有情，能够谈情，能够抒情，能够纵情，能够为情所累、所困，借用鲁迅先生的话来说："这是怎样的哀痛者和幸福者！"所以，才一见如故，一往情深，一往无前，相见恨晚。是异性，则恨不得耳鬓厮磨、形影不离；是同性，则恨不得连床夜话、不眠不休。因为，这种情，世所罕有，弥足珍贵，稍纵即逝；这种爱，是精神之爱、平等之爱、超越之爱，是灵魂上的契合无间、深度共鸣。

"人间自是有情痴，此恨不关风与月。"

"万人丛中一握手，使我衣袖三年香。"

一旦拥有这种情愫，哪还管他同性异性、年长年少、古代现代、家世门第、肤色人种？

所以，我对那些把蒋玉菡、贾宝玉之间的这份"情"只理解为一种"同性恋"的人始终耿耿于怀，太偏狭了！"超越"一词，于我们身边的大多数人而言的确奢侈。

没有什么可以阻挡，你对自由的向往

古人没有"三观"的概念，所以，把"情"描述得非常神秘：上穷碧落、生生死死、之死靡他……说蒋、贾之情是基于三观、超越性别之情是有根据的，根据之一就是：对自由的向往。贾宝玉"向往自由"自不待言，相关论说已经连篇累牍、汗牛充栋，蒋玉菡"向往自由"却鲜有提及，需要郑重再言，因为这是关键的关键。

那么，首先得明确，何谓"自由"？

"自由"这个词，虽然是舶来品，但是作为精神资源，并非舶来的。我国传统文化中的自由精神从来就没有断绝过。胡适先生经过考证，将其训释为"由自"，即一个人的言语和行为应当天然地发自本身，出于本心，不需要任何外在的力量的逼迫、诱导、催生，当然，伴随着这些言语和行为接踵而至的一切后果也由其自身来负责、能负责、敢负责。美学家高尔泰先生的解释可能更全面，他说："自由这个词，能动多义。我所理解的自由，作为哲学概念是叙述词，和'必然'相对应；作为政治概念是价值词，和'奴役'相对应；作为艺术概念是动词，和'守旧'相对应，与'创造''突破'同义。总而言之，我把'自由'二字，看作'他由'的反面。什么是'他由'？用现在的话来讲，就是个'被'字。"

如此看来，来自底层的蒋玉菡可能不懂什么"哲学""必然"，但作为依然没有失去赤子之心的艺术家的蒋玉菡，一定懂得什么叫"奴役"，什么叫"创造"和"突破"，不然他不会把别人当成"荣宠""幸福"的事当成"玩弄""屈辱"，更不可能有艺术造诣上的"炉火纯青""驰名天下"。至少，他懂得什么叫"身不由己""仰人鼻息""人在人檐下，不得不低头"，他懂得什么叫"披着别人的衣裳，却忘不掉自己的寒冷"，他懂得"怎么给你的也可以怎么拿走"，他懂得什么叫"黄金牢笼"，他能分清"尊严"和"面子"。所以，他反抗了，他"叛逃"了，出乎意料的是，他竟然成功了。最后，他竟然和袭人结成了秦晋之好，而且作为煞尾，终结了整部《红楼梦》。这是全书难有的一抹亮色，曹公难得的一点"正能量"。

蒋玉菡的反抗奴役、向往自由，作者没有正面描写，而是侧面烘托。于中国文学而言，这种侧面烘托可能比毫无遮拦的正面描写更有艺术的力量。具体描写集中在第三十三回，忠顺王府长史官向贾府要人：

> 贾政见他惶悚，应对不似往日，原本无气的，这一来倒生了三分气。方欲说话，忽有门上人来回："忠顺亲王府里有人来，要见老爷。"贾政听了，心下疑惑，暗暗思忖道："素日并不与忠顺府来往，为什么今日打发人来？"一面想，一面命："快请厅上坐。"急忙进内更衣。出来接见时，却是忠顺府长府官，一面彼此见了礼，归坐献茶。
>
> 未及叙谈，那长府官先就说道："下官此来，并非擅造潭府，皆因奉命而来，有一件事相求。看王爷面上，敢烦老先生做主，不但王爷知情，且连下官辈亦感谢不尽。"贾政听了这话，摸不着头脑，忙陪笑起身问道："大人既奉王命而来，不知有何见谕？望大人宣明，学生好遵谕承办。"那长府官冷笑道："也不必承办，只用老先生一句话就完了。我们府里有一个做小

旦的琪官,一向好好在府,如今竟三五日不见回去,各处去找,又摸不着他的道路,因此各处察访。这一城内,十停人倒有八停人都说,他近日和衔玉的那位令郎相与甚厚。下官辈听了,尊府不比别家,可以擅来索取,因此启明王爷。王爷亦说:'若是别的戏子呢,一百个也罢了;只是这琪官,随机应答,谨慎老成,甚合我老人家的心境,断断少不得此人。'故此求老先生转致令郎,请将琪官放回,一则可慰王爷谆谆奉恳之意,二则下官辈也可免操劳求觅之苦。"说毕,忙打一躬。

贾政听了这话,又惊又气,即命唤宝玉出来。宝玉也不知是何原故,忙忙赶来,贾政便问:"该死的奴才!你在家不读书也罢了,怎么又做出这些无法无天的事来。那琪官现是忠顺王爷驾前承奉的人,你是何等草莽,无故引逗他出来,如今祸及于我!"宝玉听了,唬了一跳,忙回道:"实在不知此事。究竟'琪官'两个字,不知为何物,况更加以'引逗'二字。"说着便哭。

贾政未及开口,只见那长府官冷笑道:"公子也不必隐饰。或藏在家,或知其下落,早说出来,我们也少受些辛苦,岂不念公子之德呢!"宝玉连说:"实在不知。恐是讹传,也未见得。"那长官冷笑两声道:"现有证据,必定当着老大人说出来,公子岂不吃亏?既说不知,此人那红汗巾子怎得到了公子腰里?"宝玉听了这话,不觉轰了魂魄,目瞪口呆。心下自思:"这话他如何知道?他既连这样机密事都知道了,大约别的瞒不过他。不如打发他去了,免得再说出别的事来。"因说道:"大人既知他的底细,如何连他置买房舍这样大事倒不晓得了。听得说,他如今在东郊离城二十里有个什么紫檀堡,他在那里置了几亩田地,几间房舍。想是在那里,也未可知。"那长府官听了,笑道:"这样说,一定是在那里了。我且去找一回,若有了便罢;若没有,还要来请教。"说着,便忙忙的告辞走了。

贾政此时气得目瞪口歪,一面送那官员,一面回头命宝玉:"不许动!回来有话问你。"一直送那官去了。(第三十三回)

第三十三回《手足眈眈小动唇舌,不肖种种大承笞挞》是整部书中少有的快节奏，属于急管繁弦、暴风骤雨、密不透风之笔墨。绝大部分读者都将焦点投射到了"宝玉挨打"上，忠顺王府的索人也不过是"宝玉挨打"的导火线，却忽略掉了另一个时空里比"宝玉挨打"更加波诡云谲、血雨腥风、凶险异常的"玉菡叛逃"。

红楼十二官，生旦净末丑，堪称一部梨园众生相。我们都知道贾家为了迎接元妃省亲，大兴土木，从苏州采办了一群小戏子，从而有了各种生日堂会的热闹，有了"龄官画蔷"的经典画面。然而作为红楼伶人之首的却不是什么贾府里的龄官，而是忠顺王府里这个真名叫蒋玉菡的琪官。贾府里的那些小戏子们有着怎样的出身、命运，忠顺王府里的蒋玉菡就有着怎样的出身、命运，这在笔法上叫"一笔两写，不写而写"。

正因为蒋玉菡长相上"妩媚温柔""面如傅粉，唇若涂朱，鲜润如出水芙蕖，飘扬似临风玉树"，再加上艺术造诣上的炉火纯青，更兼为人处世上的"随机应答，谨慎老成"，所以才被权贵们盯上了、采办了、包养了。也正因为权贵们的包养、包装，蒋玉菡的声名也越发"驰名天下""炙手可热"，成了"一线明星"。按理说，这种"艺人"与"包装公司"的关系应该是一种双向造就，可是，在一个没有契约意识、现代观念匮乏的时代里，却常常闹出一些匪夷所思、互相攻讦的悲喜剧。那么，在十八世纪中国的乾隆王朝，作为艺术家的蒋玉菡与作为权贵豪门的忠顺王府是怎样一种关系呢？陈凯歌的电影《霸王别姬》里有一段深刻的影像呈现：少年时代的程蝶衣被宫里一个白发苍苍的老太监追逐。那应该是让所有的梨园弟子刻骨铭心、不寒而栗的。关键是，这种"狎戏子"在彼时是合法的、时尚的。那么，蒋玉菡的命运，又能好到哪里去呢？所以，他叛逃了，这才有了忠顺王府长史官向贾府索人的片段。

蒋玉菡不是一般的戏子，忠顺王府更不是一般的府邸。还有一点不经意间透露出来的信息更为凶险：贾家"素日并不与忠顺府来往"。要知道，古代政治是一种站队的哲学，作为侯门公府、皇亲国戚的贾家与忠顺王府是一种什么关系？"没有来往"也是一种关系。贾政的"心下疑惑，暗暗思忖"以及明了前因后果之后的下死手，把个亲生儿子往死里打，就已经表明了这中间的凶险异常。这还不是最凶险的，最凶险的是一个小小的戏子背后竟然站着三位王爷：忠顺王、北静王、南安王，再加上一个贾府，个中玄机，岂是一个懵懵懂懂的公子哥儿所能参透和应付的？

按下贾家的凶险不表，单说这蒋玉菡。有着如此雄厚实力作背景、作靠山，与贾府里的那些戏子相比，他甚至赢得了相对的自由，可以游走于各大侯门公府，可以结交公子王孙，在自由度上堪比大唐的李龟年，"岐王宅里寻常见，崔九堂前几度闻"。然而，他并没有把这些当成荣耀，当成自抬身价时常常吹嘘的资本，而是悄无声息地叛逃了，甚至还买地置业，直至最后当了班主游走江湖。虽然原著中并无一字写到蒋玉菡的抗争，然而，这背后的血泪是断不会少的。你想啊，唯命是从，甘被奴役，王爷们是背景、是靠山，一旦不愿听命，不被奴役，"背景"立马变成"陷阱"，"靠山"瞬间变成"火山"。被忠顺王包养，结交于北静王，这是"背叛"；背着金主于紫檀堡买地置业，这是"抗争"。人一旦有了"自由意志"是非常可怕的，因为这是一种觉醒的力量，一种一往无前的勇敢，一种至大至刚的浩然之气，接踵而至的就是"平等意识""精神自治"，一句话，就是认识到了"我是我自己的帝王"，天、地、君、亲、师，你们谁都没有干涉我的权利！

蒋玉菡之所以没有把背后的任何势力当回事，就是伴随着"自由意志"而生的"平等精神"的生动体现："这汗巾子是茜香国女国王所贡之物，夏天系着肌肤生香，不生汗渍。昨日北静王给的，今日才上身。若是别人，我断不肯相赠。二爷请把自己系的解下来给我系着。"

话语虽短，却透着平等：如果茜香国女国王是所贡、今上对北静王是所赐、北静王对蒋玉菡是所赏，表征着的都不是一种平等关系，那么蒋玉菡回赠给贾宝玉的这条汗巾表征的则完全是一种平等关系。请注意作者的用词："昨日北静王给的"，请注意，在蒋玉菡眼里，北静王的这条汗巾是"给的"；"我断不肯相赠"，请注意，在蒋玉菡眼里，回赠给贾宝玉的这条汗巾是"相赠"，无论对上，还是对下，蒋玉菡的用词是"给"与"赠"，平等意识，言语行动，深入骨髓。

话语虽短，却意味深长：一是礼物极为优质，二是礼物极为贵重，三是礼物来历极为非凡，四是礼物极为暧昧。一句话，他国女王进贡给当朝的贡品，被皇帝赏给了北静王,北静王又赏给了蒋玉菡,蒋玉菡又转赠给了贾宝玉。这哪是一根汗巾子,分明是一根权力的纽带。(要知道,一张小小的"护官符"都被作者浓墨重彩、大书特书过,这么一根长长的"权力带"却轻轻滑过,被绝大部分读者仅仅解读为嫁接一段姻缘的红线,岂不辜负了作者的良苦用心?)就是这么一根长长的"权力带",在至情至性的两位少男眼里,却是一件可以赠送的礼物,还不足以说明蒋、贾二人的骨子里的平等精神吗? 虽然他们也知道这非常"贵重",但他们眼中的"贵重"已经超越了"政治权力"的意涵,转变成了"精神志趣"的高标。

概而言之,所谓"自由",就是主动的、自然的、本心的、负责任的,仅仅属于人才有的意志;所谓"平等",就是消弭了等级、尊卑,既不仰视,也不俯视,完全以平视的眼光看待一切。那么,由此我们可以看出,蒋玉菡虽然身为下贱,但却是《红楼梦》中少有的具有自由意志的人,摆脱了奴性意识的人。这让我们再次想起鲁迅先生的奴性之论,做奴才虽然不幸,但并不可怕,因为知道挣扎,毕竟还有挣脱的希望;"如果从奴隶生活中寻出'美'来,赞叹、抚摩、陶醉,那可简直是万劫不复的奴才了!"

尚想旧情怜婢仆,也曾因梦送钱财

于是蒋玉菡说道:"女儿悲,丈夫一去不回归。女儿愁,无钱去打桂花油。女儿喜,灯花并头结双蕊。女儿乐,夫唱妇随真和合。"说毕,唱道:

可喜你天生成百媚娇,恰便似活神仙离碧霄。度青春,年正小。

配鸾凤,真也巧。呀! 看天河正高,听谯楼鼓敲,剔银灯同入鸳帏悄。唱毕,饮了门杯,笑道:"这诗词上我倒有限,幸而昨日见了一副对子,只记得这句,可巧席上还有这件东西。"说毕,便干了酒,拿起一朵木樨来,念道:"'花气袭人知昼暖'。"众人都倒依了,完令。(第二十八回)

作为艺人,也许是长期的漂泊和动荡生活使然,也许是游走于权贵豪门战战兢兢、如履薄冰的恐惧使然,蒋玉菡最大的愿望就是凭着一技之长,能过上岁月静好的安稳日子。所以，在冯紫英家宴上，他的酒令吟唱无处不透出一种对温馨香艳夫妻生活的向往——贫贱不可怕，只要夫唱妇随，和心爱的人永远在一起。

谁曾想，"昔日戏言身后意，今朝都到眼前来"。第二十八回的"戏言"，到了第一百二十回都应验了：蒋玉菡迎娶了花袭人。绝大部分的读者读到《红楼梦》的最后，其目光都被"白茫茫一片大地"所吸引，却全然忘却了蒋玉菡迎娶花袭人的那一抹殷红。

一个度尽劫波，一个洗尽铅华，情愿也罢，不甘也罢，只有抱团取暖，才能度过当下。也许，蒋、花婚姻可能无关爱情，却一定会有友情，因为贾宝玉而生的友情；也一定会有亲情，因为贾宝玉而生的亲情。友情加亲情，杂糅着亲情的友情，混凝着友情的亲情，一点都不比纯正的爱情寡淡，一样能让人柔肠百转。单就婚姻而论，无论对蒋玉菡来说，还是对花袭人来说，选择了对方，差不多已经是最好的选择：蒋玉菡如果觉得委屈，可以对比一下那些被遣散的伶人；花袭人如果觉得委屈，可以对比一下那些被害、被卖、被辱的丫头；读者如果为他们抱屈，可以对比一下整部《红楼梦》到底死了多少人，哪个得以善终？

即便是作者写到了蒋玉菡、花袭人"从此过上了幸福生活"这一抹难得的殷红，我却依然没有读出多少"温馨"和"幸福"，反而是"沧桑"和"悼亡"。蒋、花的婚后生活让我不断地想起元稹的那三首《遣悲怀》，明明是活着的一对夫妻，却偏偏有一种死亡的况味。我不知道是我自己的原因，还是作者的原因，还是文字本身所具有的魔力的原因，但无论如何，我得忠于我的阅读感受，并且说出这种阅读感受：

其　一

谢公最小偏怜女，嫁与黔娄百事乖。

顾我无衣搜荩箧，泥他沽酒拔金钗。

野蔬充膳甘长藿，落叶添薪仰古槐。

今日俸钱过十万，与君营奠复营斋。

其　二

昔日戏言身后意，今朝都到眼前来。

衣裳已施行看尽，针线犹存未忍开。

尚想旧情怜婢仆，也曾因梦送钱财。

诚知此恨人人有，贫贱夫妻百事哀。

其　三

闲坐悲君亦自悲，百年多是几多时。

邓攸无子寻知命，潘岳悼亡犹费词。

同穴窅冥何所望，他生缘会更难期。

惟将终夜长开眼，报答平生未展眉。

三首悼亡诗，几乎每首当中都能找到契合蒋玉菡和花袭人婚姻的句子。由此我甚至大胆地推测，作者让蒋玉菡与花袭人结缡来归结全书，是不是也暗含着为那些随风而逝的青春时光，为整部书，甚至为整个苍凉的人生悼亡的意思呢？

由一个蒋玉菡，还让我想到了中国文化史上凭着自己的一技之长挺进历史的那一长串的艺人：李龟年、汪元亮、柳敬亭……他们的共同点就是：都是艺术家，都游走于江湖和庙堂，都见证着盛衰和兴亡。蒋玉菡虽然是虚构的人物，但与他的这些前辈并无二致：一个把兴亡看饱的艺人，一个可以笑傲王侯的倡优，一个"位卑未敢忘忧"的布衣平民，一个凭着自己的一技之长而挺进历史的卑微灵魂。在动荡的岁月里，作为艺术的精灵，可以自由飞翔于宫廷和民间、朱门与柴门。檀板一敲，口舌生春，把个荒诞的历史演绎得更加荒诞，把个悲剧的人生讲唱得更加悲剧。折扇展处，是一幅江山如画；檀板声里，是一曲亡国之音。历史风云，在舌尖上腾挪跌宕；忠奸善恶，在指顾间泾渭分明。一介倡优，在乱云飞渡的时代，却能成为泣血山河的诗人。我想，这或许是作者于追怀往事中插上一段伶人生涯的良苦用心。

能吃苦,懂隐忍;识进退,敢抗争,亦妥协;轻名利,重性情;恶流俗,爱艺术,喜天然;知慕少艾,渴求平等,向往自由,落拓不羁⋯⋯蒋玉菡,诚如其名,瓦砾藏玉,淤泥青莲,色艺双绝,德艺双馨,靓丽而独特,虽遭阴谋秘计,压抑至数千年,却终于没有消亡,这是中国文化的不幸中的大幸!

贾敬：开挂人生却躺平

他的童年遭遇严父棍棒交加，他的少年进士及第、一路开挂，他的爵禄袭而又弃、阴差阳错，他的成年披上了道袍撒手而去，他的寿筵惊动四王八公、引发风月桃花，他的葬礼重叠国孝家孝、牵涉情色谋杀，无论生日还是忌日，全都荒诞到无以复加，上演着很多匪夷所思的戏码。

他本身几乎没有什么故事，至少表面上没有什么故事，但其引发的故事却可以惊天动地。

这是一个很少在场、经常缺席的角儿，却时不时死水微澜、风起青蘋。

他的一生，悬疑多多，迷雾重重。

作为整个贾府的长房、长孙、掌门人，原本应该站在舞台的中心、镁光灯下，修身齐家，指挥若定，带着整个家族奔赴更好的前程，可他为什么突然选择了躺平？

虽然选择了躺平，但依然是宁国府甚至整个贾府的男性至尊，可他为什么突然闯进秦可卿的判词和谶曲，接受作者一种盖棺论定般的严厉指控："箕裘颓堕皆从敬""造衅开端实在宁""家事消亡首罪宁"。

他为什么孑然一身、来去匆匆？

他为什么了无牵挂、拒享天伦？

他明明是进士及第，可为什么圣旨却说他"白衣无功"？

浓墨重彩的是荣府，为什么锋芒所向的却是宁府，让宁府担责？

他到底经历了什么，放着大好的人生前程不奔，却偏偏选择了放下、躺平？

他就是贾敬，《红楼梦》中最没有存在感、主动自我边缘化的人。

他很可能是《红楼梦》中最痛苦的人，最孤独的人，最冷眼的人，最悲情的人。

童年的棍棒　少年的开挂

《红楼梦》第二回，冷子兴演说荣国府一节，冷子兴向贾雨村介绍贾氏家族的世系沿革，其中讲述宁国府的部分原文如下：

> 当日宁国公是一母同胞弟兄两个。宁公居长，生了两个儿子。宁公死后，长子贾代化袭了官，也养了两个儿子。长子名贾敷，八九岁上死了，只剩了一个次子贾敬，袭了官，如今一味好道，只爱烧丹炼汞，别事一概不管。幸而早年留下一个儿子，名唤贾珍，因他父亲一心想作神仙，把官倒让他袭了。他父亲又不肯住在家里，只在都中城外和那些道士们胡羼。（第二回）

这是原著当中贾敬信息的首次披露，由冷眼旁观的冷子兴代为介绍。由此我们得知，他是贾府长房、长孙、掌门人，先是世袭爵位，后来让位于儿子贾珍，然后自顾自地"好道""烧丹炼汞""和那些道士们胡羼"去了。一个"胡羼"，类似于"鬼混"，冷子兴的情感倾向鲜明亮出，同时，作者的情感倾向也基本奠定。

还是在这一回，冷子兴继续介绍贾家人口，在介绍到贾家一众千金的时候，冷子兴道：

> 便是贾府中，现在三个也不错。政老爷的长女名元春，因贤孝才德，选入宫作女史去了；二小姐乃是赦老爷姨娘所出，名迎春；三小姐政老爷庶出，名探春；四小姐乃宁府珍爷的胞妹，名惜春。因史老夫人极爱孙女，都跟在祖母这边，一处读书，听得个个不错。（第二回）

列为看官可否注意到有什么不同？

在介绍元春、迎春、探春的时候，冷子兴都是从其父开始，而且连嫡、庶都分得很清楚，唯独在介绍惜春的时候，却陡然一转，调换了角度，不再讲其父亲谁何，也根本不再提嫡、庶，只是强调其为"珍爷的胞妹"，个中有无玄机？缘何忽略所本？这里只是埋下伏笔，要想真正了解惜春之身世、贾敬之秘密，尚须后面互文见义。单单一句"珍爷的胞妹"五字，就隐含着海量的信息：既然贾珍是贾敬的儿子，按照常理常情，惜春就应该是贾敬的女儿，然而，这种推断的前提是常情常理，一旦逆情悖理，则又是另一番光景。也就是说，惜春到底是不是贾敬的女儿，作者该说却没说，剩下的也就任由你猜测，那就看你猜得准不准，猜得合不合情理了。

这是《红楼梦》的开篇，经过第三方冷子兴的"演说"，我们知道了一个模模糊糊、只有个大概轮廓而且业已做了祖父的贾敬，那么，贾敬的庐山真容到底如何？还需要作者继续点染涂抹。

《红楼梦》第四十五回，贾府的资深奴才赖嬷嬷借着去荣国府邀请主子为自己的孙子赖尚荣捐官庆贺之机，向贾宝玉及一干众姐妹讲起了贾府祖上齐家庭训之老黄历：

> 不怕你嫌我，如今老爷不过这么管你一管，老太太就护在头里。当日老爷小时，你爷爷那个打，谁没看见的。老爷小时，何曾像你这么天不怕地不怕的。还有那边大老爷，虽然淘气，也没像你这扎窝子的样儿，也是天天打。还有东府里你珍大哥哥的爷爷，那才是火上浇油的性子，说声恼了，什么儿子，竟是审贼。如今我眼里看着，耳朵里听着，那珍大爷管儿子，倒也像当日老祖宗的规矩，只是着三不着两的。他自己也不管一管自己，这些兄弟侄儿，怎么怨的不怕他？你心里明白，喜欢我说；不明白，嘴里不好意思，心里不知怎么骂我呢。（第四十五回）

虽然仍是他者的眼光，但童年贾敬的形象已经渐趋生动、跃然纸上：在父亲贾代化的棍棒挥舞下、厉声斥责中，他在像贼一样身如筛糠、瑟瑟发抖。

这种境况似乎完全可以理解：贾敬这一辈，堂兄弟三人，名字中开始有"文"字旁，贾敬、贾赦、贾政，这种用意非常明显。贾家第一代是军功起家，第二代则是因袭，马上得天下岂能马上治天下，必须偃武修文，于是到了第三代贾代化这一辈开始重文，从给孩子们起名开始，一律从"文"，所以才下死命地管教儿子，要他们出息：名之以文，出人头地，尽管其爵位、利禄完全可以继续世袭。由此也可以想见，贾敬这一辈，不管东府还是西府，大概都没少挨揍，除非规矩听话向学。也许正因如此，在父亲的严厉管教之下，贾敬的人生开始走向了开挂。

《红楼梦》第十三回，秦可卿大丧，贾珍为了丧礼上风光，决定为现今只是黉门监生的儿子贾蓉捐个前程，在给宫内太监戴权开出家族履历的时候，带出了贾敬的学历："江南应天府江宁县监生贾蓉，年二十岁。曾祖，原任京营节度使世袭一等神威将军贾代化。祖，丙辰科进士贾敬。父，世袭三品爵威烈将军贾珍。"

由此我们得知，贾代化的那些加身的棍棒和审贼一样的拷问果然没有白费，贾敬也果然没有辜负其父的期望，进士及第，履历辉煌。现在的读者可能已经无法理解彼时的进士到底意味着什么，但是入选中学语文教材的《范进中举》应该是众所周知的。要知道，范进那还只是中个举人，社会地位便翻天覆地，被老丈人恭恭敬敬地称之为"老爷"，其实，举人距离进士还有着更加难以逾越的鸿沟，甚至可以说举人能中进士者，十不存一。就实惠来说，举人只是有希望入仕，进士则是板上钉钉的仕。朝中臣子，六部公卿，无一例外都应该是进士出身；就算地方父母官，大多也要进士出身，举人递补者少之又少。所以说，进士代表天下最顶尖的一小撮人才，足以让一般人高山仰止，且难以望其项背，这种说法并不夸张。

进士之所以荣耀，说到底就在于其是科举时代的最后一级考试——会试，过关者，方称进士。殿试御笔钦点前三者，方为状元、榜眼、探花。光宗耀祖，为官做宰，人生荣耀，价值顶峰，莫过于此。整个《红楼梦》中，林如海是明白点出的"探花"，当然特别厉害；其次就是贾敬的进士及第。所谓夸官亮职、鲤鱼跳龙门、一举成名天下知，这该是多少读书人一辈子的梦想啊！

贾敬能考中进士，即便对贾府来说，依然是巨大荣耀。也只有贾敬进士及第，贾府才真正称得上是"诗礼簪缨"之家。我们知道，相比于贾雨村等来自底层的一介寒儒，贾敬是没有多少内在的动力读书的，他却轻轻松松进士及第，除父亲的棍棒之外，就只剩下了自己的天赋和才华。要知道，《红楼梦》中，贾家人等，虽然顶着一身的荣耀，但没有一个人真正在朝中为官。贾赦和贾珍的爵位、贾政的工部员外郎、贾琏捐的同知、贾蓉捐的龙禁尉，这些都是一些虚衔，没有一个人是实职。如此看来，贾敬绝对是今天的学霸级、贾府的最高学历、唯一一个靠着自己的努力获取功名的人。要世袭有世袭，要学历有学历，在彼时的官二代、富二代群中实在是凤毛麟角，权力、官位水到渠成。如此贾敬，开挂人生，朝王伴驾，也是稀松平常。然而，命运的航向却偏偏在某个时日改道了。

青年的春风　成年的弃家

"春风得意马蹄疾，一日看尽长安花。"

这是来自底层的孟郊在四十六岁登科后的得意忘形。一首《登科后》留下了两个成语：春风得意，走马观花。来自高层的贾敬自然没有那么孟浪，但"春风得意"也是自然的。背景、学历、人脉、天赋什么都有了，怎么可能不"春风得意"呢？

然而，这种"春风得意"于贾敬而言，却如"昙花一现"般瞬息凋零。我们无法推测贾敬弃家的具体时间、年龄，但至少应该是在娶妻生子之后，因为，娶妻生子之前似乎没有理由，至少理由不够充分。能让一个前途无量的有志青年突然走向庵、观、寺、院的原因，一般而言无外乎以下几种：宦海的浮沉，情路的坎坷，身体的绝症，家道的巨变。征之以贾敬和贾氏家族我们可以看出：贾敬的履历决定着其并非仕途蹭蹬、宦海浮沉；贾敬修仙吞丹直至暴卒，恰恰是其弃家之果而非弃家之因；贾家在贾敬死亡之前还没有遭遇什么巨大变故，相反，整体而言应该是鲜花着锦、烈火烹油、如日中天的上升趋势。那么，贾敬弃家的原因只剩下了一条：情路的坎坷。

那么，我们看，原著里到底有没有写到这一点呢？

虽没有明写，但作者却用了烟云模糊的春秋曲笔，一而再再而三地给予了我们足够的暗示。

暗示一：贾敬始终是孑然一身。

贾敬是贾家那么多爷们中唯一一个没有提到其妻子、姬妾存在的人。按理说，道观不是寺院，道家不是释家，对个人婚恋、婚配并没有多少清规戒律，贾敬也只是半路出家，就算是去了道观，作为长房、长孙、掌门人的贾敬，其当年的妻、妾、女仆应该还是有的。然而，在仅有的提及他的文字中，始终没有提及贾敬的夫人及姬妾丫鬟，而且是唯一一个没有提到的人。唯一一处线索是第六十五回中小厮兴儿的一段话："四姑娘小，他正经是珍大爷亲妹子。因自幼无母，老太太命太太抱过来，养了这么大，也是一位不管事的。"再一次强调的是"珍大爷的亲妹子"，有所增加的是"自幼无母"，也就是说惜春是幼年丧母，显然，贾敬是中年丧妻。平时不提其妻子娘家也就罢了，在寿筵、丧礼如此隆重的大礼、大典上，娘家人继续缺席，就有些逆情悖理了。寿筵上连四王八公的礼单都到了，独独缺少娘家人的；葬礼上连皇帝圣旨都有了，独独缺少娘家人的，岂不怪哉？定有隐情！作为贾府的至尊、掌门人的贾敬，从出场到退场，竟然是个鳏夫，而且身心皆孤，孤家寡人，孤孤零零到如此地步，岂不怪哉？唯一的解释就是情路坎坷，爱情、婚姻上出了大问题，否则无法解释。

暗示二：惜春到底是谁的女儿？

上文已经说到，第二回中"珍爷的胞妹"五字已经透露出了海量的信息。单凭此点，似乎并不足以说明贾敬的情路一定坎坷，下面还有披露。

《红楼梦》第五回开篇就有一句特别容易滑过去的提示信息："如今且说林黛玉。自在荣府以来，贾母万般怜爱，寝食起居，一如宝玉。迎春、探春、惜春三个亲孙女倒且靠后。"请注意"迎春、探春、惜春三个亲孙女倒且靠后"，当然，此句的中心、重点是为了突出林黛玉的受宠，贾母对其加倍怜爱，也正因如此，才特别容易忽视"亲孙女"三个字。说迎春、探春是贾母的亲孙女没有异议，连带捎上说惜春也是贾母的"亲孙女"就说不过去了，按照第二回冷子兴的介绍，作为"珍爷胞妹"的四姑娘惜春，无论如何也不可能是贾母的"亲孙女"。是作者笔误吗？几乎不可能，"披阅十载、增删五次"的《红楼梦》几乎没有闲笔，怎么可能犯下如此低级的常识性的错误？唯一的解释是作者故意留下的蛛丝马迹，埋下的破绽，故意采用这种烟云模糊的手法，不写之写的暗示，告诉读者惜春的真正身世。综合第二回、第五回的信息，我们基本上可以得出这样的结论：贾敬与惜春并无真正的血缘关系。如此一来，惜春的身世就成了问题。如果"珍爷的胞妹"这一信息没有错，"贾母的亲孙女"这一信息也没有错，那么，我们可以大胆推测，惜春并非贾敬所出，乃是其夫人与别的男人非婚苟合的产物。这个男人（惜春的生父）也不大可能是贾府之外的男人，很可能就是贾赦、贾政兄弟两个当中的一个，而按照有案底推断，更有可能是贾赦。如果是贾府之外的男人，那么，惜春的的确确就是个"孽种"，作为"孽种"的惜春，不可能受到贾母如此对待：从东府里抱来，享受与元春、迎春、探春一样的教养。惜春如果是个"孽种"，能否准许其活下来都成问题。贾母只有贾赦、贾政两个"亲儿子"，那么"亲孙女"云云，不是呼之欲出吗？这既可以解释原著当中无论多大的事情发生，贾敬与惜春都没有任何交集的原因；还可以解释原著当中无论多大的事情发生，贾敬的岳父、岳母及其家人始终缺席的原因。

那么由此我们就可以大胆地得出结论了：贾敬于情路上一定曾经遭遇过重大的背叛，而且肇事者并非外人。

暗示三：焦大醉骂的锋芒所向。

《红楼梦》第七回，宁府赖二派了焦大送秦钟回家，招来焦大一顿痛骂。"众人见他太撒野，只得上来了几个，揪翻捆倒，拖往马圈里去。焦大益发连贾珍都说出来，乱嚷乱叫，说：'要往祠堂里哭太爷去，那里承望到如今生下这些畜生来，每日偷狗戏鸡，爬灰的爬灰，养小叔子的养小叔子，我什么不知道？咱们"胳膊折了往袖子里藏"'！'众小厮见说出来的话有天没日的，唬得魂飞魄丧，把他捆起来，用土和马粪满满的填了他一嘴。"

焦大醉骂几乎家喻户晓，然而，焦大到底在骂谁，却众说纷纭。"爬灰"几乎坐实了是贾珍和秦可卿；"养小叔子"呢？很多人解读为王熙凤和贾蓉，证据是那一点点蛛丝马迹的暧昧。其实王熙凤和贾蓉并非叔嫂关系，而是婶侄关系，这就排除了王熙凤和贾蓉。那么剩下的还有谁呢？根据惜春的身世分析，非贾敬夫人与贾赦莫属。既是叔嫂关系,又有惜春这个"铁证"。

焦大的醉骂几乎戳破了那层窗户纸,再次证实了贾敬情路的坎坷。

暗示四:惜春出家的根本原因。

四春之中,惜春性格极为孤僻,待人接物极为冷漠,而且在很多事情上太过敏锐,反应过度,特别不像是在一个正常环境中长大的孩子。幼年丧母固然是原因,虽然母爱不能替代,但至少她不缺爱,断不至于乖戾如斯。

首先,惜春和她的父兄嫂侄一概没有交集,老死不相往来。抱养到荣国府的惜春几乎没有再回到过宁国府;即便是身在荣国府,其和荣国府的诸长辈之间几乎没有对话。最大的一次露脸机会就是贾母令她画大观园,祖孙之间算有了一次难得的交流。

其次,在贾敬的寿筵、丧礼等如此隆重的场合,作为"女儿"的惜春全都缺席,连与贾家毫无血缘关系的尤氏姐妹都到了,独独少了不该少的惜春。贾敬唯一的一次春节回家主持祭祀,也不见父女见面。

最后,第七十四回,在抄检大观园之后,惜春的丫鬟入画被发现有非法所得,于是惜春请来了嫂子尤氏,要她将入画带走,发生了一段激烈的嫂姑对话:"惜春道:'怎么我不冷!我清清白白一个人,为什么叫你们带累坏了?'尤氏心内原有病,怕说这些话,听说有人议论,已是心中羞恼,只是今日惜春分中不好发作,忍耐了大半天。""尤氏心内原有病,怕说这些话",作者再次暗示惜春话中有话,同时也暗示尤氏也非贤德贞洁之辈。在贾敬炼丹致死之时,正巧贾珍、贾蓉都不在家,是尤氏里里外外处理得井井有条,乃至于贾珍回家后连连点头夸赞。那么问题来了,这一回的标题是"死金丹独艳理亲丧","独艳"二字特别刺眼,于是,有人据此推断,贾敬与尤氏之间恐怕也有"不伦"之嫌。惜春还与尤氏挑明了"不但不要入画,如今我也大了,连我也不便往你们那边去了。况且近日闻得多少议论,我若再去,连我也编派"。显然,随着年龄的增长,惜春不再懵懂,有关东府里的风言风语,特别是关乎她自己身世的那些不堪之词,一定是传到了她的耳朵里,她才有如此的决绝的态度,分明是要与给她带来梦魇的宁国府一刀两断了。

无法言喻的身世之痛、生身母亲的过早亡故,有着聚麀之好的家族耻辱,再加上贴身丫鬟的非法所得，这一切可能使得年龄最小的惜春对人世的理解愈加悲凉彻骨，每一次的隐痛都会逼迫其向青灯古佛靠近一步，直至最终削发为尼。

惜春出家，归根结底还是源自贾敬的坎坷情路。

生日的风月　忌日的聚麀

整部书中，涉及贾敬最多的笔墨只有两回，一回是写其生日，一回是叙其亡故。无论是其生日还是忌日，作者笔墨都充满着反讽、不伦和荒诞不经。

先说其生日。

按理说，为长辈过寿，怎么说作为当事人的寿星也是要到场的。可是贾珍、尤氏带领一家子为贾敬张罗庆寿，寿星贾敬却缺席了，还说什么"我是清净惯了的，我不愿意往你们那是非场中去。你们必定说是我的生日，要叫我去受些众人的头，你莫如把我从前注的《阴骘文》给我好好的叫人写出来刻了，比叫我无故受众人的头还强百倍呢。倘或明日、后日这两天一家子要来，你就在家里好好的款待他们就是了，也不必给我送什么东西来。连你后日也不必来，你要心中不安，你今日就给我磕了头去。倘或后日你又跟许多人来闹我，我必和你不依"。

不但不参加，还说家中是"是非场"；不但不参加，还拒绝儿孙们参拜；还一再要求贾珍、贾蓉刊刻由其批注的《阴骘文》一万张发放给大家。那么《阴骘文》又是怎样的文章呢？"阴骘"就是"阴德"的意思，原名为《文昌帝君阴骘文》，简称《阴骘文》，属于道教重要典籍，其主要内容是劝人向善，做善事，积阴德，譬如：勿挟私仇，勿营小利。勿谋人之财产，勿妒人之技能。勿淫人之妇女，勿唆人之争讼。勿坏人之名利，勿破人之婚姻。勿倚权势而辱善良，勿恃富豪而欺穷困。那么，我们可以将此与荣宁二府子弟对比一下，所涉诸恶，题目几乎全都做了。尤其是宁府，真的如柳湘莲的怒斥，除大门口的两头石狮子之外，几无净物。

贾敬寿筵，南安郡王、东平郡王、西宁郡王、北静郡王四家王爷，并镇国公牛府等六家、忠靖侯史府等八家,都差人持名帖送寿礼来。四王八公上礼,足见贾敬的地位至少不会在四王八公之下。道理很简单,在宗法等级森严的体制里,贺寿一般都是晚对长、下对上、小对大,四王八公如此地大张旗鼓、不避嫌疑地送来贺礼,而且当事人竟然还没到场,足见那个"宾天"并非笔误,而是皮里阳秋。

所有这些还都不算稀奇,稀奇的是,紧跟着这么隆重的寿筵之后是一场风月,而且明确标举在《红楼梦》第十一回回目《庆寿辰宁府排家宴,见熙凤贾瑞起淫心》当中。为什么呢?

作者为什么在阖府大小为贾敬热热闹闹过生日之后笔墨陡转,来一场风月艳遇情事呢?这也未免太玩笑、太反讽、大不敬了吧?这其实就是一种春秋笔法的暗示:表面上庄严堂皇,背后却龌龊不堪;表面上忠孝传家、诗礼簪缨,背后却淫荡肮脏、男盗女娼。而且围绕着贾敬的生日,前前后后至少有四回叙述的都是贾府不止一件、不止一组的不伦情事:贾瑞与王熙凤是明写,贾珍与秦可卿是暗表(原明后暗)。所谓"明修栈道,暗度陈仓",左右不过是障眼法,将一府之尊的寿筵生生嫁接在晚辈侄媳妇的"相思局"中,孙媳妇的"病""亡"中,若非有意,实在难解。那么其"意"在何处呢?读者尽管去猜。

再看其忌日。

《红楼梦》第六十三回《寿怡红群芳开夜宴,死金丹独艳理亲丧》的前半场是贾宝玉的生日,众女儿的夜宴狂欢,下半场则是贾敬的丧事。悲喜对照、哀乐相应自然是《红楼梦》的常用笔法,然而,这一回却非同小可,且看原著如何叙述贾敬的死讯:

> 忽见东府里几个人,慌慌张张跑来,说:"老爷宾天了!"众人听了,吓了一大跳,忙都说:"好好的并无疾病,怎么就没了?"家人说:"老爷天天修炼,定是功成圆满,升仙去了。"尤氏一闻此言,又见贾珍父子并贾琏等皆不在家,一时竟没个着己的男子来,未免忙了。(第六十三回)

《礼记·曲礼下》云:"天子死曰崩,诸侯死曰薨,大夫曰卒,士曰不禄,庶人曰死。"在一个连死亡都被儒家规定得等级森严的序列里，死亡的命名是不能超越礼制的。有鉴于此，我们审视"老爷宾天了"的报丧语，这里用的是"宾天"。且看一般字典词典是如何解释"宾天"："委婉语，特指帝王之死。"再看汉典网是如何解释"宾天"：委婉语。谓帝王之死，亦泛指尊者之死。有意思的是，在宾天的第二个义项"泛指尊者之死"之下，所举的例子竟然是《红楼梦》第六十三回的贾敬之死。综合上述义项，我们不能不认为"宾天"就是特指帝王之死。也就是说，《红楼梦》中的贾敬之死，虽然看起来好像很不经意，但是作者是按照帝王之死的规格对待的。然而，我们可以围绕着贾敬从生日到忌日的种种诡异现象进行综合联想，不能不怀疑，贾敬的确映射着某个帝王。至于到底是前朝大明的嘉靖皇帝还是当朝大清的雍正皇帝，不能仅凭个别证据，需要通过全书来判定。

一个"宾天"已经足够诡异，但显然还不够，还有更匪夷所思的。

> 天子听了，忙下额外恩旨曰："贾敬虽白衣，无功于国，念彼祖父之忠，追赐五品之职。令其子孙扶柩，由北下之门进都，入彼私第殡殓。任其子孙尽丧礼毕扶柩回籍。外着光禄寺按上例赐祭。朝中由王公以下，准其祭吊。钦此。"（第六十三回）

贾敬"宾天"，惊动了"圣上"，而且为其丧礼的规格下旨，圣旨中却透着更加扑朔迷离的谜团："无功"可以理解，贾敬行为毕竟是弃家弃国，但"白衣"殊难理解。明明是"进士"出身，为什么却偏偏说其是"白衣"呢？"白衣"的确有诸多义项：1. 白色的衣服等；2. 古代平民服；3. 指平民，亦指无功名或无官职的士人；4. 古指给官府当差的小吏；5. 特指送酒的吏人；6. 旧指受处分官员的身份；7. 特指穿便服的士兵；8. 印度、西域喜穿白衣，因此佛教中称除僧侣以外的人为"白衣"。与此相对，出家人常常被称为"缁衣"，"缁"即"帛黑色"。对比一下贾敬，没有一个义项可以解释贾敬，只有第 6 项"受处分官员的身份"稍有关联，一是书中没有交代贾敬曾受过处分，难道是暗示其受过处分？值得存疑，此为一。二是规定了"由王公以下，准其祭吊"，对比一下生日的四王八公送礼，显然，丧礼的规格下降了；对比一下晚辈孙媳妇秦可卿的葬礼"四王路祭"，非但丧礼的规格同样下降了，丧礼的叙述远未秦可卿那么铺张扬厉，极尽排场。皇帝为什么对贾敬做出如此规定？仅仅只是敲打贾家、警告贾家吗？此为二。还有更荒诞的：贾敬的丧礼尚未举行，贾珍、贾蓉爷俩就开始寻欢作乐。先是贾蓉没大没小地调戏尤氏二姐妹，虽然尤氏二姐妹是尤老娘的拖油瓶带到尤家的，虽然尤氏是贾珍的填房，尤氏与贾蓉也并没有半点血缘关系，但毕竟辈分放在那里，贾氏父子竟然公然乱伦，行聚麀之好，不避嫌疑，可见平时胡作非为、嚣张跋扈到何等地步，也可见乱伦竟然成了宁国府的传统，堪称"聚麀之家"。

写寿筵，寿星缺席，转向风月；写丧葬，丧葬虚化，转向乱伦。无论生死，都不写主题，都转向龌龊不堪的男女情事、性事。由此，我们似乎明白了贾敬为何被写进秦可卿的判词：这样一个家族的糜烂，作为长房、长孙、掌门人的贾敬的确难辞其咎，至少治家无方是逃不掉的，至于有没有"上行下效"，原著虽语焉不详，但也有蛛丝马迹的流露：譬如，尤氏处理公公贾敬的丧事，回目中标举出"独艳"就很暧昧。在惜春与其嫂子尤氏斗嘴中，"尤氏心内原有病"，只好甘拜下风。一个"心病"，又埋藏了多少秘密？在焦大的醉骂下面，脂砚斋曾经下过如下评语："借醉奴口角闲闲补出宁荣往事近故，特为天下世家一笑。""近故"自然是指贾珍与儿媳妇秦可卿的丑事，那么，"往事"呢？所谓"上梁不正下梁歪"，俞平伯先生认为："往事"指的是"贾敬与儿媳妇尤氏"的丑事。

除了生日和忌日的荒诞无比、匪夷所思，还有一处暗示着宁国府的非同寻常。

《红楼梦》第五十三回《宁国府除夕祭宗祠，荣国府元宵开夜宴》里有这样两段貌似不经意间的文字，同样露出玄机：

> 已到了腊月二十九日了，各色斋供，两府中都换了门神、联对、挂牌，新油了桃符，焕然一新。宁国府从大门、仪门、大厅、暖阁、内厅、内三门、内仪门并内垂门，直到正堂，一路正门大开，两边阶下一色朱红大高烛，点的两条金龙一般。（第五十三回）

　　"九"这个数字非常值得深思：从古老的《易经》开始，中国人以数字构建出了世界秩序，"九"与"五"就是秩序之一。"九五"之位便是君王之位，意为飞龙在天。"九"为阳数（奇数）之极，至尊之意，为帝王专属！"九天""九州""九门"等词，能够拥有它的只能是帝王，能建九道门的人家天底下也只有一家——帝王之家，所谓"君门九重"。我们回过头来看，作者叙述的宁国府有几道门？正好是"九门"，如果真的如作者所写的宁国府只是一"公府"，如此明目张胆的叙述，岂不越制？

　　标志着贾府非同寻常的岂止这些，字里行间，比比皆是。且看这些用语："家亡人散各奔腾""忽喇喇似大厦倾""树倒猢狲散"……这哪里是在说一家一族？多大的家族能担得起如此叙述？即便是"四大家族"，也担不起如此的用词，这分明是"国家""王朝""社稷"覆亡的描述。

　　通过上述种种分析，我们大致可以得出这样的结论：作为贾家最优秀的弟子，贾敬的"躺平"的确是事出有因，虽然"事出有因"，却并没有得到作者的原谅。作者对贾宝玉的悬崖撒手寄予了无限的理解和同情，对同样悬崖撒手的贾敬却寄予了满腔的愤怒和指责，原因可能并不复杂：贾敬的"躺平"纯粹是出于贾敬的个人原因，也就是私因，因为彼时的贾家还处于家族的上升期，甚至是鼎盛期，在这个时候，为了一己之私而悬崖撒手，的确有些不负责任；而贾宝玉的悬崖撒手之所以值得理解和同情，是因为既有私因，又有公因；既有内因，又有外因，此时的贾家正处于没落期，烂完了，烂透了，任谁都难以力挽狂澜。

　　但是作为读者，也许我们还不能完全接受作者这种一样人生两样对待的不公。如果上述分析靠谱的话，相对于宝玉的人生来说，贾敬的人生可能更加悲情，更加痛苦。原因很简单，责任并不完全在贾敬，他的确是被侮辱与被损害者，作者对其不依不饶，显得有失公允。作者写到了贾敬死后，贾母痛哭不止，也许可以抵消一些作者对贾敬的苛责。因为作者似乎让我们从贾母的痛哭中，感受到了作为长辈的贾母对这个与自己年龄差不多的堂侄的理解、同情和惋惜，当然，也包含着对贾府的未来的绝望。贾母非常清楚贾敬"躺平"的原因，却不能给予任何的援手，只能眼睁睁地看着这么一个优秀的贾门子弟由意气风发到未老先衰、老气横秋，再渐入颓唐。贾家未来的渺茫首先不在于经济危机，而是人才危机。贾母的痛哭极为复杂，她看到了、看清了，却无能为力。想想看：兄长的夭亡，父亲的棍棒，妻子的背叛……九五之尊又当如何？ 生无可恋！

　　从贾敬的道袍青衫到宝玉的大红猩猩斗篷并不遥远，从盛世到末世也只是转瞬之间，然而，人生的况味却尽在其中。

林如海：飞红万点愁如海

"天上掉下个林妹妹！"

戏文唱词可以这样写、这样唱，但是，作为《红楼梦》女一号的林黛玉，不可能是"天上掉下来"的，虽然其"前世"是灵河岸上的绛珠仙草，但其"今生"也必须和芸芸众生一样，一定是由父精母血十月怀胎孕育而成。因此，想要叙述林黛玉，必须首先交代其家世渊源，父谁母何；想要弄清楚林黛玉"多愁善感"的天赋性格，也必须首先叙述其原生家庭的父母个性；想要明白林黛玉"一身诗意"的文化性格，更应该弄清楚其成长环境的耳濡目染。于是，作为林黛玉"背景"的林如海，于书中第二回就出场了，虽然其所占篇幅不长、着墨不多，甚至只是影影绰绰，但同样作为林黛玉"背影"的贾敏，连"出场"的资格也未得，就一笔带过，成了女主和读者诸君永远的"怀想"。这到底是怎样的一对神仙眷侣，怎样的一双璧人，竟然生出这么一个"心较比干多一窍，病如西子胜三分"的人间精灵？

很多读者认为："林如海"就是为"林黛玉"而"生"的，写林如海只是为了写林黛玉，写林黛玉不能不写林如海。这样理解当然可以，但也未免太小看了作者给予林如海的人设，更是小看了作者的才华和笔力。读者诸君千万不要忘记作者开篇的夫子自道，他是立志要打破传统的，而且也的确打破了传统。"总之自有《红楼梦》出来以后，传统的思想和写法都打破了。"鲁迅之言，可谓中的之论。因此，要想深刻地理解林如海，就不能只是将其作为女主林黛玉的"背景"，也就是说不能只是将其当作林黛玉的父亲来理解，更应该将其看成是整部《红楼梦》的"背景"，甚至看成是整个专制王朝末世苍凉的"背景"抑或"象征"：在大风暴即将来临的时候,看看作为专制王朝股肱重臣的林如海,是如何墙倾楫摧、自身难保的;看看作为传统贵族士大夫精神传承的林如海,是如何在一片萧瑟的末世舞台上淡入又淡出的。

宠辱皆惊

首先谈谈林家的天恩祖德。

《红楼梦》第二回《贾夫人仙逝扬州城,冷子兴演说荣国府》中交代：

> 那日,偶又游至维扬地方,闻得今年盐政点的是林如海。这林如海姓林名海,表字如海,乃是前科的探花,今已升兰台寺大夫,本贯姑苏人氏,今钦点为巡盐御史,到任未久。原来这林如海之祖,也曾袭过列侯的,今到如海,业经五世。起初只袭三世,因当今隆恩盛德,额外加恩,至如海之父,又袭了一代;到了如海,便从科第出身。虽系世禄之家,却是书香之族。只可惜这林家支庶不盛,人丁有限,虽有几门,却与如海俱是堂族,没甚亲支嫡派的。今如海年已五十,只有一个三岁之子,又于去岁亡了,虽有几房姬妾,奈命中无子,亦无可如何之事。只嫡妻贾氏生得一女,乳名黛玉,年方五岁,夫妻爱之如掌上明珠。见他生得聪明俊秀,也欲使他识几个字,不过假充养子,聊解膝下荒凉之叹。(第二回)

根据此一段关于林如海最详细的叙述,我们大致可以得出如下的信息：

一是林如海的世系世袭。其是妥妥的根正苗红的"官五代"。世袭列侯原本三世,今上隆恩盛德,额外加恩,可以继续世袭到第四世。林如海是第五世,无缘世袭,自取功名为前科探花。这说明什么呢? 一来说明林家跟贾家一样,一定也是有大功于朝廷,不然不可能世袭列侯;二来说明林家也的确不负圣恩,差事办得非常出色,皇上又给予了特别优待,准许林家沿袭至四世;三来说明林如海的确才华盖世,就像上文所分析的贾敬一样,纵然是在没有多少内在动力的前提下(即使是轮不到他世袭,天恩祖德依然够他享用的了),还一举拿下殿试第三名，成为钦点的探花郎。"探花"虽然排在"状元""榜眼"之后，成为第三名，但是，不能笼统地就认为"探花"就一定比不上"状元""榜眼"。作为"三鼎甲"之一的"探花"与前两名其实并不相上下，有时只是因皇帝个人的好恶而名序有别。无论如何，作为凤毛麟角的"天子门生"，林如海可谓是硬件、软件齐备，虚衔、实名俱全，是当之无愧的钟鼎之家、书香之族。

二是林如海的官职升迁。中国古代官场同样非常讲究官员的从政经验和阅历，三鼎甲虽然能够金榜题名，学问、才华肯定是没问题，但要想直接被授予官职，为官一任，恐怕还是不行，因为没有起码的阅历和从政的管理经验。于是，一个过渡性的官署——"翰林院"，便成了三鼎甲的最好去处。一般来说，状元往往被授予翰林院修撰（从六品），榜眼、探花被授予翰林院编修（正七品）。由此，我们可以推想，林如海大致也是走的这条路子：探花郎—翰林院—兰台寺—巡盐史。那么这意味着什么呢？意味着林如海一直被今上青睐，特别受器重。不消说"不古不今"的"兰台寺大夫"，就说"巡盐御史"，虽然品级可能并不高，却是实实在在的肥缺中的肥缺。因为专制时代，盐业专卖，朝廷垄断，是皇家的"钱袋子"，非皇家亲信，很难谋得这一差事。更为重要的是，既然得到了皇帝的信任，自然而然，这一差事也就有了另外一种做得说不得的附加值：成为朝廷耳目。特务政治，自明至清，尤酷尤烈。由林如海的官职升迁，我们大致可以看出：林家才是皇家真正的红人，比贾家送个姑娘进宫做妃还要"红"，这与林如海的官衔品级高低已经没有必然联系。

三是林如海的家族成员。这样的待遇，这样的恩宠，这样的殊荣，对任何一个官员来说，都是天恩祖德、齐天洪福，可偏偏对林如海来说，却是真正的美中不足：如此显赫的世家，却偏偏"支庶不盛，人丁有限……没甚亲支嫡派的""年已五十，只有一个三岁之子，又于去岁亡了，虽有几房姬妾，奈命中无子……嫡妻贾氏生得一女，乳名黛玉，年方五岁……"由此可以看出，林如海门衰祚薄到连个能过继的儿子都找不到；还可以看出，林黛玉的孤独真的不是贵族小姐的矫情，而是与生俱来的。

很多读者根据贾雨村的门子所提供的"护官符"，对林如海产生了如下的疑问：既然贾、王、史、薛四大家族相互联姻，一损俱损、一荣俱荣，为什么贾家大小姐贾敏的婚姻对象不是另外三家，而偏偏是林家，而且还是"远嫁"（苏州、扬州均非京城），更是"下嫁"（贾家为公府之家）呢？

通过上述分析，这一疑问大致可以澄清了。贾、林联姻，贾敏既非"远嫁"，更非"下嫁"，绝对是"门当户对"，而且从有限的文本交代来看，贾、林也是神仙眷侣。无论是林如海的籍贯之地苏州还是其为官之地扬州，的确均非京城，但不能就此得出贾敏是"远嫁"和"下嫁"的结论来，因为作为世家的林家，不一定就是非在原籍为官，完全可以和四大家族一样在京城为官；再说为官之地定在扬州，也是在林如海结婚之后、外放之后。因此，无论书中的"京城"指的是南京还是北京，都得不出贾敏是"远嫁"的结论；由上述关于林家世系的分析，更得不出贾敏是"下嫁"的结论。贾母之所以不选择另外三家而选择了林家，那也一定是权衡再三之后的结果：她看到了林家可能比另外三家更得皇帝的宠幸和信任，如此的家世，这样的门婿，把女儿嫁过去岂不更有前途。唯一让老太太没有想到的是风险与利益的正比例关系。是的，在皇权至上、威权专制的时代，"伴君如伴虎"绝对是至理箴言。有多得宠就有多失宠，有多荣耀就有多耻辱，有多大利益就有多大凶险。不可能只有利没有害，因为蹲坐在金字塔顶端的那个人是任谁都摸不透的，是喜怒无常、哀乐难测的；更因为蹲坐在金字塔顶端的那个人本身也是毫无安全感可言的，随时可能被觊觎大位的人掀翻，改年换号、改朝换代已经是历史的铁律。

《红楼梦》虽然没有写到林家像贾家那样墙倒众人推、树倒猢狲散、破鼓众人捶的"受辱"经历，却写到了林家的"绝户"：先是林黛玉的三岁弟弟的死亡，后是林黛玉母亲贾敏的死亡，再是林如海自身的"捐馆"（死在任上），最后是林黛玉的香消玉殒、魂归离恨天。林家，无论男女，满门灭绝。列位看官可能会说，作者在书中不是都交代了吗？他们都是"病死"的，和帝国专制没有多大关系吧？倘若如此，那么，既然是"病死"的，得的是什么病，作者捎带上一笔很难吗？是"遗传病"还是"偶发病"？如果是"遗传"，为什么却是反过来，先死小的后死老的？如果不是"遗传病"，为什么竟至于"绝户"？再说，贾敏和林家可没有什么血缘关系，为什么也一"病"而亡？如果仅仅是为了让林黛玉"长住"贾府再无退路，作者用笔也未免太残酷，甚至恶毒了吧？这哪里是写书，分明是"复仇"啊！也许，单凭文本的确得不出林家绝户的真正原因，但是，通过文本之外的"言外之意""弦外之音"，我们完全可以合理地推测林家的"绝户"大有深意。

想想林如海的"巡盐御史"的官职，上文已经分析过了，这位置得让多少人垂涎三尺，但这位置拥有的那一天也就是危险的开始，就像大内的那把龙椅，凶险异常。

想想林如海是"朝廷耳目"，这差事的确是"恩遇"，是"殊荣"，但这位置也的确让人战战兢兢、如履薄冰。

从万人垂涎的列侯之后、科举名流、朝廷重臣到至爱亲人相继死亡，作为当事人的林如海该作何感想？其内心的悲凉谁人能懂？他怎么可能不胆战心惊？是的，皇权之于林如海，真真是宠辱皆惊。威权之下，没有平等，只有主奴；专制之下，没有谁是安全的，只有朝不保夕、草菅人命。

廉贪皆恐

读者诸君也曾围绕着林如海的"官德"贪廉问题、"家产"去向问题争讼不已。一派认为林如海是个清官，并无多少遗产留给林黛玉。证据很多，譬如林黛玉本人时常哀叹："一无所有""贫民家的丫头"；譬如父女分别的时候，林如海只给林黛玉配备了一老一小两个奴仆，非常可怜，至少与其出身不相称；譬如林如海为人低调谦和，从不飞扬跋扈，是那个时代真正常读圣贤书培养起来的修齐治平的楷模，有着文人士大夫纯洁高尚的贵族风范，因此，不可能贪墨。还有一派则完全相反，认为林如海是个妥妥的大贪、巨贪。证据同样很多，譬如林如海官居要职，盐课、盐政、巡盐御史，是肥缺中的肥缺，常在河边走，不可能不湿鞋；譬如贪婪是人性本能，不贪是后天修为；譬如林如海对待贾雨村的行事方式，几乎包揽了贾雨村跑官要官的所有：出谋划策、书信推荐、费用打点……如果不贪，哪有可能？而且从中可以看出，林如海是一个情商智商绝对上乘、宦海路数绝对门清的人。还有，就是贾琏的言行之间，有意无意之间透露出了林家家产被轻松转移的蛛丝马迹，甚至有论者认为，贾家修建大观园的费用就是转移来的林家的家产。再说，林黛玉的日常开销并不拮据，正常的例银之外尚有贾母额外的添加，所谓林黛玉常言自己是"一无所有""贫民家的丫头"之类的哭穷之语，不过是诗人的夸张甚至是矫情，当不得真的。

总之，无论贪廉，都能举出一大堆的证据。

那么，林如海到底是贪还是廉呢？

我觉得这个问题本身就有些太过简单，就像小孩子看影视剧，经常追问成年人这个人是坏人还是好人一样。成人的世界里，哪里有那么绝对的界限分明的好人坏蛋、赃官廉吏呢？正反都有真实可信的例证，恰恰证明着人性的复杂和深刻。这个世界上，只有谁比谁更复杂深刻一些还是更简单肤浅一些，没有谁一定是、命定是、永远是好人、坏人。煌煌青史，包拯是虚构，海瑞仅一人。

从有限的文本描述来看，林如海的确具有封建士大夫清流一脉的君子人格。

首先，对上，他是一个忠孝俱佳的好儿子。受到皇帝信任、垂青，本身就说明其是忠诚于朝廷的（当然，历史上也有那些只是"逢君之恶"，并不忠诚于国家的大奸大恶之徒）。在眼睁睁地看着自己的"官五代"美梦破灭，轮不到自己"世袭"的时候，林如海并没有怨天尤人、满腹牢骚，而是脚踏实地努力去争取属于自己的前程，而且还一举成名。不必说在古代，即便在今天，林如海也是"别人家的孩子"的励志典型。说老实话，做臣子的，能让皇帝放心；做子女的，能让父母不操心，已属难得，至于忠孝到什么程度，那就是高标准、严要求了。

其次，对中，他是一个好丈夫。贾敏活着的时候，夫妻二人应该是恩爱的，至少没有任何不恩爱的证据；贾敏去世之后，林如海明白地说出了自己是"不再续娶"的，这在妻妾成群，不孝有三、无后为大的封建时代是极为罕见的，虽然也许还不能说林如海纯粹是为了"爱情"，"从此无心爱良夜，任他明月下西楼""曾经沧海难为水，除却巫山不是云"那样的忠贞无二，但似乎也很难找出别的理由来解释。唯一的解释可能就是林如海的通达，也许是他真切看到了他所在位置的凶险异常、朝不保夕，所以才断绝了续弦之念。

再次，对下，他是一个好父亲。天恩祖德加上自己的努力，让他看到了读书的重要意义。他没有因为重男轻女，就随心所欲地剥夺了女儿林黛玉受教育的权利，而是为其聘请了"高学历家庭教师"贾雨村。如果读者诸君觉得这不算什么，那么请将林如海与同样是出身世家大族的王熙凤和李纨的父亲作个对比，在"女子无才便是德"的传统思想里，林如海作为父亲的伟大一面也就更加突出了。在妻子去世之后，他又担心自己案牍劳形、公务繁忙，无暇照顾林黛玉，就将女儿送到姥姥家，接受正规的家庭教育、贵族教育。很多读者对其将女儿送走不以为然，甚至强烈不满，为其贴上"自私""无情"的标签，这其实是误解了他。林如海送走林黛玉绝不是心血来潮的想当然、自私自利的图清闲，到底怎样才能更有利于孩子的成长，他一定是作了充分的利弊权衡的抉择。妻子去世，几房姬妾毕竟不是亲生，隔阂在所难免，自己又公务繁忙，甚至可能时时处在危险之中，这样的环境说实话已经不利于孩子的成长，两害相权取其轻。你可以苛责他百密一疏、思虑不周，但你不能怀疑他做父亲的人品。

最后，对左右，他绝对是一个好亲戚、好朋友、好同僚。从他对贾雨村介绍其两个大舅哥的分别上可以看出，他欣赏的是贾政而非贾赦，他愿意交往的是贾政而非贾赦，由此，就不难看出林如海的人品。更为重要的证据是，从他对贾雨村的结交、襄赞上也可以看出，林如海是智商极高且情商也让人惊叹的宦海中人。他帮贾雨村帮得是那样的低调、谦和，就好像不是贾雨村求他，而是他求贾雨村似的。施恩者施得体面、高雅，受恩者受得一点都不觉得尴尬、难为情，把做人的分寸感拿捏得如此恰到好处，谁会不愿意与林如海这样的人交往、做朋友呢？如此人品、官德，你还能挑剔他什么呢？当然，你可以苛责他识人能力不够，农夫救蛇，帮了不该帮的人，把个贾雨村引狼入室，但你依然不能怀疑他的人品。

饶是如此，就能得出林如海一定清廉吗？当然未必。一来，林如海的位置的确是肥缺，即便没有明目张胆地吃拿卡要、索贿受贿，仅仅是日常的人情往还，其财富积累就足够惊人的了；二来，从仅有的文本表述来看，林如海应该是那种守住了人格底线的封建士大夫，君子爱财，取之有道。因为他知道自己是谁，他懂得这些身家、官位、财富都不足恃，所以他才选择了为人处世的低调、谦卑。

那么，问题来了，如此人品官德，怎么就"好人不长寿"呢？作者为什么偏偏早早地把他写"死"了呢？

这就是问题的症结所在，也是作者的厉害之处了。"好人未必有好报，恶人却能享天年"恰恰是一个变态社会的常态。作者写出了这种"变态与常态"深刻的社会原因，而不是仅仅将其归结为冥冥之中捉摸不透、深不可测的"命运"。

一个正常的时代、正常的社会，好人是应该有好报的，恶人是应该坐监牢的，但不幸的是，林如海们生在了一个变态的时代、非常的社会。纵然是背后有来自最高层的加持，纵然是身后有那么强大的家世，纵然是为人处世低调谦和如斯，仍无法免于"恐惧"，没有"免于恐惧的自由"。

在一个变态的时代、非常的社会，做贪官恐惧，恐惧被清算；做清官同样恐惧，恐惧被暗算。做平民担忧，担忧朝不保夕；做官宦同样担忧，担忧选错边站错队。人治的社会和时代，即便到了九五之尊，依然无法免于恐惧，一恐惧在台上的时候被政变，二恐惧在台下的时候被清算。那么，请问还有谁是安全的？

作者凭借其如椽巨笔，寥寥几笔，就为我们勾勒出了一个貌似简单，实则复杂；貌似随和平淡，实则紧张局促、恐惧异常的林如海的形象。

离合皆愁

在至爱亲人相继离去的当口，在林如海心目中，林黛玉成了他仅剩的担心、唯一的牵挂，他怎么可能不为她操碎了心？没妈的孩子像棵草，无关穷富，越是大家，越是不能忽视孩子的教养，而母亲之于儿女的教养，这一角色是其他任何人所无法替代的，那些从小失去母亲教养的儿女鲜有健全的人格就是明证。

是的，林如海有一百个理由不把林黛玉送走。他多金，完全可以聘请更多的保姆、西宾，让林黛玉接受更好的看护、教育；即便是没有了母亲，毕竟还有父亲，对林黛玉来说，归宿和依赖依然存在。林如海公务再繁忙，案牍劳形之后回到家中，毕竟还能看到女儿的乖巧可爱，何尝不是一种抚慰？天伦之乐依然存在！他有什么理由非得选择别离呢？

也许，我们能考虑到的，林如海都考虑到了。然而，我们没有考虑到的，林如海也考虑到了。那就是上文我们所提到的：林如海可能时时处在危险之中，原因在于其职责所系。他如果贪，在贪得不离谱的情况下，信任他的朝廷兴许可能睁一只眼闭一只眼，但同僚不放过他，尤其是政敌不放过他；他如果廉，不要说在一个大染缸、大酱缸里的同僚不放过他，甚至连信任他的皇帝也未必放得过他。"用贪官、杀贪官"早已是专制威权时代的政治平衡术、游戏潜规则。踏入专制官场，就意味着你要别无选择地在这些潜规则的条目后面默默地画个勾；投身于专制官场，就不得不首先纳下投名状：你不首先把自己染黑，同僚如何敢与你为伍，朝廷怎么能放心用你？所谓"三年清知府，十万雪花银"，并非只是一句民谣。

所以，为缓解其后顾之忧，林如海不得不把林黛玉托孤于尚处于安全期的贾家。

是的，选择让林黛玉留下来，父女相依为命当然可以：穷日子、富日子，只要一家人在一起的日子才是真幸福，即便是死也要死在一起，这当然是一种选择，是一种幸福观。但是残缺的家庭、姬妾的争宠、残酷的政治斗争让林如海忧心如焚：能保全一个是一个吧。这才有了父女的洒泪而别，才有了林如海托孤般的沉痛："汝父年已半百，再无续室之意，且汝多病，年又极小，上无亲母教养，下无姊妹扶持。今去依傍外祖母及舅氏姊妹，正好减我内顾之忧，如何不去。"每每读此，都不免泪目。所谓"年已半百"，也不过五十多岁，按照大清官员致仕的年龄、待遇等诸多规定，五十多岁的年龄远未退休，纵然是退休之后，自身待遇、子女待遇也还是比较丰厚的。但在林如海那里，"年已半百"四字似有千钧之重，其忧患之深可想而知。"再无续室之意"首先让我们想到的当然是忠贞，忠于先妻贾敏，但又何尝不是一种心灰意冷、消极躺平？何尝不是一种人生如梦、已知天命？超脱与忧患并存。"且汝多病，年又极小，上无亲母教养，下无姊妹扶持，今去依傍外祖母及舅氏姊妹，正好减我内顾之忧，如何不去。"虽然出发点是"减我内顾之忧"，却处处为女儿着想：年幼！多病！无娘！无姊妹！倘若不去，又将如何？是劝！是勉！是一颗慈父的忧患之心！

　　林如海愿意送出，也得贾母愿意收留才行。因此，一送一接之间，林如海与贾母之间应该是达成了一种默契，或者干脆说是达成了一种没有落墨的"君子协定"。这里边除了林黛玉的抚育、教养，林家部分家产的转移，抚养费补偿外，还应该有一种更为远见的设想，那就是林黛玉的终身大事问题。正好，贾家有个表哥贾宝玉，姑表亲、辈辈亲是那一时代比较理想的婚姻模式。倘若没有这种"默契"，也就不可能有王熙凤明目张胆地公然打趣林黛玉的"你既吃了我们家的茶，怎么还不给我们家作媳妇儿？"更不可能有在得知林如海病故之后，王熙凤公然的不悲反喜，"你林妹妹可在咱们家住长了"。所谓"住长"并非明面上的意思，实指"长期住下"，是"婚配"的另一种说辞。至于后来宝、黛之间并没有按林如海与贾母所达成的"默契"那样的"剧本"而出演，实在是计划不如变化，贾母临时修改了剧本。一来林如海早丧，二来林黛玉多病，三来贾家的颓势的确需要一场更加强悍的政治联姻来中兴家道，所以，宝、黛之间的"君子协定"只能暂且搁置，或者说修改，贾宝玉的婚姻缔结必须首先是基于家世的利益，因此不得不食言毁约、再作他计。薛、贾结为秦晋之好的消息，当然也就成了林黛玉的催命符。郁郁而终、溘然长逝的林黛玉，只好追随林如海逝去的身影，林家从此绝户，真真应了《葬花词》中"花落人亡两不知"的句子。

　　林黛玉托孤于贾家的事实证明：贾母对林黛玉的爱是毋庸置疑的，在亲情的基础上也没有爽约，但对林黛玉的终身大事上却并没有践约。

　　林黛玉之于林如海来说，牵肠挂肚，抚孤托孤，离合皆愁；

　　林如海之于林黛玉来说，身影模糊，再无依傍，伶仃孤苦。

　　　　水边沙外，城郭春寒退。花影乱，莺声碎。飘零疏酒盏，离别宽衣带。人不见，碧云暮合空相对。　　忆昔西池会，鹓鹭同飞盖。携手处，今谁在。日边清梦断，镜里朱颜改。春去也，飞红万点愁如海。

　　这是宋人秦观的一首《千秋岁·水边沙外》。从林如海的名讳联想到其典故来历，应该就是这首《千秋岁》中的"飞红万点愁如海"，一点都不亚于李后主的那句"一江春水向东流"。是的，对林如海来说，的确是离合皆愁。但是上文我们说过，分析林如海绝不能只着眼于其为林黛玉的父亲、背景、背影，更应该着眼于整个专制威权时代官场宦海的荣辱规律。

如果说甄家一段小荣辱是贾家一段大荣辱的预演，那么，林家一场小灭门又何尝不是贾家一场大抄家的预演呢？

专制威权之下，宠辱皆惊、廉贪皆恐、离合皆愁，没有谁是安全的，没有谁是超脱的，没有谁是自由的。

小红：紧紧抓住梦的手

《红楼梦》中的丫鬟们虽然都属于"奴籍"，却鲜有"奴性"，虽然不能说个个都是棱角分明，却个个都能称得上性格鲜明。自来有"四大烈婢"之称的晴雯、鸳鸯、司棋、金钏等人暂且不论——她们或以生命的自戕，或以行动的暴烈，践行了"奴可杀不可辱"的凛然风骨——就算是名不见于"榜""司"的其他诸多丫鬟，也都以自己独有的方式，向那样一个污浊的世界展示着各自靓丽的人格。生而为奴，刚烈如斯；"身为下贱"，性情竟是如此青春勃发，内在的个性气质固然是其深因，然而，这与贾府的统治者们相对开明也不能说毫无关系。尤其是荣国府，尤其是大观园，尤其是贾宝玉，天性里就有的那一份对"自由"的珍视，对"独立"的向往，对"平等"的看重，才使得环绕其周围花团锦簇的世界，在群芳当令时能够异彩纷呈。

丫鬟小红，就是这样一个有梦、敢梦，"紧抓住梦的手"，却不是一味地只是"跟着感觉走"的女孩，而是一个敢于醒来、敢于让美梦成真的女孩。

就《红楼梦》的一百二十回通行本来看，小红的故事非常集中，却不甚完整。按照原作者的人物设定，遵循小红自身的性格逻辑发展，在贾府后来风云突变、大故迭起的岁月里，小红还会起到相当重要的作用。可惜在后续的四十回中，小红却莫名其妙地没了踪影。

《红楼梦》中，小红的故事就算是不甚完整，也足以震撼人心了。

梦醒时分

与众多有个性和性格的丫鬟相比，小红是一个特别有梦、梦得特别的女孩。其"特别有梦"在于梦醉—梦醒—梦醉;其"梦得特别"在于梦境的高远和辽阔。

> 原本这小红本姓林,小名红玉,因"玉"字犯了宝玉、黛玉的名,便改唤他做"小红"。原来是府中世仆,他父亲现在收管各处田房事务。这小红年方十四,进府当差,把他派在怡红院中,倒也清幽雅静。不想后来命姊妹及宝玉等进大观园居住,偏生这一所儿,又被宝玉点了。这小红虽然是个不谙事体的丫头,因他原有几分容貌,心内便想向上攀高,每每要在宝玉面前现弄现弄。只是宝玉身边一干人都是伶牙俐爪的,那里插的下手去。(第二十四回)

由此我们可以看出,小红和别的丫头不一样之处,其一在于她并非无依无靠花钱外买的,而是地道的"家生子儿",也是有着一定"背景"的,而且这"背景"还是非同寻常的,是贾府当中非常富有实力(管着田产、房产、财务等)的管家林之孝的女儿。其父有实力,其母也不简单,竟然时常带着一帮婆子们四处巡视监督,是能够进贾府"督察组"的。其二在于小红是早于贾宝玉等众姊妹被安排在怡红院的,不过是刚好贾宝玉选择了怡红院,小红也就自然而然、顺理成章地成了"宝玉屋里的"。其三在于小红的容貌还算是有几分姿色的,书中一再强调其"干净俏丽"。其四在于小红虽说只是个三等丫鬟,只能干一些粗活,属于贾宝玉众多奴婢的外围,但小红却是有梦想的,此一时期的梦想就是能够打入内围,接近主人,取得赏识。值得注意的是,由于作者用了"攀高""现弄现弄"这样略带贬义的词汇,所以误导了很多读者,以致对小红产生了严重的误解。

一个粗使的三等丫鬟心有不甘,想打入内围,攀上一个更高的台阶,无论是凭自己的实力还是凭自己的背景,这是非常正常、无可非议的,也并非是高不可攀、不切实际的非分之想、痴心妄想。然而,就这么一个非常朴素的、简单的梦想,在残酷的现实面前却碎了一地,碎得让人心寒。

那是一个特别冷清的傍晚,有头有脸的高等丫鬟们都各自忙各自的去了。

拜访北静王归来的宝玉准备洗澡，催促洗澡水的秋纹、碧痕正在回来的路上。贾宝玉一时口渴，喊了几声也没人应，只好自己动手给自己倒水。正当其端起碗、拿起壶的时候，背后传来一声呼唤："二爷仔细烫了手，让我们来倒。"这虽然不是小红的初次登场亮相，却颇有一种"先声夺人"气势。值得注意的是，这句话中的人称代词是"我们"而不是"我"，这说明，此时的小红非常小心和谦卑，特别是在这么一次与主人短暂得稍纵即逝的见面、对话里，一个"我们"，没有突出自我，而是自觉地把自我融入群体中，相当大方而得体，让人无可挑剔。

在接下来与主人贾宝玉的对话中我们知道，外围、三等、粗使的丫鬟小红并没有入宝玉的法眼，他竟然不认识她。一方面说明宝玉的丫鬟的确众多，多到认不过来的地步；另一方面也说明，再小的团体也有一种等级森严的、不能僭越的秩序。这对小红来说就是一道厚厚的屏障，阻隔了主仆的相见，虽然这贾宝玉号称最惯于在女孩身上用心。正如小红自己的解释兼回答："爷不认得的也多呢，岂止我一个。从来我又不递茶水、拿东西，眼面前儿的一件也做不着，那里认得呢？"值得注意的是，作者在让小红回答宝玉的困惑的时候，用了一个"冷"字，奴性全无。说明这丫鬟小红虽然可能处心积虑地接近主人，可能隐含着淡淡的醋意，却并没有因为有了这样一个难得的机会，就忘乎所以、奴性十足地谄媚讨好，而是非常有分寸、得体地回答着主人的疑问。

然而，就是这么一个于主仆来讲都属难得的瞬间，却被提水归来的秋纹、碧痕撞见了。这还了得，紧接着便是一顿严厉的羞辱，连着一通近乎触及灵魂的拷问："方才在屋里做什么？"

……小红道："我何曾在屋里呢？因为我的绢子找不着，往后头找去，不想二爷要茶喝，叫姐姐们，一个儿也没有，我赶着进去倒了碗茶，姐姐们就来了。"

秋纹兜脸啐了一口道："没脸面的下流东西！正经叫你催水去，你说有事，倒叫我们去，你可抢这个巧宗儿。一里一里的，这不上来了吗？难道我们倒跟不上你么？你也拿镜子照照，配递茶递水不配。"

碧痕道："明儿我说给他们，凡要茶要水拿东西的事，咱们都别动，只叫他去就完了。"

秋纹道："这么说，还不如我们散了，单让他在这屋里呢。"（第二十四回）

每读至此，都不能不让人感慨：奴才何苦为难奴才？女人何苦为难女人？为主人倒一杯茶就成了"下流东西"，为主人倒一杯茶就成了"巧宗儿"，为主人倒一杯茶也得分出个"配与不配"。人若是整起人来，有时候真的不如患难之中可以相助的动物。

一次触及灵魂的大羞辱、大批斗，于小红而言不啻冷水浇头，她心灰意冷了，也万分清醒了，这才有了她振聋发聩、格言警句般的人生感悟。

那是一个慵懒的午后，原本身子就弱更兼相思成疾的小红正在魂不守舍之际，懵懂的小丫头佳蕙跑来把林黛玉赏给的小钱交给小红寄存、看管。见小红闷闷不乐，佳蕙边劝小红吃药边替小红抱不平，看护宝玉的丫鬟们都得到了奖赏，唯有小红没有得到。此时的小红的确并没有在乎奖赏，而是触景生情般的说道："也不犯着气他们。俗语说的：'千里搭长棚，没有个不散的筵席。'谁守谁一辈子呢，不过三年五载，各人干各人的去了，那时谁还管谁呢？"

听罢此言，心软的佳蕙瞬间眼睛就红了。共鸣的又何止书中的佳蕙，但凡有些人生阅历的人都会共鸣的。因为这句古老的格言俗语，的确说出了人生的真谛：聚散原本平常，有聚就有散。不平常的是能够认识到聚是偶然，散是必然。偶然是现象、是特例、是个案；必然才是本质、是规律、是普遍。越是本质的、规律的、普遍的东西才越能引发更深刻、更普遍的共鸣。

既然散是必然，这里就出现了两种选择：珍惜，抑或弃之如敝屣；有情，抑或无情。这里还应该注意一点，无情也分两种：一种是真的无情，一种则是深情的另一种表征。显然，小红的话里透着一种对生活的彻悟，她看清了繁荣下的衰败，热闹下的冷清，她发现了人生不过如此。更显然，面对怡红院的明争暗斗、明枪暗箭，她知难而退，选择了早早抽身，虽然还透着几分无奈和不情愿，但无情之中又透着深情。

"花半秒钟就看透事物本质的人,和花一辈子都看不清本质的人,注定是截然不同的命运。"电影《教父》中的这句台词成了小红清醒、理性的最好注脚。无疑,小红是个智者,其命运自然也是非同寻常的。

智者梦醒,醒在一次也许是并无心机的争宠而导致的羞辱里,使她看懂了人生的聚散不过如此。梦醒的智者是非常容易选择消极避世的,难得的是,醒来的小红并没有选择躺平,而是更加进取。

我要飞得更高

此处不容姐,自有容姐处。机遇总是青睐那些有准备的人。看清世相之后的小红,有所为有所不为,有所争有所不争。

芒种节是大观园中一次最为热闹的时光,众多丫鬟、小姐们都忙着饯花神。围绕着一块小小的手帕,小红正与坠儿谈论着越轨之言,刚巧被忙着戏彩蝶的薛宝钗偷听到。小红惊魂甫定,正巧,众丫头赶来滴翠亭,瞬间的热闹将小红的惊魂掩饰过去。此时,机遇来临:

> ……只见凤姐儿站在山坡上招手儿,小红便连忙弃了众人,跑至凤姐前,堆着笑问:"奶奶使唤做什么事?"凤姐打量了一回,见他生的干净俏丽,说话知趣,因笑道:"我的丫头们今儿没跟进我来。我这会子想起一件事来,要使唤个人出去,不知你能干不能干?说的齐全不齐全?"小红笑道:"奶奶有什么话,只管吩咐我说去。要说的不齐全,误了奶奶的事,任凭奶奶责罚就是了。"凤姐笑道:"你是那位姑娘屋里的?我使你出去,他回来找你,我好替你说。"小红道:"我是宝二爷屋里的。"凤姐听了笑道:"嗳哟!你原来是宝玉屋里的,怪道呢。也罢了,等他问,我替你说。你到我们家,告诉你平姐姐:外头屋里桌子上汝窑盘子架儿底下放着一卷银子,那是一百二十两,给绣匠的工价。等张材家的来,当面秤给他瞧了,再给他拿去。还有一件事,里头床头儿上有个小荷包儿,拿了来。"(第二十七回)

对贾府里的丫鬟们来说，能被实力派的王熙凤使唤，对谁来说都是一次绝佳的机遇，对绝望于怡红院的小红来说更是如此。于是她"弃"了众人，"跑"至凤姐前，"堆"着笑问。三个动词，虽然皆含贬义，却无比精准地道出了急于改变境遇的小红此时的心态：顾不得那么多了，瞅准时机，迎难而上。小红的主动迎战至少表明了其勇气。要知道，勇气是一种极为珍贵的精神资源，不是谁都能有，单凭这一点，小红就甩掉了一大半的"同行"。

没有金刚钻，不揽瓷器活，小红更可贵之处在于其勇气是建立在对自己充分信任的基础上的，这就有了小红的第二个珍贵的心理品质：自信。当王熙凤居高临下地"打量"小红，问她"不知你能干不能干，说的齐全不齐全"的时候，小红没有打包票、夸海口，只是以退为进地回道："奶奶有什么话，只管吩咐我说去。要说的不齐全，误了奶奶的事，任凭奶奶责罚就是了。"有如此十足的底气，"领导"王熙凤自然放心。

那么小红是不是吹牛皮说大话呢？后来的一段绕口令似的"奶奶"桥段，不但征服了万千男儿不及的王熙凤，相信也征服了万千读者：

> 小红道："平姐姐说：'我们奶奶问这里奶奶好。我们二爷没在家，虽然迟了两次，只管请奶奶放心。等五奶奶好些，我们奶奶还会了五奶奶来瞧奶奶呢。五奶奶前儿打发了人来说，舅奶奶带了信来了，问奶奶好，还要和这里的姑奶奶寻几丸延年神验万金丹。若有了，奶奶打发人来，只管送在我们奶奶这里。明儿有人去，就顺路给那边舅奶奶带了去。'"（第二十七回）

一通"奶奶"让我们见识了小红的语言天赋：口齿伶俐，思路清晰，滴水不漏，极富逻辑。不要说王熙凤赏识，任何一个不想把事情搞砸的领导大概都会赏识的。

针对这一番小红的"说奶奶"，还是王熙凤的一段点评比较到位："好孩子，难为你说的齐全，不像他们扭扭捏捏蚊子似的。嫂子不知道，如今除了我随手使的这几个丫头、老婆之外，我就怕和别人说话。他们必定把一句话拉长了，作两三截儿，咬文嚼字，拿着腔儿，哼哼唧唧的。急的我冒火，他们那里知道？我们平儿先也是这么着，我就问着他，难道必定妆蚊子哼哼就算美人儿了？说了几遭儿，才好些儿了。"（第二十七回）

犀利、痛快，王熙凤的快人快语剥去了那些拿腔拿调、装腔作势者的伪装，虽然针对的是女孩儿，却具有相当的普适性。

这才真真是唯有天才才能认识天才，唯有天才才能激发天才。

正是因为小红不故步自封，正是有了王熙凤这种知人善任的领导的赏识，小红才彻底改变了自己的命运。

小红的语言天赋绝不仅仅表现在"说奶奶"这一点，还有一段更为让人叹服。当王熙凤说准备提拔她的时候，她并没有受宠若惊，而是不卑不亢地回了这么一句："愿意不愿意，我们也不敢说。只是跟着奶奶，我们也学些眉眼高低，出入上下，大小的事儿，也得见识见识。"

有人说这是一段教科书级别的职场应答经典案例，诚哉斯言。

作为"家生子儿"的小红，在等级森严的贾府里顶多是一件"物品"，连"人"的资格都没有，哪里有选择"愿意、不愿意"的权利？而面对"上司"王熙凤的赏识，她还必须做出回答，这是难题之一。小红毕竟是宝玉屋里的人，虽然不受重用，要想"跳槽、换岗"，岂是一句简单的愿意、不愿意？这是难题之二。机遇稍纵即逝，容不得斟酌犹豫，必须当机立断，这是难题之三。

重重难题，都没有难倒小红，她回答得如此得体："我们也不敢说"是客观事实，没有必要撒谎掩饰；"只是跟着奶奶，我们也学些眉眼高低，出入上下，大小的事儿，也得见识见识"，真可谓是言简义丰、滴水不漏。一是不能得意忘形，喜新厌旧；二是充分清晰地表达了自己的意愿，但又给对方留有余地；三是对新主人的恭维特别含蓄得体、恰到好处。王熙凤这样的"高管"什么人没见过，什么场没经过，她什么都不缺，唯有真心实意、恰如其分地恭维。小红都做到了，这便是语言的魅力。当然，更重要的是人情的练达，人格的魅力。

身处底层眼界却不底层，这是小红格局的大气。

尊严遭受侵犯却不争辩，这是小红心胸的开阔。

机遇来临却能迎难而上，这是小红的胆大心细。

能把差事办得体面风光，这是小红的真才实干。

紧紧抓住梦的手，脚步才真的会越来越轻松。

只是因为在人群中多看了你一眼

一个人的素质、才干往往不会仅仅表现在某一个层面，情感生活对任何人都是一种极好的评判尺度。大观园中的少男少女多是情窦初开的年龄，不可能没有情感生活，那么，小红的情感生活是否也能经得起检验呢？

荣国府有一个近门子弟，名叫贾芸，从小丧父，靠着舅舅帮忙料理了丧事。自然，这舅舅的忙也没有白帮，顺手带走了他家为数不多的资产。没了父亲，没了家业，孤儿寡母守着一亩薄田和两间房子艰难度日，其艰难困苦甚至不亚于打秋风的刘老老。

长到十八岁的贾芸不得不求告贾琏，希望能从他那里谋得个差事。在寻找贾琏的过程中，贾芸偶遇了贾宝玉，因为贾宝玉一句"倒像我儿子"的玩笑话，便顺口认了贾宝玉做干爹。这贾宝玉一时兴起，顺口邀约贾芸到怡红院陪他说话。说者也许无心，听者却不能不在意，何况有求于人。于是贾芸郑重其事地去绮霰斋拜访宝玉，就在贾芸苦等宝玉的间隙，他迎来了人生的高光时刻：小红出现了。

> 这里贾芸便看字画古玩。有一顿饭的工夫，还不见来……正在烦闷，只听门前娇音嫩语的叫了一声"哥哥呀"。贾芸往外瞧时，是个十五六岁的丫头，生的倒甚齐整，两只眼儿水水灵灵的，见了贾芸，抽身要躲。恰值焙茗走来，见那丫头在门前，便说道："好，好，正抓不着个信儿呢。"贾芸见了焙茗，也就赶出来，问："怎么样？"焙茗道："等了半日，也没个人过。这就是宝二爷屋里的。"因说道："好姑娘，你带个信儿，就说廊上二爷来了。"
>
> 那丫头听见，方知是本家的爷们，便不似从前那等回避，下死眼把贾芸钉了两眼。听那贾芸说道："什么'廊上''廊下'的，你只说芸儿就是了。"半晌，那丫头似笑不笑的说道："依我说，二爷且请回去，明日再来。

今儿晚上得空儿，我替回罢。"焙茗道："这是怎么说？"那丫头道："他今儿也没睡中觉，自然吃的晚饭早，晚上又不下来，难道只是叫二爷这里等着挨饿不成？不如家去，明儿来是正经。就便回来有人带信儿，也不过嘴里答应着罢咧。"

贾芸听这丫头的话简便俏丽，待要问他的名字，因是宝玉屋里的，又不便问，只得说道："这话倒是。我明日再来。"说着，便往外去了。焙茗道："我倒茶去。二爷喝了茶再去。"贾芸一面走，一面回头说："不用，我还有事呢。"口里说话，眼睛瞧那丫头还站在那里呢。（第二十四回）

这是小红和贾芸第一次相见。《红楼梦》在书写男女初相逢的时候是特别小心的，因为作者是立志要打破传统的。因此，他写贾宝玉和林黛玉的初逢是一种"似曾相识"的一见如故，而非传统才子佳人"电光石火"般的一见钟情。这次叙述小红和贾芸的初逢，依然不是一见钟情，而是稍稍有别。"贾芸往外瞧时，是个十五六岁的丫头，生的倒甚齐整，两只眼儿水水灵灵的，见了贾芸，抽身要躲。"小红初见贾芸是"抽身要躲"，一个"躲"字，既符合传统封建礼法，又符合少女内在心理。当得知贾芸不是外人，而是"本家的爷们"的时候，"便不似从前那等回避"，而是"下死眼把贾芸钉了两眼"，这就非同寻常了。"不似从前那等回避"是可以理解、接受的，而"下死眼把贾芸钉了两眼"则是明显越轨、不可原谅的，从礼教那一套森严的伦理道德来说，小红此举明显是犯规的。小红是不懂吗？明显是说不通的。小红这是明知故犯的，是遵从自己的内心、超越礼法的。一个青春，一个年少，开花的季节，燃烧的年华，倘若彼此不多看上一眼才是变态的。只是因为在人群中多看了你一眼，青春的火星便四溅开来。该怎么办？机不可失，时不再来，千载难逢。如何才能让青春的火焰燃烧不至于熄灭？书中没有交代小红是有意还是无意，只是说手帕丢了，1987年版《红楼梦》电视剧则选择让小红"有意"丢了手帕，这才有了小红后来的相思成梦，美梦成真，及至"蜂腰桥设言传心事"，小红与贾芸的这段私情才算敲定。

幸福来临，爱由自主。这是作为一介丫鬟的小红远胜其同辈的地方。情发于心，爱源于内，这是天赋的、自然的、自由的，是任何道德的枷锁、礼教的高墙都无法禁锢的，之所以明知道禁锢不了还要禁锢，那是因为一旦放任爱情自由，那就意味着整个专制秩序将要崩塌。所以，青年男女的爱情绝非只是当事人的事，必须从观念上彻底毁灭他们，于是有了一整套比法律更加严峻的道德说教在等着他们。陷入爱情的女孩首先得过自己这一关，也就是说首先得从观念上说服自己，而观念的牢笼一旦冲破，任何力量都将无法阻挡。

林黛玉和贾宝玉的爱情不可谓不深沉、不热烈，然而，林黛玉贵族小姐的身份、教养，却使她无论如何也跨越不了观念的门槛。

在林黛玉止步的地方，小红起跑了。因此，不能不说，在自己的情感生活上，小红更具有现代意识和现代精神。

那么，作者为什么生生插入小红和贾芸的这一段爱情生活呢？或者换句话说，作者叙述红、芸之恋的用意何在呢？

当然是为了衬托，为了互文，为了丰富，为了深刻。

贾宝玉和林黛玉的爱情是高雅的、精神的，属于灵魂境界的，正因如此，也是遗憾的。那么怎么办呢？人生不能没有诗意和梦想，但人生不能只有诗意和梦想，于是作者让贾芸和小红的爱情登场了，让龄官和贾蔷的爱情登场了，让司棋和潘又安的爱情登场了，让这些芸芸众生的"世俗版"的爱情来弥补贾宝玉和林黛玉的爱情所留下的亏空和遗憾。

贾宝玉和林黛玉的爱情是超然的、诗意的，属于前所未有的。正因如此，也是伟大的、永恒的。那么，作者对贾宝玉和林黛玉爱情的叙述是天上掉下来的吗？当然不是，而是有渊源、有继承的。来自哪里？来自《西厢记》。小红和贾芸的爱情特别像是《西厢记》的翻版。然而，单单有继承是不够的，必须有超越，林黛玉和贾宝玉的爱情就是超越，超越了之前的一切才子佳人模式。

其实，小红的情感生活的意义远不止这些。

自从给贾宝玉倒了一次茶水之后，小红"干净俏丽"的形象便被贾宝玉永远记住了。于是才有了第二天一大早起来，宝玉四处寻找小红的身影的描写：一早起来，"只装做看花儿"，在院中廊下见一个人倚在那里，"却为一株海棠花所遮，看不真切"。

我们知道，《西厢记》是被作者明确写进书里的，而《西厢记》里是有"系春心情短柳丝长，隔花阴人远天涯近"这么一句唱词的。列位看官不妨将贾宝玉隔着海棠看见小红的这一段叙述与《西厢记》中的这一句唱词作个对照，斯人、斯情、斯景，是不是觉得极像？

既如此，那么作者的用意也就一目了然了。作者虽然让小红狠狠心远离了宝玉，可是，如何能远离？凭小红的品性和才干，如何能见死不救，看着往日的主人落难而不施展援手？

由此我们可以推断：作者对小红这样一个三等丫鬟倾注的感情是相当浓烈的。所以，从这个角度看，通行本后四十回的确是让人遗憾的。1987年版《红楼梦》电视剧让小红再次登场与贾宝玉重逢，在众丫鬟都亡去之后，小红哭着求宝玉让她做了这个"巧宗"的情节设置是让人欣慰的。

写至此，小红之论似乎该要结束了，然而，还有几个问题需要继续索解。

既然小红的父母在贾府中是如此炙手可热，怎么会甘心让自己的女儿只做一个粗使丫鬟呢？这似乎不符合常情常理。

既然小红的语言天赋是如此出众，为什么其父母却是一个"天聋"、一个"地哑"呢？

既然小红是作者如此钟情的一个人物，为什么却偏偏让薛宝钗对她给予"眼空心大""刁钻古怪"的差评呢？

既然小红是如此清醒，怎么就对宝钗和黛玉的评价却如此颠倒呢？

其实，仔细想想，这些问题都不是问题，恰恰是作者的深刻之处、细腻之处、周全之处。

管账、管田、管房产的林之孝两口子，之所以没有通过走后门的方式为自己的女儿谋得更好的差事，恰恰是其眼光长远之处。在那样一个时代，女孩的前途无非是嫁个好人家，那么，对一个"家生子儿"来说，最好的前途不是做姨娘，而是脱去奴籍，嫁个自由人，做一回主人，这可以参照资深奴才大管家赖嬷嬷为自己的子孙所选择的路径，所以林家夫妻才为女儿早早地选择了大观园中的怡红院这一远离是非之地。至于后来贾妃懿旨让姊妹们搬进园子是林氏夫妇所始料未及的，贾宝玉选择了怡红院更是出乎林家夫妇所料的。

王熙凤评价林氏夫妇一个"天聋"、一个"地哑"，恰恰证明着这一对夫妇不是真的聋哑，而是装聋作哑，这正好与其干的差事、从事的职业有关。账房先生如果是个喋喋不休的碎嘴子，谁还敢用？往小里说是沉默是金，往大里说是职业道德。林氏夫妇恐怕一生都无法证明自己能说会道了，那么就让他们的女儿小红来代替他们吧！

小红是一个连她的主人贾宝玉都不认识的外围丫鬟，薛宝钗缘何对其没有好感，恶评如斯呢？其实，这恰恰是作者的高明之处：不写之写。不经意间透露出来的信息往往特别容易被作者瞒过。薛宝钗对小红恶评的唯一解释是，薛宝钗对怡红院的关注超过了林黛玉，连小红这样的外围丫鬟她都知根知底。恶评无非是在薛宝钗与贾宝玉之间，小红可能没有起过好作用。有一条蛛丝马迹透露了也证实了这一推断，那就是丫鬟莺儿与小红交往密切，而莺儿恰恰是薛宝钗的丫鬟。

小红道："要是宝姑娘听见还罢了。那林姑娘嘴里又爱刻薄人，心里又细，他一听见了，倘或走露了，怎么样呢？"

这是小红在薛宝钗金蝉脱壳之后对薛、林二人的评价，如此的错位，对薛宝钗和小红来说大概都是始料不及的。如此看来，这与原著对小红的清醒叙事似乎也有矛盾。一个清醒的女孩，怎么在识人上却如此糊涂呢？其实，这倒是作者的周全之处。小红是清醒者，但这个清醒又是打折扣的，毕竟不是成年人的清醒。这非常符合小红这个年龄段的孩子真实的心理状态：走向成熟的中途。

最后，还有一件事能够证明小红人品并不像薛宝钗所说的那么不堪。小丫头坠儿从林黛玉那里得了赏钱，自己不花，却跑去交给小红帮自己存好，由此一点，小红人品，可见一斑。

清醒，却不圆滑世故；看破，却不消极躺平；上进，却并没有踩着别人的肩膀；示爱，却并不低级下流。这便是小红作为一介丫鬟的可贵之处。

紫鹃：敢问紫鹃在不在

　　这是一种跨越了阶级阶层森严界限、直达心灵本真的友谊，大观园中，主仆之间，再无第二对可寻；

　　这是一种熔铸了母女、姊妹、战友等诸多情感之和的友谊，超越了一般世俗意义上的闺蜜，世间罕有，鲜见其匹；

　　这是一种只有在青春年少时才可能拥有的友谊，一切以心灵为标准，为你好就是单纯地为你好，纵然是伤害过也会转瞬即逝，纯粹天然，一眼莫逆。

　　林黛玉有过多少个抱膝长坐的夜晚，她就有过多少个和衣而卧的长夜聆听。林黛玉的每一声咳嗽里都有她的疼痛，每一滴眼泪里都有她的哀伤。因为痛苦着你的痛苦，所以才幸福着你的幸福。

　　紫鹃，一个听起来都觉得天地生春的名字，一个想起来都觉得人间值得的名字，一个读起来都会泪流满面的名字。

知冷知热

　　紫鹃的身世来历，原著中并没有作过多的介绍，只知道她原本是贾母身边的一个二等丫鬟。林黛玉进贾府之后，贾母见其带来的仆人老的老、小的小，太不中用，便把紫鹃送给了黛玉。那时的紫鹃还不叫紫鹃，叫鹦哥。根据贾府主人可以给仆人改名的权利和习惯，再根据林黛玉一身的诗意，我们有理由推测，把"鹦哥"这个有些俗气的名字改成"紫鹃"这个充满悲情的名字的人，应该就是林黛玉。

心理学上有个著名术语叫"标签效应"，意思是，标签具有定性导向的作用，对人的个性意识和自我评价会产生深远的影响。名字就是一个人永远的标签，所以，命名绝非一件简单的事情，尤其是在一个人未成年的时期。

"鹃"就是杜鹃，既是花名，也是鸟名。张潮在其《幽梦影》中说："物之能感化者，在天莫如月，在乐莫如琴，在动物莫如鹃，在植物莫如柳。"可见"鹃"这一飞禽之于人的重要意义。

杜鹃之所以能成为"天地间多愁种子"的化身，可以说是一种历史的必然，在其身上，凝聚着丰厚的传统文化内涵：离情别绪、思乡怀人、国恨家仇……特别是其声音的凄苦、执着和沧桑，强劲地表现着人类的悲剧、悲情和悲怆。

从在贾母身边的默默无闻到在黛玉身边的耿耿赤心，紫鹃完成了其性格、个性的蜕变和升华。

知冷知热，这是紫鹃作为黛玉侍女之职业生涯的最好概括。

"知冷知热"在成语的丛林里极为寻常，一点都不打眼，然而仔细揣摩起来，却是特别地意味深长。它常常用来形容相濡以沫的恩爱夫妻：照顾周到细致，关心起居痛痒。一种漫长的陪伴，不离不弃，静静的，永远的。单单这一点，就已经淘汰了一大批所谓的"两肋插刀""海誓山盟"般过于夸张的友情、爱情。终其一生，寻寻觅觅，我们要期盼的不就是这种庸常岁月里的知冷知热吗？

当然，黛玉与紫鹃不是夫妻，而是主仆。但是，与一般主仆关系的最大不同就是，紫鹃把与主人的这种不平等关系做到了平等。放眼大观园，放眼整个贾府，放眼整个时代，这一点实属不易。

那是一个阴冷的午后，天空开始飘雪。在梨香院，正当林黛玉醋意满满地冷眼旁观着薛家母女嘘寒问暖、怕冷怕热地劝诫着宝玉应该吃热酒的当口，林黛玉从苏州带来的丫头雪雁送来了手炉。一腔醋意正愁无处宣泄的林黛玉，可算是找到了突破口：

……黛玉因含笑问他说："谁叫你送来的？难为他费心，那里就冷死我了呢！"雪雁道："紫鹃姐姐怕姑娘冷，叫我送来的。"黛玉接了，抱在怀中,笑道:"也亏了你倒听她的话,我平日和你说的,全当耳旁风,怎么他说了你就依,比圣旨还快呢。"宝玉听这话,知是黛玉借此奚落,也无回复之词,只嘻嘻的笑了一阵罢了。(第八回)

这一段书写恋爱中少男少女的旖旎文字自不必说,单单从主仆关系上看,作者侧面描写紫鹃对黛玉的关心,可谓是牵肠挂肚。林黛玉身体原本就弱,加上下雪,再加上梨香院之于黛玉和宝玉的炎凉迥异,心细如发的紫鹃派雪雁送来了手炉,真可谓是"雪中送炭",也正好被林黛玉信手拈来,小题大做,一箭双雕、一语双关地来敲打起她所爱的和她所妒的。

这是整部书中紫鹃作为林黛玉丫鬟的名字第一次出现,可谓是未见其人,先见其行。

那么,接下来在漫长的服侍生涯中,紫鹃对黛玉的侍奉,真可谓是尽心尽力到了无微不至的地步。

当黛玉久久伫立于花荫之下,向怡红院张望,看见贾母、王夫人等人一拨儿一拨儿去探望卧床的宝玉的时候,她联想到自己的身世,联想到有父母的好处,不禁悲从中来,泪流满面。此时,是紫鹃把她从悲伤中唤醒:"姑娘吃药去罢,开水又冷了。"

中秋之夜,当林黛玉和史湘云凹晶馆联诗,才情挥洒到沉醉不知归路的时候,是紫鹃穿亭绕阁,满园寻找,生怕黛玉有什么闪失。

当特别会做人的薛宝钗把薛蟠从江南带来的土特产分送黛玉,使其睹物伤情:"父母双亡,又无兄弟,寄居亲戚家中,那里有人也给我带些土物来?"还是紫鹃,既不能说破,又要止住黛玉的伤心,在两难之下,她却开导和劝慰得入情入理。

"姑娘昨晚又咳嗽了一夜。"这是紫鹃最常说的一句话。听起来极为平常,似乎没什么要多说的。然而,你若细品就会发现,能听到姑娘咳嗽一夜的丫鬟,一定也是一个彻夜未眠的丫鬟,岂止是一个单纯的"尽职尽责"所能涵盖的?那是心的陪伴,亦是情的体贴。

"几年形影伴潇湘,药灶茶铛细较量。"这是前人对紫鹃作为侍女的评价,非常到位。我们知道，职业和事业的最本质区别在于"要我做"和"我要做"，由是观之，同样是侍奉人，紫鹃的可贵在于把"丫鬟"这一职业，特别是侍奉林黛玉当成了事业。唯有真正的喜欢，才能用心、上心、尽心。因为我们还知道，林黛玉可不止紫鹃一个丫鬟。

知微知彰

如果"知冷知热"是紫鹃作为黛玉侍女之职业生涯的最好概括，那么"知微知彰"则是紫鹃作为黛玉之亦仆亦友思想见识的最好概括。

所谓"知微知彰"，意思就是说既能看出事物的隐微征兆，也能看清其显著现象，这是一个人思想、智慧、见识的体现。说到思想、智慧和见识，在花团锦簇的贾府之内，其实并不多见；清醒、看破之后依然执着地热爱生活者，就更为罕见，紫鹃算得上是其中的佼佼者。

《红楼梦》第五十七回《慧紫鹃情辞试莽玉，慈姨妈爱语慰痴颦》是紫鹃的重头戏，无论是试前、试中还是试后，都能看出紫鹃作为一介女仆的思想、智慧和见识。

首先，我们应该弄清楚，紫鹃为什么要去试探宝玉。

乍看起来，这好像并不是个问题，不就是看看宝玉对黛玉是否真心嘛！果真如此，问题就简单多了，因为那根本不用试。在试之前，宝、黛的爱情已经从猜疑试探、冲突不断的汹涌澎湃走向了两情默契、再无嫌隙的静水流深，甚至都有了些老夫老妻的感觉了。这种倦鸟入林般的归宿感，宝玉清楚，黛玉清楚，见证着这一对神仙爱侣的紫鹃自然也清楚，哪里还用得着冒险犯难地再去作那样的试探？之所以不顾后果勇敢一试，自有其更深层的原因。

其一是形势所迫，箭在弦上，不得不试。

我们知道，不管宝、黛的爱情有多浓烈，要想真正修成正果，那简直是不可想象的渺茫。原因很简单，那是十八世纪的中国。首先，他们得战胜自己，战胜自己的观念。至少，对林黛玉来说，战胜自己就相当艰难。虽然作者已经将其描写成先锋前卫到敢于向贾宝玉曲里拐弯地表白爱情了，但那是情不自禁的时候。真要冷静下来，连她自己都觉得这是在犯罪，至少是在犯忌。这一点书中已经有了非常充分的描写：每当贾宝玉情不自禁对她言语撩拨的时候，她就会瞬间变脸，吓得宝玉赶紧缩了回去，而黛玉却又反过来取笑贾宝玉是"银样镴枪头"。其次，他们还要挑战世俗。世俗是什么？世俗就是社会风气、风俗习惯、流行价值观。那么，在十八世纪中国，世俗的爱情婚姻观念又是如何呢？可以宽容偷情，但绝对不能容忍爱情；可以允许三妻四妾，却不能容忍从一而终；不能恋爱自由、婚姻自主，只能媒妁之言、父母之命。一句话，这层峦叠嶂般的婚姻门槛如何跨越？最后，他们谁敢最先一个捅破那一扇窗户纸，向他们的家长祈求恩准他们的自主选择？宝玉也许可以拼死一搏，但黛玉却决然迈不出那关键一步。

更何况，形势瞬息万变，对林黛玉来说越来越不利。

我们不妨回看"试莽玉"之前，情势之于林黛玉是怎样的急转直下。

必须得承认，种种迹象表明，黛玉和宝玉的婚姻，贾府的最高当家人贾母不是没有考虑过的，甚至直到试玉之后，贾母似乎也并没有完全放弃黛玉。贾母对宝、黛之间的日常拌嘴评价说是"不是冤家不聚头"，带有对宝、黛爱情的肯定性质。王熙凤调侃打趣林黛玉说："你既吃了我们家的茶，怎么还不给我们家作媳妇儿？"带有贾母默许的性质。甚至连小厮兴儿都知道"将来准是林姑娘定了的。因林姑娘多病，二则都还小，所以还没办呢。再过三二年，老太太便一开言，那是再无不准的了。"既然如此，那么贾母为什么不去做呢？原因当然很多：首先，黛玉的病体是非常要命的因素。做贾家的孙媳妇，那是要持家立业扛大梁的，一个病恹恹的女孩如何能担得起？其次，贾母作为祖母，是全家至尊，无论如何疼孙子都不算过分，但是真要给孙子找个合适的媳妇，做祖母的再有权势，恐怕也不能无视人家做婆婆的态度。而种种迹象表明，王夫人是越来越不喜欢林黛玉了，即便林黛玉刻意地去讨好王夫人，恐怕也是无济于事，更何况林黛玉也不可能去讨好王夫人。最后，还有一个更有权势的人物的态度不能不考虑，那就是宫中的贵妃元春。这也就是宝、黛婚姻一再搁置的根本原因。

如果只是上述这些原因，宝、黛姻缘也许依然还有转圜的余地，问题是林黛玉的竞争对手也越来越多，一个接着一个来到贾家。先是薛宝钗，后是史湘云,再是薛宝琴,而且个个聪慧、漂亮,怎么就非得是林黛玉才能做贾府未来的当家人呢?

第五十六回《敏探春兴利除宿弊,贤宝钗小惠全大体》的标题意味着什么?意味着薛宝钗已经开始在贾府做起了"实习媳妇",为将来接管家业作准备了。

再往前回放,自从薛宝琴来到贾府之后,贾母对其的关爱可谓是异乎寻常,甚至超过了黛玉。首先是把最昂贵的压箱底礼物凫靥裘送给了薛宝琴,其次是跟薛姨妈打听薛宝琴的生辰八字,再次是逼着王夫人认薛宝琴做干女儿,等等,要将薛宝琴订婚于宝玉的想法呼之欲出,只是因为薛宝琴已经有了梅翰林家的婚约才作罢。

很多人的婚姻都提上了日程,唯独林黛玉的婚姻,大家的态度几乎保持着惊人的一致：沉默。

形势的危急,惊人的沉默,让为黛玉操碎了心的紫鹃再也坐不住了,她要冒险一试。我们似乎听到了紫鹃的内心独白：万难时刻,关键时候,得有一个人帮她推一把,除了我外,还能有谁?

这就是试玉之前的形势：波诡云谲,瞬息万变。

其二是星火燎原,秘密公开,形成倒逼。

依然是一个温暖的午后,林黛玉正在歇中觉,紫鹃正在回廊上做针黹,宝玉来了。先是紫鹃以"人言可畏""姑娘吩咐"为理由,对宝玉的亲昵表示了远离,这给了宝玉以"冷水浇心"般的初次打击。再是紫鹃以"回家就吃不起燕窝""林黛玉终究是要出阁的""已经打点了互还的礼物"为理由,对宝玉的殷勤之意再一次地冷水浇头,这给了宝玉以"头顶上响了一个焦雷一般"的痛击,致使其"眼珠发直""口角流津",没了知觉。接着就是整个贾府鸡飞狗跳、手忙脚乱、沸反盈天。最后以王太医的诊治,众丫鬟婆子们的看护,特别是紫鹃自己冒充黛玉的抚慰,使宝玉醒来。醒来的宝玉似乎也明白了很多,索性佯狂地配合着紫鹃,将这一场大戏演完。

这一场试玉的轩然大波,对紫鹃来说算是达到目的了。

首先是试出了宝玉的真心,生死相依,须臾不可分离。这一点原本就是意料之中。其次是试出了贾母的态度,虽然依然没有明确表态,却也并没有对紫鹃施加任何惩罚,而且还非常轻描淡写地责备了两句。再次是总算广而告之,把宝玉真正爱的是黛玉的舆情扩展开来,形成了宝玉非黛玉不娶、黛玉非宝玉不嫁的态势。最后是对贾母和王夫人这些能够主宰宝、黛婚姻的关键人物形成了一种倒逼:你们看着办吧,你们如果真的爱你们的宝贝孙子、儿子,是该将宝、黛婚姻提上日程了。

从紫鹃试玉的整个环节来看,这丫头可谓是深谙心理学,从最初对形势的判断,到计划的付诸实施,可谓是步步为营,层层加码,有缓有急,足见其见识、智慧、勇气和牺牲精神。

那么,试探之后又怎样呢? 对紫鹃来说,可谓是趁热打铁:既然火候不到,那就索性再加把"火",于是夜里与黛玉筹划。下面这一节,才更能见出紫鹃作为一个侍女的非凡见识、深刻思想,甚至是现代意识:

> 紫鹃停了半晌……道:"一动不如一静。我们这里就算好人家,别的都容易,最难得的是从小儿一处长大,脾气、情性都彼此知道的了。"
>
> "我倒是一片真心为姑娘。替你愁了这几年了,又没个父母兄弟,谁是知疼着热的? 趁早儿老太太还明白硬朗的时节,作定了大事要紧。俗语说,'老健春寒秋后热'。倘或老太太一时有个好歹,那时虽也完事,只怕耽误了时光,还不得趁心如意呢。公子王孙虽多,那一个不是三房五妾,今儿朝东,明儿朝西? 娶一个天仙来,也不过三夜五夜,也就撂在脖子后头了。甚至于怜新弃旧、反目成仇的,多着呢。娘家有人有势的还好,要像姑娘这样的,有老太太一日好些,一日没了老太太,也只是凭人去欺负罢了。所以说,拿主意要紧。姑娘是个明白人,没听见俗语说的:'万两黄金容易得,知心一个也难求。'"(第五十七回)

第一段话:"最难得的是从小儿一处长大,脾气、情性都彼此知道的了。"所表明的紫鹃的爱情观就是双方必须了解、相知,这一下子就超越了那种流俗的爱情观不知多少倍。

第二段话:"一片真心为姑娘。替你愁了这几年了,又没个父母兄弟,谁是知疼着热的？趁早儿老太太还明白硬朗的时节，作定了大事要紧。俗语说，'老健春寒秋后热'。倘或老太太一时有个好歹，那时虽也完事，只怕耽误了时光，还不得趁心如意呢。"这哪里是一个侍女对主人说的话啊，分明是姐姐、母亲、至交才可能有的真心话！听起来是那么的贴心贴肺、入情入理，纵然铁石心肠，也会感动得流泪的。

第三段话："公子王孙虽多，那一个不是三房五妾，今儿朝东，明儿朝西？娶一个天仙来，也不过三夜五夜，也就撂在脖子后头了。甚至于怜新弃旧、反目成仇的，多着呢。娘家有人有势的还好，要像姑娘这样的，有老太太一日还好些，一日没了老太太，也只是凭人去欺负罢了。"这是整部书中最能见出紫鹃思想深刻地方：她已不再是一个十八世纪中国的侍女，而是一个活在当下的现代女孩。短短一句话，却包含着那一时代对夫妻关系的深刻认知：否定了门当户对论、三妻四妾论、颜值决定论、仗势欺人论等众多流俗的婚姻观念，肯定了平等、相知、由爱而美、彼此忠诚等一切颇具现代性的婚姻价值观。

最后一句："万两黄金容易得，知心一个也难求。"虽然是引用，却极为精准，既为整段的精华，也是整部书的箴言，所表明的是情比金贵、知音难求，这是人类共通的、普遍的爱情、友情价值观念和孤独心态。

我们再往后看一回。第五十八回开篇就是："谁知上回所表的那位老太妃已薨，凡诰命等皆入朝随班，按爵守制，敕谕天下，凡有爵之家，一年内不得筵宴音乐，庶民皆三月不得婚姻。贾母婆媳祖孙等俱每日入朝随祭，至未正以后方回。"这再次证明着紫鹃的远见，试玉正当其时：前有形势所迫，后有形势所阻。

紫鹃、紫鹃，果然非凡。紫鹃拥有黛玉这样的主人，那是其造化；黛玉拥有紫鹃这样的侍女，那是其福分。甚至今天的女大学生宿舍内，恐怕也难找到这样的闺中知己。

知音知己

是的，闺中知己。前两部分说的都是紫鹃单方面对黛玉如何，这一部分是该说说两人之间的关系了。

首先,从黛玉给紫鹃更名上就可以看出来,黛玉是喜欢紫鹃的,至少是不嫌弃的,不然不会在乎其姓甚名谁。其次,可以看出来,黛玉对紫鹃是充满着期望的,期望其像一只杜鹃,与自己相伴、投缘、歌哭无端。一个体弱、敏感、自尊、好哭、孤独的女孩,看世界的眼光和心态也会变的,认为整个世界都是一种异己的存在,所谓"一年三百六十日,风刀霜剑严相逼"是也。那么突然身边多了这么一个话虽不多但心细如发的女孩,怎么能不让林黛玉有所期待呢?再次,诗人的审美情怀毕竟与别个不同,与衣食住行吃穿用度相比,黛玉更在乎的是心灵的充实与满足,将鹦哥更名为紫鹃,更深的期待则是希望这女孩真的能成为自己的知音、知己,不然,当暗夜来临的时候,该找谁去诉说这人间的孤苦?

紫鹃果然不负期待,她能领会黛玉无法言喻的内在想法,所谓知音是也。

恋爱中的少女,除了变着法子"折磨"心上人,考验心上人,往往是指东打西、言不由衷、正话反说的。紫鹃虽然未曾恋爱,但对主人的这点小心思是人同此心、心同此理地了解、共鸣和共情的,所以,她总能把事情做得那么入情入理:

> 二人正说话,只见紫鹃进来,宝玉笑道:"紫鹃,把你们的好茶沏碗我喝。"紫鹃道:"我们那里有好的? 要好的只好等袭人来。"黛玉道:"别理他。你先给我舀水去罢。"紫鹃道:"他是客,自然先沏了茶来,再舀水去。"说着,倒茶去了。(第二十六回)

> 林黛玉欲答话,只听院外叫门。紫鹃听了听,笑道:"这是宝玉的声音,想必是来赔不是来了。"黛玉听了,说:"不许开门。"紫鹃道:"姑娘又不是了,这么热天,毒日头地下,晒坏了他,如何使得呢。"口里说着,便出去开门,果然是宝玉。(第三十回)

当薛姨妈半真半假地安慰林黛玉,并拿黛玉与贾宝玉的婚姻大事开玩笑的时候,紫鹃佯装不知,故意假言真信,忙跑来笑道:"姨太太既有这主意,为什么不和老太太说去？"这一军将得可真是火候！可那薛姨妈也不是吃素的，反戈一击："这孩子，急什么！想必催着姑娘出了阁，你也要早些寻一个小女婿去了。"紫鹃也毫不示弱，飞红了脸，笑道："姨太太真个倚老卖老的。"

从上述三个小细节即可看出紫鹃对黛玉的理解，不只是理解，而且还特别知进退。黛玉所谓的"别理他"是不能当真的，所以紫鹃选择了先给宝玉倒茶，而且还摆出了既看破不说破又非常堂皇的理由："他是客。"这让林黛玉怎么能不暗暗喜欢和欣赏呢？黛玉的所谓的"不许开门"自然也是气话，更不能当真，所以紫鹃不但选择了开门，而且裁判这是林黛玉的"不是"，更重要的是这次摆出的理由更入情入理："这么热天，毒日头地下，晒坏了他。"既把事情办得体面，又暗合主人的心意，还给主人寻找到了台阶。这样的仆人谁不喜欢？而且，一旦宝、黛在一起的时候，紫鹃立马抽身，留给这对热恋中的少男少女足够的独处时间、空间，如此知进知退的侍者，哪里还能找到？

"情辞试莽玉"之后，宝、黛爱情明朗化之后，不知道薛姨妈是真的认为"金玉良缘"无望了，还是假的认为"木石前盟"坐实了，趁机专门去安慰林黛玉，并散布了"月老红线理论"。这真是千载难逢的好时机，紫鹃抓住机会，假请客碰个热粘皮，顺着竿子往上爬，当即将了薛姨妈一军，没想到的是被更老辣的薛姨妈又反将回来了，此时的紫鹃竟再次反将，直接半开玩笑半认真地反驳薛姨妈是"倚老卖老"，再次证明着紫鹃的见识、胆识。

单纯地会办事、办好事、讨主人欢心，也许一般智商、情商在线的仆人都可以做到，难的是如何才能做到不奴颜媚骨、唯唯诺诺，把忠诚完全理解为听话、可靠。紫鹃作为侍女的最可贵之处，在于她敢于当面批评、数落黛玉，所谓"诤友"是也：

> 话说林黛玉与宝玉角口后，也觉后悔，但又无去就他之理，因此日夜闷闷，如有所失。紫鹃也看出八九，便劝道："论前儿之事，竟是姑娘太浮躁了些。别人不知宝玉的脾气，难道咱们也不知？为那玉也不是闹了一遭两遭了。"黛玉啐道："呸！你倒来替人派我的不是。我怎么浮躁了？"紫鹃笑道："好好儿的，为什么铰了那穗子？不是宝玉只有三分不是，姑娘倒有七分不是？我看他素日在姑娘身上就好，皆因姑娘小性儿，常要歪派

他，才这么样。"（第三十回）

主人做错了怎么办？这对下属来说的确是个非常重大的考验。如何既能做到批评指正，又给主人留足了面子，还能让主人真心认错，的确考验着任何一个做下属的情商、智商。任性的黛玉肯定知道自己错了，她后悔了，但碍于小姐的身份、女孩的要强和自尊，她是断不会去向宝玉认错的。这是紫鹃谏言的前提，她把握住了。然后，紫鹃对黛玉提出了"太浮躁"的批评。更为关键的是，紫鹃的批评是善意的、有理有据、有情有理的。一个"咱们"用得巧妙，她没有让自己置身局外，而是自觉地将自己与黛玉看成一体，这就不能不让黛玉动容：亲姊热妹、亲生父母也不过如此！听紫鹃的声口，多么像妈妈数落不懂事的女儿，年长的姐姐数落不懂事的小妹妹。

她敢于为了这份难得的友情而对抗强权，所谓仗义是也。

薛宝钗那厢正准备洞房花烛，林黛玉这厢正是生命垂危。阖府上下都在围着宝玉、宝钗的婚事忙，早把黛玉撂在一边。气不过的紫鹃让雪雁看守着奄奄一息的黛玉，自己出去寻贾母。遍寻不着的当口，冲口而骂："但这些人怎么竟这样狠毒冷淡！"连带着宝玉，甚至天下所有男子都痛恨起来："可知天下男子之心真真是冰寒雪冷，令人切齿的！"一切无望之后，只好再次返回潇湘馆，正赶上林之孝家的奉命来找紫鹃，为上演调包计助力。紫鹃再也忍无可忍，冲着林之孝家的就是一腔怒吼："林奶奶，你先请罢。等着人死了，我们自然是出去的，那里用这么——"说到这里，却又不好说了，因又改说道："况且我们在这里守着病人，身上也不洁净。林姑娘还有气儿呢，不时的叫我。"

一个二等丫鬟，敢于为黛玉怒呛权力的爪牙，这是何等的愤激、仗义和勇气。显然，此时的紫鹃已将生死置之度外，心中只有黛玉。

她真正做到了"杜鹃啼血"，在黛玉亡故之后，琴摔弦断，不如归去。

第九十七回和第九十八回是全书最不寻常的两回，虽然是续书，但在悲剧氛围的营造上还算差强人意。林黛玉走向了生命的尽头，在自料万无生理之时，挣扎着向紫鹃说道："妹妹，你是我最知心的，虽是老太太派你伏侍我，这几年，我拿你就当作我的亲妹妹。"直到生命垂危，黛玉又说道："妹妹，我这里并没亲人，我的身子是干净的，你好歹叫他们送我回去。"

黛玉的遗言是说给紫鹃一人的：直接呼唤"妹妹"，直接肯定"知心"，直接将最后的遗愿托付：魂归故里。

有一种友谊叫生死相托，有一种情感叫生死相许。黛玉和紫鹃这一对主仆，让我们忘记了她们之间的主仆关系，让我们联想起历史上那些生死相依的故事：从程婴、公孙杵臼救亡存赵到嵇康先绝交后托孤于山涛，这些情感之所以感天动地，不就是因为当事者的无私无畏吗？

勘破生死、看穿世情的紫鹃果然不负所托，在送走黛玉之后，自请王夫人，愿意陪伴四姑娘惜春出家，让青灯黄卷伴着红颜渐老，度过剩下的岁月。悲剧的人生对林黛玉来说可谓是情深不寿，对紫鹃来说则是慧极必伤。

她伴着手炉出场，作者赋予了她一副火热的心肠；

她守着黛玉始终，作者赋予了她一种无私的忠诚；

她忧患着主人的忧患，作者赋予了她一种无与伦比的清醒。

宝、黛无果而终的爱情让她对人生心灰意冷，选择了远离尘器，身伴青灯。

骨子里的真诚，爱自由的天性，让她在最美的时光里与林黛玉萍水相逢。

阿富汗有一部非常著名的长篇小说，叫《追风筝的人》。巧合的是紫鹃也曾经追过风筝，《追风筝的人》里边的小仆人像极了《红楼梦》中的紫鹃："为你，千千万万遍。"

的确，这是一种让历史上那些"八拜之交"都有些黯然失色的友情。如果不是被贾母送给林黛玉，紫鹃也许永远只是一个名叫"鹦哥"的二等丫鬟而已，正是因为其被送给了林黛玉，"鹦哥"才脱胎换骨成了"紫鹃"——忠诚、无私、侠义、清醒。侍候人的活的确不好干，更何况侍候一个"心较比干多一窍，病如西子胜三分""孤高自许，目无下尘"的林黛玉？然而，紫鹃却生生把个主人侍候成了可以临终相托的至交。

我想，所有这一切都源于一个女孩有锋芒的善良、有分寸的体贴、有火候的智慧以及不莽撞的仗义。

茗烟：从来佳茗似佳人

你是个"家生子儿"，你是个小厮，你是个书童，你是个仆从……这一切都是你的世俗定位，人人皆知。然而，你还有另一种定位，却未必人人都识：你是个青春好友，你是个追风少年，你是个盗火者，你是宝鼎中缓缓升腾的那一缕绿烟。

的确，你先叫茗烟，后叫焙茗，后来还叫茗烟。无论是"焙"前还是"焙"后，无论牙嫩还是叶老，无论是烟熏火燎还是氤氲升腾，无论作者无意还是有情，你都是让风雅之族为之骄傲、沉醉、流连忘返的那一缕弥漫在整部书中的馨香。

贾府里常常酒肉熏天，贾府人多半肠肥脑满，是该有那么一个时辰、一块地方，知己二三，沏一杯香茗，冲淡冲淡。

红学家说，《红楼梦》是世情小说，诚哉斯言；但从另一个角度看，《红楼梦》又何尝不是一部成长小说，或者说是一部反成长小说。它的主人公拒绝长大成人，骂成年男人为"国贼禄蠹"，骂成年女人为"死鱼眼睛"，对蝇营狗苟的成人世界充满着恐惧和厌恶。在十八世纪的中国，这的确有些石破天惊、惊世骇俗。

成长，就应该有伙儿；青春，就应该有伴儿，更何况一个贵族公子哥儿的成长呢！

有包公就有王朝、马汉，有岳飞就有张保、王横，有刘墉就有张成、刘安，有杨六郎就有孟良、焦赞，有堂吉诃德就有桑丘……在这一点上，《红楼梦》也不能免俗：有林黛玉就有紫鹃，有贾宝玉怎么能少了鞍前马后的茗烟？是的，茗烟。这一篇，我们就来说说茗烟。

从茗烟到焙茗：我就是我，是颜色不一样的烟火

说茗烟，当然要先从其名说开去。

关于茗烟的名字，随着《红楼梦》版本的变化而有着很大不同。不同的方式本身也存在着很大不同，归纳起来，大致四种：一种是茗烟—焙茗—茗烟，一种是统一为茗烟，一种是统一为焙茗，一种是茗烟—焙茗。无论有多少种变化，但有一点可以肯定，就是茗烟和焙茗就是一个人。理由是分布在原著一百多处的两个名字，从来没有见过它们同时出现在同一个时空中，有茗烟就没有焙茗，有焙茗就没有茗烟。无论什么原因导致的这种变化，还有一点可以肯定，作者对茗茶情有独钟。

茗是茶的嫩芽，茶是成熟的茗，茶的成长和生成正好暗合着人的长大和成人。

是的，一部《红楼梦》，满纸茗茶香。这里不谈什么《红楼梦》的茶文化，只是想谈谈作者缘何在一个小厮的名字上如此用功：变来变去，总不离"茗"。其实稍加思索，便不难理解。

其一，茶之品性，符合主人公贾宝玉的品性，更符合作者的品性，自然也暗合着茗烟个人的成长。

"谁谓荼苦，其甘如荠"，这是《诗经·邶风·谷风》中的名句。这里的"荼"，其实就是今天的"茶"。《正字通》引《魏了翁集》作过这样的解释："茶之始，其字为荼。"唐代陆羽、卢仝之后，才易"荼"为"茶"的。由此可知，国人识得茶性之苦是比较早的。因此，"苦荼"便成了茶的乳名。的确，茶具有一种苦寒之性，这种苦寒之性特别能够引发多愁善感、多思敏感的文人感同身受，引而申之为一种孤寂与清苦的精神境界。这种苦味的审美境界并非易得，非得等到一定年岁，经历过一些人世风霜，识得一些人生况味后才能品得。

那么问题来了，既然如此，小小年纪的贾宝玉，缘何对其情有独钟？

按理说，贾宝玉这个年龄的孩子的确是不大可能喜欢茶的，正常的话，这个年龄段的孩子更喜欢那些如可乐、奶茶之类的香甜饮料。之所以让贾宝玉

喜欢茶,究其原因也很简单:一是作者癖好的强势注入。我们知道,《红楼梦》是一部带有极强的自传性的回忆录,《红楼梦》的作者的确是栽过跟头过来的人,这就使得曾经沧海的作者在撰写这部人生大著的时候,不可避免地会把自己的喜好强加于笔下的主人公,这也是作者有时候故意模糊书中主要人物年龄的原因。二是贾宝玉毕竟来历非凡:其前身作为物是通灵之石,作为神是神瑛侍者。所谓前身,无非是说其天赋异禀:聪慧、灵性、敏感、悲悯到超常的地步。这种禀赋的人,对人生自然也就多了一种与其年龄、阅历不相称的,由个体直达普遍的超越性体验:人生是孤独的,命运是苦涩的,物质是虚妄的,精神是永恒的。的确,从原著的字里行间,我们读出了作者所赋予贾宝玉的那种的确与其年龄不太相称的孤苦:爱若掌上明珠的祖母无从理解他,恨铁不成钢的父母无从理解他,同龄的兄弟姐妹更无从理解他……突然,天上掉下个林妹妹,就像茫茫的大海之上漂来的一块浮木,从此便生死契阔。然而,宝、黛之间虽然心意相通,但毕竟隔着性别,无论如何也做不到时时处处、无障碍、无死角的分享与交流。连床夜话、抵足而眠,无论如何只能是在同性之间,于是,时时处处陪伴其左右的小厮茗烟便登场了。

由作者为其心爱的主人公的小厮以茶名之,更加证明着茶这一有意味的饮料乃是中国古代文人惯常习用的典型意象之一:吃苦茶,既是一种苦闷的象征,同时还是一种超凡脱俗、闲适隐逸的姿态的象征。这不能不让人想起对《红楼梦》有着直接影响的晚明思想家李贽的那首《茶夹铭》:

> 我无老朋,朝夕惟汝。
>
> 世间清苦,谁能及子。
>
> 逐日子饭,不辨几钟。
>
> 每夕子酌,不问几许。
>
> 夙兴夜寐,我愿与子终始。
>
> 子不姓汤,我不姓李。
>
> 总之一味,清苦到底。

那么，回到茗烟，再看看这么一个小厮自身的成长过程。书中交代得很清楚，茗烟是荣国府女仆叶妈的少子，由此我们可知，茗烟是奴仆的奴仆，是个典型的"家生子儿"。倘若按照我们曾经一度流行的阶级论来分析的话，显然，生在一个世代为奴的家庭，这茗烟可真是"苦大仇深"。虽然这贾家与别个不同，用袭人的话来说就是："如今幸而卖到这个地方儿，吃穿和主子一样，又不朝打暮骂。"（第十九回）然而，真正自尊、觉醒的人，绝不会以为披上了别人的衣裳，就真的能够抵挡住自身的寒冷。

其二，茶之工序，符合贾家否极泰来、盛极而衰的演变过程。

"茶圣"陆羽在《茶经》中将制茶的工序细分为七道，"晴，采之，蒸之，捣之，焙之，穿之，封之，茶之干矣"。由此我们知道，"焙"在制茶中是一道非常关键的工序，直接影响着茶的成色，这就使得贾家、贾宝玉和焙茗这样的三重关系有了一种天然相通的象征。

想想看吧，一株南方的嘉木，从春天清明之前的嫩芽到一坨茶饼、一包叶末，从青枝绿叶到面黄肌瘦，到被榨干最后一滴水分，到被开水煮沸、冲泡，升腾起一缕缕烟雾，再到被无情地倒进垃圾桶，这就是茶的一生，也是人的一生。所谓兴衰荣辱，无非如此；所谓禅茶一味，无非如此。

自从北宋的那位"艺术家"皇帝宋徽宗发出"喝茶便雅"的圣旨之后，中国的茶品、茶道、茶文化便臻于顶峰。上有所好，下必甚焉。皇帝号召可不是闹着玩的，他这么一号召，喝茶便不再单单是一种文人雅士的生活方式，更成为一种政治：茶礼、茶税、茶机关，直至震惊中外的那一场场因茶而起的"茶战争"。茶本身的制作工序的起承转合，茶作为饮品的浮浮沉沉，茶作为文化的潮起潮落，茶作为政治的王朝更迭，要说堪称是百科全书的《红楼梦》的作者曹雪芹没有这个联想能力，大概是说不过去的。

其三，茶之主调，符合原著基调。

那么茶的主调是什么呢？若寻找茶的主调，最好与与其相类的酒作一比较。这里无须我再深究，前人早已总结好。如果说酒是一种意气，那么茶就是一种境界；如果说酒是外向的——热烈、豪放、辛辣，类火，那么茶就是内敛的——宁静、淡泊、隐幽，似水。热肠如沸，茶不胜酒；幽韵如云，酒不胜茶。酒伴侠客——英雄豪气，气壮山河，仗义江湖，剑啸九天，醒着醉，醉着醒，世事全在醉和醒之间；茶陪隐士——温润平和，超尘脱俗，自然清雅，山野灵气，淡淡的，远远的，与世无争。茶近佛，近幽人，近隐士，适合独处，洗涤内心。比起酒的大海量，茶严格地控制杯数。

那么，回过头来再看《红楼梦》的基调：有《三国演义》里的军国大事、南征北战、鼓角争鸣吗？没有。有《水浒传》里的造反招安、杀人如麻、气壮山河吗？没有。有《金瓶梅》里的欲望膨胀、血脉贲张、酒池肉林吗？没有。有《西游记》中打不完的妖怪、走不到的西天、取不完的真经吗？没有。那么《红楼梦》的基调到底是什么呢？其实，作曲家王立平已经用他天才、天启般的创作作了回答：由庸常的人间烟火升腾而起的那一缕渺茫的、悠远的、似有若无的、幽怨的人世哀歌，多像一盏还冒着绿烟的佳茗，陪着一位看淡了人世繁华而躲进深山的隐者，行到水穷，坐看云起。"千红一窟"我已哭过，"万艳同悲"我已无泪。

"我就是我，是颜色不一样的烟火。"

这一缕"颜色不一样的烟火"，甫一亮相就得到了证明。"茗烟闹学"是整部书中最为精彩的段落之一。一大帮贵族少年子弟，几乎是心照不宣地为了一个共同的目标——自由地玩耍——而从四面八方聚拢而来。都是少年，正是青春荷尔蒙正盛的年龄，太多的精力无处宣泄，不闹腾才不正常。作为贾宝玉的"第一得用"的小厮，只是凭着别人的一句挑唆就与人大打出手，既符合年龄，又符合身份，更符合秉性，可谓既写尽了少年群体的共同心性，又写出了小厮茗烟的个性，还写尽了世态炎凉、世故人情，写出了一个已历百世的赫赫扬扬的大家族由盛而衰的缘由。只是我特别不同意老一辈红学家点评派脂砚斋们对茗烟的恶评，说他是个"狗仗人势"的"恶奴"。我总以为，这样看茗烟未免太冬烘、太较真、太成人、太正经、太无趣了。"恶奴"之评，完全忽略了他们还都是"孩子"这一客观事实，完全将之看成了成人之间的械斗。就像两个孩子打架，三分钟打了，五分钟也就好了，偏偏有一些不懂事、不识趣、护犊子的家长，扯起孩子找上门去兴师问罪，如果另一方也是个护犊子的，那就更好看了。正当两个家长撸胳膊、挽袖子，准备为各自的孩子出气的时候，猛转脸发现刚刚还打得难解难分的两个孩子早已和好如初，做父母的岂不尴尬？

当然，"茗烟闹学"是有所本的，汤显祖的《牡丹亭》中早就写过了"春香闹学"。只不过"春香闹学"的意义在于消解传统的师道尊严、封建道统，张扬一种自由、开放、符合天性的人生价值，带有少女与腐儒之间的游戏性质；而"茗烟闹学"则要超越得多：除"春香闹学"的意义之外，更有对跨越性别的爱恋这一至今仍是禁忌的话题的突破，还有"我被青春撞了一下腰"的成长烦恼，完全带有青春年少之间的游戏性质。

这一缕"颜色不一样的烟火"的特别之处，从茗烟与贾宝玉的其他小厮的比较中可以看得更加分明：茗烟一点就着的天然的"炮筒子"性格，忠诚护主的职业道德，不计后果的勇敢担当，都是其他小厮所望尘莫及的。

总之，说到底，茗烟之所以是叫茗烟，就是作者连同其笔下的主人公贾宝玉，试图从那种庸常的烟火气中寻得一份清雅，一种率真，一种拒绝长大成人，一种抵抗被社会化的执着。

从小厮到书童：有没有一扇窗，能让你不绝望

既然说到《红楼梦》是一部成长小说，自然就不能不说到宝玉作为主人之于仆人的影响之力，以及茗烟作为仆人之于主人的启蒙之功。

我们且看《红楼梦》第二十三回《西厢记妙词通戏语，牡丹亭艳曲警芳心》。搬进大观园之后的贾宝玉进入了他的青春苦闷期，用书中原话来说就是"静中生烦恼"，"忽一日，不自在起来，这也不好，那也不好，出来进去只是发闷"，"园中那些女孩子，正在混沌世界天真烂熳之时，坐卧不避，嬉笑无心，那里知宝玉此时的心事。那宝玉不自在，便懒在园内，只想外头鬼混，却痴痴的又说不出什么滋味来"。

> ……茗烟见他这样，因想与他开心，左思右想皆是宝玉玩烦了的，只有一件，不曾见过。想毕，便走到书坊内，把那古今小说，并那飞燕、合德、则天、玉环的"外传"，与那传奇角本，买了许多，孝敬宝玉。宝玉一看，如得珍宝。茗烟又嘱咐道："不可拿进园去，叫人知道了，我就'吃不了兜着

走'了。"宝玉那里肯不拿进去，踟蹰再四，单把那文理雅道些的，拣了几套进去，放在床顶上，无人时方看。那粗俗过露的，都藏于外面书房内。（第二十三回）

这一段看似不经意的、极平常的叙述，却写尽了贾宝玉和茗烟这一对主仆之间的披肝沥胆、心照不宣、心有灵犀、天衣无缝的默契。

贾宝玉青春期的烦恼，茗烟一看就懂，不用吩咐、解释，到那深宅大院的高墙之外、书肆坊间，专挑买那些甚至在今天看来都少儿不宜的"禁书"引宝玉看，使得宝玉眼界大开，如醉如痴。

这一段不长的描述，却潜藏着极为丰富的内涵。

首先，作为贵族公子的贾宝玉，在其生活环境中，是压根看不到这些少儿不宜的"禁书"的。虽然东府里贾珍之流可能藏匿了不少，甚至其父贾政的书房里也藏着若干，但其教养、其家规，也绝不允许其接触这些"禁书"，其所能接触到的只能是专供举业所用的"四书""五经"。这些所谓的"禁书"，不要说早已列在了当时官方的"禁书榜"上，即便不被当时官方所禁，也会被家长所禁的。

其次，作为贾宝玉的小厮、书童，茗烟一定比贾宝玉更早地接触到这些"禁书"，尽管其阅读能力可能无法与主人相提并论，但耳濡目染，粗通文墨也还是可以说得过去的。他一定知道这些"禁书"意味着什么，在懂得之后，他还能冒着极大风险为主人购得这些禁书，则不能不说茗烟作为一个少年极其老成、担当、不自觉的一面：自己喜欢，想必宝玉也一定喜欢；宁可冒险犯难得罪贾政、王夫人，也要讨得小主人的欢心，甚至也不能排除那种"奇文共欣赏""好东西要分享"的心理作用。

最后，"寒夜客来茶当酒""雪夜闭门读禁书"恰是中国文人士大夫所欣赏和追慕的一种人生境界。任何一个初触"禁书"的人，都会有一种做贼的心惊肉跳和盗得的满心欣喜，时过境迁，都会成为一种美好的回忆。更何况，这些"禁书"之于少年宝玉，可是立竿见影：在性情上越发使其敏感多情，在思想上越发使其独步前辈；更何况，在情节上还是一种强有力的推动，使得宝、黛"共读《西厢》"这样的经典画面成为可能。

由是观之，对同样处于青春期的茗烟来说，也许其自身并未认识到此举对于主人贾宝玉的影响有多深刻，但作为后来读者的我们，不能不为这样一位小仆记上一大功。因为，我们都曾有属于自己的青春芳华，都曾有因为读了从某同学、朋友那里借来的一本"少儿不宜"的图书或画册而突然觉醒、瞬间长大的美妙时刻。有红学家甚至将茗烟此举类比成盗火的普罗米修斯，这也许可能过于夸张，但其道理却是说得通的。任何个体灵魂的苏醒都需要有一缕光、一根火柴划破黑暗，茗烟的献书，真的就像为宝玉打开了一扇"窗"，使其在正需要阳光雨露的青春时光里，不再感到孤独和绝望。

茗烟之于宝玉远不止于"盗火"之功，还有更美妙的灵魂契合。

刘老老二进荣国府，为贾府众人信口开河，胡诌了一个"雪夜抽柴"的段子，结果，段子没讲完，贾府就"走水"（失火）了；在众人都忙于观望救火的当口，众人差不多把刘老老的故事忘记了，唯有宝玉没有忘记，非得缠着刘老老把故事讲完。讲完之后还没有完，痴迷的公子哥宝玉偏偏还要按图索骥，要茗烟去寻访供奉着夭亡的女孩的庙宇。本来就是即兴创作的段子，哪里能够坐实？但忠诚的茗烟为了主人是不惜力气的，他终于找到了一座小庙，却不曾想到庙里供奉着的却不是什么妙龄少女，而是一尊瘟神。

换个真把宝玉之真性情当作"呆傻痴憨"的别的小厮，大概会随便找个理由搪塞过去，可是茗烟不会。明知道是刘老老的胡编乱造，却能知其不可而为之，这里面不是一个"呆傻"所能涵盖的，"信以为真"的背后是"一往情深"。

再多的小厮都可以替代，但像茗烟这样的书童却无法替代。因为其作为书童，已经深深地嵌入了贾宝玉的生活，长期跟随，耳濡目染，算是走进了贾宝玉的心灵深处。

第四十三回《闲取乐偶攒金庆寿，不了情暂撮土为香》是《红楼梦》中极热闹又极冷清、极欢乐又极悲凉的一回。贾宝玉撇开王熙凤生日宴的热闹和海棠诗社的欢乐，寻了个为北静王爱妾吊祭的理由，带着茗烟骑马出城，来到荒郊野外水仙庵内，问尼姑借了一些香烛、寻了一个井台，燃上香烛，含泪施了半礼，便命茗烟收拾了去。此时的茗烟并没有唯命是从，而是"忙爬下磕了几个

头,口内祝道":

> ……"我焙茗跟二爷这几年,二爷的心事,我没有不知道的,只有今儿
> 这一祭祀,没有告诉我,我也不敢问。只是受祭的阴魂,虽不知名姓,想来
> 自然是那人间有一、天上无双,极聪明清雅的一位姐姐妹妹了。二爷的心
> 事难出口,我替二爷祝赞你:你若有灵有圣,我们二爷这样想着你,你也
> 时常来望侯望侯二爷,未尝不可。你在阴间,保佑二爷来生也变个女孩
> 儿,和你们一处玩耍,岂不两下里都有趣了。"说毕,又磕几个头,才爬起
> 来。(第四十三回)

我们知道,作为主人的贾宝玉有着太多的"不自由",有着太多的无以言表
的"内伤"。他的那些动辄"化烟化灰"的言论,早已超越了他那个年龄段应有
的人生观念,直至最终走向悬崖撒手。譬如这一场私祭,就是典型。

虽然作者始终没有点名祭奠的对象到底是谁,但却为我们做出了最为明
确的暗示:一是祭奠的地方,贾宝玉选择的是一方井台,这让我们想起了因其
言语撩拨而遭受王夫人打骂跳井而死的金钏;二是祭奠结束之后,贾宝玉回到
贾府,重点写他见到的第一个人便是金钏的妹妹玉钏,于王熙凤的生日宴上,
躲在无人的角落暗自饮泣。

一向聪明伶俐的茗烟,不可能不知道宝玉这一次隆重的祭奠的对象是哪
一位姐姐妹妹。在宝玉不能行的时候茗烟替他行,在宝玉不能言的时候茗烟
替他言,关键是宝玉的言行关乎心灵,因此,茗烟的言行也必须关乎心灵,所以
才有了这一段茗烟旁白般的替代宝玉的心灵独白。

所谓"没有告诉我,我也不敢问",不过是茗烟作为仆人的真诚的符合身份
的谦卑。

所谓"只是受祭的阴魂,虽不知名姓,想来自然是那人间有一、天上无双,
极聪明清雅的一位姐姐妹妹了",不过是一个深知主人全部心事的仆人由此及
彼展开的丰富联想。就宝玉这样一位有着如此悲天悯人情怀的少年,除了那
些冰清玉洁的青春少女,谁还能让其如此隆重地、虔诚地祭奠呢?"亲戚或余

悲，他人亦已歌。"在贾府上上下下灯红酒绿一片喧嚣的时候，谁还能够想起井下的冤魂呢？

所谓"保佑二爷来生也变个女孩儿，和你们一处玩耍，岂不两下里都有趣了"，声口毕肖，像极了宝玉，的确证明着茗烟不是一般的男仆，而是真正走进宝玉心灵深处的男仆。

从寻访到祭奠，作为主人的贾宝玉，可谓是"少年哀乐过于人，歌哭无端字字真"，作为仆人的茗烟，也跟着主人养成了一种悲天悯人的情怀：同情万物，悲悯众生。

如果说上一节茗烟的所作所为被视为从烟火气里寻得一份清雅，那么这一节茗烟的所作所为则是从势利场中觅得一份天真。

从一到万：如今却忆江南乐，当时年少春衫薄

说到茗烟，不能不说与其有关的那一段风流韵事，那一段情欲书写。元妃省亲，人人力倦，个个神疲。一场大热闹过后，宁国府余兴未了，率先锣鼓开场，邀请宝玉过去看戏、放花灯，所点曲目多是些神鬼乱出、妖魔毕露、扬幡过会、号佛行香、锣鼓喊叫之声远闻巷外的热闹戏文。宝玉见繁华热闹到如此不堪的田地，只略坐了一坐，便私自走开各处闲耍。正在无目的信马由缰的当口，便突然想起某处有个小书房，小书房内曾挂着一轴美人图，画得极为传神。于是痴性发作，便想到此时的美人应该也会寂寞，便往书房走去。没想到的是脚没到、声先闻：

> ……刚到窗前，听见屋里一片喘息之声。宝玉倒唬了一跳，心想："美人活了不成？"乃大着胆子，舔破窗纸。向内一看，那轴美人却不曾活，却是茗烟按着个女孩子，也干那警幻所训之事，正在得趣，故此呻吟。宝玉禁不住大叫："了不得！"一脚踹进去，将两个唬的抖衣而颤。
>
> 茗烟见是宝玉，忙跪下哀求。宝玉道："青天白日，这是怎么说！珍大爷要知道了，你是死是活？"一面看那丫头，倒也白白净净儿的，有些动人

心处，在那里羞的脸红耳赤，低首无言。宝玉跺脚道："还不快跑！"一语提醒，那丫头飞跑去了。宝玉又赶出去叫道："你别怕，我不告诉人。"急的茗烟在后叫："祖宗，这是分明告诉人了！"宝玉因问："那丫头十几岁了？"茗烟道："不过十六七了。"宝玉道："连他的岁数也不问问，就作这个事，可见他白认得你了。可怜，可怜！"又问："名字叫什么？"茗烟笑道："若说出名字来话长，真新鲜奇文。他说他母亲养他的时节，做了一个梦，梦得了一匹锦，上面是五色富贵不断头的'卍'字花样，所以他的名字叫做万儿。"宝玉听了笑道："想必他将来有些造化。等我明儿说了给你作媳妇，好不好？"（第十九回）

　　整部《红楼梦》，直接涉及这样两性关系的文字不止一处，然而，此一处貌似闲笔，似不经意，无关宏旨，实际上却大有可索解之处。

　　首先，我们看文字表面的呈现：茗烟偷情，宝玉误撞。宝玉没有责罚他们，而是提醒业已吓傻的女孩还不快跑。一向多情的宝玉关心的不是偷不偷情，不是合不合法，而是作为当事人的女孩是不是害怕，于是天真地冲着女孩的背影补充叫喊，让人家别害怕，他不会乱说。针对茗烟，他关心的也不是偷情本身，而是茗烟是不是对得起人家，是情不自禁还是逢场作戏。这符合宝玉的一贯性格。那么，除此之外，还有别的吗？当然还有更多。

　　其次，从人之初的角度来看，谁没有过青春年少的美好时光，春风一度，风月无边。无论礼教的教义、教规多么森严，承认不承认，允许不允许，"成人礼"都得完成。所谓男女大防的礼教，针对的更多的是读书人、士大夫以及他们家里的女眷。普通人，特别是底层，虽然也受到礼教观念的影响，但还远没有那么噤若寒蝉。即便是在礼教"杀人"的明清两朝，来自民间的各种风流韵事依然连绵不断，"三言二拍"就是明证。因此，对于作为仆人的茗烟和作为丫鬟的万儿的这一段私情，宝玉没有什么大惊小怪的，作为成人就更不应该莫名惊诧。

　　再次，作者将这一段故事设置在宁国府贾珍的书房，书房里不见书卷只见美人图，不闻书香只闻声色，足可见出作为宁国府掌门的品格、做派。作者不放过任何一个细节,去坐实柳湘莲的那句痛诋"你们东府里,除了那两个石头狮子干净罢了",去见证"家事消亡首罪宁""造衅开端实在宁"那样的谶语。

最后,从上述叙述来看,与茗烟私会的小丫鬟除"倒也白白净净儿的,有些动人心处"之外,别的信息基本阙如。只是后来在贾宝玉的追问下,茗烟才作了小丫鬟名叫万儿及其来历的补充交代。说是其母在生她的时候偶做一梦,梦见得了一匹锦,上面是五色富贵不断头的"卍"字花样。从此,这个叫万儿的女孩似乎在整部书中消失了一般,再没有出现过。由此看来,这一段少儿不宜的故事,其符号性大于实体性,象征义大于实体义。

观点之一是说其象征着秦可卿与贾珍的不伦之恋。理由是故事发生在贾珍的书房,书房的布置与秦可卿的卧室相类,都比较香艳,是对欲删还留的秦可卿淫丧天香楼的互文补充,似乎有理。1987 年版《红楼梦》电视剧就还原了秦可卿淫丧天香楼这一细节。

观点之二是说其替代着贾宝玉的"意淫"之"淫"。"意"与"淫"是一对永恒的矛盾:在情与欲之间,在不能不长大又恐惧长大的懵懂少年心中。单单有情感上的"意"终归是不完整、不健全、不和谐的,茗烟代替宝玉完成了"淫",茗烟成了宝玉性格的一个侧面、一个阶段、一个本我。写茗烟的目的终归还是为了写宝玉,写宝玉完成"成人礼",理由是此前是贾宝玉与袭人初试云雨,此后是茗烟引导着宝玉出城去看望刚刚回家的袭人,也有道理。

观点之三是隐喻着贾元春宫中的得宠、失宠。根据贾元春进宫的时间和所担任的女史之职,再到贾元春加封贤德妃,得宠似乎来得有些突然。于是有红学家推测其得宠很可能正像这场偷情,是一次偶然事件,很快好景不长,紧接着就失宠。这种推测的理由是万儿母亲那一场关于布满"卍"符号的织锦之梦,与后来王熙凤做的那一场"夺锦之梦"遥遥相对,紧接着就是元妃的失宠。前程似锦,锦绣是荣华富贵的典型象征。想想似乎也能讲得通:此前是元妃省亲,在大热闹之后来一段茗烟与万儿偷情的小插曲,如果说没有来由,似乎还真说不通。

观点之四是这一段貌似不起眼的小插曲,却隐喻着"千红一哭""万艳同悲"。理由就是"卍"为"万"音,"卍"作为符号,既蕴含着佛家的吉祥、慈悲,更是总括、寓言、象征。一就是多，多就是一。偶然性蕴含着普遍性，小事件隐喻着大规律。

观点之五是蕴含着更为深层的文化观念。无论是茗烟还是焙茗，茗与茶都是古代婚礼的必备礼物：吃茶蕴含着订婚，茶礼蕴含着和合。香烟、烟火就更不用说，早已成为男女结合传宗接代的典型表征。"卍"则是古老的生殖崇拜的文化遗存符号，因此，茗烟与万儿的这一场不甚符合礼法的私会，其实是一种原始意象，有着丰富的原型意味，唤醒的是一种生生不息的集体无意识。但较之明清时期其他成年人的欲望叙述，《红楼梦》的这一段少年私会要诗意得多、可爱得多、有趣得多。

无论哪一种说法，都能自圆其说，都能言之成理。这也再次证明《红楼梦》内涵的丰富性、意蕴的深刻性以及无穷的可供阐释的魅力。

白衣飘飘的青春时光无往而不美，即便是犯错，也能得到上帝和神灵的原谅。

分析《红楼梦》中的人物，无论是边缘还是中心，都不能执其一端不顾其余，不能只见树木不见森林，必须从整体上才能看清楚作者为什么要写茗烟这样一个角色，才能看清楚作者写茗烟这样一个书童、小厮、跟班的角色与以往那些书童、小厮、跟班的不同之处。写贾宝玉不能不写茗烟，写茗烟的终极目的还是写贾宝玉。

贾宝玉的秉性、气质、思想、精神追求，我们大都已懂。作者为什么要冒被细心的读者百般挑剔的风险，也要模糊贾宝玉以及大观园中这些少男少女的年龄呢？很显然，作为栽过跟头来的作者，他要怀念、要回忆、要祭奠，他要描写那一段最美的时光，至于到底年龄是几岁已经不重要了，重要的是那一段美好时光的美好回忆。就像我们在许多年之后回忆自己的中学时光、大学时光一样，太多的美好琳琅满目，太多的感伤咀嚼成瘾，至于是初一、初二，高二、高三，大一、大四，还重要吗？因此，贾宝玉不能长大，茗烟只能永远是娃娃脸。曹雪芹一定没有读过西方的大悲剧《安提戈涅》，更不可能读过法国当代剧作家阿努伊根据《安提戈涅》改编的戏剧，然而，在对待年龄上，在认识到年龄的悲怆意味上，东西方的大师们应该是相通的。所以曹雪芹才写了那么多少男少女的故事，写到了那么多的少男少女情归何处的故事，写到了他们天天思考着如何才能不长大的故事。用天真、鲁莽、热血、意气和丰富细腻的情感，时不时冒出来的少年老成的箴言哲理，来对抗成年人的污浊世界。

"相逢意气为君饮，系马高楼垂柳边。"他们互相陪伴、启发和见证，恣意生长。虽为主仆，但界限似乎早已模糊，更像是青春作伴、风月无边的知己：茶亦醉人何须酒，从来佳茗似佳人。

袭人：人生匮乏诗远方

从第三回袭人登场，到最后一回袭人出嫁，粗略统计，整部《红楼梦》中，袭人出现或提及袭人的将近九十回，接近四分之三的回目。袭人的篇幅很长，戏份很重，笔墨够浓，围绕着袭人的论争也是相当地激烈、绵长，二百多年来，从未断绝。分歧之大，水火不容。

譬如，面对袭人，你如果站在现实主义、普通读者的立场上你就会特别地同情她，因为她就是我们普通人当中的一员：她因出身贫寒卖身为奴本就值得同情，她的追求上进显得多么励志，她的温柔和顺多么深得人心，她的面面俱到、广结善缘多值得我们反思为人之道，她的忍辱负重显得多么顾全大局。但是，你如果站在理想主义、诗与远方的立场上，你的想法就会截然相反，你就不能容忍，甚至会讨厌她、鄙视她：人怎么可以如此地甘被奴役？人怎么可以如此地无情无趣、无时无刻不是满口大道理？人怎么可以如此地"双标"苟且、言行不一？你能找到袭人像哈巴狗一样的证据，我就能找到袭人敢于反抗忤上的实例；你能举出袭人忠与贤的证据，我就能举出袭人奸与诈的实例。即便是同一件事实，你能分析出其忠心耿耿，我也能分析出其喜新厌旧。那么，袭人到底是一个什么样的人呢？

阅读文学作品毕竟不是面对生活本身，必须遵循阅读欣赏的一般路径，既不能过于投入地钻进去出不来，以某个角色自命；也不能过于高高在上，不接地气、高蹈宏论，而应该尽可能地以文本所提供的事实为前提，以作者的倾向性为参照，以同情之理解为方法去分析，尽可能地得出一个相对比较全面、客观和完整的答案。

　　看过了几乎所有的论争之后，我们发现：在所有对袭人的赞美的评论中，几乎都是从世俗人生的角度对其生存层面的高度肯定，鲜有精神层面的探寻、灵魂层面的追问，审美层面的研判就更是几乎没有。整体而言，对生存道德、人情世故的热衷远远超越了对存在审美、精神志趣的品评。那么，接下来，我将从生存之术、生活之道和存在之思三个层面来分析关于袭人这一人物形象的内涵特征。

生存之术

　　无论从何种层面来分析都不能无视文本所提供最基本的事实。

　　关于袭人，文本所提供的事实很多，不能面面俱到，我们只选择最典型的、争议最大的，最能够说明一个人本质特征的事实来分析：

> 　　原来这袭人亦是贾母之婢，本名珍珠。贾母因溺爱宝玉，生恐宝玉之婢无竭力尽忠之人，素喜袭人心地纯良，克尽职任，遂与了宝玉。（第三回）

　　这是第三回袭人出场时作者的交代，交代的是袭人的身份：本名珍珠，曾经是贾母的丫鬟，现在给了宝玉。一直到第十九回《情切切良宵花解语》——袭人的重头戏，才由袭人自己补充交代出身世：袭人在很小的时候就因为缺衣少食被父母卖给了贾府，而且是"卖倒的死契"，先后服侍过贾母、史湘云，现在是贾宝玉的首席大丫鬟。

　　通过作者的交代和袭人自己的补充交代，我们可以比较完整地弄清楚袭人的身世和身份。就身世来说，袭人生于贫寒之家，贫寒到生计无着、卖儿卖女的地步；就身份来说，袭人是"外买的"，不是"家生子"，而且是"卖倒的死契"；就袭人的主观感受来说，在贾府里做丫鬟还是不错的，吃穿都和主子一样，也不朝打暮骂的。她很满意，甚至很享受。

　　出身的贫寒、从小被卖的经历决定了袭人在贾府的第一要务便是生存，站住脚、活下去，然后才是如何活得好一些的问题，再然后才是诗与远方的问题。

外买的、非家生子,这意味着袭人在贾府毫无根基,没有任何援手,一切全靠自己,逆水行舟,不进则退。环境的险恶注定了袭人要想生存下去,的确不太容易。

"卖倒"意味着不能更改,"死契"意味着不能赎身。当然,也不是绝对不可以,那要看主人家是否足够宽厚仁慈。这一方面意味着袭人要为奴到老,另一方面也意味着贾府必须为袭人负起全责。强调这点非常重要,最后一回,袭人被赶出贾府、被迫嫁人,对袭人来说是终于被弃,对贾府来说就是严重违约。

因此,评价袭人如果能够时时顾及其身世和身份,从生存之术上来考虑,很多问题也就不是问题了。也就是说,对这样一个无依无靠、无文化、无家教的丫鬟,我们不能要求太高。服侍过三个主子,一步步爬到贾宝玉首席大丫鬟的位置,而且能被王夫人看中、利用(当然,也可以说是"信任",能被利用至少说明还有价值,具体到袭人来说,能被利用也是一种恩赐),没有超常规的付出是不可能的。至于"超常规"到何种地步倒是可以争论的:有些是可以付出的,有些是不可以付出的。既然是为奴,就要有为奴的职业伦理;既然是做人,就要有起码的做人底线。譬如"尊严""不告密""不踩踏别人"就是底线。贫寒不是不要尊严的理由,生存不是可以踩着别人往上爬的借口。更何况,大观园中毕竟还有那么多视尊严若生命的丫鬟。安分守己、不害人的奴仆大有人在。

按照生存法则,在为人处世上,袭人在初进贾府服侍贾母的那段时光里还是可圈可点的。"不言不语""没嘴的葫芦",这是贾母对袭人最初的印象和评价,这一比喻非常形象,生动有趣,准确且容易理解。很多讨厌袭人的读者,单从这一句话的评价,就简单地认为贾母是被袭人的伪装瞒过了。其实,如果考虑到侍奉贾母时的袭人(当时还叫珍珠)是刚刚被买进贾府的,就不会轻率地认为贾母被袭人瞒过。对比后来的"能说会道",早期的"不言不语"的确是有些伪装,但此时的伪装是完全可以理解的,毕竟是刚刚从一个穷得连饭都吃不上的贫寒之家,一脚踏进了这样一个钟鸣鼎食的富贵之家,多做少说、察言观色才是正理。所谓"没嘴的葫芦",真正的意思并不是不会说话,而是话语虽少,但心里有数。这只能说贾母看人特准,岂能作为被瞒过的证据?

按照生存标准,在尊严感上,袭人比鸳鸯就差了一大截。按照袭人自己的说法，在她第一次回家的时候，她家里人是准备为她赎身的，她是可以不再为奴的，然而，她竟然以吃穿和主子一样，也不朝打暮骂为理由，也许还暗含着一个说不出口的虚无缥缈的"宝二爷姨娘"的身份期待而被拒绝了。在"生存"和"尊严"并没有冲突到只能二选一的情况下，她毫不犹豫地选择了"生存"，放弃了"尊严"，这足以说明，袭人是贪恋荣华富贵的，必要的时候，哪怕牺牲一些尊严，也是在所不惜的。作为"家生子"的鸳鸯，在没有选择的前提之下，却依然守住了"可以为奴，但绝不做妾"的尊严底线；作为"外买的"袭人，在有选择的条件之下，却选择了"甘愿为奴"。这就是差距，挺袭人的读者无论如何都没有理由为她辩护的。

按照生存法则，在不踩踏别人、忠诚度上，袭人比紫鹃也差了一大截。

袭人到底有没有"告密"？这一点是所有关于袭人的争论的重中之重，也是所有谈论袭人的人无法绕过的话题，因为它直接关系到袭人的道德品质。

很多反袭人的读者认为袭人就是告密者，向王夫人建言献策，要求将贾宝玉搬出大观园，隔断其和姐妹们的交往，就是不折不扣的告密；很多挺袭人的读者则咬文嚼字，从"告密"的定义上分析，认为说袭人告密是冤枉她了，而且还搬出真正的告密者，比如王善保家的等为袭人开脱、撇清关系；也有人为了显示公允，说"事出有因，查无实据"。

我不反袭人，也不挺袭人，我只是就事论事地来分析：袭人的如此作为是否妥当？是否突破了为奴、为人的底线？是否踩着别人的肩膀往上爬？

这就有必要再次回顾一下袭人的身份：不错，袭人是因为贾母溺爱宝玉，才被送给了宝玉的，这里面隐含着一个重要问题：从服侍贾母到服侍宝玉，袭人"过户"了没有？这一点非常重要，重要到关乎为奴的底线。作为一个丫鬟，除了为人的伦理底线之外，还有一个为奴的职业伦理底线必须坚守，如果职业伦理没有守住，也是要遭人诟病的。过户了是一种说法，没有过户就是另一种说法。那么过户的标准是什么呢？工资谁发、对谁负责、有了事情该首先向谁请示汇报，就是几个硬指标。

第三十六回明确交代过，王夫人问凤姐：老太太屋里丫鬟的工资有几个是一两的？凤姐说有八个，现在是只有七个，那一个是袭人。王夫人则明确说到,袭人还算是老太太房里的人。凤姐则更直接地挑明,袭人的工资依然是在老太太的丫头账上领。也就是说,就工作关系来说,袭人只能说是暂时的借调。

为什么要强调这一点呢?因为这一点直接决定着,袭人在宝玉那里的所作所为是否得体、妥当,是否合乎职业伦理。

就拿袭人对王夫人的建言献策这一最大的争议点来说,按照职业伦理、契约意识来说,这是一种非常明显的越轨之举。

宝玉挨打之后,钗、黛、凤等一干人轮番探望,此时,王夫人要一个服侍宝玉的丫鬟去她那里回禀情况,袭人便在权衡利弊之后,自作主张奔赴王夫人处,然后就是说服王夫人应防患于未然等一番大道理。

首先,王夫人只是说要一个丫头过去,并没有指名道姓地要袭人过去,王夫人见来的是袭人,便埋怨她不该撇下宝玉不管就慌忙地过来。袭人的"抢抓机遇"的确有些"抢"过了头,而且不是一时心血来潮的无心之举,而是一种权衡利弊之后的精致利己,超过了一般的尽职尽责,有了投机攀附的嫌疑。反袭人的读者说她心机重,其实并没有冤枉她。

其次,宝玉挨打的根本原因是在大观园外流荡优伶,直接原因是贾环添油加醋的诬告,和大观园内的姐妹们没有任何关系,这些袭人都是清楚的。可是袭人却故意歪曲事实、建言献策要求把宝玉搬出园子。明明是隐含着自己的欲望和私心,却打着为"宝玉好"这一冠冕堂皇的旗号以及一番男女大防的"大道理"。而且奏效了:一是讨得了王夫人的欢心和认可,一口一个"我的儿"地叫着;二是为大观园的风流云散埋下了沉重的伏笔。

再次,这一次的建言献策,的确并没有指名道姓,谁有可能和贾宝玉"作怪",做出"不才"之事。如果严格按照"告密"的定义来说,的确是够不上,但依然属于名不正、言不顺,既不合理,更不合情,只能算是投合了王夫人的个人私愿。作为一名"借调"的丫鬟,一背着现在的主人贾宝玉,二越过以往的主人贾母,直奔王夫人去宣讲一番大道理,这就是名不正、言不顺,违背了职业伦理。明知道贾宝玉挨打的原因,却故意避而不谈,绕着弯子往有利于自己的方向出主意、想办法,此为不合理;明知道贾宝玉的性情和癖好,却偏偏逆着贾宝玉的性情来，迎合讨好固然不好，但逆行也不见得一定就好，此为不合情。

　　更为重要的是这一场所谓的建言献策是见不得光的：对袭人来说，相当于打通了一条通向王夫人的密道，攀上了王夫人的高枝，取得了王夫人所谓的"信任"；对王夫人来说则是多了一条眼线。虽然无法一一坐实袭人的告密之举，但却也无法一一撇清袭人的告密嫌疑：即便作者点明了是王善保家的告的密，也不能排除袭人的告密嫌疑，因为二者并不矛盾。有了第一次就会有第无数次，这一次没有指名道姓，也不能保证下一次不会指名道姓。正如有的学者所说的：文学创作不同于法律上的"疑罪从无"，"事出有因"可能比"言之凿凿"更富有艺术的张力。

　　袭人此举，不但是职业伦理上的越轨之举，而且还是为人上的突破底线。因此，无论从哪个角度来说，都找不出为其辩护的理由。

　　自己活，也得让别人活，生存之术的底线是不能损人利己。

生活之道

　　站稳了脚跟，坐到了宝玉的首席大丫鬟位置，攀上了王夫人的高枝，特别是被王夫人默认其将来的姨娘身份（工资涨到跟姨娘一样多）之后，袭人应该说是脱贫了，再也不用为生存发愁了，接下来就是如何生活得更好等一些问题了，因此，我们就应该从生活之道上来看看袭人的妥与不妥了。

　　生活之道的确比生存之术要复杂很多。生存之术的终极目的是活着；生活之道的终极目的则是活好，活好比活着要复杂百倍。譬如活得好的一个首要问题是如何与别人相处。是我行我素、锋芒毕露、活出个性与情趣叫活得好，还是深沉内敛、温柔和顺、广结善缘、忍辱负重、承担一切、严格遵守现存的道德规范叫活得好呢？很难说，但依然有一个标准：那就是不能言行不一、双重标准、首鼠两端。而恰恰在这一点上，袭人遭到了其反对派的猛烈炮轰。

　　譬如在"云雨情"和"献计策"这两件公案上，袭人的表现就是明显地让人无法接受。

　　抛开是非对错、合礼与否暂且不论，袭人是贾宝玉众多侍女当中唯一被写明了和贾宝玉有肉体关系的一个，可是在王夫人面前，她却嚼舌根子说，我天天劝二爷，却怎么也劝不醒；偏偏那些人又特别愿意亲近他，也怨不得他。而且，当王夫人追问她："宝玉难道和谁作怪了不成？"她却又心虚地回说："太太别多心并没有这话。这不过是我的小见识。"

首先站在一个道德的制高点上，撇清自己，指责别的女孩子和贾宝玉太过亲近，搞得自己和贾宝玉的关系好像很清白、最得体似的；其次是面对王夫人直指要害的追问，却又脸不红心不跳地瞒过去。你既然自认为自己和贾宝玉的关系不算越礼，干吗心虚不敢承认呢？不承认也情有可原，干吗又说别人亲近宝玉呢？这不是典型的贼喊捉贼吗？

再譬如，第六十七回，夏末秋初，大观园中，果子刚熟。袭人在去看望凤姐的路上，遇到了老祝妈正拿着掸子驱赶果子上的蜜蜂，于是便与老祝妈聊起了果子的长势成色。这老祝妈大概也是想拍拍袭人的马屁，便笑着说道："今年果子虽遭蹋了些，味儿倒好，不信摘一个姑娘尝尝。"这是多么自然的一件事情，却不料袭人疾言厉色地借此宣讲了一番"尝不得"的大道理：什么不但没熟吃不得，就是熟了，也得上头先享用，什么你都是府里的老人了，怎么连这个规矩都不懂，等等。搞得老祝妈只好赔笑说道："姑娘说得是……我可是老糊涂了。"

我想，任何一个正常的人在看到这一段的时候，都会感到不爽吧？民谚云："生瓜梨枣，见了就咬。"这是常识中的常识，哪里就上纲上线到"不懂规矩"那样吓人的高度？道理十足，但情趣全无。一个时时处处把大道理挂到嘴上的人，按理说应该是处处遵守大道理的人，可事实却又并不是那么回事。联想到前面第三十二回，她竟然以自己身上不好为理由要求湘云替她做鞋子。表面上是"求"，其实不就是支使、指派吗？贾府规矩，有仆人使唤主人的吗？虽然可以用主仆关系处得好为袭人开脱，但也不排除湘云"好说话、随和、不计较"的弱点被袭人抓住并加以利用，袭人是特别会看人下菜的。

关键是袭人这种越礼之举可不是这一件两件：她曾经给丫头芸香改名字，也曾经让薛宝钗帮她做针线；她曾经背后议论过黛玉的懒，也曾经当着鸳鸯、平儿的面骂过贾赦的好色等。如此说来这袭人究竟是守规矩还是不守规矩呢？当然，喜欢袭人的也能从中解读出袭人的正直无畏、心直口快，但是看人一定要着眼于大处、整体和全局。对袭人来说，这种双重标准、自相矛盾、前后矛盾比比皆是。

在生活之道上，袭人的确如王夫人所说的，是惯于讲"大道理"的，可是轮到自身却通常是忘记了这些"大道理"的。

一个惯于讲大道理的人，是很难有生活情趣的。譬如"云雨情"，这对男女双方来说都是多么重要的时刻，多么重大的事情，尤其是对作为弱势的女性一方来说，就更是刻骨铭心，可是袭人想到的竟然是越不越礼，而不是情不自禁。在袭人看来，不过是一次尽心的服侍而已，并没有看出在袭人的心灵深处刻下多么深刻的烙印。表面上的温柔和顺，掩盖不住骨子里的冷酷、无情和自私。这就又牵涉到袭人的所谓"痴"：

> 这袭人亦有些痴处：服侍贾母时，心中眼中只有一个贾母；如今服侍宝玉，心中眼中又只有一个宝玉。（第三回）

就是这么简单的一句作者对袭人的评价，竟然也有着大相径庭的解释：挺袭人者，解读出的是袭人的痴情、忠诚、执着；反袭人者，解读出的却是袭人的喜新厌旧、薄情寡义。的确，单看侍奉一个主人的时候，袭人的表现是忠诚，可是联系起来看呢？正好走向了忠诚的反面。这就是汉语言文学的魅力，也是作者用笔的妙处。貌似谁都爱，其实谁都不爱。表面上看最忠诚，骨子里却最无情。无论是表面上的忠诚还是骨子里的无情，最终都必须服从于自身利益的考量。

这便是袭人的生活之道：我可以温柔和顺，也可以金刚怒目；我可以忍辱负重，也可以借刀杀人；我可以信誓旦旦，也可以翻脸不认人。一切都以"我"的利益为中心。

第十九回《情切切良宵花解语》，她劝宝玉说，只要遵从她的"约法三章"，即便是"刀搁在脖子上""八抬大轿抬她"，她也不会离开贾宝玉，近乎海誓山盟了，听起来多么感人，单看这一处谁能说袭人不是个重情重义的？可是到了第三十六回，一旦知道王夫人内定其为宝玉未来的姨娘之后，立马就变成了另一副面孔，冷笑道："你倒别这么说。从此以后我是太太的人了，我要走，连你也不必告诉，只回了太太就走。"宝玉笑道："就便算我不好，你回了太太竟去了叫别人听见说我不好，你去了你也没意思。"至此，袭人却说出了最无情的一句话："有什么没意思，难道作了强盗贼，我也跟着罢。"虽然是以玩笑的形式说出来的，但听起来是那么的冰冷。刚说过的"刀搁在脖子上""八抬大轿抬她"也不会离开的话转脸就忘了。

还是在这一回，宝钗来探望宝玉，袭人正在为宝玉缝肚兜，她却以坐的时间长了、腰酸背痛为理由，出去伸个懒腰、喘口气，把宝钗一人留在了正在睡觉的宝玉身旁，宝钗似乎也忘情地坐在了袭人的位置上继续袭人未完的针线活，这场面多么温馨香艳！那么，袭人在王夫人那里谈的那一番男女大防的大道理哪去了？一到了自己和宝钗身上，大道理那根弦怎么就彻底放松了呢？

还有一件争讼最多的案例就是，当晴雯被赶出大观园之后，宝玉便预感到可能是最后的诀别，于是便想起枯萎的海棠，进而联想到世乱则萎、世治则荣的孔庙之桧、诸葛之柏、岳飞之松以及杨贵妃的沉香亭的芍药、端正楼的相思树、王昭君坟上之枯草等，说了那么多无非是说天人感应，晴雯遭劫也是早有预兆的，结果却遭到袭人强烈的抢白：

> 那晴雯是个什么东西，就费这样心思，比出这些正经人来！还有一说，他纵好，也灭不过我的次序去。便是这海棠，也该先来比我，也还轮不到他。想是我要死了。（第七十七回）

反袭人者认为，此句彻底暴露出了袭人的真面目：终于不需要再伪装，争荣夸耀之心昭然若揭。挺袭人者却从中解读出了袭人的承担，虽然是生气的口吻，却是一种在死亡面前的大担当。证据就是后面的一句袭人的心理描写："若不如此，你也不能了局。"意思是说，袭人这是用激将法在村宝玉，不如此不足以唤醒陷入悲痛旋涡的宝玉。

其实，如果要真正理解袭人的这一句狠话，不能只就这一句话的语境分析,还应该顾及整部小说。第一,放眼全书,袭人几乎从来没有说过如此重的、过激的话,有悖于她一贯的"温柔和顺";第二,即便是为了从反面刺激宝玉梦醒,也不至于用如此重的话;第三,所谓"承担"是谈不上的。那么多比喻,固然是不吉利,在一般人看来,的确像是咒语,然而,在宝玉看来却并非咒语,而是一种极高的礼赞,古往今来,有哪一个女孩的死亡能与那些圣者先贤相提并论? 再联想到后面的《芙蓉女儿诔》,这相当于是宝玉在提前为《芙蓉女儿诔》打草稿啊! 怎么能说是咒语呢? 既然不是咒语,所谓袭人的勇于承担之说不就落空了吗?

综上看来,这袭人的"贤",到底有多少是真贤,有多少是伪装? 那些满口的"大道理",有多少是真心,有多少是旗号? 对宝玉的那些付出,有多少是真爱宝玉,有多少是曲线地爱自己? "云雨情"算不得错,"进言王夫人"算不得错,她当然可以不喜欢黛玉,争荣夸耀往上爬都算不得多大的错,她错就错在不该如此频繁"变脸"。

存在之思

人生,最终的价值在于觉醒、觉悟和思考能力,而不只是在于生存、生活。

从袭人自觉地站队到金玉良缘一边就可以看出来这是一个非常庸常、世俗的女孩,除了生存之术、生活之道、做稳奴隶成为宝玉的姨娘之外,就再也没有更高的追求了。

要求袭人拥有诗和远方或者更高的梦想,的确有些强人所难。然而,作为《红楼梦》中人的袭人可以没有存在之思,作为《红楼梦》的读者,却不能没有由袭人这一文学形象所引发的形而上的存在之思:那就是,怎样的人生才是理想的人生?

以往的论者在论及袭人的时候,通常会把袭人和晴雯相提并论,并且把袭人和晴雯之争与钗黛之争相提并论,这的确是个不错的角度,从对比中更能看出个性特征。主人与主人之间,仆人与仆人之间,主人与仆人之间,真与假、善与恶、美与丑、忠与奸、柔与刚、曲与直、情与理等。但是这种对比也有遗憾,如此对比往往会陷入二元思维，非常容易走向非此即彼，走向偏激和极端，爱恨两极，不共戴天。

我这里并不想重复前人的那些对比分析，我只是想探索一下，面对一个小小的丫鬟，怎么会有如此两极化的思维。除了前面我们提到的认识对象和认识主体各自的丰富性、复杂性和差异性之外，还有一个因素特别值得强调，那就是作家本身的倾向性，创作手法的多样性，也会影响到读者对某个形象的判断。

我们先来看作者借其笔下的人物对袭人做出的评判。

贾母评价她是个没嘴的葫芦；王夫人说她笨笨的，比宝玉强十倍；薛宝钗比较尊重她；林黛玉直呼其为嫂子；薛姨妈说她模样儿不用说，行事大方，说话见人和气里头带着刚硬要强；她自己更是谦虚说自己粗笨。宝玉对她的感情相对比较复杂，有一个变化的过程：从最初的依赖到后来的敬重，从开始怀疑再到后来的完全不信任，一直到最后给出的鉴定评语是"靠不住"。比较而言，还是宝玉的判断相对比较准确。

由以上《红楼梦》中人对袭人的评价，我们是不是可以这样看袭人：与其说她有多好、多坏，倒不如说她有多俗；与其说她多复杂，倒不如说她有多平庸。与那些一心梦想着嫁入豪门的女孩相比，她不过是比较幸运地被卖入了豪门，最高的理想不过是过上好日子而已，而能让她长久地过上好日子的最现实的打算就是坐稳宝玉姨娘的位子。除此之外，再无其他。这只是一个世俗的女孩合理的理想和愿望，算不得多大的恶，更构不成犯罪，即便是为此得罪过甚至伤害过一些人。然而，即便如此，她的理想也终成泡影，"枉自温柔和顺，空云似桂如兰"，被贾府无情地抛弃。因此，充其量也就是个凡人的悲剧，小人物的悲剧。

对宝玉来说，袭人可以是保姆、是姐姐、是母亲，唯独不是情人。虽然有了肌肤之亲，但精神上的隔膜感和灵魂上的疏离感却是不容忽视的。虽然与宝玉日日生活在一起，但我敢说，宝玉的话她是听不懂的，恐怕她也懒得去懂。无论从哪一个方面来看，这都是完全隔膜的两个世界中的人。

在宝玉的姨娘人选上，贾母是看好的是晴雯，王夫人看好的是袭人。不过是王夫人先斩后奏罢了，既然亲娘内定了人选，做祖母的似乎也不好再说什么，却间接地表达了一些不满。由贾母和王夫人分别看好晴雯和袭人，也可以反观出袭人性格的另一个重要特征：无趣。因为贾母虽然地位至尊，却并非一天到晚不苟言笑、宝相庄严，而是一个特别有情趣的老太太：插科打诨、给人起绰号、譬喻类比、讲笑话都是她特别拿手的，看人评人往往一针见血、鲜活生动。而王夫人则相反，具体的、日常的生活中，你很难看到王夫人的喜怒哀乐。一个生活中特别有情趣的人是很难喜欢上一个生活中无情趣的人的；反之也一样，一个生活中特别无趣的人，也很难欣赏一个生活特别丰富多彩的人的。所以，能被王夫人欣赏的人和能欣赏王夫人的人，你就可以看出她该有多无趣：他们眼中只有功利，没有审美；只有利用，并无信任，更不要说真情。袭人先被利用后被抛弃的命运就是最好的证明。

接下来，我们再来看作者的倾向性。

文学理论的常识告诉我们，作者的倾向性首先一定要有，其次一定要藏。有不成问题，关键的是藏。藏的方法直接关涉到创作的方法。创作方法当中最能隐藏倾向性的手法是春秋笔法和互文见义。这两种创作手法《红楼梦》的作者已经运用到出神入化。春秋笔法的本质在于褒贬都在一句话中，是寓褒于贬，还是寓贬于褒，需要通过文本内外的参照才能弄清楚作者的褒贬；互文见义的本质在于不能脱离语境孤立地单凭某一细节去评判人物，而应该顾及全文、全书。

要想全面、深刻地认识袭人，必须顾及作者运用娴熟的春秋笔法和互文见义。同时，还应该顾及一个人的评价，那就是《红楼梦》的首席权威点评家脂砚斋。正因为其首席和权威，所以往往能够影响到很多读者的评价，以脂砚斋的是非为是非。

文学常识还告诉我们，不要说权威批评家，即便是作者本人的倾向性也只能作为参考，不能全盘接受，因为形象永远大于思想。一个人物形象一旦成熟，对其的阐释，就是作者自己也是无法掌控的。

那么，对袭人来说，作者的倾向性是什么呢？纵观全书，我们可以得出这样的结论：贬多于褒，同情、可怜多于爱恨。为什么不能明明白白地写出，却偏要让人去猜呢？原因倒也并不复杂，从脂砚斋一口一个"袭卿""口气像极！"等的批语口吻中我们似乎感觉到袭人的原型很可能还健在。一个就生活在你身边的人，而且对你有恩，而你却偏偏不喜欢她，你在小说中该如何写她？

写到最后，我想到了一个成语：盲人摸象。

表面上看，盲人摸象不过是一个笑话：笑话那些一叶障目、不见泰山，执其一端、不顾其余，只见树木、不见森林等的浅薄之见，其实，盲人摸象更像是一则寓言：这世界就是一头大象，我们每个人都是盲人，谁敢说他所见到的大象就一定是一头完整的大象？不过是有些属于目盲，有些属于心盲而已。

盲人摸象作为一种现象极为正常，没有什么可笑的。认识对象的复杂、立体、多面、深邃，认识主体的立场、角度、方法、情感、思想都可能导致我们无法全面地、立体地、深刻地去认识一头大象，具体到一部文学作品就更是如此，除了认识对象和认识主体各自的丰富性、复杂性和差异性之外，还有作家本身的倾向性问题，作家创作手法的多样性问题等，都会导致我们无法全面、深刻地认识一个完整的艺术形象。因此，我这里的说袭人也不过是盲人摸象罢了。

晴雯：污泥芙蓉浊水莲

欣赏袭人几乎不需要什么条件，因为袭人就是芸芸众生中的一员，混得好、吃得开、会做人也就够了。欣赏晴雯可就没那么简单，需要很高的门槛，不是衣食住行、职场攻略层面所能理解的。如果说林黛玉是以其惊人的才情，见一个打趣一个，那么晴雯则是因其吓人的坦率见一对刻薄一双，任何花里胡哨、虚伪矫饰在其面前都难免心惊胆战、自惭形秽、无地自容。看破不说破的是袭人，看破偏说破才是晴雯，以至于最终成为众矢之的，带病被赶，青春夭亡。

大观园中，也唯有贾宝玉面对其"蛮不讲理"非但不以为忤反而毕恭毕敬，包涵纵容，百般体谅。因为他知道她的伶牙俐齿里都是真，她的刁蛮尖刻中都是情。所以才在其去世之后含泪泣血为她撰成一篇千古绝唱《芙蓉女儿诔》。在那么多的逝去的红颜中，唯有晴雯享此殊荣。

历来晴雯和袭人同提，一如黛玉和宝钗并论。所以，围绕着晴雯的争论也是相当激烈、绵长。在此，我不想掩饰自己的立场，更不隐瞒自己的观点，只是想围绕着晴雯一生的几件大事，譬如身世之谜、千金撕扇、病补雀裘、我太不服等作一些梳理和辨析，看看是否能够平息一些争论，澄清一些误解。

身世之谜

判词说她"心比天高，身为下贱"，那么我们看晴雯的身世到底是不是真的下贱。

　　晴雯十岁的时候被赖大家买来做了赖嬷嬷的丫鬟，经常跟着赖嬷嬷进出荣国府，因为伶俐标致，被贾母看上了，所以赖嬷嬷将其转送给了贾母。在给贾母做了几年丫鬟之后又被转送给了贾宝玉。这便是晴雯的身世和身份，一切似乎都很正常。

　　然而，单单从字面上看，晴雯是奴才的奴才，的确是"下贱"。可是，接下来的文字信息就有些匪夷所思了。

　　晴雯进贾府时不记得家乡父母，只知有个姑舅哥哥，是个厨师，也沦落在外，所以才又求了赖家招进来给了份工作，而且还帮他说了媳妇成了家。

　　按理说，三岁就记事了，十岁的晴雯竟然还不记得家乡父母这就有些奇怪了。要么是不想说、不敢说、不愿说；要么就是像香菱一样在不记事的时候就被人贩子拐卖了。可是，她竟然还知道有个做厨师的姑舅表哥，这就更奇怪了。如果真的像香菱一样在不记事的年龄就被拐卖，那么有关故乡亲人的一切信息都应该被切断才对，怎么可能还记得一个已经成年的姑舅表哥呢？晴雯不记得家乡父母，难道其表哥也不记得吗？显然，从小被拐卖这种情况是可以被排除了，那就只剩下一种可能：不想说、不敢说，或者不愿说。

　　不想说、不敢说、不愿说又是什么原因呢？要么是身世过于卑微，贫寒至极，说出来都是泪；要么是身世过于高贵，富贵至极，家道中落，同样说出来都是泪。一般身世也没有隐瞒的必要，而且也谈不上"沦落在外"。既然是"沦落在外"，那就说明这一对表兄妹的身世应该并非字面所介绍的那样。

　　那么有没有更多的信息可以佐证呢？有，而且很多。

　　第一，晴雯是识字的，这在丫鬟中是很少见的。她曾搬着梯子往门头上贴贾宝玉写的"绛芸轩"三个字，如果不识字的话恐怕连这三个字的顺序都未必能搞清楚，是干不了这活的；如果出身寒微，晴雯是不大可能识字的。

　　第二，晴雯是有超人的见识和独特本领的。宝玉的雀金裘被烧了个洞，拿到外面去修补。结果织补匠人、能干裁缝、绣匠女工都不识货，连活都不敢接。偏偏晴雯却识得，一眼就看出来是孔雀金线织的，而且还会界线法，这就越发奇了。虽然在跟着贾母的时候可能见识过一些高档面料，但是界线法就不能只是见过就行的，那必须有实际操作才成。如果是穷人家的孩子，晴雯从哪里学来的这本事？一个奴才的奴才竟然有着超越职业工匠的见识、本领，这还不足以让人拍案惊奇吗？见千剑而后识器，操千曲而后晓音，没有多年的耳濡目染实践训练，再心灵手巧也是枉然的。而且界线法是很专业的刺绣本领，贾府里的丫鬟除了晴雯没有第二个人会。

第三，晴雯那双美手和美甲似乎也在默默地告诉着读者：这丫头不是那丫头。晴雯病了，胡太医诊脉，晴雯从幔帐中伸出手来。胡太医见手上有两根指甲，有二三寸长，而且是金凤花染，通红，赶忙转过头来。一个老嬷嬷赶忙拿了块绢子盖上指甲。胡太医诊完脉，起身到外间，给嬷嬷们说小姐患的是小感冒。幸亏是小姐，平时饮食有限，风寒也不大，吃两剂药就好了。一直到最后开药方，胡太医还在疑惑方才不是小姐，是位爷不成？

晴雯的手指、指甲、脉象等都使胡太医误以为诊治的对象是个"小姐"，而且一迭连声地用了三个"小姐"，晴雯出身的真相可谓是呼之欲出。晴雯特别刺眼的通红指甲，被很多读者当成懒惰的证据，其实，根据相关资料显示，那样的长指甲恰恰是刺绣高手所必不可少的。如此看来，长指甲非但不是懒惰的标志，反而成了其勤快的注脚，而且晴雯也的确是个刺绣的高手，至少是个针线活的高手。

第四，"撕扇子作千金一笑"，尽管是类比、比喻、历史典故的活用，但在回目中点明了是"千金"这种一语双关也足够让人生疑的了。

第五，晴雯平时的那些脾性、风格和做派的确不是一个丫鬟仆人应该有的。"小姐身子丫鬟命"常常被用来讽刺那些原本不是公主却浑身都是公主病的女生，仔细想想，如果真的不是公主，她是患不了公主病的。所谓"心比天高，身为下贱"的判词为什么一定要理解为对幻想的嘲讽？理解为对沦落的叹惋也许更符合作者原意吧？

第六，《红楼梦》中如果仅仅写了晴雯这一例也许是偶然，是我想多了，过度诠释了。问题是这样的"沦落"之人《红楼梦》写了很多：黛玉、香菱是明写，秦可卿、妙玉则是欲盖弥彰的暗写，现在又多了一个晴雯。而且你会发现，这五大"沦落"的美人在性格、脾气、才情、见识上也有着惊人的相通。

与薛宝钗、袭人等有父有母有家不同，林黛玉、晴雯都是无父无母无家可归的，她们是真的把贾府、把怡红院当成唯一的归宿。

对其身世作一番分析之后，再来看其言行举止、所作所为，是不是就多了一份体谅和宽容？

千金撕扇

这是晴雯争议最多、最遭诟病的场景之一。

撕扇的起因并不复杂。端阳佳节，王夫人置办了酒席，请薛家母女过节。没承想大家却都是淡淡的、懒懒的，并没有多少过节的兴致，所以很快就散了。宝玉因为调戏金钏致使金钏挨打，因为暴雨被关在门外误踹了袭人一脚，也正心中闷闷不乐，回到房中，长吁短叹。偏偏晴雯上来换衣裳，一不小心把扇子摔坏了，宝玉便埋怨晴雯是个蠢才，晴雯毫不示弱地顶嘴，于是引发了怡红院一场不小的风波。最终以宝玉要打发晴雯离开，晴雯宁死不走，众丫鬟跪地地求情，宝玉无可奈何的哭诉收场。

撕扇的过程也很简单。宝玉被薛蟠喊去喝酒，晚上回来略带几分醉意。见院子中间设有凉榻，榻上躺着一人，宝玉以为是袭人，不料竟是晴雯，于是便想借此机会平心静气地把白天摔坏扇子的事重新捋一捋，想让晴雯知错，口服心服。晴雯自知理亏，转换话题，借口宝玉拉拉扯扯，推说自己要去洗澡。宝玉说要洗一块洗，晴雯拒绝，说是不洗了，改洗头，并说要麝月洗果子给宝玉吃。宝玉要晴雯洗给他吃，晴雯便拿白天宝玉骂她蠢才的话反唇相讥：失手砸坏了果盘子怎么办？宝玉便借题发挥，发表了一通物为人用、人贵物贱、情重物轻的理论，并说物不是不可以摔砸，只要人高兴怎么都可以，只是不要在生气的时候摔砸。

晴雯一听，知道宝玉是在怜惜她，便笑道，既然这么说，就拿了扇子来我撕。宝玉便笑着把扇子递给她。晴雯接过来就撕。宝玉鼓励她说撕得好，再撕响些，并顺手夺过麝月手里的扇子让晴雯撕。边撕边笑，边笑边撕。宝玉还搬出了古人千金买笑的典故鼓励晴雯继续撕，晴雯以撕累了为借口结束了这场撕扇子的游戏。

　　撕扇子作千金一笑，是晴雯争议最大的之一桥段。反晴雯派说她太"作"，简直是暴殄天物，而且作者用千金买笑、烽火戏诸侯的典故，就是对晴雯的贬斥，还有的搬出资源匮乏，应该珍惜物品的理论来证明无论如何晴雯都不该如此作孽。挺晴雯派则完全相反，说这恰恰反映出了晴雯的娇俏可爱，宝玉、晴雯之间是儿女情长，恋爱中的男女之间撒娇、耍赖、调情、试探、验证、损物都很正常，是一种美不胜收的经典画面。似乎都有道理，那么，到底该如何认识和评价呢？

　　之所以先复述整个过程就是想让大家知道故事的前因后果、上下文语境，不能脱离于此孤立地评判一件事情。

　　单纯地、孤立地看晴雯撕扇，这当然是一种"作"，是一种糟蹋，是一种暴殄天物。然而，故事的语境、发生地点、主角，以及少男少女之间情感本身的非理性要求我们不能这么看晴雯撕扇，甚至不能这么看文学作品。

　　从撕扇子的起因来看，宝玉骂晴雯是"蠢才"晴雯都未必如此恼火，正如女孩骂男孩"笨蛋"一样，未必就包含着多少痛恨，相反很可能是爱意绵绵。晴雯恼火的关键点在于宝玉说她毛躁、顾前不顾后，这是晴雯所不能容忍的。因为心灵手巧、聪明伶俐、针线活好是晴雯的口碑，最让晴雯骄傲的。宝玉如此批评晴雯岂不是对晴雯的彻底否定？往小了说是宝玉没有批评到点子上，往大了说是宝玉压根就不懂晴雯，这才是晴雯反应过激的根本原因。

　　从撕扇子的过程来看，故事发生在怡红院，不是发生在打抽丰的刘姥姥家；故事的主角是贵族之家正处于情窦初开的少男少女，不是为生计发愁的贫民窟的底层百姓。整部《红楼梦》讲的就是吃饱穿暖之后的故事。对贾珍、贾琏来说，可能是饱暖思淫欲；对贾宝玉来说，就是精神的自由，思想的认同，灵魂的共鸣。如果真要从"悯农"的角度去解读《红楼梦》，显然是不合适的。如果非要这样解读，就不能不让人想起一个笑话：说是两位穷婆子舍不得点灯，借着月光纺棉花，边纺棉，边拉呱。一位对另一位说，你说这慈禧老太后在纺棉花的时候是不是纺车怀里得放两种烧饼，一种甜的，一种咸的，饿的时候想吃甜的就甜的，想吃咸的就咸的。我们通常说贫穷限制了人的想象力，这就是典型的例子。如果从暴殄天物的角度解读晴雯撕扇真真就是"刘姥姥进大观园"，一句话，看晴雯撕扇不能从功利的角度，而应该从审美的角度。

确立好角度前提再来看晴雯撕扇就是另一番风景了。人与物孰贵？情与物谁轻？对宝玉这样一个大家公子来说，精神上的共鸣、灵魂上的交融比任何身外之物都重要。对无亲无故无家的晴雯来说，能通过撕扇发现贾宝玉愿意走进她的心灵深处，温暖她、包容她、理解她、接纳她，这该是多么幸福的事情！扇子不过是道具，撕扇子不过是游戏。在这场游戏中男女双方都看清了彼此，各自发现对方是如此心意相通，开心到忘乎所以，还有比这更生动、更珍贵的画面吗？为什么偏偏紧盯着那两把扇子心疼得不得了，见物不见人呢？

吵完架之后，晴雯一个人躺在榻上乘凉，即便宝玉到来也懒得搭理，摆谱拿大，拒绝和宝玉一块洗澡，拒绝给宝玉洗水果，像极了小情侣之间的"冷战"；撕扇子的本质就更是小情侣之间的一种"试探"：看你到底是心疼扇子还是心疼我？哪里真是存心要糟蹋东西，不过是这些儿女情长还不能像今天的男女那样可以自由地表白罢了，只好用这种撒娇赌气的做法隐晦曲折地表达。

根据身份之谜部分的分析，晴雯很可能并不是丫鬟，从其所有的言谈举止来看，她也从没把自己当成丫鬟，总是把自己当成一个和宝玉平等的人去放诞无忌。她的撕扇，同样是在表达着自己的自尊：她不是任何人的奴婢，谁都不是她的主子。

总之，晴雯撕扇以及围绕着这一经典画面的论争所表明的是人与人的差别真的不在于物质财富的多寡，身份地位的高低，而在于精神灵魂的有无。物质财富没了可以挣，少了可以补，而精神灵魂情趣的有无多寡就不是想挣就能挣、想补就能补的。我们通常说，文盲可以救治，"美盲"很难根治，也是这个道理。

病补雀裘

这一点似乎争议不大，但依然有不同的声音。

起因是贾母赏给宝玉一件很珍贵的孔雀裘，堪称稀世珍宝。宝玉刚穿上就被炭火烧了个洞，恰巧第二天贾母特意嘱咐宝玉穿着去见她，可偏偏没有裁缝敢揽这个活。原本病中的晴雯只好强撑着病体开始了补裘，而且补得是相当艰难。头重身轻，满眼金星，实在撑不住，也想放弃，又怕宝玉着急，于是便狠命咬牙撑着。补三五针，就得伏在枕上歇一会，精疲力竭，一直到天明才补完，紧接着便"嗳哟"一声，身不由主倒下了。

晴雯可以不补吗？完全可以，生病就是最好的理由，而且贾宝玉也绝不会勉强她。

晴雯补裘有好处吗？非但没有，而且还吃力不讨好。补好了，又不能炫耀，贾母、王夫人、王熙凤这些当家人也根本不可能知道，相反，还会招致更多人的嫉妒；补不好，那就更不用说了。

从整个补裘的过程来看，晴雯似乎也并没有考虑过什么功利，更不是显摆要强，毕竟那是在玩命。她唯一担心的就是宝玉明天如何渡过这一关，因此舍命补裘。我们所能看到的就是晴雯对宝玉的至情至性、有情有义和英勇果敢。她是在用一针一线这种独特的方式向宝玉表达着独特的情谊，就像林黛玉说的："我为的是我的心。"她为的也只是她的心。一言一行都发自一颗真心，说"士为知己者死"也不为过。

而且通过补裘，会让读者更加难以忘怀晴雯的那双巧手。

整部《红楼梦》写了那么多女孩子的美丽，唯独晴雯，作者给其手部来了一个大大的特写，这是晴雯的殊荣，也是作者的用心。唯一没想到的可能就是这会被反晴雯派用来证明晴雯的懒惰。

从"手是女孩第二张脸"的角度来看，晴雯之美不单单体现在其眉眼特别像林妹妹，更有这双无与伦比的手，被金凤花染得通红的、特别惊艳的长指甲。女孩美甲，源于唐代的杨贵妃，显然，那是一种对美的追求。纵然是经常干粗活的贫民家的丫头，每年的七夕节不也会染一染自己的指甲乞巧吗？

从"心灵手巧"的角度来看，"手巧"一定会连着"心灵"。"手巧"其表，"心灵"其里。"心灵手巧"的人一定不甘平庸，不屑苟且，"身为下贱"其实未必贱；"心比天高"也未必就一定指向世俗功利的争夺（譬如宝玉的姨娘之类），精神高标和灵魂高远的追求不同样说得通吗？生而为待宰的羔羊，却偏偏做着豹子长啸山林的梦；生而为土里刨食的土鸡，却偏偏做着雄鹰高翔的梦；生而为奴婢的奴婢，却偏偏做着人人生而平等的梦，这才应该是对"心比天高"最合理的阐释。

晴雯的这双手不只是用来缝纫的，还可以用来打脸、砸场子。抄检大观园的时候，她挽着头发闯了进来，豁当一声将箱子掀开，两手捉着，底子朝天往地下尽情一倒，将所有东西都倒了个干净。这双平时用来刺绣的手此时却成了扇向那些狐假虎威的恶奴的丑恶嘴脸的巴掌，而且是那么响亮，包括他们背后的主子。

晴雯的这双手还曾经被贾宝玉捧在手心里呵护，甚至放在被窝里焐着。这种小儿女之间的情愫，两小无猜、如兄如妹，是多么天真烂漫、纯洁动人，哪里有一丝一毫淫邪的成分？

而且通过补裘，还会让读者更加难以忘怀那些经由晴雯的双手所缝纫的美丽的衣装。晴雯死前与贾宝玉交换的贴身小衣不用说是出自晴雯之手；晴雯去后，贾宝玉仍然穿着晴雯缝纫的裤子，让多少人陡生睹物思人、人亡物在的悲怆。

而且，关于晴雯卓越的女红本领，原著当中也是有过一定的暗示和影射的。

第五十二回，晴雯病补雀裘之后，紧接着就是第五十三回《宁国府除夕祭宗祠，荣国府元宵开夜宴》。在荣国府盛大的元宵夜宴上，贾母搬出了其看家的珍藏——十六扇屏的紫檀透雕，嵌着大红纱透绣花卉并草字诗词的璎珞。璎珞原本是戴在脖子上的饰品，不大可能以扇论，再加上是绣品，还能摆在几面上，应该是桌屏一类的摆件。

关键的是这璎珞的来历非凡，相对于其他摆件的简单勾勒、一笔带过，作者对璎珞的描写可谓是浓墨重彩。绣这璎珞的是姑苏女子，名叫慧娘。慧娘生于书香宦门，精于书画，偶绣一两件权当玩耍，并非商品。天下虽知，得者甚少，世称"慧绣"。因为名贵，盗版甚多。慧娘命夭，十八岁便死了，慧绣便成了绝版。翰林文士们因为爱惜慧绣的妙绝，说"绣"字不能道尽其妙，便将"绣"字改成了"纹"字，所以如今都称为"慧纹"。一件"慧纹"就是价值连城。贾府这样的钟鸣鼎食之家竟藏有三件，而且上年已经将两件进贡给了皇宫，只剩了一件,贾母爱如珍宝,轻易不示人,只是独享。来历非凡,制作者传奇,贵重无比。

在商业不发达、商标法还阙如的时代,一个人的名字能被自发地冠在一件物品之上,足见其质量、声誉。苏州人、书香仕宦之家、早夭等这些特征固然可以影射林黛玉、妙玉等,但是,刺绣绝活这一项却是晴雯的专利,而且"晴雯""慧纹"也是天然相通。因此,与其说慧娘影射林黛玉、妙玉倒不如说影射晴雯更加准确,而且还可以再次暗示晴雯的身世并非寒微。

枉担虚名

晴雯和袭人谁将是宝玉未来的姨娘?贾母中意的是晴雯,王夫人中意的是袭人。面对准姨娘的位置,面对贾宝玉这样一个独特的男人,从袭人全部的言行来看,她似乎的确有着战略、战术的考量。譬如战略上可以被戏称为"高筑墙、广积粮、不称霸、缓称王";战术上则是比较明显的隐忍术、各种话术、剪裙边、生米煮成熟饭等。而这一切,晴雯都是不屑的,不但不屑,而且几乎都是反着来,对着干。你隐忍有术,我偏要犀利如刀;你一口一个"我们",我偏要一针见血地戳穿你连个姑娘都没挣上呢;你小恩小惠、广结善缘,我偏四面树敌、见一个挖苦一个;你生米煮成熟饭,我连宝玉要求一块洗澡都拒绝,等等。最终,袭人得到了宝玉的身体,并在灵魂上与宝玉渐行渐远,却依然没有摆脱被驱赶的命运,被王夫人、薛姨妈和薛宝钗运用她们最擅长的话术委婉地赶出了荣国府。最终,晴雯走进了宝玉的灵魂深处,却被早早地赶出了大观园。虽然夭亡,却赢得了宝玉含泪泣血的悼亡之作《芙蓉女儿诔》。

浑身都是"毛病"的晴雯被逐是必然的,不过是何时逐、以什么理由逐的问题。

晴雯被逐最直接的原因就是被看成勾引宝玉的"狐狸精"。

再多的谗言,再多的告密,是谁进的谗言、告的密也许都不重要,重要的是关键人物王夫人的印象和成见业已形成:

> 水蛇腰、削肩膀,眉眼有些像你林妹妹的,正在那里骂小丫头。我心

甲很看不上她轻狂的样子,这丫头想必是她。(第七十四回)

剩下的不过就是找借口而已。就此一点,晴雯就死定了,谁都救不了她。终于,还在病中的晴雯便被赶出了大观园,在表哥家的芦席土炕上奄奄一息。牵挂着晴雯的宝玉背着家人偷偷前往探望。这个时候,引来晴雯遗嘱一般的委屈心声:

> 我虽生的比别人略好些,并没有私情密意勾引你怎样,如何一口死咬定了我是狐狸精! 我太不服。今日既已担了虚名……早知如此,我当日也另有个道理。不料痴心傻意,只说大家横竖是在一处。不想平空里生出这一节话来,有冤无处诉。(第七十七回)

索性将自己两根葱管般的指甲剪下来给宝玉,并和他换了贴身内衣,以这种间接的肌肤之亲的方式去坐实权势者所强加给她的狐狸精的罪名。这一系列动作可谓是惊心动魄,包含着多少愤激,多少冤屈,多少深情。既是对贾宝玉至死不渝的情义的表达,更是晴雯临死之前对强加给她罪名的一切魑魅魍魉最后的抗争:死也不服!

最后,还有其他一些对晴雯的指控需要澄清:一是晴雯的奴性问题,二是晴雯的性格缺陷问题。

当反袭人派指责袭人奴性的时候,反晴雯派就会反驳说晴雯更奴性。理由是当贾宝玉要将晴雯撵出怡红院的时候,晴雯立马怂了,哭哭啼啼说一头碰死也不出去。

其实,晴雯不愿意离开怡红院并非奴性,而是对无家的恐惧和哀痛。

晴雯和袭人的最大不同就是袭人是有家可归的,而晴雯则是无家可归的。正像薛宝钗的有家有母、有兄弟可以依靠与林黛玉的无家可归一样。更为重要的是,她的天真使她把怡红院当成了唯一的归宿,把贾宝玉当成了唯一的依靠,幻想着横竖永远在一起。你可以说她短见、幼稚,但的确是她的真心和真实想法。

　　晴雯和焦大的最大相同点就是都把他乡看成了故乡。焦大把宁国府当成了家和唯一的归宿，晴雯则把怡红院当成了家和唯一的归宿。焦大特别看重宁国府的清白荣誉，所以才借着酒劲开始了暮鼓晨钟般的痛骂；晴雯特别珍惜怡红院的清白声誉，所以才对偷盗东西的丫鬟坠儿痛下狠手。这并非拿大欺小，更不是骨子里冒充主子，而是这种爱惜羽毛的价值观的充分展现。

　　二是晴雯的性格缺陷问题。

　　所谓性格缺陷，也要看是在什么时代。在一个谎言当道的世界里，诚实当然就成了缺陷。很多人关心的不是晴雯说得对不对，而是该不该。把该不该看得比对不对还重要的时代，晴雯的那些一语中的、一针见血当然就成了缺陷。纵然是对，也不能那样讲。撇开这一层，那才是晴雯的性格问题。因此，要全面地、客观地看待晴雯，就不能不对《红楼梦》诞生时代的理论思潮背景作一些补充交代。阳明心学、李贽的"童心说"、《牡丹亭》的"一往情深"论、公安三袁的"性灵说"、"三言二拍"的"情教论"等逐渐形成了一股反传统、反礼教、反权威，注重个体生命，肯定情欲的强大思潮。在一个假道学、伪君子遍布的世界上，贾宝玉、林黛玉、紫鹃、晴雯以及他们背后所代表着的那一股天然、率真、性情是多么可贵。因此，这些所谓的性格缺陷，如果换一个时空哪里还是什么缺陷，不是再正常不过的吗？她的疾恶如仇、处事天真、言语无忌、不懂克制、不屑钻营不是一个正常时代的正常人最应该拥有的品质吗？

　　如果硬要说晴雯性格中有着明显的恶的成分，那么这种恶也是一种蒙昧之恶，本能之恶，人人都有之恶，譬如嫉妒、虚荣、好利等。晴雯当然会嫉妒，因为人人都会嫉妒；晴雯当然会恃宠而骄，因为人人都会恃宠而骄；晴雯当然也会怂，因为人人都会怂，在眼见的危机来临的时候。但她讨厌谁，喜欢谁都是出自本心、本能的喜欢和讨厌，而不会经过一番认真的算计之后再决定自己的态度，更不会搬出一番大道理来证明她的讨厌和喜欢多么正确。作者通过塑造晴雯这个角色对比本能之恶和教化之恶，让我们看到的是教化之恶更有甚于本能之恶。所以他才无比珍视那些尚未被大道理教化的天真烂漫的少男少女。

　　最后，是该给晴雯盖棺论定了。

在作者眼里,晴雯是难逢的霁月、易散的彩云。在贾宝玉眼里,晴雯曾经是枯死半边的海棠,污泥浊水中的芙蓉,一盆才透出嫩箭就被送到猪圈里的兰花;而在平儿眼里,晴雯则是块"爆炭",非常形象、生动、精准、客观。那种一点就着的明快,一着就炸裂得噼啪作响的激越,一炸裂就粉身碎骨的刚烈至今仍让人觉得意难平。

平儿：平和平衡贵不争

平儿是谁？她姓什么？家乡何处？父母何人？

第一个问题很多朋友都会不假思索地抢答，第二个、第三个、第四个问题可能就会发懵，无处猜想，也无处考证。因为原著中既没有明写，也没有暗写。

然而，就是这样一个草芥一般的女孩，作者却给予了相当多的篇幅：单单名字在前八十回回目中就出现过四次，具体的出场戏份占据了五十五回。作者如此浓墨重彩地写一名丫鬟，足可看出平儿之不平。

平儿的出身是模糊的：无父母、无兄弟、无姐妹、无家乡籍贯，这在原著里有头有脸的丫鬟中还是极为罕见的。

平儿的身份是尴尬的：凤姐的陪嫁丫头，贾琏的通房丫头，似妾非妾。这同样是丫鬟中极为罕见的。

然而，就是这么一个出身模糊、身份尴尬的丫鬟，却得到了自古及今、书里书外高度一致的好评，这在众多丫鬟中又是最为难得的。

那么，平儿到底是怎样的一个形象？为什么得到那么多的好评？其在《红楼梦》中担负着怎样的使命，承载着怎样的意义？接下来，我将从平儿之俏、平儿之难、平儿之能、平儿之善四个层面来试着分析平儿这个女孩的性格特征。

平儿之俏

曹公评人，一字千钧：贤袭人、慧紫鹃、勇晴雯、敏探春、懦迎春、呆香菱、憨湘云等，那么，作者给予平儿的一字之评又是什么呢？一个俏字，境界全出。

第二十一回《贤袭人娇嗔箴宝玉，俏平儿软语救贾琏》，第五十二回《俏平儿情掩虾须镯，勇晴雯病补雀金裘》，仅在回目中就两次点明平儿之俏，足见平儿之俏是多么醒目。那么接下来我们就看看这平儿究竟有多俏。

这里的俏，首先当然是容貌之俏——娇俏、俏丽、秀美，其次自然是内在性情气质之俏——温婉、机智、情趣。因为一个人的外在形象和内在气质实在是一而二、二而一的事，根本没有办法分开，因此，这里的分析也只能合二为一地分析。

"遍身绫罗，插金带银，花容玉貌的"(第六回)，这是一介村妪刘姥姥眼中的平儿，也是平儿在《红楼梦》中的首次亮相。她被初进荣国府的刘姥姥误认为是王熙凤，纳头便拜。虽然是村妇之眼，虽然是误会，但已经见出平儿的外在形象之俏还是比较抢眼的。

第二十一回，凤姐的女儿出疹子期满，贾琏隔房归来。平儿帮贾琏收拾铺盖，无意中发现了贾琏偷腥的证据——一缕青丝。于是便悄悄地隐瞒下来，避开王熙凤找到贾琏，指着他的鼻子，晃着头笑道："这件事怎么回谢我呢？"由此可以看出，平儿并非单纯地俏，同时还含有娇的成分。贾琏见他娇俏动情，便搂着求欢，平儿夺手跑了，跑到窗外隔着窗户继续与贾琏斗嘴。一个机智、聪明、灵活、娇媚，有着浓浓的女人味的平儿形象跃然纸上。

第三十九回，在众小姐赏菊、咏菊，品蟹、咏蟹的时候，平儿来了，李纨劝她留下来一块饮酒取乐，揽着她夸她、惋惜她，这么好的体面模样儿，命却平常，只落得屋里使唤。不知道的人，谁不拿你当作奶奶太太看。李纨的夸奖，既应了刘姥姥的误认，又再次强调了平儿模样的体面，体面什么地步呢？不只刘姥姥一人误认为其是小姐，只要不认识她的，都不会把她当成丫鬟。

第四十四回，在王熙凤把贾琏的丑事向贾母告状的时候，牵出了贾母对平儿的评价："那孩子倒不像那狐媚魇道的"，还是个"美人胎子"。有着丰富阅历的贾母看人一向极准。不"狐媚魇道"，说明平儿俏得端庄，俏得正气，俏得恰到好处。还是在这一回，审美力超强的宝玉眼中的平儿俏得更加具体，说她是个极聪明、极清俊的上等女孩儿，是那些俗拙蠢物所没法比的。

到了第六十八回，初次见到平儿的尤二姐也给出了打扮不凡、举止品貌不俗的评价。

上至最权威的贵族老夫人贾母，下至最没见过世面的乡野村妇刘姥姥，包括忠贞守寡的李纨、水性杨花的尤二姐、风流成性的贾琏、一向对女孩尊崇有加的贾宝玉，再加上作者本人，平儿之俏，几乎众口一词。如果再加上凤姐泼辣、狠毒、尖酸的反衬，就更能看出平儿之俏，俏得温良恭俭让。平儿之俏，俏出了独特的人格魅力——有才而不骄，得志而不傲；平儿之俏，俏得宜室宜家，上得厅堂，下得厨房。

然而，就是这样一个俏丽的女孩，其举步维艰的处境却让人同情唏嘘。因此，我们接下来看平儿之难。

平儿之难

还是让我们回到第二十一回《贤袭人娇嗔箴宝玉，俏平儿软语救贾琏》，看看平儿的生存处境到底有多难。凤姐的女儿出疹子，谨遵医嘱，贾琏必须独寝一段时间。就是在这么一个空当儿，贾琏便和多姑娘搞上了，并且留下了把柄，被平儿发现。为免事端，平儿选择了不说。可是，不说谁会领你的情？于是，避开凤姐，平儿径直找贾琏讨说法。贾琏一听，着实吃惊。唯恐事情败露，一边甜言蜜语哄骗平儿，一边乘其不备将把柄抢了回来，并趁机向平儿求欢。凤姐是什么人，平儿比谁都清楚。于是她选择了躲避，匆忙跑出了房间，站在窗外与贾琏隔窗对话。恰巧被王熙凤碰见，便打趣二人：为什么不在房间说话？平儿为显示自己光明磊落，更大的原因是惧怕王熙凤，借口屋里只有贾琏，我在屋里做什么。凤姐继续打趣说，正是没人才方便。平儿感到了被羞辱，撂下狠话赌气走人。

通过这一段家庭内部夫、妻、丫鬟之间斗智斗勇的情节，我们可以看出，夹在夫妻之间的丫鬟处境之艰难：首先，不能声张，声张势必引发一场风波，对谁都没好处；不如藏着掖着，暂时免去是非。其次，又不能完全憋在心里，毕竟还有个通房丫头的身份，平儿心有不甘，她必须让贾琏知道，领她的情，于是便告知贾琏。不料还是没有斗过贾琏，把柄被贾琏夺了回去。再次，虽然是名义上的通房丫头，但为了不使凤姐妒忌，平儿只能避嫌，躲过贾琏的追逐，与贾琏隔窗对话。可是凤姐非但不领情，反过来还要打趣她，甚至羞辱她。这让平儿很受伤。有通房丫头之名，无通房丫头之实，这本身就是屈辱；尊重了、服从了还不行，还要遭受无底线的话语羞辱。平儿显露出了她作为一个女孩，作为一个正常的人应有的个性：连给王熙凤门帘都不掀，拂袖而去，守住了她作为一个人的底线。

第四十四回《变生不测凤姐泼醋，喜出望外平儿理妆》是非常热闹的一回，也是叙述平儿之难最充分的一回。整个贾府响应贾母的号召，凑份子给王熙凤过生日。凤姐高兴，自然多喝了两杯，感觉上头，回房歇息。这个时候，为贾琏和鲍二家的约会望风的小丫鬟看到凤姐和平儿回房，撒腿就跑，被王熙凤怀疑。严厉的审问之下，小丫头终于说出了实情。凤姐气得浑身打战，还没到家就隔着窗户听到了贾琏和鲍二家的在商量着如何谋害自己，扶正平儿。这更是火上浇油，凤姐甩手就给了平儿两巴掌。紧接着便一脚踹开房门，冲进房内，与鲍二家的厮打起来。边打边骂，越打越气，越骂越气，又照着平儿打了几巴掌。打得平儿有冤无处诉，气得干哭。边哭边骂，都是因为鲍二家的在跟贾琏说私房话的时候捎带上了她，才导致凤姐迁怒于她，于是也和鲍二家的厮打起来。贾琏一看连平儿也出手了，便怒吼平儿，平儿胆怯，便住了手。凤姐见平儿怕贾琏，更加生气，再次上来打平儿，偏叫平儿继续帮她修理鲍二家的。平儿进退维谷，只好跑出来找刀子要寻死。

贾琏出轨鲍二家的，凤姐不敢冲着自己的丈夫撒气，将全部的怨气都洒在平儿身上，连着三次抽打平儿。平儿也不敢冲着贾琏使气，只好将气撒在鲍二家的身上。最终，两口子都在逼平儿：一个叫她打，一个叫她住手。无可奈何的平儿只好准备自杀。

在凤姐把贾琏的丑事告到贾母那里的时候，不明就里的贾母偏听偏信，也跟着骂平儿是"背地里坏"。多亏尤氏为平儿抱打不平，说平儿没什么错，都是凤姐拿人家出气。两口子不好对打，都拿着平儿撒气，平儿比谁都委屈。这才让贾母明白了原委。最后，在贾母的主持之下，贾琏夫妇还了平儿公道，向平儿道了歉。然而，作为下人的平儿哪里能承受得起主人的道歉，再次磕头赔罪揽下不是。

平儿之冤，让人唏嘘；平儿之难，让人同情。

平儿的尴尬和遭遇让人想起一句流行甚广的一句名言：做人难，做女人更难。做丫鬟难上加难，做王熙凤的丫鬟更是比登天还难。

一难难在无亲无故、无依无靠。在众多有头有脸的大丫鬟当中，袭人是有父母和兄弟姐妹的，鸳鸯是有父母和哥嫂的，就连境况最差的晴雯都还有个表哥，而平儿，孤独无依，命如草芥。在传统的封建婚姻关系中，女人幸福与否，娘家的强弱是相当重要的。女人的婚姻，真就如同她的第二次"投胎"，幸福的概率就如买彩票，全靠天意。所谓男怕入错行，女怕嫁错郎。在婚恋不自由的时代，女性的婚姻生活的确像是在撞大运。如果娘家无人，幸福的概率就更加渺茫。作为王熙凤的陪嫁丫头，没有娘家的平儿，王熙凤就是她唯一的依靠，而这个唯一的依靠却一连扇了她三次耳光。

书里书外，都在夸平儿，唯有贾宝玉，能够设身处地、推己及人，道出了平儿最深的隐痛：

> 平儿并无父母兄弟姊妹，独自一人，供应贾琏夫妇二人。贾琏之俗，凤姐之威，他竟能周全妥帖，今儿还遭荼毒，想来此人薄命比黛玉犹甚。
>
> （第四十四回）

宝玉没有说错，若论命苦，平儿的确比黛玉、比其他很多小丫头都更苦。

二难难在不上不下、难上难下。作为王熙凤的陪嫁丫鬟是实的，作为贾琏的通房丫头却是虚的。王熙凤之所以让平儿做了贾琏的通房丫头，一是为了拴住好色的丈夫，使他不再拈花惹草；二是为了显示自己的贤惠，博个好名声，其悍妒本性决定着其不可能与人分享丈夫。这对平儿来说是不上不下、难上难下，极为尴尬，是一种极大的不公和屈辱。虽然那是一个丫鬟非人，只是奴仆的时代。尴尬的平儿又别无选择，只能忍辱含垢、忍气吞声、咽泪装欢。

三难难在分寸把握、尺度拿捏，稍有不慎就可能万劫不复。王熙凤出嫁的时候可是有四个陪嫁丫头的，后来死的死，嫁的嫁，只剩了平儿一人。面对王熙凤这种"嘴甜心苦，两面三刀，上头笑着，脚底下就使绊子，明是一盆火，暗是一把刀"，习惯了强制、粗暴、弄权、居高临下的主子，平儿该如何自处？想想都不寒而栗。争宠，死路一条；装憨，一条死路。著名红学家王昆仑先生说："软弱平庸了，不配做王熙凤的心腹助手；精明过甚了，王熙凤一天也容不下她。"（王昆仑《红楼梦人物论》）善妒的凤姐只知一味自私冷酷，好色的贾琏不知怜香惜玉，平儿既要站在凤姐一边为凤姐看住贾琏，又要为半个丈夫的贾琏的恶行败德横遮竖盖，后来还要应付贾琏名正言顺的小妾秋桐的心术不端。单单内部矛盾就有三层，更不要说还有更为复杂的外部矛盾。作为凤姐的心腹、总钥匙、左膀右臂，她还要帮着凤姐管理整个荣国府的衣食住行，要和所有形形色色的人打交道，其生存环境就更加复杂恶劣：既不能像凤姐那样一味地严酷、逞能、耍威风，又不能一味地宽容、纵容、怀柔。林黛玉所谓的"不敢多说一句话，不敢多行一步路"，用在平儿身上只能是有过之而无不及。

这种夹缝中的人生，得需要多高的智商、情商才能拿捏把握！所以，接下来，我们看平儿之能。

平儿之能

先说在处理内部矛盾上平儿所展现出来的能力：平衡术与超功利。

在凤姐、贾琏、秋桐三人之中，她选边站队凤姐对她来说是最上策。因为她非常清楚凤姐是什么样的人（泼辣、狠毒、善妒等），贾琏是什么样的人（花心、惧内、无能等），秋桐是什么样的人（短见、狭隘、粗野等），尤二姐又是什么样的人（愚昧、温顺、懦弱等）。针对不同的人，她有着不同的应对策略，夹在三女一男之间，她显得特别游刃有余、左右逢源。

她非常明白她的一切都被凤姐掌握着、拿捏着，决定着。而且她还看清了王熙凤和贾琏这对夫妻是越来越同床异梦、离心离德。她必须有意无意地掌握一些夫妻双方不想让对方知道的秘密：譬如瞒着贾琏替王熙凤放高利贷，同时又瞒着王熙凤为贾琏的丑行保密等，适当的时候加以敲打还是能够起到一定作用的。最重要的是，她必须让王熙凤对她彻底放心，这才能从根本上换来起码的安全感。该藏的藏,该露的露,在满足多方需求的时候撇清自己,不招惹是非,这种平衡术绝非一般女孩子能玩得稳的。真真应了那句俗语:好媳妇两头瞒,坏媳妇两头传。平儿在解决内部矛盾上可谓是把瞒与露的艺术发挥到了极致。

平儿之所以有着如此高超的平衡术,关键在于其对自身利益能拿得起放得下,相对超然一些。她知道她的根本利益在王熙凤,所以,她毫不犹豫地站队王熙凤。在站队王熙凤的同时,她更知道鱼与熊掌不可兼得,所以对根本利益之外的利益就相对超然一些。她明白她虽然是个女孩,但已不能再有爱情;她虽然是贾琏的通房丫头,但不能对贾琏再有妄想;面对贾琏明娶的秋桐,偷娶的尤二姐,她虽然身份尴尬,但依然尽职尽责尽本分。跳出自身欲望,不被轻易捆绑;认清自身处境,多害相权取其轻。这就是平儿在家庭关系上所表现出的全身之术,也是全身之能。

再说在处理外部矛盾上平儿所展露出来的才能:市义术与同情心。

作为王熙凤的一把总钥匙(这是李纨对平儿的评价),平儿不但要为王熙凤守住家庭内部的全部秘密,适时开启保险箱,同时还要在关键的时候为王熙凤排忧解难,化解风险危机。

第五十二回《俏平儿情掩虾须镯》讲的就是平儿周全体贴、处事妥善的性格特点。她自己的镯子被宝玉房中的小丫头坠儿偷去了,她没有声张,而是瞒着宝玉和病中的晴雯,悄悄地只给麝月一个人讲了事情的来龙去脉,让怡红院找个恰当的时机和理由把坠儿送出去就完了。不过,平儿与麝月私下里的谈话都被宝玉听了个正着,这让宝玉发自内心地感动,越发敬重平儿。平儿之所以不愿意声张实在是考虑周全:一是担心平时就对女孩袒护有加的宝玉面子上过不去,授人以柄;二是担心袭人、麝月这些大丫头面子上也不好看;三是不想让眼里容不得沙子的晴雯病中添气。情掩虾须镯,一个情字,就把平儿处理棘手的难题时所遵从和信奉的原则和盘托出。这种大事化小,小事化了,得饶人处且饶人的心态是一种极为难得的健康心态。

第五十六回《敏探春兴利除宿弊》说的就是平儿处变不惊、格局大的性格特点。凤姐病了,在王夫人的授意之下,探春、李纨和薛宝钗组成了临时的管理团队,代理荣国府。那么,在老当家和新当家之间着实需要一个中介,这个中介非平儿莫属。

新班子上任,头三脚难踢,首要任务就是立威、服众。让探春万万没有想到的是,这第一脚就踢向了自己的生身母亲,在给自己的舅舅赵国基的丧葬抚慰金上与赵姨娘发生了争执,更有吴新登家的借机试探新班子成员的能力、才干,故意推诿。面对这重重难题,探春也想借此机会兴利除弊,特别是面对王熙凤的懒政,她要发难,直接戳穿凤姐借她的权力收买人心,甚至认为凤姐平日里用人本身就有问题。那么,处在前任、现任之间的平儿该如何自处?

好在平儿审时度势,态度谦恭,面对探春,说出了这么一番入情入理的话:

> 姑娘知道二奶奶本来事多,那里照看的这些,保不住不忽略。俗话说旁观者清,这几年姑娘冷眼看着,或有该添减的去处,奶奶没行到,姑娘竟一添减,头一件于太太的事有益,第二件也不枉姑娘待我们奶奶的情意了。(第五十六回)

话语虽短,却意味深长。首先代替王熙凤正面承认管理方面有不足,却情有可原,当局者迷,当家者难。表面上看好像降低了凤姐的威权,实际上却是在维护凤姐的威权,为凤姐的管理疏漏辩护。自曝其短,这是一种极为自信的表现。其次是肯定了新团队的优势,旁观者清。再次是不知不觉间传达了王熙凤之授意:你尽管放开手脚大胆去干,该添的添,该减的减,不必过于瞻前顾后,充分表达了前任对现任的放心和支持。最重要的是最后一句点题:你探春做的这一切首先是对王夫人负责,其次是在替我、帮我和爱我。做好了是我的体面,做不好了是带我受过、受累、受委屈。晓之以理未必能服人,动之以情却一定能感人。如此的周全妥帖,再大的气也该消了大半了吧?

平儿可不只是在言语上支持探春理家,在行动上也与探春配合得极为默契,帮助探春树信立威。

探春问宝姑娘怎么不过来一块用餐的时候,丫鬟们赶忙命令媳妇们去传话。这个时候探春故意提高声音数落丫鬟:你别乱支使人!那都是办大事的管家娘子们，你们支使他要饭要茶的？连个高低都不知道！平儿这里站着，叫他叫去。这个时候，平儿忙答应了一声出来。说白了，这就是探春和平儿在演双簧。演给谁看呢？演给所有的丫头婆子们。因为平儿虽然是丫鬟，却是凤姐的丫鬟，套用职场话语来说，那可是总经理助理，你们谁还不服？

探春洗脸时，平儿主动上来给探春挽袖卸镯，又接过一条大手巾来，将探春面前衣襟掩了。这是在用实际行动告诉那些丫头婆子们看着点、学着点，别不识好歹。连我都在服侍三姑娘了，你们还能大过我去吗？可以说既给足了探春面子，又维护了凤姐，连平时为人滴水不漏的宝钗也连连称赞平儿。

一番话、一系列动作，却让平儿赢得了所有。

第六十一回《投鼠忌器宝玉瞒赃，判冤决狱平儿行权》，王夫人屋里丢了东西，如果按照凤姐的办法，那必须严刑峻法，把涉嫌的丫头统统都唤回来，让她们垫着磁瓦跪在太阳地下，茶饭也不用给他们吃。一日不说跪一日，就是铁打的，一日也管招了。此时的平儿却说：

> 何苦来操这心？得放手时须放手，什么大不了的事，乐得施恩呢……没的结些小人的仇恨，使人含恨抱怨。况且自己又三灾八难的，好容易怀了一个哥儿，到了六七个月还掉了，焉知不是素日操劳太过、气恼伤着的？

单凭"乐得施恩""结怨小人"，要强惯了的王熙凤未必能听得进去，平儿又加上一个"保养身体"，而且还举出了凤姐流产这样的例子，这就不能不让凤姐感动莫名。真可谓是句句情真，字字肺腑！整个贾府，都知道王熙凤的强悍，唯有平儿深知她强悍的背后隐藏着多少软弱，光鲜的外表包裹着多少艰辛。平儿的话术可谓是一举多得：既劝住了凤姐的酷刑，又免去了无辜者的灾祸，同时还让凤姐极为受用。最为关键的是，平儿经过私下里细心的查访，找出了真贼，还柳五儿以清白，这才是平儿最了不起的。她绝不冤枉一个好人，对犯了错误的人却又能够网开一面。这种明察秋毫、辩冤白谤、公平公正的精神最是难能可贵，与贾雨村葫芦僧乱判葫芦案比起来更是云霓霄壤。

从平儿和王熙凤这一对主仆关系着眼，不能不让人想起先秦时期孟尝君的那个门客：冯谖。王熙凤一生，美貌、才干都有了，但在对待下人方面未免太过刻薄寡恩，而这一缺点恰恰为平儿所弥补。很多地方，平儿的行事都是在为王熙凤市义。当然，这一切都建立在平儿骨子里的善良上面。最后，让我们看看平儿之善。

平儿之善

上面我们谈到的第六十一回，平儿判冤决狱为柳五儿洗冤，既是其能，更是其善。

她了解到真正的小偷是彩云，而彩云又是赵姨娘屋里的，涉及了赵姨娘自然也就涉及了探春，"我只怕又伤着一个好人的体面，不肯为打老鼠而伤了玉瓶"。所以她采取了大事化小，小事化了，息事宁人的同时并未对彩云进行纵容，而是告诫，给予其改过自新的机会。

如何对待弱势者最能看出一个人的善良。作为最底层的一个农村来的老太太，刘姥姥简直就是一面镜子，照出了各色人等的最真实面目。在刘姥姥这面镜子面前，平儿无疑是善良的、美丽的。

刘姥姥二进荣国府的时候带来了两口袋瓜果，平儿就用这两条口袋回了两斗御田粳米和大观园里的果子。在交代完别人回赠给刘姥姥的钱物之后，平儿又特地交代自己送给刘姥姥的礼物：两件袄儿、两条裙子、四块包头、一包绒线。而且还特别声明是旧的，但自己没大穿，并且强调说你要嫌弃我就不敢说了。最难得的是，平儿为了让刘姥姥受礼受得没有心理负担，特别强调说咱们都是自己人，放心收了罢，我还和你要东西呢，到年下，你只把你们晒的那个灰条菜干子和豇豆、扁豆、茄子、葫芦条儿各样干菜带些来，我们这里上上下下都爱吃。别的一概不要，别罔费了心。

从平儿对待刘姥姥的行事和态度上来看，平儿是真诚的、善良的。

之所以用刘姥姥原来的口袋装满回礼，一是让刘姥姥没有太多的心理负担，二是表征着一种关系的平等：收礼、还礼，人之常情，并非施舍；礼尚往来，不必感恩。

按理说,有主人回礼了,怎么都说得过去了,做丫鬟只管办事就行,没有必要再添上自己的,可是平儿还是特地送了刘姥姥一份自己的礼物,虽然不是时新的,但也表征着平儿的善良。

所谓让刘姥姥过年再来的时候多带一些自己地里生产的蔬菜,并且强调贾府上上下下都爱吃,未必属实,但一定是善意。目的是让刘姥姥不必有太多的心理负担,最终还是突出强调了一个平等。

在凤姐把尤二姐骗进荣国府百般蹂躏,秋桐被凤姐当枪使,致使尤二姐陷入危机的时候,平儿拿出体己钱来给二姐改善伙食,而且被凤姐指着鼻子责骂之后依然坚持照顾尤二姐。当贾琏连尤二姐的丧葬费都拿不出的时候,平儿又将二百两一包的碎银子偷了出来给贾琏置办丧事。锦上添花易,雪中送炭难,这再次表征了平儿的善良。

当然,关于平儿的善良也有不同的看法,导致尤二姐最后吞金自杀,追根溯源,平儿也是脱不了干系的。如果不是平儿向王熙凤告密,合伙将尤二姐骗进荣国府,尤二姐未必会走向绝境。听起来似乎有理,王熙凤干过的那些伤天害理的事情,作为王熙凤的贴身大丫鬟的平儿想彻底撇清的确也很难,但是如果就此认为平儿是凤姐的帮凶,也未免太高估了平儿的作用,低估了王熙凤的能力。如果平儿真的能预料到尤二姐的结局,我想凭其善良的本性,她是决然不会参与其中的。更大的可能是,与其等到事情败露被凤姐责罚,倒不如主动参与将尤二姐接进府内。只不过平儿还是低估了王熙凤的伪善和歹毒罢了。

其实,作为旁观者的兴儿的评价还是比较客观的:平姑娘是个正经人,从不挑三窝四,倒是跟前的平姑娘为人很好,虽然和奶奶一气,他倒背着奶奶常做些个好事。小的们凡有了不是,奶奶是容不过的,只求求他去就完了。

夹缝中求生的平儿圆滑一些、世故一些、中庸一些没什么不可以理解的。日常生活中能做到说话不伤人、得饶人处且能饶人、方便的时候能帮人已经算是理想的人格范型了。更何况,比起袭人的那些小委屈、小恩惠来,平儿的眼界、格局和生存境遇不知道比袭人要大多少。鲁迅先生说,倘若求全,这世界恐怕没有配活的人。

至此,是该给平儿盖棺论定了。

平儿，真的是人如其名：性格的平和，行事的公平，处世的平衡，平常到你几乎觉察不到她的存在，然而，一旦少了她，你就会立马感觉到一种巨大的亏空。这就是平儿，俏不争春的平儿。

冷子兴：历史大剧候场人

他是个八卦男，用演说的方式传播着四大家族的林林总总；

他是个古董商，用买进卖出的方式窥探着四大家族的兴衰荣辱；

他是个局外人，用第三只眼旁观着四大家族的浮华转空。

他就是冷子兴，《红楼梦》中外围的外围，边缘的边缘，虽然最不起眼、昙花一现，但被郑重其事写进了回目，经他之口一本正经地梳理家谱。如果没有冷子兴，那么通往《红楼梦》这幢大厦的路径将会荆棘丛生，困难重重。

早在明朝中后期，在富庶的江南一带就产生了资本主义的萌芽，早在明末清初那个天崩地解的时代，中国就诞生了有着明显启蒙主义色彩的三大思想家：顾炎武、王夫之和黄宗羲。商业文明与启蒙思潮互为表里。那么，百科全书式的《红楼梦》怎么可能不为虽然微弱但毕竟已萌芽的商业文明留下一席之地呢？具有商人典型表征的冷子兴怎么可能被轻轻地滑过，忽略不计呢？

《红楼梦》写到了商业文明的三个层次：专门做宫廷生意的薛家、桂花夏家，属于上层；专门做古董生意的冷子兴，奔走于权贵豪门，搜罗着新闻八卦，是为中层；专门做小本买卖，仅能养家糊口的卜世仁、倪二等，是为底层。其中，专做宫廷生意的薛家、夏家的典型意义不大，甚至说他们是商人都有些勉强。因为所谓的宫廷生意，确切地说就是皇家买办，专门为内务府采购，骨子里就是个跑腿的。挣的是权力的钱，吃的是垄断的饭，不需要商业智慧和商业思维，更谈不上创造什么价值。在作者心目中，这一阶层的行为、做派和处事风格多半是卑鄙、贪婪、龌龊、平庸无能的，作者对其的态度也是戏谑和嘲讽的。至于做点小本买卖，仅能养家糊口的底层商贩，其意义从来就是可以忽略不计的。如果说农民是土里刨食，仅能果腹；那么这些小商小贩也只是贩卖针头线脑，仅为养家。而且作者对其态度也多半是充满着鄙夷不屑的，从其命名上就可以看出，譬如卜世仁、王狗儿等。居于中层的古董商人冷子兴才是最具典型意义、最值得说道的。人物虽小，分量不轻，不但担负着演说荣国府的使命，而且还担负着揭示主旨、预示未来的重任。

下面，我将从来历不明、演说之谜、第三只眼和悲剧之根这四个层面来分析关于冷子兴这个小人物的意义和作用。

来历不明

冷子兴在整部书中的确戏份不多，正面出场只有一次，侧面提及也就两次，一共三次。在第七回，周瑞家的在送宫花的间隙，她的女儿来找她，诉说了女婿冷子兴遇到麻烦的事情，求老妈看能否求助贾府帮忙摆平：

> 他女儿笑道："……你女婿前儿因多吃了两杯酒，和人分争起来，不知怎的被人放了一把邪火，说他来历不明，告到衙门里，要递解还乡。所以我来和你老人家商议商议，这个情分，求那一个可了事呢？"周瑞家的听了道："我就知道的。这有什么大不了的！……小人儿家没经过什么事，就急得你这样了。"（第七回）

从这一段母女对话中当然可以看出很多问题，譬如贾府的确是权势熏天，可以摆平很多事情；譬如这冷子兴之所以能够演说荣国府，除了其获取资讯的渠道发达之外，更是因为他是周家女婿等等，而我以为，这一段母女对话中最关键的不是这些，而是这一句："说他来历不明，告到衙门里，要递解还乡。"

之所以说这句话关键，是因为它可以作多种解读：

第一，这句话本身就自相矛盾。既然"来历不明"，哪里有"乡"可还？递解何处？既然可以"递解还乡"，哪里能说"来历不明"？

第二，小酒馆初遇，当贾雨村问冷子兴何日到此的时候，冷子兴回答说是

"去年岁底到家"，这说明冷子兴是有家有籍的，怎么会是来"来历不明"？

第三，有读者说，这里的"来历不明"不是指冷子兴本人"来历不明"，而是指冷子兴所经营的古董"来历不明"。这样的解读倒是省事，但周家女儿明明"说他来历不明"，没有说"他的货物来历不明"。而且，母女之间的私下里谈话，没有第三者在场，也没有禁忌回避的必要，怎么就非要解读成冷子兴的古董"来历不明"呢？

第四，所谓"来历不明"最靠谱的解释应该还是指冷子兴本人身份的"来历不明"，虽然与"递解还乡"有所矛盾，但越是矛盾处，才越是需要留意处；越是需要思考处，才越有可能埋藏着更多的秘密。《红楼梦》中这种烟云模糊的写法也不是一处两处了，而且早已成为一种惯常的写作手法。

《红楼梦》中写人无数，能进入回目的不多；能进入回目，而且身份模糊的就更不多。籍贯、姓名字号、出身一般都很清晰，唯独冷子兴，的确是有些"来历不明"。第二回冷子兴的首次出场，也是他的重头戏。在林黛玉家做家教的贾雨村闲居无聊，信步闲逛，在扬州城外观赏村野风光，并准备到小酒馆喝上几杯，正巧，碰上了冷子兴。书中是这样介绍冷子兴的："此人是都中在古董行中贸易的号冷子兴者，旧日在都相识。"然后就说到这贾雨村和冷子兴的缘分之类。整部书中，关于冷子兴的出身、职业就这么一句，再无任何补充交代。至于第七回中交代说其是周瑞家的女婿，不过是身份，而不是出身和籍贯。

那么，作者为什么让冷子兴"来历不明"呢？

纵观曹雪芹所生活的康、雍、乾三朝，自居"天朝上国"，实行"闭关锁国"政策。虽然明末清初的黄宗羲早就提出过"工商皆本"的思想，虽然清初的个别帝王在某个时期也曾经有过开放海禁、惠恤商业的政策，但历史的现实终归还是国家经济以农业为主。譬如，雍正皇帝就认为，农业是国家的根本，商业依然为"末"。"重农抑商"作为基本国策根深蒂固，只不过这一国策随着人们价值观念的转变被冲淡了一些。

因此，《红楼梦》中作为商人典型的冷子兴也只能处于这种"晦暗不明"的状态，甚至整部《红楼梦》中的商业思想也只能处于这种"名不正言不顺"的"来历不明"状态。

除了官方所鼓励的以开疆拓土为目的的"移民"屯垦之外,整体上来说,大清王朝对人口的流动和迁徙是非常警惕的,特别是有宗教色彩的结社、聚集活动,和尚、乞丐、游商都是重点防范的对象。这些处在社会最底层的人口往往被污名化,譬如称他们为"盲流""游民""流民"等,成为人们发泄恐慌和恶意的对象。那么在这种情况下,作为行商的冷子兴被诬为"来历不明"就是一件再自然不过的事情了。显然,"来历不明"这四个字在周家女儿嘴里的确是以一种"罪名"说出来的。这也从一个侧面证明着作者创作《红楼梦》的时代商人的处境:冷子兴这种"盲流",远离故乡、非法滞留京城是一种严重的违法犯罪行为。

演说之谜

冷子兴在《红楼梦》中的重头戏就是演说荣国府。一场演说,纲举目张,梳理出贾氏家族的人物谱系、历史背景,点明贾府曾经的辉煌,当下的萧条与可能存在的危机,突出贾宝玉的乖张和王熙凤的才干等。可以说是既清晰流畅,又扑朔迷离;既概括总结,又夹叙夹议;既遮遮掩掩,又欲盖弥彰;既疑疑惑惑,又一针见血。我们试着来破一破冷子兴的演说之谜。

迷雾之一:生养有别。

冷子兴在介绍贾家谱系的时候,他是这么说的:从封为国公开始,贾氏家族第一代兄弟两个,宁国公贾演,荣国公贾源。长房宁国公**生**了四个儿子。宁公死后,贾代化袭了官,也**养**了两个儿子:长名贾敷,到八九岁上便死了,次子贾敬袭了官,早年**留**下一子,名唤贾珍,这位珍爷倒**生**了一个儿子,名叫贾蓉。荣国公贾源死后,长子贾代善袭了官,**生**了两个儿子:长子贾赦,次子贾政。这政老爹的夫人王氏,头胎**生**的公子,名唤贾珠,不到二十岁就娶了妻**生**了子,一病死了。第二胎**生**了一位小姐,**生**在大年初一;不想后来又**生**一位公子。

大家有没有注意到,作者在让冷子兴介绍贾家谱系的时候特别强调了**生养有别**。在讲到其他人的时候用的都是**"生"**,唯独在讲到宁国府第二代传人贾代化的时候用了**"养"**,**也就是说**贾敷、贾敬都是贾代化**"养"**的而不是**"生"**的,而且还特别强调了贾珍之于贾敬来说是**"留"**的。

那么，这能说明什么呢？

首先，生不等于养，这是常识。生就是亲生，就是生物学意义上的父与子。养就大为不同，就是非生物学意义上的"寄养""抱养""过继"，也就是说，宁国府贾敬一脉很可能并非宁国公的嫡系血脉。说得难听一些，在一个正统观念非常强的时代，贾敬、贾珍父子很可能是来路不正、来路不明。

其次，基于上述的推测也就不难理解作者一再强调的"箕裘颓堕皆从敬，家事消亡首罪宁""漫言不肖皆荣出，造衅开端实在宁"（第五回）是事出有因的。"箕裘颓堕"的原意指的就是先辈的事业没人继承。显然，从贾敬开始，宁国府的血脉就断了，所以，作者借冷子兴之口不知不觉地用了一"养"字把"生"字偷换，作足了暗示。

而且，生养有别还有更进一步的证明。冷子兴在介绍到贾家一众千金的时候，他是这么说的，贾府中现在三个也不错。政老爹的长女名元春，现因贤孝才德，选入宫中作女史去了。二小姐乃赦老爹之妾所出，名迎春。三小姐乃政老爹之庶出，名探春。四小姐乃宁府珍爷之胞妹，名唤惜春。因史老夫人极爱孙女，都跟在祖母这边一处读书，听得个个不错。

在介绍元春、迎春、探春的时候，冷子兴都是从其父开始，而且连嫡出、庶出都分得很清，唯独在介绍惜春的时候却陡然一转，调换了角度，不再讲其父亲是谁，也根本不再提嫡出、庶出，只是强调她是"珍爷之胞妹"，是不是有些意味深长？为什么转换了角度，不再介绍惜春是谁的女儿？单单一句"珍爷之胞妹"五个字，就隐含着海量的信息：既然贾珍是贾敬的儿子，按照常理常情，惜春就应该是贾敬的女儿，然而，这种推断的前提是常情常理，一旦逆情悖理，则又是另一番光景。也就是说，惜春到底是不是贾敬的亲生女儿，作者该说却没说，剩下的也就任由你猜测，那就看谁猜得准猜不准，猜得合不合情理了。

迷雾之二：自相矛盾。

还是这一段，冷子兴在介绍贾府小姐的时候明明说的是现有的三个也不错。可是接下来却一连介绍了四个：元、迎、探、惜。那么，到底是三个还是四个呢？

在评论贾府现状的时候，冷子兴说，如今生齿日繁，事务日盛，主仆上下，安富尊荣者尽多,运筹谋划者无一,其日用排场费用,又不能将就省俭,如今外面架子虽未甚倒,这还是小事。更有一件大事,谁知这样钟鸣鼎食之家、翰墨诗书之族,如今的儿孙,竟是一代不如一代了!

看过《红楼梦》的读者大概都知道,整部书中,除了贾雨村生了儿子之外,整个贾府,几乎没有新生命的诞生。既然没有新生命的诞生,哪里来的"生齿日繁"呢?而且"事务日盛"也是说不过去的,刚好与后面的"内囊却也尽上来了"相矛盾。说主人"安富尊荣"是可以的,说仆人"安富尊荣"就不大对劲。

为什么要矛盾呢?笔误恐怕是说不过去的。这可是全书的第二回啊,不能上来就错啊!更何况是"披阅十载,增删五次"。上文我们已经说过了,越是自相矛盾处,越是需要精读细读处,越可能是作者的烟云模糊处。

迷雾之三:"奇"在何处?

传统时代,尤其是世家大族,女人生产是一件极为私密的事情,如果不是有意的广而告之的宣传,一般人是很难知道底细的。可是,这贾府王夫人生孩子却被冷子兴满世界广播、宣传,的确是有些"奇"。贾元春生在大年初一,是有点奇;与太祖太爷贾源生在同一时辰,更有点奇;又赶上"立春""春节"同日,就更是奇上加奇。那么紧接着贾宝玉的衔玉而诞,不但是奇的问题,更是不可能的问题,简直是荒诞不经了,是违背生物学常识的。既然不可能,却还要广而告之,这才是奇中之奇。贾元春、贾宝玉这一系列之奇怪荒诞,不能不让人想起历朝历代那些帝王将相们,为了证明自己受命于天、得位之正、权力合法而编造出的荒诞不经的传奇谎言来。因此,与其说贾元春、贾宝玉生得奇,倒不如说这种出生被渲染得奇。也就是说,贾元春、贾宝玉姐弟这种出生之奇,对于贾府来说,是被当作合法继承人的说辞,寄托着当家人贾政、王夫人重振家风的希望。因此,这种出生之奇被广而告之的原因只有一个:被授意的。

一场演说,可谓迷雾重重,真的需要细心才能发现。

第三只眼

这里的第三只眼有两层意思,一层是指冷子兴作为贾府的局外人看贾府,相对比较冷静、客观、公正，具体体现在其演说荣国府中的夹叙夹议的"议"这一层面。诸如"外头架子没倒，内囊子尽上来了""一代不如一代""百足之虫，死而不僵"之类。可以说，作为古董商人的冷子兴，其职业敏锐度决定着其能够透过现象看本质。这一点前人和别人已经谈了很多，我这里不想再谈。另二层是指我眼中的冷子兴，也就是说我是如何看待冷子兴这个角色的。

通过冷子兴的职业、出身、身份、地位，我们大致可以看出冷子兴这一角色拥有如下的几个特点：

第一，冷子兴是新生力量的代表，即使边缘、渺小。

众所周知，自古以来，我们中国是一个传统的农业国，在生产力还不发达的早期，以农为本是符合当时的国情，有利于国计民生的。所谓的"士农工商"四民之说，是重农，但并不抑商。可是后来，随着专制统治中央集权的加强，以皇权为中心的那一套政治意识形态是建立在自给自足的小农经济基础之上的。如果任由商业发展，财富快速高效的积聚势必会诱惑更多的人不安于农，这就从根本上动摇了封建专制的统治基础，于是，那些专门为专制统治服务的儒生们就把原本只是一种职业排序的"士农工商"嵌入了伦理学、政治学的内涵，譬如"无商不奸""为富不仁""万般皆下品，唯有读书高"等。人为地把从事不同职业的人定出秩序，分出等级。这就把从事商业的人打入了另册，甚至还以法律的形式固定下来。纵使你富可敌国，也让你在政治上抬不起头来。

于是，跻身于"士"，自命为"君子"的文人是不屑于与商人为伍的，羞于谈钱，耻于言利。人为地划分出"君子小人""贵贱""尊卑""雅俗"等，来制造对立与隔膜。这种等级森严的壁垒到了晚明被彻底打破。"夫士与商，异术而同心"，王阳明这一观点的提出，影响深远。利益的诱惑，科举的不顺，仕途的蹭蹬，宦海的沉浮，使得一些文人士大夫开始放下架子，主动与商人结交，为商人树碑立传，亲自操刀为商人作行状、寿序、墓表、祭文、题跋等。自此之后，"商"与"士"开始了双向奔赴。

贾雨村能够与冷子兴结交，冷子兴能够与贾雨村称兄道弟，就是这种思想和现实的最好例证。在冷子兴眼中，这贾雨村这艘大船不过是暂时搁浅，他一定会东山再起，不如顺水推舟帮一把，于是便将其所知道的关于贾家的信息悉数道出，并帮其出谋划策，这符合他商人的秉性和眼光。在贾雨村眼中，"这冷子兴是个有作为大本领的人"（第二回），与其结交只有好处没有坏处。

问题是，原著之中，自第二回演说荣国府之后，这冷子兴似乎销声匿迹了一般，再也没有展露其作为和本领。相反，倒是在第七回，通过其妻子——周瑞家的女儿之口说出其不但没有什么作为和本领，反倒摊上事了。到了第一百零四回，也只是侧面提了一句，也就是说，贾雨村对冷子兴的这句评论在具体的文字表述上落空了。从实际上看的确如此，然而，如果从另一层意义来看却并非如此。

如果把贾雨村对冷子兴的这句评论，看成作者借贾雨村之口对冷子兴及其所代表的整个商人阶层崛起的评价，非但不是落空，反而是一种更加深刻的洞见。

有没有实证呢？当然有。书中第七十二回，王熙凤在资金周转困难的时候，就是靠着倒腾家里的古董来应急的。虽然没有写明是谁在接盘，作为王夫人的陪房的周瑞家的女婿的冷子兴在那里候着，这是显而易见的。不写而写是《红楼梦》的惯用手法。《红楼梦》到底写了多少古董？这些古董随着四大家族的没落都去了哪里？也就是说，伴随着以四大家族为代表的专制腐朽势力的没落，兴起的是谁？因此，能读到这一层，能明白这一层，冷子兴的意义就不只是个穿针引线的线索人物，也不只是个报幕员的角色，而是一种第三只眼，第三种力量，是一种崛起的新兴力量的象征。有真才实学，有冷静的头脑，有卓越的见识，有丰富的经验，有雄厚的经济实力，当然，还带着一些原罪。如此看来，这冷子兴像不像新兴市民的典型代表？由此，我们不能不惊讶于《红楼梦》的作者让表面上看似若隐若现、"来历不明"，实际上却最堪历史大任的冷子兴登场，该是一种多么深刻的历史洞见和未来预言。

第二，冷子兴及其所从事的古董行业更是具有非常强烈的象征意义，象征着附庸风雅的贵族文化即将落幕。让冷子兴做古董生意，这一点《红楼梦》的作者大概是受了著名传奇剧本《桃花扇》的影响，虽然全书中并没有一次提到过《桃花扇》。《桃花扇》的作者在剧中设置了一个古董先生老赞礼的角色，让他作为南明王朝灭亡的见证者。既像报幕员一般穿针引线，又在关键的时候承担起画龙点睛、揭示主旨的作用。因此，这里就不能不谈谈古董。

《红楼梦》前八十回，写了足足有一百多件古董，可谓琳琅满目。整个贾府塞满了古董，也使得贾府，甚至整个四大家族变成了一个个暮气沉沉的、承载着历史和未来丰富信息的大号古董。

最经典的一节就是第十八回关于元春点戏，脂砚斋批语说，所点之戏剧伏四事，乃通部书之大过节、大关键。其中的《一捧雪》伏贾家之败，可谓是最切中肯綮之评。熟悉戏曲的读者都知道，剧中的"一捧雪"就是一件价值连城的古董白玉杯，剧本围绕着这件古董上演了忠奸善恶的大戏。主旨可以概括为：一件古董埋葬了恶势力、旧秩序。因此，古董在《红楼梦》中就不再仅仅是古董，而成为一种丰富的修辞，一种富有意味的形式和象征。

民谚有云：盛世古董，乱世黄金。也就是说，古董和黄金不仅是一种简单的商品货物，还是一种治乱之世的晴雨表。当然，能玩得起古董也并非一般商人。首先你得有足够的实力；其次你得有足够的人脉，尤其是上流社会的人脉；再次你还得具备敏锐的洞察力和丰厚的历史文化修养，至少得有半个学者的功夫。这三点，冷子兴可谓是全部具备。

古董，作为一种特殊的商品，其特殊性在于它本身就是一种时间之物，是一种历史的积淀物。人类的历史沧海桑田，潮起潮落，历史场景、舞台不断更换，历史的主角也不断地你方唱罢我登场。可是，万里长城今犹在，不见当年秦始皇。作为古董的长城砖石以其沉默、冷峻面对着时而喧嚣沸腾、时而海晏河清的世界，只是在时光暗转中留下一些斑驳的痕迹。当然，也留下了人情的冷暖，历史的悲欢。这也是通过古董考古的意义所在。

所以，让冷子兴姓冷，让冷子兴从事古董行业，就像开头的那首《好了歌》一样，是一种热心冷眼，是一种哲理构建。

第三，作者借贾雨村之口开始对牢不可破的"成王败寇"逻辑展开质疑。

说到贾宝玉的品性，贾雨村开始卖弄其学识，生拉硬扯地讲出了一番貌似高深，其实经不起推敲的正邪禀赋论。冷子兴轻轻地追问了一句："依你说，成者为王败者贼了？"雨村则肯定地回答："正是这意。"显然，所谓的贾冷二人投缘只是表面现象，在价值观上却暴露出了二者的根本分歧。"成王败寇"的逻辑在贾雨村是坚信不疑,而在冷子兴则是开始质疑。这当然也是由二人的身份、立场所决定的。作为新生力量的代表的冷子兴彼时彼地一定是处于劣势,而且在未来与现存的势力作斗争的过程中也一定会失败,因此,他开始质疑:失败了就一定是错的吗？成功了就一定是对的吗？而在作为旧势力的维护者、旧理论的卫道者的贾雨村看来,成王败寇是理所当然的,是万古不易的,只问结果不问过程,只问成败不问手段,只要立场不要是非。那么,冷子兴的质疑又何尝不是作者的质疑？不然,他就不会用十年心血塑造一个在世俗人的眼里看来简直是一无是处、无用至极的贾宝玉了。

悲剧之根

中国历史到了明末清初,在经历了无数次的朝代更迭之后,终于有了新思想的萌发,那就是以顾炎武、王夫之和黄宗羲为代表的对传统的专制政治制度的强烈批判。特别是黄宗羲,竟然写出了《原君》那样的文章,竟然提出了"天下大害君主制"的石破天惊之论。然而,可惜的是,这种有着强烈的启蒙色彩的新思想被呼啸而来的塞外冷风吹灭了。清军入关,把这场启蒙运动给切断了。然而,新思想一旦萌发,是不太容易被彻底连根拔除的,对那些敏锐地感应着时代神经的文学家来说,就更是如此。曹雪芹和他的《红楼梦》就是最有力的证明,以冷子兴为代表的新阶层的崛起就是最好的明证。如果说要探索《红楼梦》大悲剧的根源,这才是真正的悲剧之根。从商业文明发展的角度看,古董商人冷子兴才是整个贾府的掘墓人,才是《红楼梦》这部大悲剧的总根源。

恩格斯为悲剧的下的定义是"历史的必然要求和这个要求实际上不可能实现之间的冲突",用来解释《红楼梦》是最切中肯綮的。

所谓的"历史的必然要求"就是指在十八世纪的中国,历史应该有着怎样的进程。按照明朝中后期就开始的资本主义萌芽,历史的必然要求是应该有资本主义的壮大,应该有文艺复兴、启蒙运动的波澜壮阔。所谓"这种要求实际上不可能实现"就是指"清军入关之后实行的是比明朝更加严酷的专制集权统治,对代表着新兴力量的商业文明实行更加严酷的打压"。于是,悲剧便不可避免地发生了。不过，《红楼梦》的作者虽然察觉到了，却还不十分明了。所以，虽然生在被历史学家所称颂的"康乾盛世"，却一再有一种"末世"之叹："凡鸟偏从末世来""生于末世运偏消"。面对那么多美丽的少女一个一个地夭亡，面对那么有品貌、有才华的人物遭受毁灭，他无法解释这一切，只好归结为"命运"。他感觉到了冷子兴身上有一种特别的魅力，却并不能完全明白这到底是怎么一回事，所以他秉笔直书了冷子兴身上的原罪。但他可能分不清贾雨村的落井下石和冷子兴的倒卖古董有质的不同，于是让他们称兄道弟。殊不知，真正埋葬贾府的不是贾雨村，而是冷子兴。贾雨村东山再起之后可能又是一个钟鸣鼎食的贾府，而冷子兴崛起之后却可能会彻底改变历史的走向和进程。

当然，从冷子兴身上还可以解读出更多的东西，因为其毕竟是时代的新生儿。譬如冷与热的问题。从冷子兴的冷和贾雨村的热开始，冷热主题就贯穿着整部《红楼梦》。但与上述冷子兴的特质相比还是要逊色很多，故而不再赘述。

至此，是该给冷子兴盖棺论定了。

原来，表面上的八卦男，骨子里却隐含着一个历史的新人对即将到来的新时代新闻信息的敏锐捕捉和重视；

原来，表面上的古董商，骨子里却隐含着一个历史的新人对"成王败寇"强权逻辑的深刻质疑和强烈不服；

原来，表面上的局外人，骨子里却是一出历史大剧的候场者，他在积聚着力量，时刻准备着登场。

这就是冷子兴，一个带着对现存的秩序、道德和价值的质疑，冷眼旁观着他所生存的世界，随时准备登上历史舞台的历史新生儿。

至此，也该为"细品红楼小人物"这一系列作个小结了。

英国文学有句谚语，叫"说不尽的莎士比亚"，我们中国文学也有句谚语，叫"说不尽的《红楼梦》"。是的，《红楼梦》是说不完的，《红楼梦》中的小人物也是说不完的。

跋

没有哭过长夜的人不足以言人生,没有读过《红楼梦》的人不足以论文学。

临近结束,回望来路,照例是要感谢为了这部讲稿的出版而付出辛劳的旧雨新知。

首先,当然是要感谢徐州二十四小时城市书房内外的广大听众,没有你们每个节气的晚上雷打不动的围拢、喝彩,作为职业教师的我不会那么忘我地投入。感谢来自世界各地的"田园大地"公众号的三千多位关注用户,没有你们真诚的留言嘉许,鞭策鼓励,我同样不会发挥得这么好。感谢"云龙书院""汉风号""无线徐州"等公众号的关注用户,没有你们动辄过万的浏览量的鼓励,我同样没有那么大的动力将这些《红楼梦》中的边缘人物分析到底。

其次,我要感谢云龙书院的徐放鸣院长,作为我曾经的领导、一生的恩师,数十年如一日的提携、抬举和关心,我都铭刻于心。感谢云龙书院的副院长李静先生、赵明奇先生,没有你们勠力同心、大方慷慨,提供云龙书院这方高大上的舞台,我不大可能赢得那么多让我有些惶恐的声誉。在这个人文式微的时代,还有你们能经年累月、兢兢业业地守护着云龙书院这么一座院落,吸引着来自世界各地的贤达圣哲,为原本质实无文的徐州赓续着这么一缕文化的薪火,无量功德将永载史册。

再次,我要感谢远在千里之外至今未能谋面的老牌文学期刊《名作欣赏》的副主编杜碧媛女士,感恩这个互联网发达的自媒体时代,让我们通过文字在微信相识。感谢您在寸版寸金的期刊时代,能不吝版面,让我长期占据贵刊"经典重读"专栏头条,这种只有名家硕儒才能享有的殊荣,使我诚惶诚恐的同时也倍感荣耀。还有您的同事、我的微信好友"魏晋疯"先生，虽然同样未能谋面，但是我们依然心灵相通。

复次，我要感谢中国出版集团东方出版中心的潘灵剑先生，我们以文结缘，以书相知，虽然至今未见面，却经常彼此想起。《中国人胡适之》连同《细品红楼小人物》这部讲稿能够付梓，全靠您的重新唤起。还有责任编辑张淑媛女士，感谢您为拙著付出的辛劳。

最后，感谢妻子、儿子，作为书稿的第一个校阅者、批评者，虽然你们为了一字一句甚至标点符号常起争执，然而，我知道你们为我、为书、为家所付出的辛劳，需要我用一生的陪伴来回馈。

背负着太多的恩情来到世间，行走在生命的长途，有师长提携、朋友知音、亲情呵护，人生之福，夫复何求。

是为跋。

田崇雪

2022 年 5 月 30 日

徐 州

新版后记

　　没有想到,不到一年,这本小册子竟然还能出新一版,在这个传统纸媒式微,新兴电媒方滋的时代,殊非易事。

　　还记得春节刚过,年味尚浓的二月,徐州市作协杨洪军主席、诗人刘振坤先生、散文家李凌副主席便张罗着要给《细品红楼小人物》办新书分享会,而我自己始终忐忑、惴惴不安,生怕届时场面冷清,如这春寒,辜负了爱我者的热情。没想到的是,从建微信群开始一直到分享会结束,我始终都被一股巨大的暖流裹胁着:先是来自天南地北的读者的褒扬,让我感动;再是这本小册子竟然屡屡登上各大网站销售排行榜,让我兴奋;更让我感动的是铜山区文联主席、书画家姚建先生,旅居美国的中华文化教育集团叶拉拉主席,盐城师院的王晶晶博士,还有徐志东伉俪、山之南、戴超等一大批师友竟然批量购买拙著作为礼物分赠亲友,这温暖,一个"谢"字如何能胜!作为暖流高潮的分享会尤其让人铭刻终生:董雪女士那幽扬的古筝,筱兰女士那深情的朗诵,为购书签名而排起的长龙……人生之福,莫过于此。

　　更为感奋的是,与这本小册子的出版同步,"红楼小人物"系列讲座将在央视著名的品牌栏目《百家讲坛》播出。围绕着节目录制,前前后后,历经三载,那又是一篇感人至深的故事,特别是编导兰培胜先生,制片人曲新志先生、林屹屹女士,还有王洛霏女士等所付出的辛劳更让我感动莫名。尤其是曲新志先生对讲稿的一再褒扬、对讲座过程的一再关心使我对此书的新版更加充满了信心。

　　这期间,还要感谢首版责任编辑张淑媛女士,以书为媒,我们结下了深厚的友谊；在张淑媛女士离开东方之后，策划编辑潘灵剑先生又特地安排了刘玉伟博士做拙著的责任编辑，使得新版更快更美！

首版之后，江苏第二师范大学的王岩教授、盐城师范学院的李新亮教授、母校的温德朝教授、我的学生马雪纯，还有马玲女士都写出了相当份量的论文发表。《名作欣赏》的魏晋疯先生、《江苏师范大学学报》的吕靖波兄、《常熟理工大学学报》的韩廷俊先生、《中国社会科学报》的程洁女士等为这些评论的发表不吝版面，这都是让人感激涕零的。

需要特别感谢的是，首版之前，此著的部分篇目即被诗人李旭先生在其主持的《大风》上连载，足可见出其编辑家的眼光。

最后，我的朋友，百容集团的董事长王建波先生为此书走向更广阔的市场所做出的努力尤其让我感动。

暖流不息，感激不尽。

想起莫言先生莅临江苏师范大学时说过的金句，借来形容我此时的心情应该是非常恰切的："不是我的魅力，而是文学的魅力让大家聚在一起！"因此，我也想说："不是因为我和《细品红楼小人物》的魅力，而是因为曹公和他的《红楼梦》有着不朽的魅力，让这股暖流激荡了二百余年，并且还将激荡下去。"

田崇雪

2023 年 10 月 17 日

徐州